风流图卷

叶弥 著

北京出版集团公司
北京十月文艺出版社

上卷

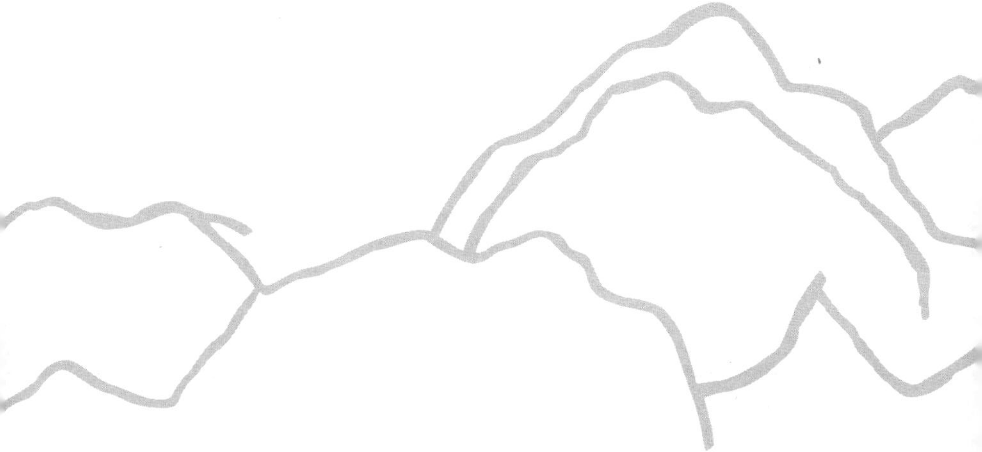

一

此处来历不凡，一言难尽。此处繁华绵延，也一言难尽。

单说这里滨湖临江，水网遍布，江、河、荡、潭……湖、塘、溪、湾……有名的何止千条？水流由西向东流淌。也有一些沿长江的河道，受了潮汐的影响，流水顺逆不定。抓一把土壤，油肥松软，春天来临时，插一根筷子都能成活。大山小岛，养活各类禽鸟树草。城里和乡下，庙、观处处可见，处处香火旺盛。大路小路，铺着石板或石子，平坦洁净。一年四季，时花不断，果蔬不缺。穷人和富人，脸上都平和冲淡，语音糯软，没有戾气。见面时，正话未曾言，寒暄需半天。

这是吴郭市，古称吴郭。从三千年前建城到现在，气象安详。

郊外响起了隆隆炮声。炮声浑厚雄壮，在朝霞中震荡，在半空中回旋，一声赶着一声，如天罗地网撒向人间。也像海中之浪拍向沙滩，一浪追着一浪，从汹涌到平静，惊心动魄，余音在心中激荡，久久不散。仔细听，隐隐地带着霹雳，像极了雷声。日出灿烂，半天空的朝霞，锦绣朝霞里洒着太阳的金色光芒，哪里来的雷呢？晴朗天的“雷声”调动起了吴郭人的兴奋激动，我在半醒半梦中听得周围邻居一片欢呼，我还听到我妈那脆生生的嫩梨嗓子说：“礼炮响啦。庆祝吴郭解放九周年啦！落后分子都竖起耳朵来听听吧！”

她唱起了国歌，她那细尖的嗓音居然憋出了浑厚的中音。我睁开眼睛，看见她站在我的门口，身上裹着我爸的军大衣，两条细白的长腿戳在外面，庄严地看着我，一边唱一边用拳头擂门框，打出有力的节拍。她指着我说：“落后分子，快唱起来。”我没理她，翻了个身。我爸爸的声音飘到我的耳朵里：“你干吗老是要跟孩子过不去？她受到的打击还少吗？”

我在我妈的歌声里又睡了过去，我用实际行动告诉我妈，她不认可我，我不在乎。虽说外面喧嚣声不断，这一觉，我还是迷迷糊糊地睡到了七点多钟。听得有个乡下口音在我窗外轻轻地唤我名字，急切，但又温柔得像小鸟一样。我心里猛地一荡，人还没醒透，就坐了起来，半跪在床上，把窗户打开。

张柔和站在窗外，见我开了窗子，伸进手来摸摸我的脸。我妈打小就不爱劳动，那手却不像养尊处优的手，骨节肥大，青筋毕露。张柔和五岁就下地干活，去年到我的柳爷爷家里帮佣后，也是里里外外什么都干，那手，倒是出奇的圆润，指尖纤纤，像小婴儿努起的嘴。

吴郭的城乡口音差别很大，张柔和聪明好强，早就练出一口标准的城里口音了，只有在她十分着急的时候才会露出马脚。我等着她说话，她却捏着自己的大辫子迟迟不吱声。我跳下床，光着脚跑了出去。我爸端着印有“111”部队医院字样的搪瓷茶缸，在院子里看一株春兰，此花又名“贝氏春一品”，是贝家送给柳爷爷的，贝家人丁兴旺，出了许多人才，贝聿铭是其中的一个。

我爸说：“慌慌张张的，什么事啊？小姑娘要举止有度。”

我说：“张家姐姐来找我，不肯进来，我去拉她进来。”

我爸手上的茶杯一动，我以为它要掉下来碎在地上，这样我妈就会一天不开心。但是我爸比我想得要狡猾，他把茶杯稳稳地放在院里的石凳上，说：“哈，我上班啦。”于是我妈不愉快的一天就这么烟消云散了。他走了，我妈也哼着歌高高兴兴地去市妇联上班了，她在单位人缘不好，可能她太过争强好胜吧。她从不在乎别人对她的意见，她只管每天把自己的工作做得又快又好。她不仅把自己的那份工作做了，还常常把属于别人的那份工作也做了。奇怪的是，从来没人与她当面论个长短，只在私下表达不满。吴郭人温良恭让，多数时候都这么含蓄。

张柔和难得上我家的门，我妈不喜欢她。但我喜欢她，我要把她拉进我家里去，让她尝尝昨天真味酒楼送来的野河鳗。我妈昨晚上一个人先吃了下半条，正要吃上半条时，我爸用筷子夹住了她的筷子，止住了她。所以我今天中午有半条河鳗吃。还有一件事，我恰好昨夜梦到了张柔和，她在梦里就像现在一样，粉红的脸色，穿着她最喜欢的那件粉绿细布大襟衫，小立领敞开没扣。油光水滑的一条大辫子拖到膝盖。草绿色的军便裤，是我求了我爸从军医院里弄出来的。清油一样的太阳光照着她，把她照得像一碗放了红绿丝的绿豆汤。

张柔和连忙迎上来说："小祖宗，你怎么光着脚跑出来？"她脱下她脚上的布鞋给我穿上，然后看着我，嘴唇哆嗦起来，说："哎哟，出大事了，你姑姑在香炉山上自杀了。你爸妈在家吗？哦，不在。"

听到死亡的消息，我第一反应不是害怕和悲伤，而是尴尬。我把姑姑当成我的老师，老师是不能有自杀这种脆弱行为的。

张柔和说："那你就在这里等着吧。等会儿你柳爷爷过来接你去香炉山。"她定睛看了我一下，把我搂过去，亲了一下脸，说："你就穿着我的鞋吧，改天再过来还我。我弟弟张风毅也到柳家帮忙了。你过来看看他。他是个诗人。"

她脱下布袜放进裤子口袋，光着脚走了。这位赤脚大姑娘腰肢婀娜多姿，大辫子随着走路的节律像岸边的水一样晃动。

从清晨五点开始，各式各样的声音持续而来。先是巷口的那条无名河边，来了大队人马填河。吴郭市多河，市内市外河网遍布，有时候，从一个狭窄的安静的巷口走进去，里面竟然藏着一个惊心动魄的大池塘，池塘边有码头，有“老虎灶”，有洗衣的、挑水的、游玩的……这场填河运动持续了一个月，吴郭市内填掉了十几条大河。我家边上这条，填得很费力。这条河不宽，但是很深，填河的人们把河水一段一段地抽干，再从别的地方挑来泥土填进去。

填河的喧嚣声过后，是郊外驻军部队的礼炮声，我妈的唱歌声。然后是一群小学生敲着脸盆捉麻雀。炼钢铁的也来了，是居民委员会的人，他们在军医院家属大院后面的空地上造了一个炼钢炉，家属大院边上有一座财神庙，炼钢炉的砖头统统来自这座小庙的墙壁。这时候，军医院传达室的王来恩开始放鞭炮庆祝解放，我能想象他趿着鞋皮，揉着惺忪的眼睛，一边放鞭炮，一边准备与人拌嘴。这些声音都不如张柔和的话那么震撼，我在鞭炮声里颤抖起来。我三岁时我的姑姑就到香炉山上出了家，我们虽说很少见面，但她经常在山上写信给我，告诉我山上的各种事，山上有什么树，山上什么野花开了，有什么样的鸟儿。光是各种鸟儿的图谱，她就给我画了三十多张。野花野树的图谱更多。

军医院家属大院门口，一群盲流进城的孩子突然打起架来。为了争抢垃圾箱里有用的垃圾，他们经常打架。我认识他们，里面有一个圆脸的男孩，他没有名字，我给他起了个名字叫“阿圆”，他总是跑到我家厨房后面闻烧菜的味道。阿圆此时手上抢了半把剪刀，高举过头顶，满脸通红，向我叫喊着：“阿姐，好阿姐，给我打个条子。”

阳历四月份了，他还穿着一件破棉袄，解开了扣子，里面什么也没穿，棉袄两扇前门襟欢快地左右扇动，脖子里挂了一串白玉兰花苞。他从裤子口袋里掏出一张纸，一截铅笔头。我打起精神，按例给他写上：

剪刀是捡来的。

一九五八年四月五日

孔燕妮

我很喜欢这个小孩，有一般小孩没有的正确思路，他将来不会混迹在捡垃圾的人里面。他拿了有我签字的纸条，飞跑着远去了。旧货收购站里的人认识我的字，有了我的签字，说明送去的东西不是偷来的，他们马上就会收下来，也不会克扣他的钱。阿圆一路狂奔而去，有力的脚步和矫健的腰臀全都在叙说着一个生机勃勃的生命故事，让人看了不由得安心起来。

至于我，为什么有这个权利？我也不是太明白，反正从我懂事起，我就到处受人尊重。在这个城市里，只要我说出我是住在“111”军医院的孔燕妮，我就会得到我想要的东西。我妈妈告诉我，她生我的时候，在吴郭市中心的省立医院疼了一天一夜还没生下来，这时候天上响了一声炸雷，我就在炸雷声中出生了。问题不在炸雷，在于当时是一个晴朗的傍晚，炸雷过后，天上凭空出现一道彩虹，端端正正地悬在产房的窗外。那一天，全吴郭只有一位婴儿降生，那就是我。人群络绎不绝地前来医院，看到我的人出去说，我长得有几分像观音。好些人在医院外面烧起了香，还有人祭起了香坛，说我是天上的彩虹仙女下凡。当然这是封建迷信，现在是新社会，政府不提倡这一套，但大家私下还在信奉。连中国的四大名著里都充塞着迷信思想，能怪老百姓相信迷信吗？柳爷爷每当提起这件事就一脸的不屑，他说愚昧的人民靠迷信麻醉灵魂，什么时候人民靠科学支撑灵魂，这个国家才有真正的前途。

我这个“彩虹仙女”被阿圆这么一打岔，心里开朗了一些。回去换了鞋，吃了我爸爸煮的山芋干稀粥，又出来等柳爷爷。

快近中午，我爸爸过来找我，递给我一封信，说：“你姑姑吃了有毒的草，分量不够，活过来了。养个几天就好。柳爷爷让你去他家玩玩，车子停在医院门口。你把这封信带给他，我前几天写的，还没来得及给他。”

我回去拿了张柔和的鞋，包在我爸爸用过的一张宣纸里。

柳爷爷的吉普车停在“111”军医院门口。他也不喜欢到我家里来，因为我妈也不喜欢他，说他爱好女色，是个下流坯子。我走过去的时候，吉普车旁的大柳树边上飞起几只夜莺，它们藏在河边的矮树丛里。矮树丛边上有一座金山石砌成的石拱桥，高拱着半圆的背。桥那头是一座两层木楼的茶馆，冷冷清清的，挑着一面垂头丧气的小旗。远远的有一只小船摇过来，忽然停下。沿河的人家，有一扇后窗打开了，吊下一只旧篮子。船上站起一个人，把一捧蔬菜放进篮子里，那篮子慢慢悠悠地朝上升起。大马路上传来公安人员清道的高音喇叭声，把我吓了一跳。

驾驶员是市政协车队的小马，我们也认识。他穿了灰衣裳，脖子里系了一条黑白小点的布围巾，就像一只野鸽子。他说：“柳爷爷让我接你过去玩玩，反正你生了病休学嘛。”

我对小马说：“我不是病人，不用你的车，自己慢慢走过去也就一会儿工夫。”

小马一笑说：“很倔强嘛，我佩服！”

太阳当头，浑身的汗毛都暖洋洋的，像漂浮在温暖的海洋里。一个早晨喧闹下来，现在安静了。河边来了一群干部模样的人，站在那里轻轻地说话，填河的民工站的站，坐的坐，都放下手中的活计等待着什么。忽然，那群干部模样的人朝大马路走去了，民工们轰的一声炸开了锅，发一声喊，四下里纷纷散开远走。我拉住一个民工问他怎么一回事？他慢悠悠地说：“小姑娘，这河不填了，留着给你淘米洗菜用。我们也不想干这个活，工钱都拿不到。”

大马路上又响起公安人员清道的声音。

这条无名河就这样保留下来了，它清水冷冷，一眼望得到底。妇女们在这里淘米，掉下的米粒沉在河底，引来许多鱼儿。鱼儿和米粒，都看得清清楚楚。鱼儿吃在肚子里的米粒，也看得清清楚楚。夏天孩子们在里面游泳，溅起的水花像珍珠一样。

从我家里到柳爷爷家里，走着过去也只有半个小时，医生告诉我，风和日丽的时候，多多走路和晒太阳。

刚到柳爷爷家的路口，远远地就见张柔和在门口转悠着，手搭着凉棚朝路口张望，见了我，辫子朝后一甩进去了。她是个矛盾的大姑娘，舍不得放下手上的活，也舍不得我一个人走过来，只好里里外外地跑，见我到了，赶紧进去忙她的活了。

柳爷爷并不是我的亲爷爷，他是我爸爸的干爹。我爸爸三岁死了亲生母亲，二十岁时亲生父亲也病逝，他的精神就一直依靠着柳爷爷。但我爸爸受他的影响不大，平时两个人除了嘘寒问暖，思想上并不多交流。倒是我，和柳爷爷无话不谈。走到大门口，不知哪里冒出一群孩子，跳着脚朝柳家的红漆大门里吼叫，唱着自编的顺口溜：

右派右派，见多不怪。右派右派，妖魔鬼怪……

知识分子，看不起人。前头挂灯，后头挂盆。头上戴帽，脚上穿针……

我还没采取行动，柳爷爷出来了，手里拿着粽子糖，分给小孩子们一人一颗，说："我们家没有右派，到别处喊去吧。"

孩子们一哄而散。

手里还留着一颗，是给我的。

柳爷爷是市政协副主席，诗人，书法家，园林学家。叠石理水，在园艺方面是个人才。他喜欢收藏，他的收藏五花八门，从各类杂件到正儿八经的书画和瓷器……他还喜欢收藏珍贵的树木花草。此时他家的北院门正敞开着，几个搬运工忙着从外面运一棵茂盛遒劲的白松进去，白松上面带着一只旧鸟窝，他上前一手护住这鸟窝，一边叫叫嚷嚷地提醒搬运工别把鸟窝碰坏了。

这个园子他买下不久，占地二十八亩。他给自己的宅子起了个名字就叫“廿八斋”。他说他喜欢年轻姑娘，所谓的“二八佳人”是也。“廿八斋”，听上去就如说一个姑娘的年龄——二八（十六岁）哉。

“廿八斋”原先是中西合璧的园林式建筑，分前后院和中院三个部分。前院有轿厅、照壁一类中式的玩意儿，中院有一幢民国风格的红砖小洋楼，后院是一个大花园。后花园里高耸着假山群落，假山群上有一座明式雕花小木楼。小木楼在吴郭城挺有名气的，人称“鬼楼”，梁上吊死过一个抗清名士。吴三桂引清军入关，多尔衮带着清朝顺治皇帝迁都北京时，为表示不投降清朝的决心，这位名士就与自己的一妻一妾吊死在小木楼里。中国人有句老话叫作“好死不如赖活着”，又有一句老话说“留得青山在，不怕没柴烧”。总之，活着比什么都好。所以后人都说他的死毫无意义，对他的死因不感兴趣，反而对他鬼魂的传说津津乐道。据说他死了以后魂魄不散，常与鬼妻和鬼妾在楼里吟诗作句，吹拉弹唱。柳爷爷买下“廿八斋”的那天，特意写了一篇祭文，备了香烛去祭他。柳爷爷作的祭文如下：

> 呜呼哀哉！商角不和，徵羽不配。一介书生，报国捐躯。夸父追日，精卫填海。忠贞不贰，矢志不移。神歌鬼泣，天摇地动。生前郁郁，死后有乐。地狱无光，人间有暖。天若有情，助尔逍遥。

柳爷爷一边烧祭文，一边说：“听说你在这里过得快活轻松，我也替你高兴。做鬼的人四处为家，你不介意换个地方玩吧？我实在怕鬼。”

柳爷爷住进“廿八斋”后，觉得它气氛阴森可怖，到了黄梅雨天，一走进来，就觉意志消沉，了无生趣。他让工匠拆了前门厚重的照壁和东西两间厢房，运来一座高耸的太湖石立在那儿，代替照壁的意思。后花园里有一条小河，是活水，通红军路边的落兰河，听说落兰河底有水下河网，一直通到蓝湖。柳爷爷把后花园里的小河一直挖到石屏那边，河边遍植小湖石和奇花异草，河里种满荷花。这种开门见水的布局，前无古人，后无来者，只有我柳爷爷才干得出来。

柳爷爷评价他的设计：简洁畅快，阳光满地，出奇制胜。

典型的不对称的审美趣味。

野猫们挺喜欢他新的庭院构思，它们成群结队出现在河边抓鱼，不狩猎的时间里，它们懒洋洋地躺在“鸳鸯戏荷”铺地上，收起猫科动物特有的伸缩自如的利爪，用嘴巴梳理毛发，它们一生中要花六分之一的时间清洁自己。只有个别的猫，吃饱了不关注自己的仪表，还是去抓鱼，抓上来放在岸上，在鱼身上拍拍打打，把鱼们惊得乱跳一气。看到人来，它们还挤眉弄眼。猫们这样顽劣，柳爷爷也生气，有时候他用大白话骂它们：“小赤佬，你们吃饱了撑的啊?”有时候他又用文言文谆谆诱导它们：“子钓而不纲，弋不射宿。乐无远虑，忧之将至。”这句话是说，孔子钓鱼只用钓竿不用纲网，只射飞鸟不射归宿的鸟。如果只顾快乐不考虑将来，忧虑马上就会来了。

他不允许家里人撵打这些野猫。谁要打，他就说：“不要打不要打，我是属猫的。”中国人十二生肖属相中，从来没有过猫的身影。但是既然他这么说了，别人也就不敢再与野猫过不去。

“廿八斋”的后院门口，是一条大街。解放前叫仁爱路，解放以后改为红军路，是吴郭城里最宽阔的大马路。红军路上长着高耸的法桐，一到晚上，树上各种鸟雀齐鸣，白头翁、夜莺、八哥、相思鸟……引来一些年轻人用弹弓和猎枪打鸟。柳爷爷气势汹汹地跳到那帮年轻人当中，拍着胸膛，声称自己是属鸟的，谁再敢打鸟吃，他就不客气。他也有枪，不相信的话，试试看。那帮年轻人私下里说，这个老家伙太狠了，他说他属鸟的。明天我们搞条母狗去他家前门吊起来，看看他是不是又要说他属母狗的？

中院里的民国红砖楼，他住进来后，拆了西边的一半，拆下来的砖块，在西墙边砌了一小幢坐西朝东的小红楼，称为“西红楼”。从后花园引过来的水，就从它的面前通过。又造了一座木栏覆廊的小石桥，两楼之间往来从小桥上过。园子被老人家这么一折腾，从前门进来，一偏头就能看到后花园华丽的假山群和假山上的亭台楼阁。后花园的西北拐弯阴角处，他加了一个半亭，靠墙挑出一座长长的木廊与“西红楼”相连。他第一次在“廿八斋”的假山上请客听昆曲，听到一半，一位研究上古音的白须老学究站起来就走，说“廿八斋”这个地方，不中不西，不土不洋，简直就是一个玩笑，让人笑掉大牙了。他实在坐不住了，要先告辞。柳爷爷哈哈大笑，说：“这木楼以前叫‘鬼楼’，现在就叫‘四不楼’吧。”

我听见柳爷爷乱嚷，便说：“你怎么不晓得？这个旧鸟窝没用了，就是麻雀也不会再用它。”

柳爷爷说：“说不定就有什么傻鸟过来看中了它，在这窝里下蛋、孵小鸟。”

我爸爸早上煮了山芋干粥，我吃多了山芋干，放了一个屁。这个屁没有憋住，我忍不住笑出了声。抬树的几个人放下树从后院子走出来，其中一个壮小伙子经过我身边，看了我一眼，脸上露出笑容。他皮肤黝黑，一张口，更显得一口白牙齿雪白发光。柳爷爷对他说："小张，不许笑。小姑娘放个屁有什么大惊小怪的？"小伙子头一低走了。柳爷爷斥责我："女子放屁，一定要用劲夹住，慢慢地朝外放，不出声音，这样才文雅大方。"我说："我并不知道要放屁，等我知道，已经来不及了。"柳爷爷妥协了，说："那也是，不怪你了。其实我有时候也是这样的，屁一个连一个，忍也忍不住。"

这句话刚完，在大雪柳树下假装拔草的小保姆定彩飞快地转头说："他老人家的屁，比国民党反动派的大炮都响。"柳爷爷听了，对定彩说："小家伙，地上这么潮，我说你拔什么草？原来就是想偷听我们的话。我让你偷听……"他从地上捡起一根小树枝，跑去追定彩。定彩尖叫一声，撒下手里的几根草，朝厨房里逃，一边夸张地喊道："张家姐姐呀，你快来呀，救救我。老太爷又想打人哉！"

她飞快地跑进厨房，张柔和的脸在门边闪了一下，"啪"的一下，毫不迟疑把门关了。柳爷爷的鼻子差点撞到门上，他用力地推门，推了几下子没推开，就威胁里面："快开门，我踢门了。"门闩松开了。柳爷爷一脚踏进屋里去捉人，他刚一进去，门里就跑出定彩和张柔和。柳爷爷显然更喜欢张柔和，跟在她后面追。张柔和绕着假山跑，跑到第二圈，跑到柳爷爷的身后去了。柳爷爷不跑了，藏在山腰处等着她。等她到了面前，柳爷爷一把捉住了她，说："你输了，亲一下脸。"张柔和用力地扭过身体，脸涨成了粉红色，忽然厉声说："别闹了！再闹，我拿块石头砸到你头上。”柳爷爷听话地放开了手，歪了脑袋，认真地打量着张柔和，说道：“你是个新思想、旧道德的女孩儿。这样很不好。要么旧思想旧道德，要么新思想新道德，你两头都不靠，这样算什么吗?”张柔和说：“靠不靠的，我自己做主，关别人屁事!”柳爷爷说：“你看，新思想旧道德的女孩儿，最喜欢赌气。定彩就比你好。唉，不亲就不亲，让我摸一下手吧。”张柔和的口气柔了下来，哄小孩似的说：“你这样多不好！传出去，以为我们这里像红莲寺。”柳爷爷紫涨了脸说道：“早就告诉过你，不要去听别人嚼舌头根，人的嘴巴里从来没有公道，有空不如听听鸟叫。”张柔和说：“好吧。但是摸来摸去算什么？又摸不出糖块来。”柳爷爷说：“嗯，你这句话说得好，我得多听听这些话，才会更加的聪明智慧。”

我咳了一声，柳爷爷慢慢走近我说：“咳什么？你千万别学你爸，假惺惺的。不过你爸真是个老实人，老实的假惺惺的人。鲁迅说王国维老实得像火腿，我借他这句话引申开来，你爸老实得像一块磨刀石。”

我想起我爸爸让我带的信，就把信拿出来了。

柳爷爷说：“你看我正忙着，你念念吧。”

我念道：“我这次出差，先到上海，再到北京，访了你的一些老朋友，知道了许多人的近况，他们近来都在干什么呢？……”

柳爷爷说：“他们该干什么就干什么，与我有什么关系？我又没叫他访。多管闲事多吃屁。”

我没理他，继续朝下念："陈从周戴着右派分子的帽子，还在同济大学里接受大家批判。汪曾祺、丁聪、聂绀弩也成了右派。汪曾祺在河北张家口农科所画土豆。丁聪和聂绀弩到了冰天雪地的北大荒接受劳动改造。储安平被送到长城脚下去放羊，听说日子倒也还好，天天用铁罐子装羊奶喝。还有吴祖光，成了反革命右派分子，今年他也被押送到北大荒了。你还记得许宪民的女儿彭令昭吗？许宪民带着这女孩子来看过你的。你记得吧？这女孩子后来考上北大中文系，改名叫林昭，她也成了右派了……"

柳爷爷抬起头说："你不要朝下念了，我对这些不感兴趣。我的这些老朋友小朋友，对政治的兴趣远远大过对生活的兴趣，玩政治容易出事，因为我们中国人的思维本来就有问题。利玛窦一五八二年那会儿来到中国，就说中国人思维上存在缺陷。他是个旁观者，旁观者清。中国人的思维方式一直有问题，从来没有解决好。"

我插了一句话："人家倒了霉，爷爷这么说不厚道。"

柳爷爷说："路归路，桥归桥。厚道与思维方式，不是一回事。不能因为让自己追求厚道，就抛弃真理。再说，他们过他们的，我过我的，因果自负。我不愿意让别人的苦难打搅我的幸福生活。有一天我倒了大霉，我也希望幸福的人们该干什么就干什么。"

我问他："爷爷能不能说得更明白一点，中国人的思维有什么问题?”

柳爷爷说:“思维极端和片面,非左即右,非大即小,不能忍受中间状态。古代圣贤早就明白这个道理,所以提倡中庸之道。其实中庸之道是最难的,中庸之道需要不偏不倚,冷静笃定,要有强大的力量才能做到。中国人缺少力量,所以一会儿左,一会儿右。就说你姑姑吧,她出家多少年了,还没有悟出这个道理。她以为她上了山,信了佛,一切都由佛做主,自己就不用自强不息了。错!”

张柔和走过来,一把扯掉柳爷爷手上的小树枝,退后几步说:“错的是你。女儿出了事也不去看,真是个铁石心肠的人。”

柳爷爷看了这个看那个,说:“我也是一时的气,过几天再去看看她。现在回过头来看,她勘不破生死。她是《红楼梦》式的消极悲观思维,用出家掩盖脆弱。也是盲人摸象式的思维。片面思维的人才会感情用事。宗教是让你去理解宽容的,是快乐地走入生地,不是悲哀地走入死地。娑婆世界,万物生生不息,无生就无死,无死也无生。”

原来我姑姑从小就见不得活物死亡,也不吃有脸的东西。有一次跟着大人去念念寺玩,去了就不肯回家。寺里的住持说她与佛有缘,念念寺后边的山上有空屋子,不如让她先住着,以后再决定去留。我姑姑住在寺里倒比在家里高兴,脸上也有了笑容。一年后就正式剃度了,法号如一。柳爷爷是个开明的人,尊重她的选择,给她重新翻修了那间空屋子,建成一座庵的模样，取名“止水庵”。这么多年她在庵里研读佛经，开荒种地，尝、挖药草，给山下的老百姓看病，过得风平浪静。却不料那天下山，走过一个集市，看见一位年老的阿婆推着一辆独轮车，车上放着一只大竹筐，竹筐里放着一只鸭子，那只鸭子温驯地伏在筐子里，乌溜溜清水一样的眼珠子天真地看着走近的姑姑。那老阿婆停下独轮车，对姑姑说：“原来是菩萨的女儿。我老眼昏花，差一点想要你把这鸭子买了去。唉，你看看这鸭子多乖，乖乖地一动也不动，我也没给它脚上捆绳子。唉，这么乖啊，我也没办法……它生来就是让人吃的。”老阿婆一边说，一边拨开鸭子的脚让姑姑看，真的没有系绳子，这只鸭子在集市的喧闹中竟比人类还安静沉稳。姑姑走了两步，突然一头栽倒在地，昏了过去。回去以后，她写了一封信，请求住持原谅她，她功德不够，还是没法承受世上的弱肉强食，无法承受美丽生命的消逝。一想到弱者的求生无门，即便念了三十万遍的往生咒，见到阿弥陀佛，又有何用？

我对柳爷爷说道：“听了这个故事，我也恨不得去死上一回呢。说勘破生死，哪有那么容易？你总说别人思维有错，那你评一评你自己的思维吧。”

柳爷爷说：“我前天给柳亚子打电话，他老得快要死了，话还是那么多。他又说起他那次到北京去，见到毛主席，要求毛主席赏给他颐和园著书立说。我和他不同，我没有他那样大的志气，我就在我小小的‘廿八斋’里吃吃玩玩，看看小美人，快活自在。中国人太看重悲哀的力量，不看重快乐的力量。苦戏悲戏大家都爱看，写得好，演得好，也容易红。这也难怪，中国人从近代以来就一直受外人欺，后来又被日本人侵略八年，心里总有一口怨气没有出来。别的不说，就说八年抗战前，我们唱的歌还是快乐的，享乐的。日本人一来，我们的歌马上变得悲悲切切，伤感得不得了，丢人啊。把吃喝玩乐的勇气全扔掉了。幸亏有冼星海，写了几首有力道的歌，唱着有些精神头儿。总之，我认为，快乐地活，才是最有力量的事，才是一件有益自己、有益别人的事。不说这些无趣的话了，说多了我自己都讨厌。”

我们几个人一齐哄他说：“我们不讨厌。”

听了柳爷爷的话，我想，柳爷爷有时候说话是很有道理的，可惜我妈妈不喜欢他，不愿意和他往来走动，所以我也不大能多听柳爷爷的惊世骇俗的教导。我妈妈敬重的人，是《南征北战》里的高营长，《鸡毛信》里的张连长，《渡江侦察记》里的李连长，《董存瑞》里的赵连长……他们艰苦朴素，胸怀世界，胸有无边疆土。而柳爷爷贪图享受，没个正经。我妈认为，柳爷爷的身体，从头到脚，他都认真对待，唯独不会认真改造他的旧思想。他洗头发要放自制的玫瑰花油，给鼻子使用鼻烟壶。喝茶用的是大彬紫砂壶，冬天的暖手炉是张鸣岐的，压书用一块碗口大的羊脂白玉。口腹之欲不用说了，裤裆里的家什也从不克制。每天还要用中草药泡脚丫。总之，我妈说他是个寄生虫，是腐朽的旧制度造成的怪胎，天晓得是谁让他当市政协副主席的。

柳爷爷一眼看定了张柔和，朝她招招手说：“丫头，你走近来。”

张柔和走近柳爷爷，她刚才跑了一通，脸还有些红，却端端正正地抬着头。柳爷爷说：“好丫头，让我赞美你一下吧。你沉静内敛，不温不火，激情洋溢并不是一种美德，只是情感无序地流淌，只有天性中的智慧和成熟才是有价值的。再看你的长相，令人过目难忘，精巧的月牙形的嘴唇，眼梢上挑，皮肤紧实明亮。再看你的手，葱管一样，柔若无骨，又会炒菜，又会炒茶。炒茶的火温要二百四十度以上，你的手，竟然还是那么美妙，简直是个奇迹。有你这样的妙人在我身边，每天看着，就是天大的福分。”

张柔和眼睛一红，说：“唉，我上辈子积了什么德，才能有今天的好日子？我父亲现在牢里，他就是在家里也不对我好，要么打要么骂。我父亲像你这样对我多好。”

我们一听都笑起来，难怪柳爷爷说张柔和有智慧。

去年的冬天，柳爷爷坐着黄包车到市政协去，路过监狱，看见张柔和穿着单衣，坐在路边哭，围了一大帮闲汉趁乱看她的胸和屁股。柳爷爷听她用乡下的口音与几个管闲事的女人们一问一答。知道她母亲早亡，她父亲就在这座监狱里坐牢。几天前她来看父亲，她父亲给她递了一张草纸做的便条，上面写着一句话：宁做一家犬，勿做两朝人。

这张纸条给看守抢了去，她也被赶出来。今天再来，知道她父亲又被加了两年徒刑。她父亲一九五六年被判为反革命罪，坐十年牢房。本来该在六六年出狱，现在只好到六八年出来了。所以她坐在路边哭，用着哭死人的腔调，一边哭一边满腹心酸地回答好心女人的问话。原来当年她的父亲在戏班子里唱小生，抗战时拜了“忠义救国军”申大头为干爹，每月按时给申大头送“孝顺费”。解放后，申大头响应政府号召，带着他的枪、金条、现钞，到公安局指定的地点去报到。他原以为手上没有血案，又是主动报到的，能捞个一官半职，没想到经过一番审查，查出不少问题，还是被押解到北京的清河训练大队去强制劳动改造了。他想立功，就想起了他认的众多干儿子，一一地把他们供了出来。干儿子们除了按月给他例钱，还是他的义务情报员，虽说谁也没有给他提供些什么有价值的情报。

女人们听了，就劝她嫁人。一个女人说：“我娘家侄子长得一表人才，干净，又会体贴人，脸上整天都是笑眯眯的，眼睛里像有水。你要是肯嫁，倒是一对。家中有现成的房子。”又有女人说：“我的干儿子是小学老师，虽说家里没房子，但是保证将来会有。你们是郎才女貌，一对绝配。”张柔和病急乱投医，就说她肯嫁那个人的娘家侄儿。她原先在小镇上的纺织厂立织车间当挡车工，她父亲一坐牢，她就失业了。她的弟弟也失学在家。后来，房子被叔叔伯伯们强占了，姐弟两人流离失所，住在桥洞里。她只想嫁个有房子的人家。这时，有女人多嘴地说了一句："她娘家侄子是个半瞎子。好心告诉你，免得你将来后悔啊。"边上的闲汉们开始起哄，叫道："好一朵鲜花，干吗要插在牛粪上？嫁给半瞎子，还不如跟了我们回家乐一乐。人生如梦，快乐一时就赚得一时。"

柳爷爷在旁边看得淌下了眼泪，他挥起手杖，赶走了那些闲汉和动辄做媒拉纤的女人，把她带回了家，让她在厨房里帮忙，给定彩打下手。

这时，定彩叫嚷着开了午饭，今天的午饭吃得晚了，饭和菜一扫而空。

午饭后，我跟着柳爷爷去了"四不楼"的书房，他说在书房外面的石平台上晒太阳，又安静又舒服。"四不楼"建在假山上，假山下面绕着小溪，山两边弯弯曲曲的长廊蜿蜒而上，直至"四不楼"。张柔和端着给柳爷爷沏的新茶，从长廊上走上来，风姿悦人，比在平地上更好看一些。我年纪小，不该有喝茶的权利。平时到柳爷爷家里来，我想喝茶，只能从我爸爸的杯子里喝上几口。今天我爸没来，我就没茶喝。张柔和放下茶杯出去，经过我身边时，偷偷拉了我一下。我会意地跟着她到假山下面，原来她多泡了一杯茶，放在山下的石几上。

她端起茶杯吹了几下，放到我的嘴边喂我，说："喝吧，明前的茶，第一泡最好，第二泡就淡了。"

柳爷爷在上面叫我。他写完了给我父亲的信，交给我，自己就下去了，留下我一个人躺在书房外面的藤椅上。突然，我眯缝的眼睛里，出现一个人影。就是刚才抬树的壮小伙子，柳爷爷叫他小张，我就知道他是张柔和的弟弟了，姐弟俩的容貌和说话的样子有些像，一看就是一个门里走出来的。他拿了一把剪刀过来修整树枝，我看着他，突然一下子透不过气来，胸膛里就像塞了一团棉花，心脏包在棉花里，跳得缓慢而沉重，咚，咚，咚……我听得见它跳的声音，僵硬，垂死，间隔漫长。同时，我额头滚烫如火，沉重如铁，一个劲地向下倾。假山下的大松树，像恶魔一样倾倒过来，我昏在地上。

我醒过来时，人和躺椅已在书房里了。窗户大开，午后的阳光晒得我额骨隐隐疼。那个壮小伙子看我醒过来，走到我面前说："你真吓人。我在对面看着你，你的人忽然不见了。你经常这样吗?"我告诉他："我心动过缓，有时候又跳得太快。会晕倒。以前没有这个病，今年才得的这个病，最近就不上学了。不是大病，但也治不好，就在家里养一阵子。医生说，这个病，过了青春期就好了。你刚才一直在看我？你叫什么名字?"

他说："我叫张风毅。"

我咬着大拇指，笑了一笑。

张风毅说："我见过你爸爸，你和你爸爸都是漂亮人物。你爸爸像孙道临，你长得像周璇。"他眯缝着眼睛，样子很一本正经。

我问他："你多大了？"

他说："十八，大你三岁。我姐姐二十岁。"

我问他："你订亲了没有？"我觉得我应该关心这件事。

他说："我和我姐姐都没定亲呢。没人替我们做主。我们也不想马马虎虎地结婚，总之要有幸福才能结婚。"

我对他说："好吧，想订亲的话，我可以替你们做主。"

张柔和端着水盆来了，对弟弟严肃地说："忙你的去。"

张风毅拿起花剪，笑着跑下去，到了小溪对面，喊一声，朝我们挥手，太阳底下他一口白牙。

"他是花工吗？"我问。

"我不是早就告诉过你了？他是一个诗人。"张柔和不满地看了我一眼，说，"不过他也会干花工的活，我外公外婆家里就是培种花木的。"她给我洗了脸和手，就走了。我惊疑不定，走到窗边，朝假山下的张风毅喊道："哎，你，写哪方面的诗？"

张风毅为了让我听清，朝小溪边走了几步，大声说："我写关于爱和恨的。爱大自然，恨世界的残酷。"

我走出去奚落他："你懂什么爱和恨？听见一个屁都笑得直不起腰，还世界呢？"

他说不出话了，没心没肺地站在那边，看着我微笑，突然他大声地吟出一首诗：

枝叶上洒满阳光，

我是一棵自由的树。

春天长出蘑菇，

夏天长出木耳。

我在秋季长出爱恋，

大雪纷飞，

每一片雪花都是我对你的誓言。

我转身回书房。他是张柔和的弟弟，也许他不知道他的姐姐喜欢我父亲，我可不能招惹他，今生今世，我们只能是好朋友。

柳爷爷过来了，手里玩着一只绿水晶老壶，听见张风毅对我吟这样的诗，从地上捡起一块鹅卵石朝他扔去，张风毅身子一闪躲过了，跑得远远的。柳爷爷说："小猢狲，亏你想得出来？一棵树是最不自由的了。"他骂完，仰起头，看见我站在窗边，就说："你这病，真的就没人能治？心脏一会儿猛跳，一会儿又慢得要停跳。你应该是一位战士，怎么弄得像林黛玉似的？你在这里住几天吧，让你张家姐姐管你。"我答应着。看柳爷爷走了，就俯下身去看书房的窗户，窗户是梅花冰裂纹窗格，从梅花窗格里望出去，张风毅跑到了中院那儿。

站在假山群上，俯瞰"廿八斋"，我突然发现，这整个大院子里，没有一株白玉兰树。庭院里不种白玉兰树，是因为它开花时无叶衬，有叶时无花陪，花开时经不起风吹雨打，花落时凄凉悲惨。但是大户人家爱种广玉兰树，它一年四季青翠，开硕大的白花，树形粗壮茂盛，庭院里种它，取“玉堂富贵”之意。柳爷爷的“廿八斋”里有三棵广玉兰，他很反感给树赋予固定的不同的意义，尤其是什么“玉堂富贵”，我以为他会砍掉它们，但他却不准备砍。

我想起了我经常做的那个梦，梦见常宝藏在白玉兰树间的脸，心像被开水烫了一下。今天是清明节。

常宝的事，我稍候再说。

晚上，我爸爸下了班过来了，他说班主任老师去军医院找他，问我头发有没有长出来。如果已经长出来，那就该去上学了。

我的头发短短地贴在头上，像个男孩。

定彩过来告诉我爸爸，本来烧了什么菜，现在又要多加什么菜。她其实就是想过来看看我爸爸，她说话时死死盯着我爸爸的脸，我爸爸听了她的一连串菜名，点点头，向她微笑，她一下子高兴得咧开嘴，睁大水汪汪的眼睛，拍了一下手跑掉了。

我把柳爷爷写的信递给了我爸爸，他看了以后，什么也没说，一声不吭地撕了，恰好张柔和走过来，她从我父亲手上接了碎纸，悄悄地去扔了。

今天早上，渔民阿火根给柳爷爷送来了四条小刀鱼，定彩用薄盐腌了，留到晚上吃。定彩刚才说，今年春上天气有些冷，长江里捕不到刀鱼，有时候一天下来也只捕到二十几条小江刀。阿火根每年春天都有那么几天，坐一整天的车，上门给柳爷爷送刀鱼，今天早上他把鱼放在门口就走了，没要钱，说不好意思，赶了十来次潮汛，都是些“小毛刀”，就算给柳爷爷尝个鲜吧。过些天，打到了大的刀鱼再送过来。

趁着等晚饭的间隙，我提起了柳爷爷的享乐主义的话题。柳爷爷说：“张风毅到底读书读到了初中毕业，人也爱看书学习，让他过来说说什么是享乐主义。”

张风毅过来说：“我也不懂什么享乐主义，我就把享乐主义当成享受主义来说吧。我们老百姓粗茶淡饭，过年吃上鸡鸭鱼肉就是享受了。平时，苦了一天，晚上坐在灯下，太太平平地喝粥，吃豆腐干、咸菜，就是莫大的享受了。到了年龄，该结婚的结婚，春天时，一家老小去山上看梅花，夏天去荷花荡看荷花……也是享受。但是享受与享乐好像还有一点距离。我进了柳府才知什么是享乐主义。你看柳爷爷的园子里多数种梅、兰、竹、菊，象征人的自傲自重，冰清玉洁。不仅是花草，你仔细看纱槅窗格、栏杆、挂落、瓦当跟屋脊上的装饰，还有桌椅凳几床、石头的铺地图案，要么是吉祥如意的意思，要么就是文人的自律。总而言之，这里的一切，花草树木，各种装饰图案，都是言志或吉祥辟邪的。柳爷爷的吃穿用度，也都是费尽心思。从物质满足到精神满足，特别的讲究，讲究得别人做不到，才是享乐主义。像我们这种俗物，吃一只蹄髈就高兴得不得了，不过就是嘴巴和肠胃享受一下子。”

柳爷爷说：“好孩子，这么会说话，我以后提携你。我们中国人总是与有权有势的人有隔阂，谁靠着有权势的，就骂人趋炎附势，这个也就是片面思维。趋炎附势，是地球上生物的特性。没有这个特性，人类也不会发展。如果有权有势的人正派，为人民服务，那就得靠着他。不正派的，不为中国服务的才要反对他。再厉害的做法，既要趋炎附势，又要把“炎势”之人监管起来，给他荣耀，也给他束缚。言归正传，我呢，园林里的这一套，并不太爱，因为是以前的东西，就留在这里了。你想想看，华丽的园子，主人坐在老红木或者花梨木的椅子上，饭来张口，衣来伸手，却假惺惺地种了梅兰竹菊，远远地欣赏它们顽强的生存姿态，说是希望自己像它们一样活得有种，活得长远。这是思维方式有问题。享受就享受吧，没来由搞那么多吓人的寓意，脱裤子放屁。园林就是玩个情趣，掌灯夜游是最好的，雪里烤炙也不错，雨中赏花一般般，有点做作。”

我说：“现在时兴说为人民服务，没人说为中国服务。”

柳爷爷说：“为中国服务就是为人民服务。你脑子怎么拐不过弯？你的思维也有问题。”

我站起来对柳爷爷说：“爷爷呀，你总是说人家的思维有问题，我看你是只许州官放火，不许百姓点灯。乌鸦落在黑猪的背上，看得见人家的黑，看不见自己的黑。”

张风毅小声说：“我觉得也是。”

柳爷爷说："呀，我错了，请大家原谅我吧。"

定彩把刀鱼连鳞片一起清蒸了，让张柔和端出来，一屋子的鱼香味。张柔和走过我父亲身边，大胆地瞄了一眼，笑了一声。她这么一来，一屋子的人全都故意咳嗽起来。

茅台酒也摆上来了。我爸爸不肯落座，两手抄袖，皱起眉头，严正地发表他的言论："生产一吨茅台酒，听说要消耗五吨粮食。我们没有那么多的粮食生产这种酒，老百姓还吃不饱呢。你看，菜场里的菜越来越少，菜场外面的菜贩那里，价钱越来越贵……"

柳爷爷把酒杯一扔，大吼大叫："孔朝山，和你在一起真是没意思。喝一口酒都像是在犯罪。我用的是我自己的钱，我去年新划分的工资，一个月也有四百多块，花不完。我只有一个女儿，还出家了，难道你让我攒钱放到火葬场去烧？"

我爸爸愣了片刻，放下手赔笑说："好了好了，我不说了。"坐了下来，拿起筷子。

柳爷爷说："你真是个好人，关心自己的灵魂，还关心菜场里的物价。"说完，给我爸爸倒上酒，我爸爸端起来一饮而尽，把空杯子伸过来再要一杯。柳爷爷看着他说："想再喝吗？老百姓还吃不饱呢。不给。"我爸爸说："你不就是说我是个伪君子吗？"柳爷爷笑着，给我父亲斟满，嘴里啰唆："何苦呢？人生在世，吃喝二字。我就是庸俗主义。我爱享乐。享乐在我来说，既是身体需要，也是灵魂的需要。一个不知道自己需要的人，不会知道别人的需要。一个不懂得关心自己的人，也不会真正关心别人。”我爸爸迁就地说：“你说什么都对，我不再和你争了。”

张风毅在边上陪着。三个人喝完了一瓶茅台酒，柳爷爷又让定彩去拿自酿的葡萄酒。去年柳爷爷的院子里结了不少葡萄，他就托人去搞了些冰糖，教张柔和把葡萄压榨去了皮，剔除籽，一斤冰糖六斤葡萄，一层一层压在瓷缸里，封了口，酿好再取出装瓶。定彩说，张柔和第一次被柳爷爷指挥着做这事，舌头伸出来，老半天缩不回去，说：“亲娘，以前我们老家那边的地主也不敢这么做的，拿冰糖当面粉一样撒，被人知道了眼红死了，就要骂死了。”

定彩把张柔和这个故事一说，大家就笑了。这个时候是最容易笑出来的。定彩看看我爸爸，又看看张柔和，说：“你们两个人，笑得一模一样。”

我爸爸收起笑容，放下酒杯说：“不喝酒了，把饭端上来吧。我吃了就走，回家还要写一个病例。”

张柔和抢在定彩前面，给我爸爸盛了一大碗米饭。看着面前这一大碗米饭，我爸爸不知如何下箸，幸好张风毅过来说他午饭没吃饱，晚饭要多吃一些。他把这一碗米饭端走了，一个人去厨房慢慢吃。

这顿饭，我一个人吃了半只鸡，两条长江小刀鱼。我爸爸说：“这孩子近来特别能吃，能吃倒是好事，能吃，身体就会健康了。但是菜场的东西越来越少。猪肉什么的，都不常见到。听说偏远地区都揭不开锅了。”柳爷爷不接他的话茬，看着我说：“这么喜肉，一定是生命力旺盛的缘故。但是心脏为什么又跳得忽快忽慢？”我爸爸说：“她太会钻牛角尖，兴许是这个原因引起心脏跳动异常。”柳爷爷说：“孩子喜欢琢磨道理是件好事，哪怕有时候钻牛角尖。”我爸爸说：“但愿世上的人都能原谅她的错误。”我毫不犹豫地说：“我是来原谅世人的。”柳爷爷端起酒杯对我说：“好孩子，我敬你一杯。我喜欢刚强的人，不喜欢那种软弱之辈。”

柳爷爷叫张柔和：“叫你弟弟过来吃，一个人躲在厨房里，像个小童养媳。”张柔和一会儿回来说：“他不愿意，他宁愿一个人在厨房吃。”柳爷爷恼了，说：“一个人到厨房吃，还得点灯，浪费灯油。”让张柔和再去叫。张柔和听令而去，回来说：“小毅说，他坐到院子里吃，院子里有月光的。”柳爷爷说：“这头犟驴是不是怕我？我虽然地位尊高，但是我挺欣赏唐朝诗人白居易，他还跟乞丐坐在一起喝酒聊天呢。我也能的。”柳爷爷这么一说，张柔和含了笑，低头端了碗，也出去了。大家也都看着柳爷爷笑。柳爷爷打了自己一个耳光，说：“说错了说错了。我怎么能把小毅比成要饭花子呢？和丫头要记恨我了。”

柳爷爷吃好饭，喝了两口雪水泡的茶。后院的假山边上种的全是绿梅，冬天下第二场雪时，他就让定彩收集绿梅上的积雪，放在瓦罐里，封好口埋于地下，到来年的春天和夏天喝。

柳爷爷说，花开什么样的颜色，就有什么样的性质。红花性燥白花冷，所以他不要红梅和白梅上的雪，单要绿梅上的。绿色不温不火，象征永久的生命。城里以前有几户人家有冰窖，单在大冬天取蓝湖中间活水边上的冰放在里面藏着，到夏天里用。柳爷爷不喜欢在家里挖个冰窖，觉得这样就像土财主家里的山芋窖似的。他是经过民主思想熏陶的人，他的享受和浪漫，要有现代文明的色彩。

喝了两口茶，柳爷爷开始泡脚。他用的木脚盆，比小孩子洗澡用的盆还大，张柔和与定彩两个人抬进书房，热腾腾的，里面泡着茉莉花干、桂枝、黄芪，还有一布包牡蛎壳。柳爷爷快快活活地念道："春天洗脚，开阳固脱；夏天洗脚，暑湿可祛；秋天洗脚，肠润肺濡；冬天洗脚，丹田温灼。哈哈。"定彩蹲下来给柳爷爷揉脚。柳爷爷说："你今天不要给我揉，你去换身衣服来坐着，看我跟和丫头下棋。"张柔和在厨房里收拾好碗筷，用香皂洗净手，拿了铜香薰放在爷爷身边，香薰里燃着沉香木。然后她坐下来陪柳爷爷下五子棋。一只手陪他下棋，另一只手把一块玉放在手心里摩挲。一会儿定彩换了一身干净衣服坐到爷爷身边，身上有新洒的花露水味，她也是一手一块玉，放在手心里摩挲。柳爷爷对我爸爸说："你怎么还不走？你不是要回去写什么病案？"我爸爸张口结舌，不由自主的心虚地看了一眼张柔和。

柳爷爷也不理会他，说："那些玩古董的老行家都是见识短的人，只知道老物件上的包浆是用自己手上的油养出来的，不知道要用阴阳油才能养出润和长久的包浆。”我爸爸说：“你真是别出心裁，别人想不到的都会想到——阴阳油，亏你想得出来的！”柳爷爷说：“男人手上的油脂是阳油，女人手上的是阴油。天地万物，阴阳调和才是长久不衰之道。”柳爷爷连输了三局，说：“不下了，让张风毅过来，说一段相声给大家听。”柳爷爷最喜欢听马三立的相声。马三立有一个相声叫《统一性》，讥嘲时政。现在听不到马三立的相声了，柳爷爷只好赶着张风毅给他说。张风毅在柳爷爷的调教下，背了几个相声段子，像《开粥厂》《黄鹤楼》《吃元宵》一类。但他不是说相声的料，表情僵硬，说着怪里怪气的京腔，纯粹就是背书而已。这一次有我和我的爸爸在场，他更觉拘束。他就索性脸朝着我，一边看着我，一边背，好像我是老师，他是学生。说完了一个，我和张柔和都捂着嘴笑。柳爷爷抬手把桌子上的一柄黄杨木抓手扔到他身上，骂道：“罢了罢了，丢人现眼。”张风毅吐了吐舌头，逃之夭夭。

柳爷爷说：“我最喜欢马三立的相声了。他编了个《统一性》，没说成，成了个右派，到什么地方改造去了。他也真的是多事，好好地去讽刺统一性干什么？我跟你们说，中国一定要搞统一性的，因为中国人脑子太活跃，像钟摆一样，一会儿左，一会儿右，停不下来，没个定性。你们看吧，往后我们国家统一思想就是最重要的任务，就跟统一台湾一样重要。”

最后，柳爷爷又让张柔和给他讲故事。据说她每天都要讲一个故事给爷爷听，她讲的大多数都是民间故事，荒诞不经。她说："今天是清明节，既然主人不让过清明节祭亲人，那我就讲个鬼故事吧。"柳爷爷说："好啊好啊，你来吓我啊，我不怕。"这个鬼故事，说的是张柔和外公外婆住的那个小村子，有一个大的打谷场。一个月夜，打谷场里坐着一群小孩，近前一看，才看清全是小骷髅。它们坐在那里，看到人走近了，一齐叫喊起来：要吃奶，要吃奶……

柳爷爷害怕这个鬼故事，情不自禁地伸出大拇指，放进嘴巴里，咬着不放。

二

我爸爸听完鬼故事，就要告辞，他说："燕妮明天就回家去，准备准备，后天星期一去上学。班主任老师说，如果再不上学，恐怕不能毕业了，要留级。"柳爷爷对他说："留级就留级，吓死你了？嗯，我让定彩给你的信，你明天就去交给你们院长吧。军医院家属区里的财神庙，拆了就拆了吧，也不是什么大事，叫你们院长不要骂人。炼钢是件大事，大家有积极性，拆几块财神庙的砖头炼钢不是错误。"我爸爸说："只要不是打狗打猫打鸟，你都无所谓。"柳爷爷说："毁树也不行。树木花草小动物，这些东西都叫人快乐。庙观有什么好？阴森森的，叫人害怕。"

看着他走出去，柳爷爷对我说："你爸爸早就撕掉了，他不敢承认，怕我和他吵架。但是我还得和他说这些话，让他转给他的院长听。”那里张柔和突然打了定彩一下，我们都猜到是定彩看见我爸爸撕信了。

张柔和一拉我的手，把我拉着跑出去，跟在我爸爸后面。清明节的晚上，不少人在路上烧纸钱，把昏暗的路烧得一片一片的明亮。我爸爸在前面越走越慢，却不回头。张柔和拉着我越走越快，却不敢上前与我爸爸并肩而行。快看见军医院了，家属大院就在军医院后面。我爸爸果决地站住，回过头说：“你们回吧。别跟着了。”

张柔和说：“我去你家拿鞋子，我有一双鞋落在燕妮房里。”

我拦在张柔和面前，说：“别说鞋子了。爸，你开个恩吧，张家姐姐有话对你说。”

我爸爸说：“人非草木，孰能无情？但有些话，不必讲——一辈子也不要讲。”

我爸爸还对我说：“燕妮，你对你妈妈太不好啦。”

我俩看着我父亲走开，谁也没有勇气去诘问他，有些话，为什么不能说？我搂住张柔和，她说：“他一下子消灭了我的幻想，我确实心里也难过的。但是我也高兴，我不过是一个无足轻重的小女子，他刚才那样说，就是看重我了，也承认了他的心意。这个就是我的胜利。”

我不能理解张家姐姐的想法，几句无法说出来的语言就能支撑她的精神？世上的一切，都得干干脆脆，要么生，要么死。

我要爱一个人，我就得拥有他的一切。要么就放弃。柳爷爷倡导的中庸之道，我是做不到的，柳爷爷他自己也做不到，只是说说罢了。

回头走了片刻，我的下半截辫子忽然拐了一个弯，跑到一棵大梧桐树后面去了。我大吃一惊，原来是张风毅，他躲在树后，把我的辫子拉过去了。他是出来接我们的。他围着一条窄窄的灰色毛线围巾，灰色的旧毛衣掩不住他浑身的青春气息。我心中依恋张家姐弟，我发现他们对我也有同样的心情。我的生命力正蓬蓬勃勃地生长，这姐弟两人，对我有着奇妙的作用。

回到柳爷爷家里，他在“四不楼”里看文件。定彩过来找我，给我一样东西，是柳爷爷送我的镏金圆形扣饰，他说这是西汉时古滇国的东西，不值多少钱，但是很配一个女孩子，把它放在枕边玩玩或者穿一根红绳挂在床架上。每当他送小玩意儿给我，就是表明他很欣赏我。我不知道他这次欣赏我什么。我陪着张柔和去追我父亲，他该吃醋才是。

张柔和帮我洗好，我换上了睡衣裤就去柳爷爷的大书房里找零食吃。柳爷爷的大书房在西红楼里，靠墙放着两只花梨木大条凳，前后抽开来都是小抽屉，里面放着奶糖、甘草山楂、敲扁橄榄、奶油话梅、杏脯……桌上还放着鱼肝油、杏仁粉之类的东西。我抓了一大把洒了密密甘草的山楂片，去书橱上找书看。大书房靠墙一溜鸡翅木大书架，书架上只放着一尊毛主席的小石膏像。我好久没进来过了，以前书架上有印度的青铜佛像，玉雕“和合”二仙，还有一尊瓷雕“八仙过海”。我特别喜欢这尊瓷雕，听说是明代德化窑里出来的东西。把眼睛凑近了看，里面有粉红的瓷光透出来。书架里的藏书五花八门，且不归类。柳爷爷偏好杭州嘉业书楼摹刻的书册，书架上到处都翻得到嘉业书楼摹刻的书本。也有陶子麟刻的《三国》和《本草纲目》。我站在书架边，一路闲看过去。元代汤厘的《画鉴》，明朝计成的《园冶》，清朝李渔的《闲情偶寄》，陈望道的《修辞学发凡》，海涅的《诗歌集》，《莎士比亚诗集》，《鲁迅小说集》……书架里有一本是柳爷爷写的关于园艺的书。柳爷爷写的这本书很奇怪，一本园艺的书，里面居然还有抨击李时珍的内容，他说李时珍伤天害理，把动物都用来做药引，贻害万年。中国人听他说老虎骨头、熊的眼睛都是补物，可以治病，大家就去杀动物。有一天动物都吃光了，就吃人了。可不是，从胎盘吃起，一直吃到心脏。清末最有名的刺客徐锡麟的心脏不是给人吃了吗？

柳爷爷的偏激，我是不奇怪的。我扔下柳爷爷的书，又去翻吴樾的《暗杀时代》。我不喜欢动刀动枪，再去找书，竟然找到了张竞生的《性史》。张竞生也是新中国第一个上书给毛泽东，要求国民科学地节制生育的人。我拿回自己的小房间，坐在被窝里，一边吃山楂，一边看这本书。看着看着，眼睛就打晃，这本书写得文雅，拘谨得像一个离不开妈妈的小男生。我们班上的男生女生，都比我大一两岁，会开一些男女之事的玩笑了，有时候说得挺露骨，火辣辣的。

十点多钟，我已经睡着了，张柔和推门进来，叫醒我，把我拉起来背在身后，背到了她的小房间，和我并排躺下，一只手从脖子后面搂住我。我知道她是和定彩一起睡的，迷迷糊糊地问她：“定彩呢?”她伸出食指放在嘴唇上，说：“定彩到你爷爷房里去睡了。”我清醒过来，问张柔和：“是不是你也要和我爷爷一起睡的?”她回答我：“不是。我还没有……你爷爷他就是喜欢闹，喜欢开玩笑，其实与我们私下是严肃的。我要找的人，要像你爸爸那样好，那样俊。你爸那样的人，给他做牛做马都愿意的。”我凑近了看张柔和的脸，月牙儿形的上唇，颇有特色。薄薄的双眼皮像刀子刻上去一样，我用手去摸她的眼睛，想到别人说的一句话，说这样的眼皮是苦命的。我摸过她的眼又去摸她的眉。她的眉与众不同，细密粗黑，远看湿润乌亮，像淋过水一样，摸上去干净柔和，有一股淡淡的香气。这也不奇怪，柳爷爷家里花木繁荣，香气都朝浓密的毛发上依附的。张柔和笑了一笑，把我的手拿下来放在手里捏着，说：“这辈子，不要忘了我。你要是记着我，我一定对你好，你想要什么都去给你弄来。”我的脸一下子高兴得红了，我还没有听到过这样的语言，尤其是出自一位女性之口。我妈妈对我用的语言都是生硬的，我不记得她对我使用过温情的语言。我承认，我喜欢张柔和这样的语言，它让我感到生活的充实，世界好像还有另一条路，这条路通向无边无际的愉悦之境，叫人一想起来，心中就无比甜蜜。

刚睡了一会儿，定彩就来敲门。她一只手擎了一支“太公”牌蜡烛，另一只手拿着一大张宣纸，宣纸遮住半边脸。宣纸上面龙飞凤舞地写着几个毛笔字。她看见我，说：“你也在这里啊？那就一起听听你爷爷写的信。”她清清嗓子念道：“张女，柔和，乖巧，不失刚强。是我心属之人。伊听宣：柳真人召伊私室密会。如若不来，要你好看！”

张柔和指着她大骂：“严定彩，你这个小淫妇，我要你好看。”

定彩吐吐舌头，扔下宣纸说：“不是我……”一溜烟地跑了。

这一夜过得真是快乐。定彩走了后，张风毅来敲我们的门，他给我带来了一枝含苞待放的野杜鹃花。送给我的时候，他说：“这就是你。”我接受了花，却不停地故意奚落他：“你也懂得给女孩子送花？……”我发现我在他面前，可以非常放肆，我心花怒放。我用野花拍他的头，拍他的脸，拍他的手。枝叶击在他的身上，反弹回来。我用杜鹃花试着击我自己，没有反弹回来。说明我和他的身体质地是不同的，他的身体比我的更具有力量，他有传达力量的结实的肌肉群，而我没有。我这样戏弄他，他并不生气，反而看着我笑。我知道这就是友爱，他真诚地爱惜着我。

我和张柔和睡在床上，张风毅坐在床边，显得不太自在。一只蚂蚁爬到了他的腿上，他轻轻地从腿上拨开它，说：“走吧走吧，下次记住不要朝人身上爬，人要把你弄死的。”嘴里这么说，眼睛看着我，见我不笑，又说：“你看，它还不肯走哩，小爪子扒牢我。它肯定喜欢上了我。”

张柔和叹了一口气，翻了个身，转过脸去不看我们。

我对张风毅说：“它喜欢和你一起玩哩，可它不是你的同类，不能和你一起过。它有喜欢的人。”

张风毅挺直了腰身，对我说：“你的话我听得懂。自从我到柳府，也与柳老太爷长聊过几回。我受教匪浅呢。”

我问他：“你受了哪些知识呢？”

他说：“譬如说，柳爷爷认为，人要有理智，尤其在爱恨情仇方面……”

我乐得合不拢嘴，说：“柳爷爷什么时候有过理智呢？”

看我高兴的样子，张风毅就提议带我们到后山探险。我们三个人穿着睡觉时的衣服，从后山上的大香樟树上爬到隔壁人家。隔壁人家也有一个大院子，正屋和门厅之间通着一条大石板路，石板路两边，居然什么也没有，只种着一大片北方才有的丁香树，空气里弥漫着丁香花的苦香味。这家人家没有住人，一个大院子，只有这些孤花开着，偶尔青蛙或者蛤蟆在泥地中“咯嗒咯嗒”地叫喊几声。夜里还是冷的，凄清的地方，夜格外冷。我们三个人在台阶上坐下来。张风毅不由分说，取下他的灰色窄围巾围到我的脖子上，并把我揽到他怀里取暖。他的肩和胸还显得单薄，但已足够在寒冷的夜里庇护我。

张风毅开始朗诵他自己写的诗：

生活卑微，
心灵漂泊，
云淡风轻，
生死由之。

他还朗诵了他的另一首诗：

所有的宗教都是我的宗教，
所有的爱情都是我的爱情。
快乐是世上最崇高的理由，
宽厚是生活最合理的动机。
……

从他的诗里看，他深受柳爷爷的影响。话说回来，我们谁不受柳爷爷的影响呢？

过了一会儿，我嚷嚷脚冷，张柔和便把我的双脚抱到她怀里焐着，我的脚在姐姐怀里，身体倚在弟弟怀里。

张风毅对我念道：

本能的雨露催化，

隐秘的世界成形，
一念之间，
长成爱的大树。

张柔和提议她弟弟把《酒窝》那首诗念给我听，她说她最喜欢这首诗了，写得很美。这首诗是张风毅十二岁的时候写给邻居女孩桂花的，桂花的父母嫌张家太穷，不同意两家结亲。桂花去年嫁出去了，才十六岁。

张风毅不愿意念，张柔和念了出来：

把你的酒窝，
盛满我酿的桂花酒。
你的小手，
插遍桂花在我的头。

我悄悄地捏住张风毅的手，想借此传达一些安慰给他。他握紧了我的手，感激地、心意相通地朝我一笑。

我们三个人看了好长时间的星星。我觉得星空和我的眼睛互相交融了，分不清彼此。我聚精会神地区分，终于知道星空和我眼睛是不同的，它清洁干爽，而我这时的眼睛不知不觉地湿润着。

第二天一大早我就回家了。柳爷爷又让定彩拿给我一串沉香木念珠，让我心不定时摸摸它。我转手把它送给了张柔和，我觉得她更需要它。张家姐弟一直送我到家门口才走开，张风毅在我手心里塞了一张纸条，叫我现在就打开看，我打开一看，是他写给我的诗：

献给孔燕妮同志

世界是男人的食物，
男人是女人的食物。
这个有趣的生物链，
请不要轻易地打破。

我说："你写得好，我要好好学习。但是……我们俩……"

张风毅轻声地对我说："提醒的话，请你不要再说。如果你再说，我就没有你这个朋友了。"

他伸出手，我也伸出手，互相拍了一下。张柔和张开双臂，把我们搂在怀里。

我第一次觉得军医院家属大院子不再令人害怕和生厌。

今天我很高兴，脸上渗出了红晕。吃好了早饭，我躺在床上看《青春之歌》，这本书刚出版，是我爸爸上次出差从北京给我带回来的。我爸爸走了进来，坐在我的床边，对我说："你今天情绪不错，你妈让我来问问你对常宝的真实想法。"

我情绪激烈地坐起来，怒视着他："她自己为什么不来问？"

我爸爸把手放在我头顶上安抚我的情绪，说："你妈妈昨天晚上看了你的日记。你日记里说，常宝其实很可怜，她不该死。该死的是王来恩。我和你妈妈都很担心你。因为你马上要去学校，我们怕你在学校里讲出什么错误的话。"

我爬起身，把书桌上的日记本撕个乱七八糟，扔在地上，随手在碎纸上倒了一杯水，说："常宝是个倒霉鬼。反革命，阴谋家。她不死谁死？……"

我爸爸说："你不要这样嘛。你这样说，我更害怕了。我们希望你能审时度势，保护好自己，冲动没有任何好处，谨慎的人不是懦弱胆小。像战场上一样，最终取得胜利的人是谨慎的人。我希望你在学校什么也不要讲。任何人问你常宝的事，你都不要说什么。你也不要在日记本里记这些东西，你想说什么，私下里跟我讲。"

我说："你不可相信。你是个叛徒，你上回把我的话告诉我妈，我妈去找杜克的妈，杜克就来取笑我，说我爱上了他。害得我抬不起头。"

我爸爸马上换了一个话题，问："燕妮，学校里现在是不是流行说话带着刺？我昨天去你学校，发现大家说话都是带着火药味的。"我不知是计，神气十足地回答说："是的。现在不兴温良恭俭让，现在说话要干脆有力，切中要害。举例说，你和唐娜吵架，唐娜的妈妈改嫁过，你就可以骂她的妈妈是'荡妇'

‘破鞋’。可以骂唐娜是‘拖油瓶’。唐娜的奶奶年轻时因为家贫在上海做过一阵子‘长三堂子’。你骂唐娜的时候，就可以骂她是‘野鸡种’，保证把她骂得当场哭起来。当然她如果够聪明，也可以朝别人的软处捅刀子。譬如她骂我，可以骂我没心没肺没人要。所以，你平时与人相处时，就要注意别人的弱点和短处。”

我爸爸说：“你这样拿唐娜来举例，有没有觉得不妥当？你现在用词就像一个街头小瘪三。”

我说：“我妈老是偷看我日记就妥当吗？也许妥当，但是我没有适应这一点。关于骂人，粗俗和文雅，就是一些用词习惯的改变。你们也要适应这一点。有些人的适应性其实不太强，就说我姑姑吧，她修行多少年了，也没有适应弱肉强食这个世界规律，还想不开自杀。”

父女俩一阵沉默。

我叹了一口气说：“我生气时的话，你不要放在心上。你放心，我也有我的思考和原则。”

我爸爸从我的小房间出去，进了书房。我听到他的书房门轻轻地关上了。他前脚刚走，我妈就进了我的房间，这可是难得的事情，她休息天也总是在加班。还有，她几乎不进我的房间。更奇怪的是，她今天穿得很特别，很有趣味：一条平角短裤，上身套了一件我爸爸的白衬衫。我睁大眼睛羡慕地看着她。她这一身不经意的穿着是多么独特好看，但是她显然不知道这一点。她皱着眉头，坐到我床沿上，盘问我去柳爷爷家里的情况。我知道柳爷爷和我妈妈互不喜欢，他俩几乎是一见面就互不喜欢，柳爷爷也没有出席她和我爸爸的婚礼。

我对她说：“除了吃、喝、拉、撒、睡和放屁，没有别的什么事。”

我妈抬手打了我一记耳光。打得不重，但我的心狂跳起来，每响一下，都结结实实地撞上我的胸膛。

她命令我：“下去把你的日记本收拾起来。别以为我不知道你在外面干的那些事。”

我下地捡起碎本子，开了窗户扔到外面。

我妈狠巴巴地说：“周边城市基本上都停止了‘肃反’，但我们吴郭不能停。我们吴郭的老百姓信奉及时行乐，贪图享受，得过且过，以前是国民党统治的‘模范区’，觉悟不高，思想上有‘白化病’。现在市里面各行各业全面恢复了‘肃反’领导小组，一是根据毛主席的指示和省里的指示，二是根据吴郭市的具体情况。像常宝这样的人，以后不经法院就可以枪决。”

她用这么正式的语言和我说话，我本应当高兴的。但她最后那句话吓到了我，我怔怔地没有任何反应。我妈妈说：“以后不许去柳家。”她拿起我放在床边的镏金扣饰，大踏步出去了。我听见她走进书房，和我爸爸说了什么话，随后我爸爸大声说：“哎呀哎呀，你扔掉干什么？这金扣子是好东西啊，有历史的。”我爸爸开了窗，对窗外什么人喊：“这是我家的东西，还给我。

你别跑啊!”我妈妈也叫：“以前的历史算个屁。从新中国开始，中国人才有了真正的历史。唐宗宋祖，稍逊风骚；一代天骄，成吉思汗，只识弯弓射大雕。”我爸爸说：“我惹不起你，我还躲不起你吗?”他的脚步声从书房里乒乒乓乓地响到大卧房里，我妈的脚步随着他骨碌骨碌进了卧室。卧室的门关上，传出我妈数落的大嗓门，越来越响。我爸爸大声地争辩，说：“哪里有压迫哪里就有反抗。”他敢说这话，难道吃了豹子胆了？我不由得走过去听。我妈的声音随即如七级大浪一样压过了我父亲：“呸，知识分子不好好改造，将来就是阻挡滚滚历史车轮的小螳螂。”我爸爸走了出来，坐到客厅里，听得他在喘气：“我是螳螂，你就是母螳螂。”我妈妈清脆得几乎没有丝毫杂音的声音传到我的耳朵里：“那个老家伙，老东西，你要跟他划清界限……为什么？你问得好！我告诉你，他就会去亲女用人的嘴，睡自己家里的女用人，张柔和没有告诉过你吗？老家伙的思想意识比马桶还要龌龊，他的脑袋就长在裤裆里。”

我爸爸站起身，慢腾腾地把手插到口袋里，反驳道：“哪个男人的脑袋不长在裤裆里？难道世上的女人，裤裆都长在脑袋上?”我妈说：“你妈的裤裆才长在脑袋上。”我爸爸说：“你没听懂我的意思，我这是表扬你在男女问题上很理性，有脑子，现在不会犯错误，将来也不会犯错误。”

我妈妈指着天跳着脚说：“我要是在男女问题上犯错误，我就不得好死，像常宝那样，死了还给人骂。”

……常宝的事，我稍候再说。

我爸妈这次吵嘴结束得很快。有人敲门，我爸爸去开了门，门开了，传来热热闹闹的寒暄。一位邻居带着她的亲戚来看我，说我出生那年，她的亲戚去产房看过我，现在想看看彩虹仙女长成什么样了。

随即拥进来一帮陌生的男男女女，我妈妈皱起眉头去了她的房间，并且关上了门，她不愿意把宝贵的时间浪费在这些无聊的事情上。我猜想她去学政治理论了，她床边放着一张书桌，上面净是些难懂的政治理论书。我爸爸礼数周全地应付着这些人，差遣我端茶倒水，向他们说些我成长的故事。几个女人盯着我爸爸，目不转睛地盯着他的脸，一副魂飞天外的样子，我这个仙女走来走去，她们一点也不关心。

我妈妈在屋里轻轻地咳了两声，于是柔软的气氛结束，来客依依不舍地和我们告别。其中有一位妇女突然给我跪下磕了一个头，说："我们村里今年青黄不接，村长在给大家打路条出去讨饭。讨饭到底不是上策，求仙女保佑今年庄稼丰收。"

我问她："你真的相信我是仙女投胎？"

她坚定地说："相信。"

我含糊地说："保佑你们庄稼丰收。"

这位妇女心满意足地跟着大家走了。

他们刚走，我妈妈从房里出来了，看见我一副扬扬得意的嘴脸，一把抓住我的手臂，对我说：“要保佑也是毛主席保佑大家，哪里轮得到你这个小把戏?”我要挣脱我妈妈的手，但我妈妈身体反应的速度显然超过她的大脑，她想也不想，顺手推了我一把。她曾经去女子伐木队蹲点半年呢，她伐过木头的手上力气很大，我被她推得一个踉跄，头脸朝下跌倒，跌得屁股朝天，缩成一团，样式难看。我妈妈差点笑出声来，捂着嘴才忍住了笑。我跳起来，大骂。我没有骂她，我也不敢骂她，我站起来一眼看到煤炉，就骂它。我把煤炉的祖宗十八代全部骂够，才去洗脸上的尘土。脸皮跌破了，手也在出血。我爸妈听我骂得凶狠，都走开了。他们走开时互相怜悯地看了一眼。我又促成他俩和好了？是的，每当涉及我，他们就会在瞬间结成联盟，好像他俩是我的受害者。

我的妈妈政治地位远比我爸爸高，一九四四年她二十一岁时加入共产党地下组织，负责本城西南片的情报传递。一九四八年秋天，国民党政府实施《新保甲法》时，她加入了共产党，并遵从组织指示，把我爸爸从美国招回，为即将成立的新中国储备医疗人才。一九四九年秋天，她担任市妇联副主任，参加了吴郭第一届各界人民代表会议。我爸爸是一九四九年以后才得知她的真实身份，吃惊得几天没有开口说话。我妈妈现在三十五岁，高兴起来，走路有时还一蹦一跳。她与别人论战时，说话又快又霸道，不让对方从容讲话，用词也粗野。与中华人民共和国成立以后大部分的基层女干部一样，她无比热情和率真。

当天夜里，我的经期到了，它提早了九天。我听女同学说，在情绪激动时，身体会发生这样的情况。当那片温暖湿润的感觉从我双腿之间弥散出来，我马上就醒了，心中充满了神秘感和探究的欲望。窗外月色如水，宇宙寂静浩瀚。我很想知道，天地之间，一个人，一个像我这样微不足道的人，活着，是为了什么？知道了活着是为什么，才能明白大大小小的许多事。

三

让时间回到两个月前的一天吧，一九五八年的二月六号。

这一天，夜色刚黑下来，“111”军医院的运动场上就开始放露天电影了。听说是春节前的最后一场露天电影，虽说夜里天气寒冷，来的人还是特别多，都穿着厚厚的衣服。人群的最后面，两妇女，一胖一瘦，坐在两棵白玉兰树中间说话。

胖女忧虑地说：“我近来的声音越来越像我奶奶，一开口，自己都吓一大跳，以为我奶奶又活过来了。”瘦女便问：“你奶奶是谁?”胖女说：“我奶奶不是刘胡兰同志，我奶奶是个老寡妇。她有一座贞节牌坊。她快要死的时候，手一招，从天上招来一副担架，担架抬着她到贞节牌坊，她就死在牌坊下面了。那天夜里，刮着圆溜溜的大风，担架从风里一闪就过来了，怕人。”

瘦女搂住胖女安慰她：“不要怕。谁要给你立牌坊，我就……我就……你听出来了吗？我的声音像刘胡兰哎。”胖女挣脱了瘦女的胳膊，生气地说：“难道你见过刘胡兰同志？”瘦女听了一愣。

银幕上的女主角字正腔圆地说了两个字：“我恨！”

瘦女大声说：“她恨什么？我听不清。”

电影里的女子又说了一遍：“我——恨——啊！”

瘦女着急：“她恨什么？我听不清。”胖女便转过头，好奇地看着瘦女的嘴巴。我们这时就能看到，除了胖瘦，两个人几乎一样：她们穿着一模一样的衣服，剪了一样的短头发，身上散发的气味也一样。她俩眼睛瞪着眼睛互相观察，眼神专注而奇特。夜空缀满星星，它的华丽在放映机投射出来的那束强烈光柱面前黯然失色。

瘦女还在说：“我听不清啊，不知道她恨什么。”胖女就发表意见：“杀千刀的，恨，恨……要不是恨那个人，我也不会这样……”她忽然站起身，惊天动地地喊道：“都不要看了。有什么好看的？……孔朝山，我爱你！我要和你困觉！”她的普通话里带着吴侬口音，喊完之后，她坐下来说：“好极了，我这声音不像我奶奶了。”

瘦女偏着头，也想要搞点名堂，也站起来，指着天空大叫道：“孔朝山，我也要和你睡觉！”她是北方的口音，她那嘹亮的女高音说出“睡觉”两个字，当真是惊天动地。然后她就开始唱起一首儿歌，大家在她的歌声里爆发出一阵一阵的笑声：睡觉，睡觉……两个疯女人要和孔朝山睡觉咯。

我们一家都没有去看这场露天电影。我爸爸明天要出差，妈妈有忙不完的大事，她总是嚷嚷，哎呀，为什么人一天要吃三顿饭呀？真是浪费时间，一天吃一顿多好啊，剩下的时间都用来做革命工作。

我愿意放弃那部看了好几遍的电影在家里恋着父母亲。

医院办公室的一位姓钱的女同志来敲我家的门，说了这件了不得的事，还描述了运动场上像炸了马蜂窝似的情景。我爸爸一边穿上衣服朝运动场去，一边轻描淡写地说："没有必要这么激动嘛。爱我？蛮好啊。我感到很荣幸的！"那两位女士是他的病人，她们都曾是文工团的演员，从朝鲜战场上下来后，进了他的精神病科。也许是听到放电影的声音，就跟着大伙跑出来了。

我爸爸走后，我妈妈指着他的背影嘲笑说："五爱教育里应该再加一爱——爱孔朝山。"

她转头问我："五爱是什么？你应该知道吧？"她习惯性地把一条辫子朝后背上甩过去，没听到我回答，她自问自答："爱祖国、爱人民、爱劳动、爱科学、爱公共财物。"又问我："那你说说，为什么要爱以上这些内容？"她热情单纯的腔调像极了一些电影里的女主角。

我听我柳爷爷说过的，光靠无私的道德观的灌输，人是不能学会爱祖国，爱人民，爱护公共财物的。自我是最伟大的，人首先要学会爱自己，才会推己及人地爱别人，才会对这个世界有责任心。这些话我不会对我妈妈讲，在她眼里，柳爷爷的思想根本没有改造好。

她见我不肯回答，就捏起手指朝我打个响指。我知道她要什么，飞快地去竹碗橱顶上拿了一支牙签给她。为她服务我很高兴，我巴不得每天都有这样的机会。她不太喜欢我，我知道原因，是我不听话。我爸爸对任何事都持宽容态度，而我的妈妈不是这样，她整天说，你应该这样……应该那样……她的眼睛永远亮得吓人，像有火苗在燃烧，一直烧到你的灵魂里。她是一位真正的战士。我其实喜欢她这一点，我觉得我的性格更像她而不是我爸爸。

这是我家的故事。接下来我说一个家以外的故事。

军医院在红旗坊里，红旗坊路口，竖着一座石牌坊，中间大，两边小，四柱三间三楼。为乾隆二十三年建成，到今年正好是两百年。它雕饰的内容与众不同，令人啧啧称奇。顶部中门楼上的“鹅头”部分装饰的是砖雕，手法齐全，平雕、浮雕、镂雕、透雕一一用上，却只雕了一样东西：竹。确切地说是竹节和竹叶。上枋雕梅，下枋也是梅。竹和梅，大约是附了“青梅竹马”之说。中枋的横额上，阳刻着四个字“归去来兮”。横额东边是“七夕相会”浮雕，西边是《西厢记》张生和莺莺私会浮雕。上枋的垂柱上刻着“凤求凰”和“凤戏牡丹”。脊饰是月下老人和王母娘娘。两边的小门楼上，雕了“喜鹊登梅”“攀枝小猴”

“鲤鱼跳龙门”之类和及第有关的题材。但仔细看就会发现，喜鹊有一个女人一样隆起的胸，下刻“喜欢奶”三字。鲤鱼的屁股上多了一根细长的生殖器，下刻“里藏屌”。都是取了动物名字的谐音引申开来的。两只小猴一边攀枝，一边互相抚爱对方……这座牌坊可说是雕工精美，气势宏大，但因它主门楼上雕刻的题材不合主流，粗鄙浅显，油腔滑调，历年修撰的地方志里都没有它的踪影，不管是封建王朝还是中华民国还是中华人民共和国，在这一点上大家意见一致。既然姥姥不亲，舅舅不爱，所以也无从考证它建立的初衷。也许它的目的就是与一本正经的世界开个玩笑。这牌楼设在大路口，为方便人走路，基础的柱台设得和路面一样平，常有人在这里乘凉、下棋、吹笛子。小孩子在这里跑来跑去，女人们便尖了声音大叫：“小杀千刀，小棺材，跌个跟头叫你跌昏了认不出爷娘面孔。”因为挨着河，牌坊散发出淡淡的水草味。住在军医院边上的小宝经常指着牌坊的头唱歌似的说：“你们看，你们看，你们看呀你们看……”

小宝后脑壳子上留了一根小辫子，当他聚精会神地朝上指的时候，小辫子经常被别家小孩子拉扯。

小宝外号叫“小神经”。他不是我爸爸的病人，他家里穷，看不起病。我爸爸经常自己掏钱买了药，再让我拿了药送到他家里去。他家穷得连桌子都没有，除了毛主席红光满面的画像是新的、完整的，所有的东西都是破旧不完整的。他家里刚用过的破碗，即使是寒冬腊月滴水成冰的日子，只需用一点点的冷水一冲就干干净净了，这是因为饭菜里没有油水的缘故。但小宝的爸妈看上去并不愁苦，他们表现出惊人的乐观，我就不止一次地撞到夫妻俩大白天兴高采烈地玩男女游戏。有一次，那男人还在破床上对我说："没事，小仙女，你把药放在灶头上，坐下玩玩吧。茶杯在窗台上，自己去倒热水喝吧……"女人在他身下发话："家里哪有热水？要到老虎灶上去打的。我没钱，你给她一分钱去打一瓶水来。要不，拿一分钱去买四铅桶自来水，自己烧。"女人被男人压着，出气不匀，音调不由自主地忽高忽低，但还是声情并茂。男人吼她："家里没井啊？井里吊一桶水就够她吃的了。你倒会用钱……用钱……败家精！哼，罚你唱一个让我听听。"男人一吼，床就忽悠忽悠地抖起来，女人便咿咿呀呀地学着小生的腔调唱：见了你紧相偎慢厮连，恨不得肉儿般和你团成圆……他们睡觉的床破得不忍描绘，你就是在屋子外面大声说话，它也会震得一抖一抖的，别说两个人一齐用劲了。可怜的床，它要是能说出话来就好了，它就会一边抖一边咳，一边埋怨。于是男人和女人，只好等它咳完后再继续干他们的好事。

一九五八年的一月底，早晨，军医院里跑出一队战士，拉了警戒线，用炸药炸倒了牌坊。这条路上军用卡车来来往往，牌坊碍事。我们都喜欢草绿色的军用卡车，它不仅代表着权力，象征着力量，还引领着时尚，它有说不出的性感。

牌坊没了以后，小宝还是跑到原先的位置上，朝上指着呢喃：“你们看，你们看，你们看呀你们看……”

大家这才知道，他指的是白玉兰树，不是牌坊。这棵白玉兰也有一百年了吧，它好像不知道自己老了，每年二月底或三月初都疯狂地开了满满一树香喷喷的大白花。王来恩曾经指着它大骂：“开了这么多花，叫人心里痒痒的像是猫抓。什么时候给你埋一大桶盐卤，送你上西天。叫你开成这样嚣张，狗娘养的！”他这么说，我就嘲讽他：“你有本事的话化成天上的雨，下它几天的雨，花就没了。”

小宝是个温顺漂亮的孩子，人畜无害。牌坊炸掉后，没几天他就失踪了，再也没有回来过。常有小孩到他家门口去说：“小宝妈，你快去看看，你家小宝在白玉兰树底下唱歌。”小宝的妈就把一只笤帚扔出来。时间长了，小孩子们也不再上门去开玩笑了，连他的爸妈或许都忘了他，但我永远记得他，因为只有我才真正知道他朝树上指的是什么。刚枪毙的常宝魂魄不远，她的脸在树叶丛中一到傍晚就显现，除了我，只有心地纯真的人才看得到她。

……常宝的事，我稍候再说。

吴郭的市花是白玉兰树，几乎所有的人行道上，都种着白玉兰树。它树形不好看，花期短，半个月左右。经不起雨打风吹，花落时凄凉，文人不歌颂它，画家也不太爱画它。但它作为人行道树十分合适，挺直茂盛，不遮视线。今年白玉兰花开得格外迟，阳历三月七八号才开花，但开得格外的壮观，全城雪盖，像烧着一样，晚上出去，薄薄的夜色里一片白光。这年我十五岁。中华人民共和国成立了九个年头，打过两次仗，一次是全体中国人民都知道的，抗美援朝战争。一次是我们当时都不知道的，过了三四十年后才知道的抗法援越战争。政府与西方国家进行冷战，抵抗来自美国和西方国家的巨大压力和台湾势力的渗透，关注民生，发展经济，搞各种各样的运动，建立新秩序。我也在这一年开始了我真正的人生之旅，我发育来迟，今年二月十五号才来月经，乳房从青梅大小的两个硬块变得膨胀和柔软。这以后，我懂得害羞了，不知不觉地还有些矫揉造作和多愁善感。

我傍晚以后会抽空到军医院南边的小河边，独自在草地上小坐片刻，好像在等待什么，又说不清在等待什么，心中充满惆怅。那棵百年玉兰树就在我边上，它满满一树的待开花蕾。抬起头，看头顶上闪烁的星星，在它们中间，我隐约看到男孩的面孔，熟悉或陌生的，都在尽力诱惑我。有一次寂静的傍晚，我看见河中间开出一朵粉红的莲花，翘起的花瓣中间盛满露水，就像一只结实的瓷碗，花瓣外面映出鸟儿飞翔的影子，那是我心里的幻影，是我青春来临时的幻觉。当我看到河里跃出两条红鲤鱼时，那一刻，我已分不清现实和幻觉的边界。我不害怕迷失，我喜欢碰到这么多意想不到的东西，它们都是奇迹，仿佛全世界都到我这儿来编织童话。我期待着，迷信着，自信着，卑怯着。我的内心一半是尽力开放的，另一半却是有意自闭的。但是不管我是开放还是自闭，我的第六感变得那么敏锐，常常听到身后细微的毛茸茸的声音，回头一瞧，原来是一片片带着水汽的杏花花瓣，正从身后的大杏树上静悄悄地如雨一样从天而降。但是，正如你所猜想的，杏花刚开，也不如雨。那又有什么关系？所有的一切，都像早晨醒来，看着温暖的被窝上，掉落的那个梦。

这种梦幻式的生活很快就结束了。

两个疯女人大闹电影场的第二天，我爸爸到北京出差。他这次要去一个月，除了开会和学习，他还请了几天假在北京访亲探友。清晨五点半钟，我妈妈就支使我到公用水池去取水。我爸爸背着旅行包，就走在我前面不远处。那些穿着笔挺护士服一路小跑的小护士，经过他身边时，都会回过头偷偷看他。她们都知道昨天电影场的事了，她们是不是羡慕两个疯女人的胆大妄为？这些小护士年轻漂亮，心气很高。她们看得上的男人都不是一般的男人。我不是说她们功利，医院的院长老杜背景很硬吧？又有权又有势，她们看得上吗？看不上。她们见了老杜连忙低头垂手，装成谦虚谨慎的样子，一转身就吐舌头，做鬼脸，摇头，更不要说回头偷偷地看他一眼了。她们懂科学，见过大场面，也见多了生生死死，知道人到底是怎么回事，在情爱这件事上，不会骗自己。

公用水池在传达室边上，看传达室的是王来恩，一个好吃懒散的笑嘻嘻的家伙。他一本正经地问我："燕妮同志，昨天的电影好看吗?"

我没理他。

他又对我说："昨天晚上不是我值班，我也没去看电影。我忙了一夜，写材料，发材料。到现在还困得慌。"

我问他："你写什么材料了?"

他独眼一翻，说："不告诉你。"

一九五三年春，"抗美援朝"战争快结束时，他的右眼在一场小规模的阵地战中莫名其妙地失明了，夜里还疼痛。回国后有一阵子又能看到东西了，可惜过不了多久又看不到东西了。他通过部队里的熟人来找我爸爸，我爸爸把他的病诊断为战争中的应激反应症，也是战争疲惫症的一种，又叫歇斯底里眼盲症，并不是真正的失明。但王来恩不相信自己的右眼是健康的，自作主张地把右眼用胶布封上了。这样，他就剩下左眼了，是个独眼的伤残军人了。王来恩不守规矩，私自偷了药房六支"杜冷丁"悄悄地治眼疼，一下子上了瘾。事发，拍着胸大喊："为国卖命的人，用几支药算得了什么?信不信老子告到中央?"

王来恩偷了东西终究没有受到严格追究。他是在朝鲜战场上负的伤，对国家是有贡献的。我爸爸给他强制戒瘾后，医院领导就安排他在医院里看传达室了。但这个家伙并不领情，在外面放风说，市政府有个姓王的副市长与他是家乡人，还是一个村里的，住在屋前屋后，母亲们是表姐妹。暗示他是有靠山才得到传达室位置的。这个靠山对他用处很大，除了给予他工作的方便，还让他的小偷小摸具有了某种正当性。当他顺手带走了国营大饼铺里一根油条时，伙计就赔笑着说：“首长，你又多拿了一根，这是国家财产，就是王副市长也不会这么干的。”王来恩生气地说：“吃你们一根油条算什么，我看见你们也吃的。”伙计还是赔笑着说：“你吃你吃，油条炸了就是让顾客吃的。你把油条钱给我们就好。”王来恩说：“我是国家的功臣，不要说油条，就是把你们这个铺子给我也不多。”

他的口头禅就是：不多。不多这个词有双重的意思，一是不够多，二是应该尽量多。如果王来恩生气时使用在对方身上，就是骂对方活该。

王来恩每天清晨有一个固定的习惯：要到医院外面的大饼铺子里买两根油条，一根拿回传达室蘸着酱油吃，另一根就在大饼铺子走到传达室的路上吃。那年头有条件每天吃油条的人不多，因此他被医院外的老百姓起了一个外号叫“油条王”。所有的人都叫他的外号，连医院的院长、政委，都这么叫他，只有我爸爸始终尊称他为“王来恩同志”。我也叫他“油条王”。王来恩同志？他配这么叫吗？他一直没结婚，因为女人们都看不上他。但是他说：“好多女同志都争抢着要我，就像蜜蜂叮着花朵。我才不想结婚哩。结了婚，要供养家庭，没得油条吃了。”他吃完油条双手朝头发上抹抹，当洗手，也当上发油，一举两得。他睡的枕头上一股油条味，与他的人一样出名，人称“油条枕”。他难得把枕头拿出来在太阳底下晒时，当真是油光四射。

王来恩一边啃着油条，一边往传达室走。王来恩的独眼就像钟摆那样灵活，善于左右摆动。他左一晃右一摆地，发现了情况：小河的水草里居然睡着一个女人，身上的草绿色连衣裙与水草浑然一色。这时候六点还不到，路上行人稀少，即便有人，也是行色匆忙，只有像王来恩这样悠闲自在的人，独眼珠这样左右摆动的人，才会发现河里绿色的水草里有一个绿衣服女人。王来恩扔下那根准备回家蘸酱油吃的油条，两只散发着油条味的手一齐挥起来，激动地喊道：“啊呀，有人跳河自杀啦！乌龟王八蛋，今天是什么日子？有人死河里啦！”喊完了，又把油条从地上捡起，看到上面沾着干灰，不禁懊恼，朝水里的女人啐了一口，骂道：“我出门不吉，晦气！晦气！你死了不多。”

换了另一个人，绝不会马上就认为人家是跳河自杀的，还有一种失足落水的可能。王来恩看上去是愣头愣脑的，脸上挂着憨厚混沌的笑容，却有着领悟真相的精明，透着邪邪的古怪精灵。

既然有人这么喊了，大家也就围上来看自杀的场面。片刻之间河堤上站满了人，安静无声，伸长头颈朝水里观望，脸上带着隔夜睡眠的麻木和浮肿。我听到一个女人沉着地说：“毛主席说，救死扶伤，是革命的人道主义。”话音未落，两个男人和一个女人争先恐后地蹚下了河，捞出水一看，那女人说：“呸，资产阶级分子！破鞋！”双手一撒上岸了。那两个男人互相看一眼，一言不发，四只手一齐松开，也回到岸上。那女人在水里翻了一圈，浸水面包一样又沉下去。大家都好奇地相互问：“谁啊？到底是谁啊？”结果是我爸爸闻声回头走过来，扔下旅行包，脱下长裤，蹚到河里去把水里的女人捞了上来，把她的腹部压在自己膝盖上朝下倒水。她溺水不久，吐出了一大摊水，又咳出了一口气，算是活过来了。王来恩张着嘴近前拉起她的头发一看，然后嘴巴一闭，朝后一退，走了，也没有说“不多”。

有人轻声说：“我说是谁啊，原来是常宝。油条王多事嘛。”

有人问常宝：“你不是医院里的药剂师吗？为什么不吃药死掉，反而跑到水里淹死自己？”

常宝睁开眼睛，倔强地，然而有礼貌地回答：“药是国家的，拿了就是贪污。我死也要死得干干净净的。”

“干干净净”几个字刚说出口，围观的人群就爆笑起来。

谁不知道她啊，医院里的药剂师，三十几岁，至今未婚，一个臭名昭著的风流女人。

原来昨夜里王来恩给院长老杜写了一封检举她的信，他想告诉我又没有说的就是这件事。他把检举信扔在老杜家的院子里。自从一九五五年开展“肃反”运动后，老杜家的院子经常收到各种检举信，老杜家的院子收到了，就是老杜家的保姆赵大姐收到了，然后才是老杜收到了。检举的内容是五花八门的，有的说保卫科科长家里最近几乎天天吃鱼，以前他家不大吃鱼的，他有五个孩子，吃不起的。他扔在垃圾桶里的鱼骨头，被“有心人”收集在袋子里了，现在就放在领导办公室的桌子底下。有的检举信说某某护士长突然有了一只来历不明的俄国夜光表，问她，她不说。那就可能是敌特机关给她的。还有的说，骨科李大夫在看病的时候，故意捏人家女病人的腿，女病人哎哟了一声，他还装模作样地抬头看人家，假装什么都不知道，这是腐蚀阶级姐妹。更多的信是检举一些人在私下场合里对“肃反”和“反右”运动的不满语言。老杜看了这些信很头疼，咬着牙，鼓起腮帮子，因为都是匿名信。最后他只留下王来恩的检举信，准备追查。只有王来恩是实名举报。

那么王来恩为什么敢写具名的检举信？王来恩写的时候想：他妈的，我怕谁？常宝没爹没娘，没儿没女，连丈夫都没有，打起架来她都找不着人，不怕她。写好了信，他黑灯瞎火地去扔在了老杜的院子里，然后，他还顺道去看了常宝。他敲常宝的窗户，隔着窗子，把他写检举信的事告诉了她，说了检举的内容。最后说：“说起来我也是革命的功臣，可你他妈的从来没正眼瞧过我……叫你张狂？人模狗样的。还以为自己是满汉全席，人见人爱呢。……不多。”他说了以上这番话，还嫌不够厉害，对着窗子学了恶狗大叫几声：“汪，汪汪，汪汪。”

常宝听了恶狗吼叫，心惊肉跳，捂住胸口，歪歪扭扭地坐起来了，坐在床上一夜，一动也不动。清晨五点，她万念俱灰，一时起了死的念头，换了她最喜欢的绿呢连衣裙出门去。路上碰到一个熟悉的值夜班的护士，护士说：“这么冷，您怎么穿着裙子出来了？哪里去啊？”她给小护士让路，勉强地笑了一下，小声说：“去死！”护士听了，附和着一笑，以为她在开玩笑，又说：“当心受凉了。”常宝点着头，对着护士的背影鞠躬说：“谢谢你，谢谢大家……替我谢谢大家。”声音低得听不见。

早上五点，天还没亮，天字第一号的长舌妇，老杜家的保姆赵大姐也出门了，照例拎了竹篮子上菜场排队买菜。她识字，当过几天乡村小学的语文老师。今天，她的右眼皮跳得很厉害，与人说话的时候，拍着自己的右眼：“常宝犯的错误很严重啊，搞不好要进大牢的。”别人说：“赵大姐，你就说说嘛。”赵大姐做个鬼脸，翻个白眼，脸拉长，放下篮子腾出一只手朝脖子上一劈。她劈的是自己的脖子，意念中死的却是常宝。就像九华山上的道士，用了隔山打牛的功夫一样。做了这一手，她对围拢的人说道：“我透一点消息给你们，她的问题跟土匪、恶霸、特务的性质差不多。”

这时候，常宝正颤抖着走进冰冷的水里。

在她寻死的现场，王来恩一走，大家马上“哄”地后退了几步，像是常宝身上有着极强的传染性病毒。有人是鄙视她风流，有的人是表示对异己分子的恐惧和疏远。等到我爸爸穿上长裤，大伙儿就各自走开了，留下半死不活的常宝。我爸爸转脸对我说：“爸爸要赶路，麻烦你一下，把常宝阿姨送回家吧。”自杀的人，肯定有了麻烦。女人自杀，要么生活问题，要么政治问题。

可我爸爸交给我的任务，我一点也没犹豫。

但我拉住我爸爸，向他提了一个要求，我想要一本《青春之歌》。我们语文老师有一本《青春之歌》，她借给班长小杨看。我拿一九五四年上海文艺出版社出版的《铁道游击队》和小杨交换《青春之歌》，小杨拿了我的《铁道游击队》，看了一夜后又还给我，对我说，《青春之歌》她早就还给了语文老师。

我的学校是吴郭最好的中学，范仲淹创建的。前面是孔庙，后面是老君庙和旧巡抚衙门。西北方向不远，是皇废基，那里有一座忠王府第，是太平天国李秀成的宫殿。太平天国没来的时候，吴郭的人口有八十多万，闹完太平天国，吴郭的人口不到四十万了。

昨天我们看了电影《护士日记》，一开头，要求进步的小护士这样写日记：今天书记说，为了适应工业建设的需要，同学们要提前毕业。我们每一个人都在考虑自己的前途，当祖国需要我们的时候，我们却为了自己过好日子而当逃兵，这样是可耻的。

我也快中学毕业了，我功课不算很好，我生性不爱读学校的书，也不爱想毕业以后的事。大学就那么几所，只有一两个人会考上大学。毕业以后，大部分人都要响应政府的号召，到农村或去边疆垦荒，少数人会顶替快退休的父母亲或爷爷奶奶的岗位，我应该有进军校的机会。我无忧无虑，自修课就独自溜出去玩。忠王府里特别好玩，一角钱玩半天。两分钱可以在

“源大昌”买一盘卤鸡和一碟五香豆腐干。那时候，吴郭的巷子口都是窄小的，但里面藏着的东西很惊人，可能是一条不小的河，也可能是一座小山，或者一个大教堂。此地人见过世面，所以处世低调。穿过忠王府后面的一条小巷子，有地下赌场。赌场前面是一条清澈的河，河边，有一个老虎灶，老虎灶边上有一座中国人看管的小教堂，小教堂后面有一座木桥，木桥通向一片废弃的农村集贸市场，政府不让搞自由市场，刚取消，不派用场，一片凌乱。地下赌场就在农贸市场的地下室里。我跟着唐娜去看过，唐娜的爷爷在这里当义工，没有一分工钱，就是喜欢这里的气氛。没有麻将，全是扑克牌，比点子大小或者“沙蟹”。大家都怀着赢钱的梦想，安安静静地赌钱。输得满头油汗的人，最后坐到角落里一声不吭地喝茶，喝完茶走路，晚上回家也许就饿肚皮了。

赌场里的人都认识我。我是“彩虹仙女”，大半个城都认识我。我来看热闹，他们没有意见。

地下赌场的外面热闹得很，动不动就有锣鼓队走过，报生产捷报或者喊打倒某某右派分子。但是地下赌场里不动声色。我听柳爷爷说，吴郭人说话糯糯的，个性却不软懦，特征就是不管什么事都不露声色。当年吴郭人认可忠王李秀成的为人处世，全城的人陪着他和曾国藩较量性命，最后被曾国藩血洗了城市。

不说我怎样扶了常宝回去，先说我爸爸这次行程。

我爸爸这次的行程是这样的，先在本市坐长途客车到上海郊区，然后搭车进上海市内住一夜，第二天去拜访一些人。第三天，再到上海火车站坐上火车。火车到了长江边要摆渡，一节一节地运上火车渡轮，他和乘客一步也不能离开火车。跟火车一起摆渡到长江以北，接下来才是一个完整的旅程。蒸汽式火车没有测速仪，速度也只有五六十迈吧。可是我的爸爸，总是感到自己在空中御风而飞，疾驶过祖国的大好河山。他极喜欢长江，曾经对我妈妈说，每当看见滚滚长江东流水，他都忍不住豪情满怀。在摆渡长江的半个小时里，他会背诵唐诗和宋词里关于江河的诗词。

我爸爸从牙牙学语时，他的亲爹就请了私塾先生给他启蒙，从《三字经》开始，到《四书》《五经》、唐诗宋词。然后研习琴棋书画。再大一些，十岁左右，他的干爹柳家骥让他背诵严复翻译的赫胥黎《天演论》，柳爷爷说《四书》《五经》里许多陈腐观念，毒害中国人，只有去读《天演论》这样的书，才能找到正确的思维方式。我爸爸到现在还能大段大段地背诵拗口的《天演论》。他的书法也令人称道，他的书房里挂着一幅他自己写的苍劲矫健的小篆：

民生各有所乐兮，
余独好修以为常。
虽体解吾犹未变兮，

岂余心之可惩。

这是《离骚》里的句子。意思就是：人各有喜好，我独爱整洁傲岸。粉身碎骨不变，心灵不怕威胁。

我爸爸写得最好的字体不是小篆，而是行草。他的小篆字形偏瘦，雄劲锋利，有甲骨文的刀锋趣味。有行家说他的小篆缺少圆转，稍显稚拙，流露出他性格上的缺点。但是用这种字体写屈大夫的《离骚》，却是一拍即合。他的行草有口皆碑，奇怪的是他对自己的行草并不认可，他说行草这种字体，能轻而易举地隐藏他的本性，当他写这种字体时，灵魂中常常泛起一股不属于他的陌生的超脱。

我的亲爷爷是个热爱知识的人，他生于一八九七年，卒于一九三七年。他有过两位妻子，前妻是位足不出户的大家闺秀，续弦是位革命者。他一岁时，被他奶娘从古吴郭带到绍兴城生活。那一年梁启超、康有为发动了戊戌变法。十岁那年，绍兴城发生了一件大事，三十三岁的鉴湖女侠秋瑾被清政府砍了头，放在大校场附近的乱坟堆里。他奶娘说这绍兴城里鬼气太重，就把他送回爹妈身边。我爷爷二十岁时有了我爸爸，那年正是列宁领导的俄国十月革命。五四运动时，我爸爸才一岁多一点。戊戌变法失败后，梁启超出走日本，到这个时候，胡适和陈独秀取代了梁启超的学术地位，梁启超成了一个过时人物。但是我爷爷始终无比敬仰梁启超，他一辈子没有信仰过任何宗教，也许是太爱梁启超的缘故。他希望自己像梁启超那样做人，立足于国学，放眼于世界。他死前留下遗嘱，让我爸爸进清华大学，因为梁启超曾在清华国学院任教。我爸爸进了清华大学，又离开清华，去了国立上海医学院，不久又去了美国私立斯坦福大学医学院精神病学系。他喜欢孙中山和鲁迅，这两人也都当过西医。我爸爸认为，国人内忧外患，精神倍受压抑，生活支离破碎。与其奢谈纸上文章，超出人的认知范围，还不如脚踏实地为人解除精神病患。人的病患中，精神之病赛过身体上的任何疾病。

现在，我遵从我爸爸的指令，把常宝从地上扶起来，她身体轻盈地配合着我的手势，一点也不像刚投河自杀。走过王来恩的传达室，我顺手把水桶放在他门槛里面，说："油条王，我过会儿就来拿水桶，你给我看着点。"王来恩眼睛看着别处，孩子气地说："我只有一只眼睛，看门还来不及。你自己的东西自己管，我才不想给人家看水桶呢，再说你现在干的又不是好事。"

我扶着常宝回家，她的家也在家属大院里，与我家隔着三户人家。她的父母亲帮助过当年的新四军，这才安排她住在了这个大院。

我先是用一只手搀扶她，一些人朝我俩指指点点，我看见了，就改用两只手托在她的腋下，做出一副认真负责的样子，好让大伙儿知道，做这件事我不怕被人说闲话，我既做了，就会做好。等到我俩走进医院的宿舍小区，看到每家门口都有人站着冷眼旁观，有的女人刚从厨房里出来，手里还拿着切菜刀，切菜刀透着冷飕飕的光。我感到了压力，非但没有低了头，反而把常宝搂得更紧，她的呢裙子一直紧缠在大腿和小腿上，滴滴答答地朝下滴水，她的身体也越抖越厉害。她是冷还是害怕？也许两者都有。

我能肯定的是，经过刚才的起死回生，常宝不想死了。她想活下来。她回到家的第一件事是烧了一小锅水，朝锅里扔了一大块老姜，放了一大勺红糖，音调颤抖但不失文雅地说道："《本草纲目》上说，姜为御湿之菜，发散风寒，通四肢关节，开五脏六腑。我受凉了，烧点姜糖水喝喝就好了。要喝上几天才能好的。"

军医院家属大院里尽是些高喉大嗓的娘儿们，因为现在流行说话要声音响亮。常宝的慢声细语一向是女人们取笑的缘由。女人们肯定地说，她轻声细语，为的是引逗男人上床睡觉。虽说谁也没看到过她和哪个男人上床，也没有哪个男人明确地说过和她上床睡过觉，但是对于这种人，还需要证据吗？

常宝脸上流下来两道水，不知道是眼泪还是河水。

这个大龄独身女人，屋子里外都被她拾掇得整洁有序。她的屋子外面，沿墙种满花木，富有情调，夏天晚饭花盛放，冬天蜡梅飘香。她甚至在门口放了两只小青花瓷缸，里面种了荷花。后来瓷缸不知被什么人偷走了。一九五二年政府开展爱国卫生运动，她有空的时候，会用一把大竹扫帚，扫自己家门口和邻居家门口的地。女人们私下说：“你们大家看哪，她为什么这么好心？这个女人就是用这种方法勾引男人的。因为她扫地的时候，屁股要撅起来，还要一扭一扭的。”她的屁股总是冷不防地被轻佻的男人摸上一把。也有女人摸她屁股，为的是羞她。不管男人还是女人摸她，她的脸上都呈现出小鹿一样迷茫无辜的表情。她扫了一个多月，没有再坚持下去，“111”军医院家属区公共场所的菜皮、玉米芯、黄瓜皮、瓜子壳等等，又成了老大难的问题，屋后角落里甚至有擦过屁股的草纸、破破烂烂的布月经带。小孩冲着大门口撒尿，大人则在屋角撒尿。我们善于把任何不属于自己的地方，都变成垃圾场。但是常宝与众不同，她的屋里，每一样东西都好像有香味发出来，有的是橘香，有的是玫瑰香……我爸爸的书房也有一股香味，很淡，是阳光和樟脑的混合味道，有时候是薄荷味。我一直不知道，这股薄荷味从何而来，它让我觉得我爸爸神秘复杂。

我没在常宝的屋子里久留。我走的时候，锅里的姜汤已经烧沸，一屋子辛辣的姜味和香甜的红糖味。不知道她接下来是如何地清洗、换衣，又是如何地喘息、思考。这些东西对她很重要，而对我没有任何意义。我现在急于离开她，到传达室去拿回我的水桶，再拎一小桶水回去。我是家中唯一的孩子，虽说我是女孩，也要承担一些家务，偶尔也要做一些体力劳动。

常宝看我要走，上来拉住了我的手，乞怜地说：“请你相信我，我不是坏人。”她说不下去，放开我的手，捏起拳头放在嘴边，有泪的眼睛看着我。

我忘不了她眼中的神情，她是那么毫不掩饰她的虚弱。她的虚弱就像一阵大风一样袭击了我，我不由自主地摇晃了一下。

我不爱看见人的软弱，她应该坚强地寻找一切方法活下去。我甩开她的手走了。门外，还有一些妇人和孩子站着想看究竟，我对他们说：“都别看了，没有什么好看的。没有同情心也罢怎么这样无聊！”到了传达室一看，水桶已经被王来恩扔出了门，倒在地上，它所经受的难堪正是我经受到的，不同的是，水桶不会说话，不会骂人，而我会。我在学校组织的军事训练中学会了打枪，也学会了骂人，这是我父母不知道的。我看着王来恩的独眼，翕动嘴唇，骂道：“独眼龙，独眼龙。”我声音轻微，但是确保他能听到。从我注视王来恩的目光中，从我夸张的唇形上，任何人都可以猜出这三个字。王来恩的脸一刹那间变得铁青，想吃了我的样子。我爸爸是军区最好的心理医生，虽说医院里没有给他挂上心理治疗专科，把他归到了神经内科，但他的地位在院里是高高在上的，他治好了一些大人物由战争压力带来的心理问题，还治好了他们的配偶、儿女的心灵创伤，就连本军区的司令员看到他，都要停下来问候他一句。

王来恩没有采取过激行为。他放松了表情，伸长头颈，用力地努动嘴唇，也不出声地骂了我三个字。我才懒得猜他的话谜呢，我不会这么幼稚的。我冷不防地开了口，发出声音，对他大声说："常宝告诉我说，你不是个好人。"王来恩从传达室里跳出来，急不可耐地骂："神经病女人。她乱说，老子就搞死她，不用她投河了。"王来恩神情异常紧张，好像他和常宝之间有什么秘密似的。我朝天上昂起头，摆出一副知道秘密又不说的样子。片刻，我对他说了两个字："吃屁！"扬扬得意地一走了之，我不回头去看他，我不给他重新和我争斗的机会，这场争斗的开始和结束，都由我做主。

我回到家，我妈妈站在门口对我说："你是想自绝于人民吗？"

刚才发生的事，必定有人告诉了我妈。我鼓足勇气大声回答她："那又怎样？"

第二天下午放学回来，我看到医院的运动场上坐满了人，整个部队医院的医生战士加上家属都在这里。常宝的头颈里挂了一双男式破球鞋，站在前台接受批斗。她披头散发，露出的脸面苍白得像死人一样。我觉得她的眼神朝我飘过来，定定地看了我一眼，意味深长，让我心上飘过深深的难过情绪，就像谁用毛笔蘸着黑墨水把我的心抹了一笔。看来已经抄过家了，她所有的漂亮衣服都堆在她脚边准备烧掉，有黑色和红色的缎子衬裤、丝绸连衣裙、旗袍、半透明小外套、花乳罩、小内裤。我们穿的内裤都是平角大短裤，只有她穿那种三角短裤。她的乳罩更是让人吃惊得掉出眼珠子，居然还有丝绸的，还有用开司米钩出来的。我们穿的是什么啊？全是浆白布的，又硬又皱，穿的时间长了就变成黄黄的，像一个星期没刷的牙。家属区里还有一些乡下来的女人根本不穿乳罩，就让乳房耷拉在衣服里。她的脚边放着一大块“凤穿缠枝牡丹”织金妆花缎，缎子上搁着一只小锅子，我认识它，就是那只烧姜汤的小锅子。此刻它站在一大块织金妆花缎上，凭空高了许多，凭空尊贵了许多，但是它一声不吭，它知道这看似美妙的一切都是虚幻的。常宝的邻居们对前来调查的人员说，她资产阶级思想严重，第一表现在穿上，第二表现在吃上，她经常拿一只小锅子煲各种营养汤吃。因此，这只小锅子也有罪，要与她一起接受批斗。批斗小锅子？是的，批的就是它！常宝是资产阶级的话，它就是资产阶级帮凶。常宝是反革命的话，这只锅子等同于反革命家属。

王来恩兴奋地挤到我身边，对我说：“是我带人去抄家的。没想到抄出这么多东西。她说都是她旧社会的什么亲戚送给她的，鬼才信。你看，她头颈里的破球鞋是我的。我不要了，送给她吧。太破了，又臭。”

我说：“你的东西，能不臭吗？”

王来恩好像喜欢与我拌嘴：“哎呀哎呀，一个大姑娘，这腔调？……”

开始烧常宝的衣服了。一位战士拎出那块妆花缎料子，用力一抖，大声说：“这是她的老祖宗留下来的，是资产阶级的东西。她留着，就是想复辟资本主义，可能还想倒退到封建社会去。”说完把它点着了，并且把它扔到一件长长的黑缎子旗袍身上，旗袍上绣的牡丹和凤凰一齐燃烧起来。常宝突然用手去抓，企图去抢这件旗袍。她被两个战士推到一边。烧着的妆花缎料和旗袍做了火引子，带领着众多精美的衣服一齐燃烧，它们噼里啪啦地响着，化为一堆精美的灰烬。

下面的群众交头接耳：她为什么去抢那件旗袍？……她说那件旗袍是她妈妈留给她的，不要相信她。没想到她有这么多漂亮衣服，她平时不怎么穿。……怎么不穿？你们看不见罢了，有天晚上她在东边的小路上一个人走，穿的就是那件黑缎子旗袍和那件半透明外套。还穿着高跟鞋。夜里穿……在小路上，以为会碰到男人。听说她和二三十个男人睡过觉，这医院里有多少男人和她睡过？……那你听说李护士了吗？绰号叫小豆腐的。她仗着军区大首长喜欢她，刚才叫她来参加批斗，她就是不来，还说什么这是一件可笑的事。王来恩说，为这件事，小豆腐也要被隔离审查的，怕也会查出什么事来的。还有好几个拿工作当借口不来的医生、护士，听说都要处分呢。……水浑了。

大家不再理会今天吃什么穿什么，甚至也不想理会明天的生活。常宝的事情实在太引人入胜了。她投河的当天下午，市公安局政保科、文保科、军医院保卫科就十万火急地组织了“常宝案”领导小组，让王来恩也进了这个小组。

这个小组彻底搜查了她的屋子，搜出一张反共传单，是一九五八年一月一日国民党的飞机飞进吴郭城上空散发的，这传单叠成豆腐干一样的小方块垫在书桌的一只脚下。常宝回忆说，五八年一月一日下午，她曾经雇了两位工人抬回家一张书桌，这桌子一条腿摆不平，两个人中的一个就从口袋里掏出一张纸叠成方块垫在桌子脚下。这样简单的故事，自然谁也不相信。

然后就查出她的干爹是申大头，她说她少女时代恋上一位京剧演员，那人是申大头的干儿子，就把她也带去见了申大头，于是她也成了申大头的干女儿了。那位演员去了台湾，后来又返回大陆从事反共活动，是“东南反共救国军”的核心成员。常宝说这些事她都不知道。她和这俩人早就没有了往来。常宝在这件事上撒了谎，京剧演员从台湾返回大陆后，曾经来找过她两次，鸳梦重温后，说些什么，我们不得而知。

从小组公开的信息中，大家也了解到，她早死的亲生爹妈解放前曾经资助过共产党。她至今还收藏着当年陈毅向她父亲打的借条，借条上写着某年某月某日，新四军借某某大洋两千。当年她凭着这张借条破例进了部队医院，还分到了家属大院里的房子。借条上的这笔债务，她没有向政府索要，而是把借条放在小木盒里，在木盒盖子上贴上陈毅元帅的一张印刷照。

她是在等待时机和共产党清算吧？

衣服熊熊燃烧，台下的听众里站起一个满脸稚气的小战士，对着台上喊：“打倒反革命分子！打倒蒋介石！打倒美帝国主义！解放台湾！解放全人类！”

小战士的脸上一点也看不出对常宝的敌意，我敢肯定，大家现在对常宝都没有敌意，不仅没有敌意，连平时对她的蔑视或忌妒都消失无踪。这场批斗会具有一种甜美的诱惑力，每一个人都混在人堆里，怀着单纯的观赏心情，看戏一样，看待这场批斗会。她的生死，由国家负责，别人不操心。

喊口号的小战士坐下来，为刚才的口号激动着，竟坐到了后排人的脚背上，没坐稳，晃了一下差点倒下，引起一片善意的笑声。

这个战士刚坐稳，另一位战士站起来指挥拉歌。战士们分成两个阵营，这边刚唱完《我是一个兵》，那边就接上《三大纪律八项注意》。一个接一个地唱下去，接不上的就会被另一方这样催：我们唱了你们唱——革命歌曲快快唱——唱不出来不像样！

战士们唱得气势惊人，拉得山呼海啸。听众喜气洋洋，笑声一片。

我看到常宝的手脚一齐抖起来。

十几分钟后，唱歌和拉歌结束，战士们全体起立，向着台上高呼：打倒反革命！解放全人类！

那只形同反革命家属的小锅子，也抖了一下。

常宝被专案组定性为“汉奸”“特务”“现行反革命分子”，罪名是“恶毒攻击伟大的领袖和导师毛主席，用卑劣的手段发泄反动知识分子对党的不满”。这个专案组的成员由吴郭市公安局、检察院、法院和军团医院四家组成，上级军区没有派人参加。专案组定于批斗会后的第五天，二月十三号，公审枪决她。因为这一天正好要枪决一批杀人犯、强奸犯、纵火犯。地点在城北公路的小荒山边。

二月十八号就是过年了。

二月十三号上午，我被一位同学叫去了校长那里，校长室坐着一男一女两位穿便装的年轻人，见我去了，那一位女青年站起来对我说："你是孔燕妮吧？"我回答说是。

她满脸安详，看不出对我有何恶意。

她说："是这样，我们是教育局的。你妈妈谢小达同志给我们教育局写了一封信，希望你在枪决常宝的现场接受教育。你不要害怕，我们会派人陪着你。"

吉普车停在学校门口，我上车的时候，好多学生都来观看，他们都沉默着，摆出一副心知肚明的神色。我上车时，身后蹿出一位学生，朝我腰里捣了一拳，我回身抽了此人一巴掌。抽完才看到此人是体育老师赵大伟，他爸爸是公安局的，他教我们体育，比我们大不了几岁。穿便衣的一男一女年轻人马上扭住了我的手，从他们手上尽量使出的力道判断，我属于敌对阵营的人了。他们把我推上车，那个女的回头看了一眼赵大伟，一脸赞许的神色。赵大伟的脸上放出黑红的光。

就这样，我去了小荒山枪决人犯现场。

那天，省军区相关部门也派人参加了，除了参加，他们还带来了常宝以前在一起短暂工作过的关系亲密的人，包括她初中时执意发给她品学兼优奖状的班主任、她小时候的保姆、保姆的儿女，这些人低头陪着常宝接受审判。常宝与他们久不见面了，意外地有了一帮送终的人。台子上跪着五个将要枪决的人，只有常宝是女人。台下低头站着两排陪绑的人。中国人说，杀鸡给猴看。这些陪绑的人是猴子。我也是猴子。

我被安排在第一排。这时，省军区的一个人从台子上走下来，问我是不是孔朝山的女儿。我说是的。他说我的柳爷爷打电话找军区的首长了。他就拉着我的胳膊，把我塞到观看的人群当中，让我就在这里看着，看完了早点回家。于是我就从猴子变成了看客。

枪决现场有一只木台子，一边放着五具棺材，那是家属或亲戚为人犯备下的，里面照例会有寿衣。我不知道常宝的棺材是谁做的好事。常宝低着头，头发遮住了脸面，就像我以后一直梦见她那样。我看不清她的眼睛，我不知道她此时有怎样的想法。枪决前的现场十分寂静，只有一个男犯人说了一句什么话。枪声一响，人群里发出“哦”的一声，似在惋惜，又似满足。然后一下子就乱了，成了一个沸腾的大锅，令我想起鲁迅的小说《药》。在这篇诡异的小说里，有人血馒头，杀人的场景也是这样暧昧和混乱。鲁迅很多的小说我看了都要做噩梦，但噩梦与现实给我的感受往往吻合。

站在我后面的一位中年男人很是奇特，他双目睁得像铜铃，牙关紧咬，脸色潮红。他独自大声说：“解放过后，每场枪毙我都看，枪毙胡肇汉、朱文孝、姚启明、潘标、王廷贵、谈小毛、张继坤……从四九年一直看到现在，今天这场最不好看。”他发现我注意他，凑上来对我说：“不好看……枪毙女人不好看。”

我怒目而视，他观察着我的脸色，觉得还是别惹我，就朝地上啐了一口，后退着挤到别处去了。

我们军医院家属区的许多人都去看了。

这就是常宝的故事。她死了，但她引出的矛盾好像从来没有消失过。

很快，我就被一些认识的或不认识的女人包围住了，她们听信了传言，以为我几天前到过常宝的家，一定知道常宝的许多秘密。我在她们的包围下，快速的心跳忽然慢下来，慢到几乎停跳，我不得不张着嘴用力呼吸空气。但这些女人不放过我，她们像我的影子一样粘着我，想从我嘴里搞明白，常宝到底是个什么样的人？她用来钩结乳罩的那种白亮白亮的开司米是从哪里买的？上海还是北京……本地的布店从来不进这种白得发亮的开司米线。我一声不吭。她们就来劝我说：“说吧说吧，没事的，我们都是工人阶级。”一个肥胖女人摸着自己的乳房遗憾地说：“奶小点就好了。奶大，不能穿开司米胸罩，穿了更显得大。”我额头滚烫，心烦意乱。女人们看我嘴唇紧闭，脸色铁青，没趣地走开了。

回来时经过常宝的屋子，门窗大开，她的东西都扔在屋外，她那只煮姜汤的小锅子放在外面的水池上，好像还散发着生姜辛辣的香味。前几天在常宝的批斗会上，我看见它在一块织金妆花缎上。它回来得有些奇怪，它是怎么死里逃生一尘不染地回来的？它回来又有什么含意？

后来，这只小锅子到了王来恩的父亲手中，我经常看到它在这个糟老头的煤球炉子上，咕嘟咕嘟地煎熬着中药，嗞嗞地喷着白气。如果它有记忆，它该记得，它的女主人不久前还与它两两相伴，煮着美汤，把屋子撒满草药的香味。

常宝的屋后，突然钻出来王来恩，手上抓了一大把花草的小苗苗。他把常宝屋子前面后面种的花苗都拔掉了，包括水缸里冒出来的嫩荷尖尖。他没去常宝枪毙现场，他在常宝的屋里屋外干这些事。他表情木然，像梦游一样。看到我，独眼珠一晃，无比客气地对我说："你回来了？"

我说："回来了。"

他不料我如此平静，观察着我的神色说："我们以后要做邻居了。"

我看了他一眼。

他说："领导把这房子分给我了。你要和我搞好关系哦，你家里有好吃的，要请我去做客。"

我说："你想都别想。"

他对我宽容地笑笑，斜过那只左眼颇有智慧地说："你看我把她的东西都扔在外面了，见一见天光，晒一晒太阳，把她的霉气都赶走。”

我一直认为常宝和王来恩之间有秘密，他们的秘密就是没有任何秘密。常宝哪怕与一百个男人睡觉也不会迁就王来恩，她是一个心地干净的女人。后来我知道，她死得还算利落，没有被诱供、逼供，没有被打骂、上刑，因为一切都昭然若揭，甚至都不需要她说话，她就等着被枪决就是。

常宝死了以后，在若干年里，本城的爱美女人们私下里流行常宝式的丝绸乳罩和开司米钩的乳罩，当然得自己做。本城出产丝绸，开司米也不难找到，女人们心灵手巧，比着自己的乳房大小，用劳累的手，缝制或钩结乳罩，给自己身体和心灵上的安慰。常宝式的乳罩，私底下在本城流行了二十几年，一直到八十年代初，才被新的乳罩样式代替。

也就在常宝被枪决五十天后，我认识了一位叫张风毅的男孩。如果我早点认识了他，他会拼全力保护我，也许就没有后来的许多事了。十年后，我二十五岁生日那天，他送了我一样别致的礼物：一只用粉红开司米钩结的乳罩。到现在它还藏在我的箱子里。黄梅天过后，我照例要把它和一些不穿的衣服一起晾晒。每当看到它，我就想起常宝，这个死在特定年代的女人，她好像还一直活着。

这些是后话了。现在，我在家里等我的妈妈。我要知道，她为什么把我弄去现场陪绑。我才十五岁，但我不是孬种，我要锣对锣鼓对鼓地当面问个明白。

“陪绑？那是教育。你吓尿了？还是吓昏过去了？”晚上她回来瞪大眼睛对我说，“这是让你接受教育的好机会，我养的孩子，不能和我离心离德。”

我们正在厨房的小桌子上喝米粥，粥是我烧的，我还在腌菜缸里捞出了咸菜，用油炒了，拌上香菜，还炒了一盆青菜。我预感到谈话会不顺利，精心地准备饭菜，也是内心诀别的意思。听到她的回答，我一下子掀翻了饭桌。我跑出门时，我妈扔的粥锅砸在我的足跟，又烫又疼，但我心里泛着喜悦，我终于真正地反抗了，没想到诀别这么容易和干脆。

然后，我找了一个小理发店剃了一个光头。我反正得毁坏什么。我不能毁坏别人，我就毁坏我自己。我毁坏自己，也是反抗。

给女孩剃光头的理发店真不好找，正经八百的国营理发店，全吴郭城只有两家，一听我说要剃光头，马上就说，本店已到关门时间。如果我再要说什么话，我想他们会把我扣起来押送派出所。后来我记起学校后面有一条小巷子，里面有一家小理发铺子，是一位寡妇开的，那寡妇精神不太正常，门庭冷落，晚上八点钟才收工。此时她懒洋洋地坐在昏暗的蜡烛下面，听说我是来剃光头的，眼睛马上亮了，说：“光头好，光头最漂亮。”殷勤地侍候我，动作敏捷，待到给我剃光了头，她拿来镜子，一手抚摩着我的光头说：“多么漂亮的光头，少有的。”我爸爸说，精神不正常的人与精神正常的人只有一个差别，就是正常人考虑后果，不正常的人不会考虑后果。寡妇显然是个不会考虑后果的人，不然她不会给一个女孩子剃光头。

她的手具有神奇的魔力，在她的侍弄下，我剃光的头上，隐约泛着青光，摸上去，头发茬就如无人走过的雪地那样平整柔软。

她突然问了我一句："为什么剃光？"

我哽咽着说："有个人……今天被枪毙了。"

她突然抱住了我。她的怀抱臭烘烘的，却温暖得像太阳。我早已回忆不起我妈妈的怀抱有何种气息，妈妈的身上有淡淡的体香，还放射出镇人灵魂的气息，据说有些人走近她会觉得喘不过气来。

寡妇没收我的钱，我也没想到要给她。她还送了我很远，临分别时，她非要再一次抱抱我，抱完她就大哭了起来，说："你可怜啊……你要被人害了。"精神不正常的人，也许比正常人更能预感到不幸。

我的头上冷飕飕的。我觉得我也成了不会考虑后果的人，我不知道此时我该考虑什么。柳爷爷一直教我要有正确的思维方式，那么现在我该有怎样的思维方式？

我的足跟疼了起来，我头上冷，身上却像烧了一把火，今天是二月十三号，快到我的月经日了，我小肚子一阵一阵绞痛。到了红旗巷口了，牌坊靠河的基座还留在那里，河水横亘，军医院和家属区的灯光亮着。看见灯光，我浑身打起了冷战，一下子瘫倒在地上。恍惚中听得杜院长的女儿杜鹃说："哥，这是燕妮。我们扶她起来吧。"

杜克的脸凑近了，这是我暗恋的人。我百感交集，一下子昏了过去。

我醒来时，躺在杜家客厅的沙发上，赵大姐忙着给我擦脸擦手，冷不丁厌恶地瞪我一眼。杜院长坐在对面望着我说："你怎么变成了光头？你这样子叫你爸爸在外面出差怎么放心？"

杜鹃和我是同学，她哥哥杜克是一位士兵，回来过年了。杜妈妈张罗着叫杜克送我走，所以我只好爬起来走了。杜克送我到我的家门口，我家里有灯光。杜克对我说："我不送你进去了。你回去好好和你妈妈谈，不要再倔。你妈妈是个有水平的人。"

我对他说："你把我送进家门吧。"

我想让我妈妈看到是杜克送我回来的。

杜克拍拍我的肩膀，走了。我睁大眼睛看他离去，这个时候，需要他的心情是如此清晰，清晰得使我一刹那就懂得了爱情。

和我妈妈没有什么好谈的，我开门进了屋子，去了我自己的小房间，倒头就睡。我梦见了常宝，她的脸藏在白玉兰的花蕾中，破碎的，流着血，哀愁万分。她挣扎在生与死中，我莫名地焦虑和恐惧，心脏乱跳一阵，突然又跳得很慢，像踩在棉花上一样。她在消失之前对我说："你看不起我。"我不由自主地说："是的，你没有想尽办法活下去。"她的脸变成了一道青烟消散在白玉兰密密麻麻的花苞中，她的声音回荡在我的耳边："你将来会知道，你做的所有事，统统没有用。"我惊慌着醒过来，屋子里一片寂静，偶尔响起木家具舒展筋骨的噼啪声。我妈妈照例睡得很沉，她不会知道她的房子里睡着一个剃光头发的女孩，这个女孩又如此痛苦。

我听到她早上起来，高高兴兴地哼着歌上班去了。

我没去上学，找了一张纸，在上面写道：三十五岁的她，对工作非常热情。她穿着从苏联流行过来的时装"布拉吉"，梳着柔软油亮的两条大辫子，走路时偶尔还会一蹦一跳，嘴里唱着流行的革命歌曲。她并不关心自己的孩子，她觉得在革命的海洋里，家庭，包括自己，都是微不足道的。她几乎从不凝视我的脸，即使她蹦蹦跳跳时，她的眼睛也是充满幻想地落在远处，是北京中南海？还是苏联的克里姆林宫？或者是马克思读书的大英博物馆？她永远都是这样充满激情。而我，如此平凡，还阴郁和恍惚。

写了以后，我就撕掉了，把心里话说出来，我并没有感到轻松，反而更空虚。"她"指的是我妈妈。

我的窗前有两棵非常大的白玉兰树，冬天落叶，太阳得以从窗外照进我的小房间，也照进我的心里。春天开花，洁白的芬芳的花温暖我的心肠。整个炎夏一直到秋末，它们都用碧绿的叶子对我传达深情厚谊。但现在，我一看到它们就会作呕，喉咙里又干又苦，就像疟疾药卡在喉咙里，喷出来的气味也像这种可恶的药丸。我每天躺在床上，一遍一遍地干呕，呕得眼泪从脸上一直流到头发里。我的头发就跟我的梦一样黏糊糊的。我讨厌它们满树花蕾，花蕾们一肚子汁液，面目可憎，密集得可怕，气味也难闻。在今后很长的时间里，我再也没有爱过这些可爱的花蕾，也不再爱它们盛开如雪的样子。

我在病中体会到从未有过的孤独，孤独感也是各有各的色彩，有的孤独是粉红幻想的，有的孤独是白色清苦的，我的孤独是黑色中夹杂着恐惧。我白天也开始做噩梦，梦见下着雨，昏黄的路灯，一大片的玉兰花变成了红色，伸出的花瓣又像一只只小手。常宝的脸就藏在玉兰树的花朵里，不出声地召唤着我。脸和花一样苍白，都滴着雨珠，不仔细看的话根本看不出来脸和花。树很多，一棵连着一棵，但我不用看就知道她藏匿在哪棵树上，我和她有感应，她内敛专注的神情成为我永久的痛苦回忆。我相信她已经变成了一个鬼魂来纠缠我了。

我剃光头的第四天，二月十六号上午，柳爷爷派定彩来接我，二月十七号，柳爷爷怕我妈妈来闹，又派人把我送到香炉山，让我在姑姑如一师傅那里把头发养好再下山，所以我是在香炉山上过的年。念念寺里到处点着蜡烛，但是隔着几步远的止水庵里很安静，我和姑姑坐在蒲团上守岁，姑姑在打坐，我在看一本佛经。山上的大铜钟敲过了十二下，表示时间已到了新一年。我便问她一个问题：“姑姑悲悯众生，不忍心众生轮回之相，不知道姑姑用什么来抵挡过多的悲悯心？”姑姑说：“发大悲愿，愿代一切有情无情众生受一切苦、一切业、一切难、一切报。”我想起梦里常宝对我说的话，又问她：“人做的一切事，都是没用的吗？”我这句没头没脑的问话，她想了一想才回答我：“慢慢想，慢慢悟。时间未到，问题不了。时间一到，问题全了。”

第二天一大早，我戴了我姑姑的尼帽在寺庙里到处走，一轮潮湿温暖的太阳降临人间，金红的光，照彻复杂苦难的人世。太阳自有魔法，在这一刻，世界和人心通透无瑕。朝阳的山坡上，有几棵白玉兰的花苞已经打开了，我站在树下看了半天，我要把花的可爱美妙深深刻在心上，这样才能抵挡常宝鬼魂的纠缠。

我姑姑早上送两位尼姑到山下，又有两位尼姑回家了，寺里主要靠信众供奉，食物来源越来越紧张，有些僧尼为了减轻庙里负担，主动走了。送走她们，我姑姑来白玉兰树下找我，她拉着我的手，悄悄地对我说：“我昨天夜里想了大半宿，想你说的那句话。我现在告诉你，人做的一切事，可能都是没用的。”

这世上多是软弱之人。我朝后一退，躲开我姑姑的手，就像那天我甩开常宝的手一样。我姑姑对我匆忙说了一句：“你不要怪我。”就走了。

我对她的背影说：“我就不信，人做的都是没用的。”

有人在我身后说了一句：“你做的事才是没用的。”

我回头一看，见一位中年妇女，睁着怯懦的眼睛，见我看她，突然来了勇气，指着我说：“菩萨叫你下地狱。”说完急忙逃下山去。看她的穿着打扮和口音，不是本地人，像是吴郭城里来的香客。她一定知道我的事，不认可我的作为，所以诅咒我。

二十天后，我姑姑如一师傅因为承受不了世间轮回之相而自杀。她吃的是有毒的草药，没有死。

我在山上时收到我妈给我的一封信，她嘲笑我成了秃子，是个秃子仙女。她说我好高骛远，做事逞匹夫之勇，实则是懦弱胆怯。我撕掉她的信，她的话没有根据。我最希望的是杜克关心我的行踪，知道我在香炉山上，然后给我写信。这个想法多么不现实。因为不现实，它才显得动人而迫切。

我爸爸三月七号回家，三月八号来香炉山上。他执意接我回去，并且许诺说：“如果妈妈还是和你过不去，我非得和她一刀两断。”他带来了我妈给我的字条，上面写：你对我掀桌子，虽说掀错了人，但我欣赏你的勇气。希望你一直有战士一样的刚强。

我扔下纸条，妈上回写信还说我懦弱。柳爷爷总说中国人的思维忽左忽右，大概是容易分心，容易遗忘，缺少定力的缘故。

我愿意回去。山上虽好，终究恋自己的家。

今年的玉兰花不好好地开，但是今天，满山的玉兰树，一夜之间开成了雪景。

四

寒冷的日子过去了，白鹭从十几公里外的蓝湖边飞来，放低它尖硬的长喙，悄然栖在树上。乍一看，还以为是一朵大花瓣呢。白头翁和燕子都归来，斑鸠和八哥们忙着寻找另一半，天气晴好的时候，空气中蠓虫在浮游，它们在一人高的空中聚成一团，缓慢地转动着交配，蚋和虻也来看热闹。春天带动万物闹春，草木开始萌芽、成长、开花、结果，在繁衍中传递爱的信息。人类也在春天里情欲萌动，并由情欲认知世界，或由情欲毁坏世界。我才十五岁，情欲对我来说，是一个陌生的世界。但是谁又能否认，我正从天地万物的演绎中接受爱的信息和感动，抵抗黑暗对我的侵蚀。

我爸爸出差回家，我也从香炉山上回家了，一家子好歹又团圆了。

我刚到家，阿圆就找到我家门口，来与我告别，这一次他的脖子里挂了一串盛开的白玉兰花。他要回家乡去了，这里养不活他，可捡的垃圾也越来越少。我拿出我的一把零花钱给了他，他接过，挥舞着，一边朝后跳着倒退，一边唱起赵丹的歌：阵阵的微风迎面吹，吹动了我的破衣裳。穿过了大街走小巷，为了吃来为了穿，昼夜都要忙，没工作也得吃碗饭也得住间房……

他的歌声渐行渐远。

我的家里，我爸爸在厨房里忙，妈妈难得地在边上看，时不时地打打下手。我爸爸手艺精湛，香味一阵阵传到我的鼻子里，让我都无暇替阿圆难过。

在我的记忆中，我爸爸每一次出差回来，我妈妈都会分外地高兴，嘴里唱着歌，眼睛里亮晶晶的，在边上看我爸爸烧菜。中国人所谓小别胜新婚，就是这个样子吧。我爸爸出差回来的第一顿晚饭一定是丰盛的，菜场里还有菜的时候，我家这时候会有清蒸带鱼和红烧河虾。冬天没有虾的时候，就是清蒸带鱼或糖醋小排骨，一大碗紫菜虾皮蛋汤，一大碗蔬菜。我家里一年四季的菜谱都是我爸爸定的，他不像我柳爷爷那样迷恋食物，但他是个完美主义者，对衣食住行都有讲究，他说这种讲究体现了生命的尊严。我小的时候，他曾经告诉我，老祖宗孔圣人说的话，一半是没道理的，像男女授受不亲，唯女子与小人难养也等等，难怪五四的时候大家要反“孔家店”。但他有些方面还是说得很好，是叫人活得要从容。譬如说，肉割得不正不吃，席子做得不方正，也不用。他教我背诵《论语》中的一段话，我一直是记得的：

> 食不厌精，脍不厌细。
>
> 食饐而餲，鱼馁而肉败，不食。
>
> 色恶，不食。
>
> 臭恶，不食。
>
> 失饪，不食。
>
> 不时，不食。
>
> 割不正，不食。
>
> 不得其酱，不食。
>
> 肉虽多，不使胜食气。
>
> 唯酒无量，不及乱。
>
> 沽酒市脯不食。
>
> 不撤姜食，不多食。

孟子是孔子的衣钵传人，在这方面发扬光大，积极地宣扬：食色，性也。我爸爸更是进一步地觉得，色和食，不仅是人的本性，还关乎人的灵魂。一个不知如何处理食物，不知怎样处理性问题的人，是个远离生活本质的人，钱再多，权再大，实际上是虚浮的，说他是行尸走肉不为过。

今晚，我爸爸让我妈妈去老杜家里借了半条草鱼，借草鱼只是一个幌子，他得让老杜家知道，我们一家子过得红红火火的。爸爸做了一个红烧糖醋鱼块。家中有一把韭菜和四个鸡蛋，两个鸡蛋炒了韭菜，一个鸡蛋做了虾皮蛋汤。他把去年冬天里腌的咸肉切下一条，剁碎了，把第四只鸡蛋打进咸肉末里，放在蒸笼里蒸熟，端出来时，还充满诗情画意地在上面撒了一把红绿丝。红绿丝是胡萝卜切成丝，用红或绿的食用色素染了，再晒干。它的味不太好吃，带有苦味，干巴巴的，不像冬瓜糖那样一咬一包油水，也不像同样干巴巴的甘草山楂那样又香又甜，但是它具有十分强烈的装饰效果。我妈妈认真地拍响了巴掌，我爸爸几乎是感激地看了我妈妈一眼，他喜欢这种效果，尤其喜欢一个女人关注这种细节。我妈妈在成为地下党的联络员前，是一家贫苦市民的小女儿，是他的会过日子的小妻子，会每天注意到红绿丝这种小细节。她在加入地下党后，只在一些特殊的日子里才会重新关注这种小细节，平时她只关心各种米汤的区别，因为他们是用米汤写情报的。她是革命者，革命就意味着清洁灵魂和身体，最大限度地放弃身体的享乐。有意思的是，在这方面她与我爸爸有本质上的分歧，却并不妨碍她取悦我爸爸，她没有把头发剪成革命女性的“三八”式齐耳短发，还是梳着长发，照顾着我爸爸的感受。我爸爸希望她像国母宋庆龄那样把长发梳一个髻，在髻上插上花朵。夏天插白兰花，冬天插蜡梅花，春天插春海棠最好，秋天当然是插菊花了。我妈妈没有接受这个建议，她折中地梳了两条长辫子。但为了扎辫子的头绳，她斟酌了许久，最后用了灰色的，以便于和她的衣服相配。她所有的衣服都是蓝色和灰色的。我爸爸喜爱各种有趣的色彩，去年春天，他穿着一件在美国留学时买的粉色衬衫去市中心买东西。他引起了轰动，好些女孩子结伴跟在他的后面，跟了好远的路，有一个小伙子一脸期待地走上来问，他这衬衫在什么地方可以买到？第二天早上他一走出去，就看到了昨天跟踪他的两个女孩子守在我家门口。

我爸爸出差回来，我妈妈暂时忘了解放全人类的事，满面堆上了春风。吃晚饭时，他俩时不时地对视一眼，一个眼神过去，另一个眼神马上迎接上来，并且殷勤地挽留。他们的眼神，就像两条亲昵着的小狗，对于自己付出的巨大热情，没有丝毫害羞和计较，只有一波又一波的全身心的陶醉。我妈妈还要在桌子底下踢父亲一下，她的脚引起的空气波动触及我的脚面，在我的脚面上碰撞一下，吸收了我的热量，带着温暖窜到我的脚踝以上，然后溜进我肥大的裤管里，一直向上，向上，像一根逗蟋蟀的草一样，蛇行而进，进入我的平脚大短裤里，到达我悄悄变深和隆起的私密感官处。这个地方还没完全发育成熟，但它已学会像人的头脑一样接受感动，刹那间再把这种感动沿着不同的路径回传到我的脑子里，这样忙忙碌碌地来来回回，我在父母的打情骂俏里感同身受。我吃着鱼块，喝着蛋汤，心思都在爸妈的动静上，嘴巴像漏勺一样，桌子上掉了一堆米粒。我爸爸看着这堆米粒笑起来。我就把米粒捡起来吃掉。

我妈妈忘了解放全人类的事，我也忘了对命运、人类思维等深奥问题的思考。我甚至忘记了我当初剃光头时的愤怒和足后跟的疼痛。

吃完晚饭，打开电灯。军医院家属区在去年安装了电灯，灯光一亮，雪白的墙一下子艳光四射，我的脑子嗡地一响，实物有如幻影，恍如梦中，我眼里的父母亲就像隔了一张透明纸一样，延缓了速度。他们的动作是慢慢腾腾的。妈妈慢吞吞地烧水，端进大房间让我爸爸洗漱，然后把水泼到门外的青砖块地上。水在空中布成扇形，慢腾腾地落地，在地上变成滚珠，慢慢地四散开来。妈妈再给自己倒水，她是在屋子南面的厨房里洗漱的。做好这些卫生工作，最后，妈妈从晾衣绳上取下一块雪白的毛巾，把毛巾藏在背后，微笑着对我说："燕妮，你身体不好呢，去洗洗早点睡吧，早点睡，头发长得快。"她的脸模糊不清，她的声音恍若天外。他们关上了大房间的门，在里面说话，发出一些声音，全都云山雾罩。我迷迷糊糊地做我的事，刷牙、洗脸、洗脚、梳一梳长发，做好这些，进我的小房间，小房间与父母的大房间只是一墙之隔。父母亲行事也是谨慎的，他们一般都要在很晚才正式做爱。我睁着眼睛，不肯睡觉，听着他们的说话声，就如聆听教导。等到一些粗鲁而甜蜜的声音响起，我不知不觉已是眼含热泪。这些声音如此陌生，又如此熟悉，是我前世里经常经历过的声音，今生一定会在什么时候也会开始制造这种声音。

我光着脚下了床，站在客厅里，面对父母亲的大房间。世界如此寂静，连树上夜鸟做梦的咕噜声都听得清清楚楚。我凝神屏气，我在聆听，聆听我内心发生变化的声响，这种声响只有我才听得到，也只有我才能知晓它的到来。声响并没有如常规那样发出让我耳朵听得到的声波，但我身体内的每一个细胞都感到了，我得到了一种全新的感受，这种感受让我瞬间成长。我的父母缩小成了我的小孩，我变成一个温柔善良的小小母亲，悲天悯人，宽阔敦厚。是的，我站在这里，大腿笔直健壮，内心充满力量，具有庇护亲人和一切弱小的本能。

母性的出现，就是爱的开始。

我回到自己的房间。接下来，父母亲会说上许多家长里短，通报小别的时间里，各自身边发生的事情。这是交欢过后的精神抚爱。说完这些话后，他们才会安然睡去。而我在他们说这些话之前就睡着了，一觉睡到天明。

与往常不同的是，这一次我刚睡着，就被父母的吵架声吵醒了，这是从来没有过的事。他们吵嘴的声音可不轻，时间也不短。隔壁有一户人家嫌吵，“啪”地打开了灯，大声咳嗽着警告他们俩。

不费劲地听出他们是为了我才吵起来的。

我爸爸责怪我妈妈没有为我主持公道，我妈妈大声斥责父亲护短、浅薄和狭隘，不利于我的成长。她还说，怎样处理我的问题，是她和我爸爸之间越来越大的差距。

一会儿，我爸爸抱着他的被子出来，睡到他的书房去了。他的书房整洁干净，书不多，一只红木书架上只有一些他平时喜欢的碑帖和书画作品，还有一些医学著作，除此之外，只有一本算得上是闲书的《战国史》。没有小说，也没有政治书籍。他从大房间里出来，留了一手，没有关上大房间的门，好让自己得空回去，或者给我妈一个机会叫他回去。但我妈没有叫他回去，他也没有找到机会回去，房门就这样一直开着。一直到我起来，才替他们关上房门。我悄悄地推开书房门，我爸爸裹着被子躺在藤椅上，亮着台灯，台灯下一本摊开的笔记，笔记上放着一支卸下笔套的钢笔，这表明他刚才写了一些什么，还没来得及锁上。中国人没有隐私，夫妻之间也没有秘密可言。但我爸爸一直坚持夫妻之间保持适当的距离，譬如他的日记本，他写好后就会锁在抽屉里。就为了这个，我知道妈妈不喜欢爸爸的书房，她从内心抗拒我爸爸的书房。书房的卫生工作，扫地抹桌子之类的，她从不沾手，而是让我代劳。

我喜欢我爸的书房。这里有书，有与世隔绝的安静；这里有秘密，哪怕是有意营造出来的秘密，也让我无比地向往。当然，这里还充满阳光，每一天都有樟脑丸的香味，有时候还有神秘的薄荷味。它是我现实世界的延伸，也是塑造我未来世界的根基所在。

我趴在我爸爸的身上，搂着他，我们没有说话，我知道我爸爸现在心中充满惆怅。

第二天上午，我睡到很晚才醒过来，我的眼珠透过眼帘感受到太阳的温暖和它橘黄色的光芒。我用力睁开滞重的眼皮，看到我爸爸静悄悄地坐在我的床边，聚精会神地看着我。看到我睁开眼睛，他伸过温暖的手，放在我的脸上。

唐娜来看我了，同学之中，也只有她敢来看我。她把头凑过来和我说着悄悄话，她的妈妈在我们部队医院的食堂里工作，她告诉唐娜说，常宝经常去食堂吃饭，她号召食堂里工作的女人们要经常晒晒太阳，防止缺钙。到了天气转暖后，就赶紧脱掉棉袄晒太阳，不要总是把自己裹得严严实实的。新时代的女性要懂得爱护自己的身体，才能更好地为国家贡献力量……还好，大家都没听她的。你看她晒太阳的下场。唐娜妈妈和食堂几个女工还去过常宝的家，常宝教她们怎样快速地剪裁一件“布拉吉”。她的手指很漂亮，细长有肉，每年冬季她用蛋清加上一些牛奶泡它们。

常宝枪毙的前因后果，唐娜告诉了我，她也是刚知道。

二月六号这天，常宝轮休，午后，她打了几瓶开水，在自己房间里烧了煤炉，放好大浴盆，倒上热水，脱掉衣服，裸了身子，躺进水盆里，抬起双脚，搁在盆沿，长吁一口气。医院里也有公共女浴室，里面拥挤闷湿，每个女人都是慌慌忙忙的，与她的生活理念相差很远。她爱男人，也极度地爱自己的身体。与她谈过恋爱的男人私下里说，她喜欢自己的身体超过喜欢男人，并且从头到脚都喜欢。是的，中国人习惯于把身体各部位分成三六九等，高贵或低贱，男人的脑袋是最高贵的，女人生育孩子的器官是最低贱的。她不这么认为，身体上的每个部分她都平等地爱惜，因为她说她懂得一个道理，那就是不去人云亦云，譬如女人的乳房和屁股也是被人瞧不起的，但是男人们公开的和私下的态度，就像枇杷叶子，正反面是两种色彩。

家属区北面的两层大楼顶上，有一面五星红旗，王来恩就在这一天爬上去察看五星红旗的状况，那面红旗被风吹得有点歪斜了。其实这不关他的事，大楼不是医院的，而是邮政局的。但他觉得自己正要写入党申请书，对世上所有的五星红旗都负有不可推卸的责任，这件事他非但要写进他的入党申请书里去，还要去有关部门告邮电局一状。

王来恩上了楼顶，扶正红旗，四下一张望，一只眼睛就看到了裸体的常宝——不，不是一只眼睛，而是全身。他咬紧牙关，浑身颤抖。除了在朝鲜战场他从未离敌人这么近。常宝，你这个拉着脸的小孤孀，去死吧！

晚上，别人都在看电影的时候，王来恩在传达室外面昏暗的路灯下写完检举信，一式三份，其中一份包了一块小石子，当夜扔进了院长老杜的院子里。

杜院长家的保姆赵大姐捡到后，打开看，上面写着：杜院长，我有一件事向你汇报。我今天下午，看到常宝在她的屋里，叉开双腿，把她那个生孩子的东西朝着伟大领袖毛主席的画像……她不好好改造自己，反而用这种方式恶毒攻击伟大领袖毛主席。我这封信一式三份，一份给你，一份给市政府领导，一份给公安局。你要不解决这个问题，我叫你吃不了兜着走。

初小毕业的王来恩，笔头功夫不错。

杜院长看了信后，摇头感叹道："唉，就怕这种人……谁碰到谁倒霉。我们家的人，以后少跟王来恩打交道，免得招来麻烦。赵大姐，你听到了没？……这个王来恩，他怎么连女人洗澡都看得到？"

王来恩确实看得见很多事，他本来就单身一个，无所事事，周围的公司单位，他全都跑得烂熟。方圆几十里的事，他都知道。谁家偷养了一条狗，又是被谁偷走，最后被谁吃了，他了然于心。阿三为什么那几天老是走过王老五家门口？不是看中他的女儿，而是阿三家里叫人打碗柜，缺木头，王老五家门口放着一块木头。这木头后来不见了，不是阿三拿的，而是说书的卫先生顺手牵了羊。卫先生为什么拿呢？他家大前天晚上来了小偷，他要备一根木头打小偷。小偷是谁呢？是小杨。小杨的爸爸到青海做木工，他妈跟隔壁人家的男人的表弟的结拜兄弟跑了……

常宝这件事上，王来恩交上了好运，除了拿到常宝的房子，他还入了党，被上级主管部门调出传达室，放到医院的保卫科做了副科长。当然常宝倒了霉，邮电局里也有人倒了霉。他舍不得传达室那个空缺的位子，把他的父亲从外地乡里接了过来。他父亲待在传达室里，名不正言不顺的，但医院里没有谁敢于提出反对意见。于是这家伙更加趾高气扬，说起话来，越发脏话连篇。吃起油条来，更加没有节制，常常早上吃一根，晚上还要吃一根，把工资的三分之二都花在油条上了，有今天没明天的样子。王来恩的父亲才四十五岁，其实也不太老，就是长得老气横秋的。他最喜欢做的事就是拉住别人痛骂他的儿子不知节俭地吃油条。

事情就是这样，常宝已逝，王来恩也尘埃落定。那么我呢？常宝的事，让我感到命运的无常。

唐娜最后说："她死了真可惜。其实，人家在家里晒太阳，晒什么东西，别人是管不着的。"

我惊奇地指着她说："你敢说这句话？"

唐娜拍着胸脯说："我，我妈，我爸，我们都这样说。我家是工人阶级。工人阶级是老大哥，农民是老二哥，你们家是知识分子，四哥。不敢说话。我们是老大哥，老大哥有资格说话。"

我看看唐娜的脸，她的脸上化了妆，擦上了凡士林，打着淡淡的肉色底彩，就像工人文化宫里那些青年人跳舞时化的"青年妆"。她的眉毛上还用烧过的火柴头擦过，暗沉沉地黑着。我饶有兴趣地打量过她的脸，突然发现，她的脸仿佛与常宝有几分相像，我不由得把头偏了过去。唐娜并不在乎我的避让，反而把头伸过来对我说：“燕妮，我对你说……我告诉你一个秘密，我真是太傻了，我爱上一个人了。”

我听了唐娜的话，就搁下了我自己的事。我们就从我家里走出去，在一座小桥边坐下来，慢慢聊她的事。

我们有很长时间一声不吭，彼此都满腹惆怅，爱上一个人，意味着唐娜很快就会和这个人结婚，意味着她的生活与我不同了，我们不再有亲密联系。唐娜低了头玩脚下的青草，她手指的动作与平常不一样，缠绵悱恻。她在不知不觉中变化了，我记得以前与她聊天时，她玩草的动作粗野得很，扯一把扔掉，再扯一把，扔得更远。一场谈话没结束，我俩周围的草都被她扯光了。

唐娜说：“我和他分不开了。”

我还在看她扯下的草：“为什么分不开了？”

唐娜拍拍她自己的大腿，恼火地说：“哎呀，你真是没开窍，没开窍的人就是没意思，听不懂别人的话……我和他睡了嘛。”

我笑了一声说：“不害臊的小丫头。”

唐娜扬着脸，说出的话一点也不含糊：“嗯，就是不害臊。我们从上到下全都摸过了。他摸我的，我摸他的。从此以后，我俩就是一个人，不管刀山火海，我也跟他两个人好到底。”

这是我第一次听到爱情的誓言，我感到震惊。我尚不能理解这誓言的含义，因此也不会追究它的来源之处和它将来的去向，我是以后才明白：世界上所有的爱情誓言，源于同一个地方，去向无数个可能。

我把手放到唐娜的手心里，对她说：“唉，我搞不懂男男女女的事。”

唐娜短促地笑了一声说：“你十五岁了还不懂这个？我们班上的女生只怕就是你一个人不懂。你妈怎么不教教你？我十三岁来月经那天，我妈就和我说了，女人怎么生儿育女。我外婆给妈陪嫁的箱子底下有一个竹册子，画的就是夫妻生活图，她也给我看了。她说我身体发育得好，怕要先知道一些。哦，对了，听人家说，越是高级的家庭越是看不起男男女女的事，我们小老百姓，这方面懂得早。”

她想了一下，拉起我说：“走，我今天送你一份礼物。你跟我走，什么也别说。”

我跟着她到了市政府院，看大门的警卫是她的亲戚，她说正好走过这里，想去用一下里面的卫生间。她亲戚说：“今天休息，里面没人。放你们进去，你们要快点出来，也不要到工作的地方去。”

卫生间挺大，里面有一面大穿衣镜。唐娜就是冲着这面穿衣镜来的。她打开电灯，一边赞美电灯的明亮，一边把我拉到镜子前说：“全吴郭也没这么大的穿衣镜，我上次一来就喜欢上它了。”她扯开了我系长裤的皮带，拉下我的平角大短裤，拍拍我的大腿说："张开，张开，夹得这么紧干什么，又不是孵鸡蛋。一个人，怎么能不知道自己？"她拍拍我紧张的脸颊，从背包里拿出一支铅笔横放在我嘴里，说："咬点东西，就不紧张了。"我咬着铅笔，慢慢打开一些腿缝。唐娜神秘地说："刚才那句话，是我第一个男朋友对我说的，他现在结婚了。就是他对我这样说的——张开张开，夹得这么紧，打算孵鸡蛋还是鸭蛋？他结婚的前一夜来找我散步。我对他说，恭喜恭喜，这下子你的蛋一辈子都有人孵了。他本来想哭的，听了哈哈大笑。"我听了大为惊讶，唐娜看着我"嘿嘿"地笑，我拿掉铅笔，弯下腰，眼泪都笑到地上了。我对她说："你有种！"唐娜擦了一把眼泪说："你以后碰到这种过不去的局面，也要这样有种。"我打了她一下，我迷恋过《飘》，我把自己放进小说去的时候，我不喜欢当强势的斯佳丽。

唐娜重新分开我的腿，说："我们赶紧来认你的路吧。"

我总算看出来了，唐娜比我更聪明。

面对着镜子，我看到的是黄白温润的身体。我的双腿之间还缺乏内容，只有不多的毛发和浅浅隆起的绷紧的肌肉，它是沟壑，但没有层次之感；它是路，但隐藏着进出之口；它丰富多彩，但现在几乎只有黑白两色。我问唐娜："路到底在哪里？"唐娜蹲下来看了它一眼，起身去外面洗了洗手，走进来继续用手拨弄它，一脸愉快地说："一开始都是这样的，看不太清楚。这东西也是有灵性的，只要你关心它，不出一个星期它就变样了。”我问她：“变成啥样？”唐娜脸上渗出了汗珠，用力牵住我的手说：“你就这样用一个手指慢慢朝里探，就这样。摸到路了吗？……变成何样？反正不是像你现在这样冷冰冰的。它变得胖胖的，润润的，热气腾腾的。”她就像说一只馒头，我忍不住又笑起来。笑声一起，身体突然一抖，她看我一脸迷惑的样子，安慰我说：“你肯定是找到路了，找到了就行。不要再朝里摸，再朝里摸就要挂彩了。我们弄堂里的女人说这叫‘摸彩’——摸了挂彩。摸了挂彩不值得，是笑话。将来丈夫也会不信任你的。我们要走了。你回去想想第一次要给谁？女人的第一次给谁很重要。”她深吸一口气，如释重负。

出了市政府大门，唐娜说：“我很快就结婚，以后，我们就各走各的路。今天我教会你认自己的路，就是我给你的分手礼物。”

她说着哭了起来。

告别唐娜，晚上，老杜的女儿杜鹃来找我。杜鹃的头上扎了两根细细的小辫子，所以我们又叫她“小辫子杜鹃”。小辫子杜鹃对我说，他哥哥杜克知道我回来了，想约我见面，晚上六点半钟，在人民公园。我说：“我出门在外这些天，你哥哥也没个动静。”杜鹃说：“他自己的事情还应付不过来，哪有时间问你的事。”我也听说了杜克的事，他犯了一些思想上的错误，回家里写检查。我说：“他的检查写好了没？”杜鹃说：“你要想做他的女朋友，就要学会这种事不要去问他。”我矜持了一下说：“我才十五岁……虚岁也才十六岁。”杜鹃说：“我哥哥私下里猜你岁数，还以为你有十八岁了。你长得老气。”她看我脸色不好看，马上改口说：“你是像十五岁，因为你胸前还没怎么鼓起来。十五岁怕什么，我们班上几个十五岁的，都订了亲。我哥哥看上你，是你的福气。他可不是那种会献小殷勤的人，他在部队里，好些大官的女儿都想嫁给他，他都看不上。你抓牢机会，好自为之。”她故意说：“你好像不愿意去嘛。”我说：“我愿意的。”杜鹃说：“你说什么？我听不见。”我说：“我愿意。”杜鹃睁大眼睛看着我的嘴，说：“大声点说出来嘛。”我大声说：“我——愿——意。”杜鹃刻薄地说我：“对恋爱这么积极的人，倒是少见。”我倒吸了一口冷气。

小辫子杜鹃说了这话就走了。她家住在军医院家属区东边的一个小院子里，一幢红砖小别墅，家里有保姆、警卫员、司机。杜鹃的小小恶意我不当回事，她就是这样的人，她在学校里经常骗同学的蜜饯吃。

我当下咧开嘴一个人笑起来。

吃完晚饭我告诉我爸爸，我要到人民公园去，有一位士兵约我去玩，他就是老杜的儿子杜克。我爸爸惊异地看了我一眼，他的眼睛中似有泪花一闪而过，我感到他内心矛盾，他一时间是又惊又喜的。他没有评价这件事，只让我早点回家。他嘴里嘀嘀咕咕，说：“哦，原来是杜政委的儿子杜克。”杜政委到医院才三年，他来的那年杜克去参军了，所以爸爸并不认识杜克。我看出来了，我爸爸对杜克满腹疑虑。他还对我说："晚上六点半出去，太晚了，不安全，传出去名声也不好。以后和人约会的时间早一些，下午两三点，到人多的地方去，晚上回来吃，或者在外面吃碗面条就回来。你有约会了……可惜头发太短，戴顶帽子出去吧。"

这是我的第一次约会，我的同班同学都比我大，有的比我大三四岁呢。他们不少人早就约会了。老师和家长不让我们约会，但所有的生活都是说归说，做归做，历来如此，孩子们对此一脉相承。吃好晚饭，所剩时间不多，我花五分钟时间飞快地脱下长裤和上装，穿上我爸爸的军装和米色球裤，又在军装外面束了一根皮带，戴上一顶军便帽。我出门的时候，听见我爸爸在书房里说："晚上穿这么少，冷的。"我就随手拿了一件我爸爸的工作服披在外面。我爸爸出来送我到大门口，看得出他对我的第一次约会很不放心。

我跑步到了人民公园，就在门口，我看到了杜克，他站在那里就像一棵青松一样，挺拔俊俏。我脱下工作服胡乱塞到路边小树丛里，走过去，对他展现出灿烂的笑容。他面无表情地看了看我的装束，说出的话与我爸爸一样："晚上穿这么少，会冷的。"他的话让我有一个念头，我多情地觉得，他生来就与我是一家人。我们没有遇到的那些时间，是我俩在迷蒙中互相寻找。他过分的严肃，或许是男人特有的伪装。

第一次约会平淡无奇。他没有说让我心跳的语言，气氛很平静。杜克喜欢谈论政治，他对政治的兴趣远远大过对女人的兴趣。他与我约会，不是找一个合适的女友，而是找一个合适的说话对象。我没有多少话可以与他分享，大部分的时间内是他一个人在说，而我充当听众。

他是一九五五年参军的。去年秋天，他出差 Z 城时，经过一个中学，中学里正在闹学潮。Z 城刚有过一场工人要求增加工资的罢工，这场学潮是声援工人罢工的。毛主席曾经说过，要允许工人罢工，群众示威，这是他们的权利。杜克跑到学生中间去参加了这场学潮，他喜欢激情洋溢的场面。游行结束，学生们把他送到招待所，和他一起出差的军人对他说："你敢参加游行？你疯了。"他就花了五块钱请他的同伴吃饭，他在饭桌上说，只要他不把这件事说出去，日后他升为连长，就把同伴提拔为排长。

老杜在部队里人脉很广，杜克在五七年年底顺利地升为连长，但他无法兑现对那个同伴的许诺。过了五八年的春节，性急的同伴就去上级部门告发了杜克参与学潮的事。杜克被免职。在老杜的运筹之下，他总算未被部队开除，但他拒绝写"深刻的思想检查"。这次他回来，就是部队首长与老杜私下达成的条件，让他回家写检查的。

我听了他这些话不知如何是好，找不到合适的话安慰他，又不想让他觉得我木讷呆傻，所以我轻轻拉住他的胳膊，把头靠了上去。他愣了一会，判断我这举动的含意。他觉得我是不想听他的话，想把他的注意力引到彼此的身体感觉上。他不想过早地亲密无间，他推开我，继续说一些无聊的话。

他说他去年冬天，曾跟着一位领导去拜见一位北京的大首长，认识了北京大首长家里的公子，这位公子——不能泄露他的名字，就叫他“3 号”吧。中南海，就是中央领导人居住和工作的地方，中南海里有个西楼，西楼的警卫级别也是我国最高的。西楼大厅是领导人观看电影的地方，这位公子出入西楼就如出入自家客厅一样。专供首长看的工作片他也有办法看得到的。“3 号”才十四岁，但是对国际国内的政治了若指掌并有独特见解。他说，中国从一九五七年夏天后，才真正是一元化领导和全面专政。五七年以前，还在受着西方资产阶级的自由思想影响。社会主义阵营不稳，所以要进行一元化领导，波兰和匈牙利发生群众暴动，苏联的坦克开到了布达佩斯，美国人积极进行反共。非常时期一定要采取非常手段，国内有些反动思潮就应坚决打压，就像有些别有用心的人，打着拥护摩尔根的旗号，反对米丘林，实际上是拥护美英帝国主义，反对苏联人民。“3 号”还说，毛主席不喜欢《武训传》，一九五一年就写了文章批判它。毛主席也不喜欢哥穆尔卡的大民主。

我对哥穆尔卡、铁托之类的人物知之甚少。我想着电影《武训传》，想着演员赵丹出神入化的表演。我喜欢赵丹，喜欢他的笑容。有一阵子，我甚至梦想成为他的情人，与他卿卿我我，谈情说爱。显而易见，这种梦想也是我的恋爱经验之一。

我很快发现，杜克只是喜欢一切政治，并不能分辨政治里面包含的是非。我在他的唬人的政治面前没有自卑，因为我柳爷爷有时候也是这样夸夸其谈的，只不过柳爷爷是一只夸夸其谈的鹰，杜克像是一只夸夸其谈的孔雀。

我在心里马上给杜克取了一个绰号叫“孔雀羽毛”。他真像孔雀的羽毛，漂亮，华贵，但是有一点不切实际。我现在还不敢告诉他这个绰号，我相信总有一天会告诉他的。唐娜给班级里最严肃的男生俞亮起了一个绰号，叫“榆木疙瘩”。她第一次叫的时候，俞亮打了她一巴掌。后来有一天，他们两个搂着肩膀在小巷子里闲逛，正好被我撞见。唐娜神采飞扬地对我说：“燕妮，这只榆木疙瘩真的是榆木疙瘩。”“榆木疙瘩”听了，还一脸的受用呢。我希望我也有那么一天，对杜克说：“孔雀羽毛，去给我买一个霜糖柿子吃。快去！”“孔雀羽毛”就高高兴兴地去了。

我有意打了一个呵欠，打完后我有些害怕，我怕他从这个呵欠开始不再对我感兴趣了。他听到呵欠就不再说话了，我不知道他是敬畏还是反感我这个呵欠。

第一次与杜克约会，我就形成了对他复杂的心理，我热切地渴望得到他，又无比小心地掩饰我这个愿望。我注定要受煎熬，就像张风毅受我煎熬一样。人与人之间的关系，可能在没有碰面时就确定了。这就是命运。

我搜肠刮肚，总算找了一个可以说的话题。我就把剃光头的前因后果告诉了杜克。杜克就说："以后要是别人组织人马斗你，你也可以组织一批人反斗他。搜集他的材料，挖他的老底，我就不信他是个圣人。这世上没有圣人，就说我认识的'3 号'吧，他家里也跟老百姓一样，在闹家丑呢。"

我说："我不喜欢斗来斗去，我有我的梦想。我的梦想就是好好地爱生活。"

杜克说："你太单纯了，你的路是走不通的。斗争永远没个结束。不信你走着瞧。"

杜克掌控着这次约会，他将掌控我的一切。他对我是轻视的，我对他是倾心的。

我们坐在人民公园的河中小岛上说话，岛上只有我们两个人。河水被风吹起均匀的波纹，在黑暗里，每一个波纹都缩小了。它们就像夜的低语，敛眉低首，拘谨害羞，欲语还休。岸上远远的地方亮着一盏电灯，大部分地方都笼罩在黑暗里，男男女女小心地徜徉在黑暗中，警觉地做着摸手或贴脸之类的恋爱动作，防备夜间巡逻队员突然出现。今晚的感受与以往不同，我对外界感受迟钝，我已感受不到别人传达过来的微妙气息，这些气息或喜欢或难过，或拘束或佻侻，我现在只能感受到我自己的一举一动，我觉得我远离人世，凄清孤独，我的内心就像远方那盏孤灯，无法照远，只照着我自己。杜克是我无法放弃的，我有一个信念，他会了解我的孤独，感受到我。因为世界不大，只有我们两个人。

约会快结束时，杜克从口袋里摸出一样东西让我瞧，我一看，是一支“勃朗宁”式小手枪。这一定是老杜的东西吧？他把我领到人迹罕至的后山，听见头顶上有只鸟嘀咕了一声，就朝那声音打了一枪，真是瞎猫碰到死老鼠了，只听树下“噗”地掉落了东西，我们就在树下找到了一只死去的小鸟，红色的头，两只长长的绿爪，弹孔在胸上。他把这只精致的小鸟双手捧着，当成礼物送给我，说：“你要记得我是在黑暗里一枪打中它的，我是一个有能力的人，你要永远永远牢记这一点，听到没?”他的口气是命令式的，我在黑暗里像鸡吃米一样不住地点头，也不管他是否看得到。讨他的欢心，一定要顺从。别说点头，就是五体投地，我也是愿意的。他又说：“你想开一枪吗？开小手枪时，不需要手腕跟手掌手指一齐发力，只要手指发力就够了，你试试。”他把我搂在怀里，抓着我的手，让我举起小手枪。不过他没让我打出子弹。他的怀抱不太温暖，但是散发出年轻男子干净的气味。

他送我到家，在门口，我鼓足勇气说：“我在香炉山上很想你，你为什么不给我写信?”这句话打动了他，把他从天上拉到了现实生活中。他把手放到我的额头上，手朝下移动了一寸，遮住我的双眼，在我的嘴唇上吻了一下。但他没说话。我的嘴巴立刻不由自主地抖起来，幸亏他走了，因为我全身都抖了起来。我打一下自己的脸，不抖了。风平浪静，花香遍地。我内心无比愉悦，站在家门口，抬头望着满天星星，晃着身体，小声哼起爱情歌曲，直到后来我看见我爸爸站在我的身边。我爸爸嘲笑我说：“小小女孩弄得像个花痴。”我狠狠打了他一拳。

这天夜里，我回家躺在床上无法入睡，我无法把杜克的身影从我的脑海里驱除，我不停地想着他。回想起来认识他是在一个清新的早晨，妈妈让我去公用水池拎水。我没有拒绝，我有我的打算。我又穿上我爸爸的米色短球裤，球裤到我膝盖上面，露出匀称的小腿和一小截紧致的大腿。上身是我爸爸的军装，下摆松松地掖在裤子里。我就这样穿着出去拎水了。我感觉到有许多目光在背后盯着我看，尤其是那些军人。一辆正在朝医院门诊部开的吉普车甚至特意摇下了车窗，一个大首长模样的人露出黑红的脸，气派十足地冲着我喊：“这是哪家的孩子？这么漂亮！给我做儿媳妇吧！”我得意扬扬地提了水朝家里走去，突然我觉得手上一轻，回头一看，是一位年轻的军人。他身上有一股温馨健康的气息扑面而来，这是特别的，因为我从来没有在任何男孩身上感到过这种气息，他一定不是一般人物。我还不知道将与他有何种联系，我只能从他的眼神里看出，他讨好我，巴结我，这让我很受用。我就让他拎着水，一路跟我到了家门口，然后他就走了。他走时没有看我一眼，也没有回头。倒是我，从眼角的余光里瞅见他可爱的背影，仿佛前世里就熟悉，心中很是不舍，不知道他是谁，还能不能再见到了。我记得我妈妈走出来呵斥我：“穿成这样，没家教的。”我爸爸劝慰着我妈妈："不要这样激动嘛。我告诉你，公元七世纪，唐朝的长安城……说了你也许不相信，那时候女人们都流行穿无领衣服，开口很下的那种，里面不穿内衣，头一低，就……"我妈妈娇嗔地白了他一眼，捂着嘴笑起来。

那只死去的小鸟被我放在枕头边上，散发出淡淡的青草气味。我对杜克的感受与对张风毅的感受完全不同，我对张风毅的爱是抽象的，友爱的，我爱他的灵魂。我对杜克的爱无关乎灵魂，而是落到了每一个细小的实处。我回想他的一举一动，一言一笑。我在幻想里去拉他的手，与他四目相对，但他是那么遥不可及，虽说他赠予小鸟，这不能说明什么问题。小鸟是死的，尤其不吉利。花码头镇的刺绣能手秧花，她曾说过，她从小就不碰死去的鸡鸭类，尤其是失去生命的不能飞的小鸟。没有生命的小动物会损害生者的气息。

我去了院子，在黑暗里把小鸟埋在一棵树底下。我怜悯这个无辜死去的小生命，遗憾杜克没有送我一只活的吱喳乱叫的小鸟。怀着对杜克的想念，我拆掉了我的一件深蓝毛线小背心，给杜克打了一条围巾。打好围巾已是早晨五点多了，我试着去杜家的小红楼找杜克，碰巧杜克也起来了，在他家院子里练拳脚。

围巾给了杜克。今天早晨格外艳丽，湿润的黄光刺透每一寸空间，柠檬一样黄色的早晨，浮华迷离，与我的心情是吻合的。

下午，我看见杜鹃把这条围巾系在胸前，大模大样地走在街上，左边嘴角上有一抹黄色，应是吃山芋留下的渍迹。她看见我，脸上有些不屑，说："孔燕妮，你对我哥真好，打了一夜啊？我哥他给了我，我戴着好看吧？哎，你给我打一件粗毛线大衣吧。红的。我太想那种红毛线大衣了。你给我打，我有好处给你。"

我没有搭理她。

这件事让我觉得很难堪，我期待杜克会对我解释，但是杜克没有再约会我。过了几天，我再去东边红砖小别墅里找他，他家的阿姨赵大姐告诉我，杜克去北京的朋友家玩了。他没有和我告别。我安慰自己，也许他对待感情是内敛的，不像张风毅那样外向奔放。

我迷茫地看着沙滩一样的天空，对杜克，除了爱还是爱，我对他没有怀疑。我还太小，我对爱情无条件地服从，我还不具备怀疑爱情的能力。但我有火一样的热情，爱情迷惑本性，也激发真自我。本性和自我，原属一体，是一粒种子的两头，一头生根，一头发芽。我从家中出发，恍恍惚惚地朝长途汽车站走。我身上一无所有，售票口的男子嘲笑我说："没钱想坐车？亏小姐想得出来的。"他指着一辆朝东开去的汽车说："喏，你就跟着它，走着去北京吧。"我就出了车站，朝着售票员指的方向走。我从上午走到晚上，半夜里，我还在黑漆漆的公路上走，我并不害怕，我就是路边的一棵草或者是浅吟低唱的小虫，我是孤魂野鬼。天穹之下，渺小如我，原是融合于自然的一样物件。

清晨，我身后传来一阵自行车的铃声，张柔和在路上找到了我。她摁响了一串响亮焦急的铃声，从车上跳下来，激动地把自行车推倒在地，上来一把拉住了我的手。她骑着我爸爸的自行车，去汽车站问了售票员，在售票员的指点下，她顺着这条公路，骑了半夜才找到我。我说："我要找杜克。"她通红着脸，毫不迟疑地说："你不要着急，我陪你一起去找他。"

当然后来我并没有真的去北京找杜克，张柔和把我送回了家。我合着眼躺在床上，耳边听着我妈妈的笑声，两条腿情不自禁地动来动去，好像还在路上走。我的腿脚走了那么远的路，非但没有疲惫，反而变得极端敏锐且斗志昂扬。它的感觉纤维和神经系统得到提升，不仅感知温度和疼痛，仿佛还具有了思考能力，并且会表达情绪。它思考着我妈妈的笑声，我还听到它骂了一句：神经病！也许骂的是我自己，也许骂的是我妈妈。总之，它愤世嫉俗，自暴自弃。听到它骂完后，我哭哭啼啼起来，我爸爸走过来搂抱我，感慨地说道："我家的燕妮是个多情种子啊！"他语气真诚，没有嘲笑我，让我心里好受了一些。

四月八号这天，我重新回到学校，头发短短的。我的事学校里应该都知道了，我知道会有多少艰难等着我，学校也从来不是世外桃源。

张风毅送我去了学校，他送我到学校门口，说："以后有我，谁也别想欺负你。"生活里多了他，是我的幸运。我对他说："我也不是好惹的。"他东看西瞧，四下无人，鼓足勇气碰一下我的手，说："你笑起来太好看了，笑得好看的姑娘，运气都好。"

唐娜在教室门口等我，拉着我进了教室。所有的同学，不管是我班的，还是别的班的，全都站在教室外面注视着我。他们以前也经常注视我，但那时候是尊敬和羡慕，现在完全不同了。这是常宝的原因。

早上第一课就是政治课，政治老师不停地讲时事。从去年到今年，国家的事情很多，走马灯似的，一件连着一件，全民大炼钢铁运动，"反右派"运动，"文化革命"运动（不是后来的"文化大革命"），"大跃进"运动，"人民公社"化运动。政府在农村开设澡堂，取消城市的舞会场所，实行户籍管理制度，对粮食和各种副食品实行凭票定量供应。所有的东西，连结婚用的马桶都要凭结婚证购买。农村还有"粪票"，凭票供应施田用的粪水。一直到八十年代，中国人才不再使用这些名目繁多的票据。还在消灭可怜的麻雀。毛泽东听取了一位农民的意见，说它们吃掉许多粮食。于是中国人民全体上阵，围剿麻雀，设毒饵诱捕区毒杀麻雀，培养神枪手枪杀麻雀，用鞭炮和锣鼓声累死麻雀……后来统计，一九五八年全国共捕杀二点一亿只麻雀。

政治老师说："以上这些事情和你们关系不大，和你们关系大的是写诗。文艺要‘大跃进’，班上的每个人每天都要写五首诗。孔燕妮，你一个人没写诗，拖了班级的后腿。你怎么不像你妈妈？你妈妈多进步！”

马上有一位同学站起来朗诵了一首诗：

啊，革命的新世界，
全人类的关注点，
花儿在歌唱，
鸟儿在飞翔，
五洲四海齐沸腾，
连馒头都在激动……

我说：“我早上吃的就是馒头。馒头激动起来是什么样子的？可是在地上撒泼打滚？”

政治老师是位四十多岁的妇女，她也住在军医院的家属区里，丈夫是军医院的一位政工干部。我从她的眼睛里读出一个信息，她马上就会说到常宝的事了。我不会让她在课堂上羞辱我的。我站起身就朝外面走。走出校门，我看到唐娜也出来了。

唐娜说：“赵大伟到教室来找你，政治老师和他关系特别好，你要小心点，人家都说他精神不正常。他吊死小狗小猫，去年与叔叔吵架，用切菜刀把他叔叔的腿砍出了白花花的骨头。”

唐娜让我跟着她去她的外婆家玩，我就去了。

唐娜的外婆壮实得像一头母牛，裹过小脚，后来又被她放了，成为“半天足”。她所有的习惯都停留在中华人民共和国成立以前，她称呼我为“孔小姐”，而不是“小孔同志”。她用毛笔写信，五二年文字改革后，写字的顺序改成从左到右写，她写信时还是按以前的样子从右写到左。她买东西时要带着自己的秤，她不相信别人的秤。但她的秤是十六两制的。小贩对她说：“阿婆，我山区老家的人都换十两秤了，你是城里人，怎么连乡下人还不如？”她就说：“你知道什么？十六两秤，每两秤星都有说法的。要不我讲给你听一听？十两秤算什么玩意儿呀？没根据的。你称你的，我会换算。”街头巷尾到处都是郭兰英纯朴天真的歌声：妇女都成了自由人，国家大事咱也能管哎嘿嘿哟……她就说：“这叫什么歌？喉咙直通通的一点味道也没有，什么妇女都成了自由人？妇女什么时候自由了？男人哄哄你们，你们就当真了。周璇的歌呢？怎么没处听了？《疯狂的世界》《夜上海》《何日君再来》……那才是歌，那才是喉咙，那才是时髦。周璇、胡蝶、阮玲玉……‘喝完了这杯，再拈点小菜，人生能得几回醉，不欢更何待’……唉，自由市场都没了，我到乡下人那边去买点好吃的，简直像做贼骨头。”她还保留着大量作废的旧币，闲时拿出来摊在桌上看看，缅怀过去那些风流岁月。

有一阵子，她的住处有工人纠察队同志日夜二十四小时监视，以防她和台湾敌特分子接头。居委会上报给区里的材料里，列举大量事实说明这个老太婆一向仇视新政权。区里上报给公安局的文件里说，怀疑她有敌特嫌疑。后来全国人民开始批《武训传》了，大家都去批判武训，公安局也解除了对她的监控，老太婆一下子给人忘记了，她不禁得意起来，又拿出她的古董烟枪吞云吐雾。

她拥有的只有过去。我拥有的是现在。但我爱听她讲过去的事。

唐娜不爱听，先走了。从她外婆家到学校，走十来分钟。但我估计她不会去学校，我隐约看到一个男生在门口一晃，并且朝里看了一眼，然后唐娜就嚷着要走。

唐娜外婆让我盘腿坐在太师椅上，挺直腰板，眼睛半眯，不要看任何东西。她把水烟放到我的嘴边，叫我吸她的水烟。水烟发出“咕噜咕噜”的声音，像头惬意的猫。我半梦半醒地听她在我耳边讲她的前尘往事。她说她是个时髦的女人，她有自己的名字，叫夏季花，她原先的名字叫陈夏氏。夏季花一九二九年到了上海，她是中国第一批戴乳罩和穿泳装的女人。在这之前，她因为穿着轻纱背心和网格纱衣走在大马路上，差点被当时的政府捉到牢里去。最后她总结说，日子是用来享受的。大家在居委会学习政治时事，她宁愿用小布头蘸了牛奶瓶里的牛奶贴在脸上做美容，再拿鸡蛋壳里剩下的蛋清慢慢抹脸，消受时光。我半眯着眼睛吞云吐雾，听着老太婆似真似假的回忆，仿佛完成了对我妈妈的背叛。我的眼前是进门天井，天井里躺着一口老井——一口明朝的井。水烟的味道真不怎么样，有一股不清洁的口腔气味。

冲进来一群人，为首的是体育老师赵大伟，还有一些学生，有些我认识，有些我不认识。他们快速地冲到我面前，一把揪住我的发辫根部，仿佛几秒钟内就把我拖到外面，劈头盖脸地一顿拳打脚踢，我倒在地上，他们再把我拖起来，迫使我头朝后仰，赵大伟手里拿了一本书，一下一下地扇我的嘴巴子，还不住地问我："你同情反革命，活该挨打。我问你，你为什么不哭啊？你为什么不哭呢？"我回过魂来，用力啐了他一口，围观者发出一片哗然声。

他们用布条绑了我的手，拉着我一路朝学校去。

我看到我的班主任老蒋了，这个善良温暖的中年妇女，她是基督教会收养的孤儿，是上帝的孩子，也是本城最早出国留学的女子之一。她悄悄告诉过我，她还信奉布拉瓦茨基夫人的学说。她曾经是那么喜欢我，就像她喜欢真理一样。但她碰到我射向她的眼光时，一下子就把眼珠躲开了。赵大伟的父亲是公安局的一位科长，听说他从小蛮横狂躁，除了砍伤叔叔还暴打他的爷爷和奶奶，连父母亲拿他也没有办法，这样的人，不是我能应付的。我对老蒋喊道："去找我妈妈。"

事后我知道，老蒋确实让一位伶俐的男学生跑去妇联找我妈妈了，我妈妈一听说我在学校与人起了冲突，没等听完这位学生的叙述，脸上堆满了不耐烦，一摆手，让这位报信的学生不要再说下去了，这是工作场所。她把男学生领到一个电话机旁，给了他一个号码，让他去找我爸爸。

那时我被赵大伟挟持到了学校操场后面的防空洞里，别的人害怕，都没有跟下来。只有赵大伟一个人把我推进了防空洞里。他把我推倒在地，说："你吐我口水，我就尿你一身。"

他开始解裤扣。

我朝他喊："赵大伟，你要考虑后果，不是玩的。"

他说："你同情反革命时，考虑过后果吗？"他情绪激动，眼睛里渗出泪水。

我继续喊："赵大伟，你污辱了我，你也要受罚。"

赵大伟说："我晓得。我不怕。舍得一身剐，敢把皇帝拉下马。我今天就要整一整彩虹仙女的妖气。"

等我爸爸到了学校，我在防空洞内已被赵大伟尿了一身——他打昏了我，先污辱了我，然后再尿了我一身。

是日大风，一地花瓣。

五

多少年后，我总是回想当年的场景。如果我没有让老蒋去找我妈妈，而是让她去找我爸爸，或者我爷爷，那么我是不是就能逃避掉那个沉重的被污辱的命运？

这件事发生后，我妈妈请求去农村搞调查研究，她扔下我逃避了。她问心有愧，不敢面对我。

赵大伟被公安局的案件组审查认定有精神疾病，关到了精神病院。去了才一个月，他就变成了一个不折不扣的精神病人了。后来，去看他的人说，他本来还认得爹妈，现在不认得了。

我爸爸与我深谈过很多次，有一句话我牢牢记着：不要慌了手脚。你还是你，只是被狗咬了一口。和以前一样，你想做什么事，就做什么事。

我妈妈去农村两个月。那天，我听说她回到单位了，傍晚就到她回家的必经之路等她，我要做的第一件事就是要面对她。她远远地过来了，才两个月，她就变得又黑又瘦，脸上一副疲惫的神情。风把她的头发吹得遮住了脸，她现在剪了一头短发，她长长的辫子没有了。

她看见我，吓了一跳，走到马路对面去了。我跑到马路对面，跟在她身后。我妈妈走得很快，与我保持着一段距离。这段距离是她刻意保持着的。看着这段始终不变的距离，我既憎恨，又自卑。我从小就害怕和她一起走路，因为我总也跟不上她的步子，经常走着走着就与她失散了，剩下我一个人孤独地站在陌生的路和陌生的人中间，就像梦魇一样。这种事发生多了，每当我们俩一起出去，我就会下意识地等待失散的时刻。我幻想她回头找我时，看到我的一刹那，惊喜交集地叫出声来。但这种情景从未发生，十有八九她找到我时，脸上什么表情也没有。

我不再努力去追上我妈妈的脚步，我悲伤羞惭，没有丝毫力量去追赶她的脚步，就在我看不到她的时候，我的悲伤忽然消失了，取而代之的是焦虑。我原谅了她，她却不原谅我，因为我不是她心目中的那个女孩。

时隔两个月，一家子再次围在桌子边上吃晚饭，我爸爸照例烧了一些菜。一家人沉默地吃着东西。我妈妈吃得很快，吃完就放下碗走了。我不甘心，也放下碗，跟屁虫一样，跟着她来到她的大房间。大房间是木地板，光着脚走进来。靠南的窗口边有她的一架藤书架，一张小书桌，书桌上常年放着《资本论》《论共产主义教育》《新民主主义的政治与新民主主义的文化》《农业合作化的发展方向》之类的书本。我永远搞不清她与农业合作化有什么关系。现在她坐在这里看一本小宣传册，我走进去倒在她的脚下，搂住她的双腿。她的气息温馨可人，甜丝丝的，勾起我遥远的童年的回忆。我把脸贴紧她的膝盖骨。她的腿抖了一下，变得犹豫不决，立场不稳。片刻，这双腿打定了主意，肌肉一下子变得硬邦邦的，并且把一股烦躁的拒人千里之外的气息传给了我。我决意不放开它，更紧地抱住了它，希望它可怜我，爱我。它没有被我打动，用力地晃了一下想挣脱我，我还是不放。这次，书桌上面的手伸下来帮忙啦，我再也没脸强行搂抱住我妈妈的腿了。我只好再回去找我的饭碗，我刚走了一会儿，碗里的米饭就干瘪了下去，凌乱不堪，看上去和我的脸一样的丧气。

我吃了一口饭，嚼着米饭的味道，如同嚼蜡一样。我含着泪，忍不住滑到桌子底下去抱住我爸爸的大腿。我爸爸的腿正直有爱心，就像他的良心一样。他在我头顶上印了一个吻，睁大聪明纯净的黑眼睛对我说："燕妮，你是再也不会回到学校去了。以后，你就是自己的老师。"

夜里，我听见我妈妈在抽泣。我在黑暗里紧咬牙齿，忍着眼泪，不让悲伤泛滥开来，我不会让赵大伟击垮，如果我放任悲伤，我就会像一摊烂泥一样。不久我就睡着了，自从发生了赵大伟的事，我再也没有梦见过常宝，也许她看见我如此境况，不想再来难为我吧。

杜克，你在哪里呢？

杜克在北京没有待多久，北京的形势也很紧张，爱享口福的中国人面临着食物危机。杜克朋友的父亲看到他在北京闲逛，就说：“年轻人，国家需要你去出力，为什么游手好闲呢？该回哪里就回哪里，就是种些粮食养活自己也好啊。”

杜克回来了，他当然没去种粮食，他参加了红旗街道的炼钢运动。他还没有写那份检查，他的心结没解开。

他回来的那天晚上，我去找他。我不敢进他家门，就在他家屋后站到满头露水。我心中酸楚，内心的力量已像水一样流走，我只想屈服。

第二天晚上，我家的门被敲响了，我爸爸去开门，只见杜克侧身站在门口，双手插在裤袋里。我爸爸没有出声，但我惊喜地站了起来，杜克到底没有嫌弃我，他来找我出门散步。

那一夜满天星光闪烁，映照着人间。

和上一次约会一样，他不停地说着在北京的见闻。他说，我听，我不做任何评判。九点钟，他才把我送回家，我爸爸和妈妈都在等我，他们也是一脸的喜悦。我妈妈出发上班时又开始哼歌了，虽然声音不大。看到他们高兴，我也轻松了许多。

家属大院里每家每户都拿着含铁的物品捐给周围的街道。老杜在动员会上号召说，上级部门规定军医院不能进行大炼钢铁活动，但是医院里的职工、家属，所有的同志，都要把自己拥有的铁器贡献出来，炼出钢来，造出子弹大炮，打击美帝国主义和蒋家王朝。我妈妈把家里的那辆自行车捐了出去，我爸爸不让，这辆自行车可是家里的宝贝，是柳爷爷送给我父母的结婚礼物，欧洲产的“提万司”牌，柳爷爷专门托了“天昌”脚踏车行从上海进的货。我妈妈严肃地说：“孔朝山，我对你说，不要舍不得自己的一草一木。没有大家就没有小家，只有打败了美帝国主义和蒋介石，我们中国人民才能真正地过上好日子。我们就是要炼出钢，炼好钢，给毛主席争气。”我爸爸拉下脸，不悦地说：“自行车又没得罪你，你何苦和它过不去？家里不是有铁锅什么的？”我妈妈跺脚嚷道：“它就得罪我了，哼！我就是看它不顺眼。我看见它，就想到那个生活腐烂变质的老家伙。”我爸爸无奈地对我挥挥手：“拿走吧。捐了干净。”

我骑着自行车去了军医院边上的红旗街道居委会。街道居委会门口敲锣打鼓，一群妇女一边扭着，舞动手中的彩带，一边唱：

谁说专家才能搞，
我们不信那一套！
别看我的土炉小，

万座矿山吞得了！
别看我是大老粗，
炼的钢铁质量好。

听说这是一个有名的作家写的。

地上扔着一大堆等待投下小火炉的物品。我一眼看到了一样熟悉的东西，是一只小铁锅。我扔下自行车把铁锅捡起来，一打量，可不是？这就是常宝的那只小铁锅。我心情复杂地瞅着它，想着应当偷偷地带走它，让它代替常宝活下来。

腰里被人推了一把，回头一看，是杜克。神采奕奕、风尘仆仆的杜克，才几天不见就变得黝黑红火的无比健康的杜克，军服上尽是黑灰印子，被火炙了几个大洞。我多情地觉得，他身上有烤玉米和熏青豆的味道。

他拍拍我的肩，仿佛有所期待地问我："来干什么？"

我说："来捐东西……最主要的是来看你。"

他少见地露出难为情的表情。集体式的狂热劳动使人热血沸腾，一千五百多度的铁熔点让人荷尔蒙升高，他好像忘了他的政治了。他四下看了一看，悄悄拉拉我的衣袖，说："跟我走。"

我跟着他离开炼钢现场，来到一座小院子里，院子破旧，长着两株旁逸斜出的蜡梅，还有欣欣向荣的大蒜和葱，一只对人类没有戒心的成年猫躺在窗台上。屋子狭小，里面热烘烘的，窗户上散发出米饭和菜油的味道。杜克说，他累了就会在这里休息一下，这是他刚认识的一个朋友的家，这朋友在街道工作，现在不会回来的，家里别的人去上海玩了。

他拉起我的手，看了一会，突然显出逗趣的神情，脱下破军服给我穿上，一把拦腰抱起了我。我在一瞬间仿佛腾了云驾了雾，居高临下地看着他灿烂的笑脸，长长舒了一口气，心中充满安定和幸福。

杜克放下我说："不行，你才十五岁。太小了。"

我说："其实按虚岁算，我十六岁了。"

他想了片刻，没能说服自己，便坐到床上，把我抱在他身上，一只手握着我的手，把我的手慢慢放在他的裤子上，斜了眼睛观察我的反应。我的手不听话地颤抖，在我的手下，杜克的那个地方渐渐膨胀变大。这下轮到我吃惊了，我不敢怠慢，也不愿放手。我紧张地喘气，隔着裤子攥住它。我的手很勇敢地不抖了，它很镇定，比我更镇定，它引导我面对现实镇静下来。杜克浑身散发灼人的温度，我的温度也在升高。

杜克由衷地夸赞我说："燕妮，你能生孩子了。"他由衷欣赏我的表情，我一辈子都能记得。

我说："我不想生孩子。我想当你的孩子。"我想亲他的嘴，但他没这个意思，我也就不敢轻举妄动。

住在柳爷爷家里时，我看过他书架上的一些书。小学时，我对吃的感兴趣，就到处找书里关于吃的描写，《水浒传》《三国演义》《西游记》里，几乎没有关于美食的描述，《闲情偶寄》里有，不过瘾，况且李渔说：肉食之人不善谋。这句话不对我胃口。《红楼梦》里对于食物的描写让我馋涎欲滴。上了高中后，我对男女之事感兴趣，每次去爷爷的书架上找书，都要先看书上的目录，看是否标示着有男女关系的内容。现在我知道，男女之爱，结局大同小异，但过程是不一样的，就像人的手，看似一样，其实每个人的指纹是不一样的。

现在，杜克开始考验我，同时也在考验他自己。他的经验不会太多。他浑身火烫，还在竭尽全力地保持清醒的头脑。我在他的指示下，脱下了我的上衣，他好奇地盯住我的胸，也许是我的胸还没发育好，或者是别的什么原因。他刹那间失去了对我的兴趣，抓起我的衣服盖住我裸露的身体，还咳了一下，低头看着地。地上凹凸不平，他看的是那个光溜溜的小坑，坑底下有一片泡过的淡褐色茶叶。杜克善于思考，也容易陷入沉思。他的脑袋上散发出腾腾热波，我几乎可以看见这些颤动着向上的波线。我爱这些颤动着的波线，女人的身体不会散发这样有力的波线。

旧屋子不隔音，我听到隔壁的门开了，走进两个人，一男一女，为了菜钱吵起来。女的怀疑男的少交钱是贴了“那个小孤孀”，男的说：“你夜里好好地侍候我，我就全交给你。”那女的一定随手抄起了什么东西飞过男的头上，“当”的一声响过后，那男的大叫起来：“你来真的啊？下个月的钱我全贴了那小孤孀。”

杜克重新搂起我，我们互相看了一眼，压低声音笑起来。杜克开始吻我。我的牙齿碰着他的牙齿，好不容易才使两张嘴协调起来。男人的嘴和女人的嘴多么不一样，女人的嘴柔软得没有边界，仿佛无边无际的草原。母性，原本就是这样宽泛。男人的嘴天生就有界限，是坚决的自我限定，世界也因这界限而变小，变得理性，变得更有力，更容易占有和侵略。

我们一边吻着，一边慢慢地挪到了床上。在我今后的生活中，我碰到过无数男人，也与许多男性有肌肤之亲，每一次的恋情发展都是无从猜测的，我每次都无比恐惧未来，也无比地憧憬未来。唯有这第一次，我是心无杂念，既无恐惧也无憧憬，纯净得像一张白纸一样。

我脱了衣服，从杜克的脚那里一直爬到了杜克的胸前。脱了衣服，我才感到我太瘦了，今后一定要加强锻炼，还要多吃饭。一束阳光从窗外照进来，投在我和杜克的脸上，这束阳光一走进来就沾了这家人窗台上的尘灰和油烟气，浓烈的味道好像要浸透进我的五脏六腑。隔壁人家的那对夫妻还在为菜钱啰唆不休。又有人进了院子，在井里打水，吊桶不时地呼哨一声沉入水里，又呼地跳出水面。一个人拿着喇叭一路说唱：

居民同志听清爽，

保家卫国要炼钢。

个人主义要不得，
修正主义是祸害。
兴无灭资是正道。
人人拥护总路线，
红旗插遍全中国。
超英赶美红又专，
一天等于二十年。
赞成冒进有必要，
多快好省到共产（主义社会）。

还有一个女人在拍门，叫：“开门，你死啦？你要是没死就给我开门。”这一切都是陌生的，所以我以后想起第一次的男欢女爱经历时，总觉得恍惚：那是我吗？我在哪里？

我无比好奇地抚摩杜克的身体。他的身体真奇妙啊，清洁、光滑，就像磁铁一样吸着我的手。我尚不能理解他身体的构造对我具有多少意义，我的态度也不是科学和理性的。在我的眼中，他的身体就像春天的阳光一样灿烂。有那么一刻，我的头脑恢复清醒，想起唐娜说，女人在恋爱中必须采取被动的状态，这样才能讨得男人的欢心。但是我假装不了，我宁愿冒险地表达出一切，不愿在这时候退缩。我想当他的孩子，也想当他的母亲。母亲是代表力量的一个词，这个词里面没有退缩的含义。

杜克从他的身上剥下我的手，拿在他眼前看了看，然后严肃地盯住我的眼睛。他盯得很结实，很坚硬。他说：“你找我，有你自己也不知道的动机。”

我说：“很多时候我们都不知道动机，要经过了才知道。”

杜克说：“我很想让你更开心，但是做不到。我们现在穿起裤子，还来得及。”

我一下子就退缩了，我没有向前的经验。我就红了脸去找衣服，一边说：“哎呀，我要赶快回家去了。”杜克没有挽留我，他穿衣服的速度比我还要快。我刚穿好，他就走出房门在院子里了。其实我不想就走，他一走，我着急了，我不甘心就这样失败。我急中生智，对窗外的那只懒猫发话：“猫，你看这个人一句话不说就走了。”大肥猫睁开眼睛，给我一个娇媚的飞眼，想张嘴搭腔，又懒得开口，那闭着的嘴和胡须不停地抖。杜克回过身，对我一笑，和那只猫一样笑得勉为其难，说：“我要走了，要去炼钢了。”我心里一阵难过，我不明白他为什么就这样离开我了。都说女人善变，男人也是善变的。

我一肚子迷惑地回家了，走到医院大门口才发现手里拿着常宝的铁锅，就扔给了王来恩的父亲。老家伙的眼睛里闪过狡黠的光芒，说：“谢谢……谢谢领导还我。我……”我没听他啰唆下去。他在我身后莫名其妙地说：“哼，幸亏回来了。不然……”我一转脸，他马上向我拱手道：“谢谢。谢谢领导……”

我回家后左思右想，觉得问题可能出在我的手上。我的手怎么了？我还没想清楚手的问题，我的手已经在一张纸上画了一样东西，我看清这是男性的生殖器，我觉得这是杜克的，这样东西对我意义重大。我想念杜克和它。画好后，我又在边上画了一个红心，表达我的愿望。拿着这张纸，我哭起来，我的感情如此放纵，带着陌生的孟浪，带着对未来巨大的恐惧和无尽的希望排山倒海一样压来，我只有行动起来才能减少我内心的压力。我把这张纸折叠成一只小船，夜黑时潜到杜家的小红楼里，在院子的晾衣绳上我看到了杜克的军装，他爸爸的军装又肥又大，晾在边上。我把小纸船放进杜克的军装口袋里，然后我出来躲在屋子边上，过一会儿我听见杜克出来找军装，他穿上军装走出去了。

接下来的许多天我也见不着杜克，我有意地去红旗街道，有意在杜克经过的路上等。我见到他了，他朝我友好地笑笑，并不搭腔。连杜鹃都不理睬我了。我去了杜鹃的学校，把杜鹃拦下，我对她说，请她告诉杜克不理我的原因，我愿意给她打一件红毛线衣。杜鹃说："我不要你打，我没钱买线。"我就一并答应她买线。

我从杜鹃的嘴里知道，杜克嫌弃我两样事。一样是我的手，一样是我画的画。杜鹃说："你的手就像男子汉一样大，又大又有劲，说明你内心野蛮，有侵略性，是欺负男人的样子。我哥哥喜欢女人长着软乎乎的小手小脚，这种女人温顺听话。"再就是那张画了。杜鹃引用她哥哥的话说："没想到她这么胆大妄为，比男人还放得开。"我低了头，轻声辩解说："新时代的女性要敢作敢为。毛主席说……”我还没说完，杜鹃说：“罢，罢，你不要引用毛主席的话了，咱们是在私底下，又不是在学校里。你是个聪明人，你要晓得，这不干毛主席的事，这完全是个人的想法。”我悻悻地说：“现在不提倡个人主义。但是你说得也对，这种事情，完全是个人的，和别人无关。”

我后来知道，我的纸船被杜鹃从她哥哥那里偷了去。她心仪隔壁班上的一个男生，但那男生不理会她。她思前想后，觉得我这张画能代表她的心情，她就把我的小纸船偷偷塞到那男生的书包里。那男生看了这张惊世骇俗的画，大为感叹，费尽心机地查出是杜鹃所为，连夜给杜鹃写了一封情书，称她是亲爱的，称赞她虽然行为大胆放纵，但是真实感人，是不多见的真情真意的女子……若干年后我去参加杜鹃的婚礼，她指着新郎悄悄地对我说：“谢谢你纸条上的画，你可是我们的媒婆啊。”新郎满面红光，目光火热，他的笑容和行动都十分妥帖自然。他自然可爱的样子我只看了一眼，心就刺痛起来。一张纸条两种人生，真应验了杜鹃那句话，一切都是个人的看法。

这下，我得信守诺言。我去跟张家姐弟借了买毛线的钱，我一边给杜鹃打毛线衣，一边留神倾听内心某种预兆，等待着内心那豁然一动，美好的预感如春风一样轻拂我的心灵，又像芽苗穿出种子。我等啊等，毛线衣打好了，希望中的预感还是没有。杜鹃来拿毛线衣的时候给我带来了一分钱一包的甘草桃片和山楂片，还有两分钱一包的奶油话梅。她瞄了我一眼，破天荒关心地对我说：“你瘦多了。你本来就没胸，不能再瘦了。”

一个人时，我脱了衣服对镜查看我的身体。我是瘦了，但我的胸不瘦。它非但没瘦，几天不见，它就大了许多，就如春天里的植物一样，又像小乳猫一样日长夜大，善于变化。我的双腿之间，虽还没有形成毛茸茸的一片，但已经长出来的毛发使劲地伸长、拐弯，它们在我的双腿之间画着圈，打着问号，像我的内心一样。

我思前想后，去找张风毅。他也是年轻男子，他会知道杜克为什么不理我了。

张风毅说：“好吧，除了你的手和你的画，他还说了你什么？”

我摇摇头。

我出了事以后，一直不愿意见张风毅，我也不明白这是什么原因。今天见到他，我吃了一惊，他瘦多了，脸上有了胡子，一副沧桑的样子。我心里一疼，我感到他是为了我才瘦成这样。我用眼睛去看他，想给他一些安慰，但他低了头就是不碰我的眼神。

他说：“你真的相信是这两个原因让他不理你？”

我说：“我相信。”

他说：“你相信为什么还来找我？”

六

柳爷爷的院子里，我和张风毅坐在一棵绣球树底下，讨论我的爱情。树上开满硕大的绣球花，它比白玉兰花更加明亮。

张柔和递茶倒水送毛巾，时不时地过来看我们一下，每次却只看我的脸，留意着我的一举一动，唯恐我不高兴。一只野蜜蜂飞过来碰了我的眉，我的眉毛皱了一下，她就吓得咬紧了嘴唇。柳爷爷我好久没有见到他了，刚才张柔和给他打了一个电话，告诉他我在这里，但是他说有事回不了家。我怀疑他有意回避我，他怕他自己无法面对我？

今天的阳光真好啊，浓重清澈。风也不小，树叶刮得沙沙响，阳光如铁，在风中纹丝不动。张风毅说："要是阳光也能被风摇动，像海中波浪一样起伏翻腾，那么人又该怎样？"

我忽然想到，为什么我只来找张风毅谈论我的爱情问题，我周围所有的人，我父亲、母亲、爷爷、杜克……他们都是忧国忧民的人，关心社会、国家、人类的命运，只有我和张风毅不是这一类人，我们更关心自己。我们的思维很小，小到只有眼下的阳光。他们的思维总是很辽阔，很浩大。我现在还无法评判对错，我坚定地跟着我的本能走。

张风毅说："杜克不是不爱你，他也没有嫌弃你的意思，你的手和你的画也不是他离开的理由。照我看来，他是一个心比天高的人，还不想现在就与爱情纠缠在一块。"

我问："那他为什么不直接地与我讲？"

张风毅看了我一眼，神情里充满羞愧和难过，事实上，应该我感到羞愧和难受才是。杜克不是来拯救我的，他压根儿就没有这个想法。

赵大伟的事情发生后，两个月来，我保持着镇定，除了不上学校，除了不可遏制地消瘦，别的与平时一样。我站起来，大哭一声，昏倒在地。

我是在张柔和的怀里醒过来的，她说："哎呀，小祖宗，你醒过来了？幸亏你爷爷还没下班，这几天他每天都要忙到半夜三更。"

我推开她，一路跑到大街上。我在大街上放声大哭，我不想再镇定下去，放纵一时是一时，哪怕我成了一摊烂泥。张家姐弟一路跟着我，我回过去把他们朝远处推，他们终于被我推走了。我坐在街沿上，我想抽烟，想喝酒，想一个人去深山老林里狂奔狂叫……总之，做一切我没有做过的坏事。月亮出来了，它有让人平静的力量，但是今天，它非但没让我平静，反而让我感到更加狂躁。

渐渐有人围上来了，看一位小姑娘大庭广众之下的眼泪，也是一大娱乐活动。围观者越来越多，有人给我递了一支烟，并且给我点着了。就在情形有点不明不白的时候，张风毅搡开人群走进来，拉起我的双手，一把拖我出去。他一直远远地跟着我，没有离开。

我的香烟落在了身上，溅出了一片火星子，张风毅一巴掌扑掉了我衣服上的火星，严肃地对我说："你不要这样。你想干什么，我陪你去。"

我失神地看着月亮。

张风毅说："我给你写一百首诗。"

我说："我不要诗。诗歌都是给健康人看的。我想喝酒。"

张风毅说："那你找对人了。走，跟我去。"

他带我去了他一位朋友家里，借了一辆自行车和一把笛子，他说他要吹笛子给我听，他有一首自己创作的笛子独奏曲，叫《失望》。他骑着自行车带我去了郊区一个小村庄，小村庄叫白鹭村，沿着公路。公路边的一座小山包后面，杂树林中，有一户临水人家，这家人家专酿黄酒，外面却不显山露水。每天晚上都有知情人前来讨酒喝。来往的货车，有时候就在这里休息一晚。我没想到这么晚了，这里还这样热闹。家主和家主婆都四十来岁，安静的一对夫妇，来来回回地忙。我们坐下，不打二话，就喝了起来，那位家主婆悄悄地偷看了我几眼。我喝了一碗，天地就旋转了起来，且越转越快。我本想笑，却不知道为什么捂着嘴哭起来了。张风毅问我："心里痛快点了吧?"是的，我心里痛快了不少。但光这样还不够，我想放纵一次，我要毁灭一次，毁灭以后才能挣脱桎梏获得重生。

这户人家有一位前来帮忙的男孩，是别的村子里的，父母双亡，他养着奶奶。我和张风毅喝酒的时候，他不时上前来侍候，我问了他姓名和年龄，也知道了他的境况。半夜过后，有鸡提早打鸣。我写了一个纸条，约这位男孩去了我的房间。房间在院子西边，后面就是山崖。我的头还昏着，听见张风毅在我窗后吹响了笛子，就是他说的《失望》吧？笛声里没有哀怨，没有笛子演奏时一般的空洞抒情或孩童式的快乐，也不是老气横秋，就事论事的平静地说着一件什么事。是的，笛声清澈明亮，大大方方地诉说了一件失望的事，最后缓缓地坚强地转过情绪，过渡到更坚定的内心重建上。

这位男孩一早就走了，我醒来时已忘了他的姓名，只记得他十八岁，与张风毅同龄。

我得到了释放，我用极端方法背叛了所有，放弃了所有，我再也回不到杜克那里去了。

张风毅一夜没睡，他一直守着自行车。我很难体会到他的心情，我坐在自行车后座上，再一次感到身体里充满力量。

我对张风毅说：“我好了。”

他松开一只握自行车龙头的手，伸到背后拉拉我的手。从他手上的温度我知道，他听到这句话，心里高兴得很。他说：“但愿你是真的好了。”

我从后面拦腰抱住张风毅，他是我生命里的光。

很多年后，张风毅送给我一张纸条，这张纸条是我写给那位男孩的，张风毅总有办法弄到想要的东西。当年我在纸条上面写着：救救我！笔迹潦草沮丧，上面仿佛还留着当年的黄酒味，那位男孩身上的气息不太干净，有点像捡破烂的阿圆。但他真好啊，心地纯真，对人，对世界，都充满信任，他让我一下子离开了“过去”。过去的时间里发生了一件强迫我身体的事，昨夜，我的身体我做了主。杜克说得对，我寻找他，有我自己还不明白的含义，现在我知道了，我只是想让我的身体只听从自己的意愿。我做到了。

那家人家酿得好黄酒，招待得好客人。我一年后又去寻访过，可惜人去屋空，早就不在了。

七

我的梦里不再有常宝的冤魂，我与杜克也分了手。这半年发生的事太多了，可以用“结束”一词概括。我奶奶高大进前几天托人带信给我爸爸，说她知道了我的情况，让我去她那里住一阵子散散心。我要寻找到人生重新开始的内容，所以决定去花码头镇见我的奶奶，她浑身都散发着灼人的热，行路艰难的人都会自然地靠近她。她的癫狂任性也是我妈妈不喜欢的，我妈妈说她思维紊乱，只配当我的反面教材。但这次我去找我奶奶，我妈妈没有反对，她还让我爸爸送我去。

柳爷爷总是说，什么样的思维决定什么样的人生选择。在我人生重新开始时，我希望确立一个正确的思维方式，有关未来的思维方式。我现在心里空空的，不知道用什么走到将来。

从城里到花码头镇，二十公里的路程，坐船的话，需要一天的时间。我和我爸爸一早就到码头上坐船，我爸爸喜欢坐着慢悠悠的船过去，不喜欢搭长途汽车。他喜欢看水码头上一波一波的涟漪荡漾不休。汽车站，那是多么恶俗啊！声音嘈杂，气味难闻，充满焦虑和浮躁。

我看见一群白鹭站在一块水泥地上，乡下的水泥地很少，因而它们显得很时尚。水泥地时尚，白鹭站在上面，就是一只时尚的白鹭了。

我奶奶也是一个时尚人物，她不仅时尚，还充满传奇。当然她的时尚是精神上的。她娘家住在花码头镇，与我爸爸的奶娘是邻居。十九岁时，我爸爸的奶娘给她做媒嫁入孔家，当了我爸爸的继母，孔家家谱上添了她的名字：孔高氏。听上去就像她有恐高症一样。其实她非但不恐高，还挺喜欢朝高处爬。我爸爸的奶娘说，她是在房顶上找到孔高氏的，她家的屋顶漏雨了，男人们都不敢爬上去，倒是她爬上爬下地忙活。那时我爸爸才三岁，刚死了亲生母亲。孔高氏没生孩子，把我爸爸带大，让他上了大学，给他订了亲，她就跑到延安参加革命去了。延安，言论自由，平等民主，什么书都可以看，什么歌都可以唱，针砭时弊的墙报《轻骑队》每一期都受到大家的欢迎。我奶奶在这里起了新名字叫高大进，感觉就如重生。她出走后，我爷爷骂她：“革命？猪鼻子插大葱——装象哩。三十七岁的人了，半老徐娘一个，还这么不安稳！”

她出走了两年后，我爷爷病逝，死前，写了一封信给我爸爸，除了让他再去上清华大学，还告诉他，他的继母孔高氏从家里走的时候，卷走了家里许多黄金白银，听说她把这些黄金白银都交给了共产党的中央银行——中华苏维埃国家银行做流动资金了。人家说，她在延安当了官了，一旦共产党得了天下，这个女人或许帮得上孔家。是她先抛夫别子的，她欠我们的，就得帮助我们。我爷爷还说，这个孔高氏，有一样大好处，就是对人有情。将来，孔家的后代一旦有了祸事，她不会不管。

正当大家期待着孔高氏衣锦还乡时，她真的回来了，带了一个箱子——一个神秘的长方形皮箱，外观高贵值钱，花码头镇的娘家人全体出动观看她和这个皮箱子。一个围观者看着她的皮箱子说："喂，孔高氏，你回家带着什么好东西啦？"她回头对那人喊叫道："老娘是共产党员，叫高大进，不叫什么孔高氏。箱子里有啥东西关你们鸟事！"

她啥官职也没有，是被削职回家的。关于她的事情，传说了若干年，经过无数次去芜存真，沙里淘金，才使人真正地了解她的经历。她在延安，爱上了一位四十来岁的军官。她在延安还有一位谈事业谈人生的朋友小张，小张长着娃娃脸，人都叫她小张娃娃。碰巧小张娃娃也爱上了这位军官。军官爱她，也爱小张娃娃，委决不下，准备把她俩一起放弃了。就在这天，军官把她和小张娃娃约到住处摊牌。话还没开始，三个人先坐在桌子边嗑瓜子。高大进从墙上取下军官新得到的勃朗宁小手枪，一边赏玩一边嗑瓜子，枪走火了，打在小张娃娃的脑袋上。小张娃娃当场死亡。

军官对她说，去保卫处投案，或者去组织部交代情况。

她对军官说，昨晚我做了一个梦，梦里就是这样把她打死的。

军官上来抽了她一记耳光。

她去了组织部。

组织部很快下达处理意见：保留党籍，削职回家，参加当地的革命运动。

她没有马上回到家乡，从晋察冀根据地到长江三角洲，一路辗转到了苏北解放区，加入了陈毅的解放大军，给“华东南下干部纵队”讲课，教他们学习吴侬软语，介绍吴地风土人情，为进军江南做准备。然后她随着“华南干部纵队”进城接管旧警察机构，设立“解放人员转运站”，帮助国民党军政人员返回原籍。参加过蓝湖剿匪后，她东奔西跑的日子也到头了，组织上派人告诉她，她该回家了，她家乡的土改运动也需要人参加。

提起家乡，仿佛人生又回到了起点，心中悲喜交集。这天夜里，小张娃娃在她的梦里哭泣，哭得她也在梦里泪流满面。她记起了所有被她遗忘的细节：小张娃娃善哭，碰到路上有人出殡，她也会挤过去看着哭；小张娃娃胆小，连蟑螂都怕，如果看到一只老鼠，那肯定跳起来大喊大叫。她还记得，小张娃娃十七岁参军，二十三岁那年春上，因为长期营养不良，头顶上的头发突然秃了一块。一直到死，她的头顶上都有一块秃斑。

她当然也记起了那军官脸孔苍白，不停地说："意外，意外……"狠狠地打了她一巴掌。这巴掌到现在还在她的脸上疼着。

眼下，她当着满屋子猜疑的目光，打开她那个神秘的皮箱，露出一只红布包，打开红布包，满村人一齐惊叫着后退，里面只有一根人骨。她是后来又回到延安把小张娃娃的墓偷偷打开，起了一根骨头带回了自己的娘家。她父母已死，两个哥哥和一个弟弟平分了所有的土地。她在自家的坟地里葬好小张娃娃的骨骸，回到家里，对她的兄弟们说："我也不说什么大道理，说了你们也听不懂。我就说一句，你们平时吃素念佛，全是无关痛痒的。从今后，你们要拿实际行动支持新政府。"她坐到乡政府里，把她哥哥和弟弟的大部分土地一一写在小纸条上，都分给了穷人。那些天，她的哥哥和弟弟家里一片哭声，她却满不在乎地与农民一起在水田里插秧。新中国提倡男女平等，各顶半边天，我奶奶对家族事务拥有的裁夺权，是新政权给的。她拍着胸对娘家人说："我就是来革命的。新社会了，穷人翻身做主，你们要夹起尾巴做人。不要指望我会像以前那样体谅你们，我和以前不一样了。"

过了一个月，我奶奶从花码头镇"杀"回吴郭城里的夫家。我爷爷家里人互相告诉说：运死人骨头的女人回来了。我爷爷家大业大，头一进屋在"五四"街，进门就是八扇黑漆漆油光光的墙门，轿厅、天井、前花园和活水池塘。中间的屋子跨过“自由”街，有大客厅、小客厅，金山石板铺地的五个天井，两个大院子，三个小院子，两幢木结构住宅楼，四幢小平房。后面的屋子就在“独立”街了，“独立”街上的房子最穷酸，却也有两个柴房、走道、小书房、三个小客房、两个储藏室和花房。她回到夫家，请出居委会，召集起家里的老小亲戚，拿出手枪朝桌子上一拍，说：“革命就是要把财富重新分配。你们这些寄生虫凭啥好吃好喝的？就凭你们的脸比屁股大？别以为我不知道你们是怎样盘剥算计人的。”夫家的人，长相有个特色，脸盘子都是大而圆的。她不由分说，把用工全都打发回老家，剩下的十几个亲戚全都赶到了“独立”街上。腾出来的房子，她牵回二十几家无房户来安家落户，那些无房的穷人一时有了住处，哭的哭，笑的笑，跳的跳……她挥舞着没有子弹的小手枪，训斥住到“独立”街上的那些家属要自食其力，热爱劳动，还要把藏起来的金条银圆统统拿出来救济穷人。她自己在“独立”街上挑了一个最差的柴房住着，说：“老娘什么地方都能对付。”她每天到附近的居委会去做工作，检查卫生、发放米面、调解纠纷、登记户籍、慰问夜巡的警民治安联防队家属等等。市长遣来秘书，问她想到什么地方任职。她抽着烟，大大咧咧地说，她住的这地方是“独立”街和“自由”街，中国现在独立了，自由了，不用再谈什么独立自由。请你们把街名字改了，改成“胜利”街和“光明”街。至于职务，她干革命为的是民族的解放和自由，她不在乎什么官位，做什么都是革命。那秘书回到市长那里复命，市长是个从旧社会过来的文化人，脑子里还藏着“天地君亲师”“温良恭俭让”的东西，做人的一套还是传统的。他笑起来说：“这女的，说得倒好听。这样也好，她是打死了朋友的，先赎罪吧。”过几天，街上来了几个人，把街头“独立街”和“自由街”两块牌子换成“胜利街”和“光明街”。

她对我的爸爸是另眼相看的，她带大了我的爸爸，就觉得我爸爸是她亲儿子一般。我爸爸加入共产党那天，她哭得很温柔，脸上一道道的眼泪挂下来。

每年的农历二月初，她就回到花码头镇娘家那里，住到六月上旬，插好晚稻再回城。她在乡镇里帮着女人们养蚕、春耕、春种、插三季稻，隔三岔五地到小张娃娃的坟上除草。这时节的野草每一秒钟都在朝上长。无草可除时，她就和小张娃娃说上一会儿话。小张娃娃是进不了烈士陵园的，她得好好活着，一旦她死了，无人为小张娃娃拔草添土，无主的坟很快就会荒芜，长满杂草，直至消失。

这就是我奶奶的事。村里人指着她脊梁骨说，大进奶奶，她要不是为情所惑，起码是吴郭市的市长或副市长了。

我和我爸爸在奶奶家门口碰到了她，她手里捧着一大碗香喷喷的葱油面条，看到我们，面无表情地对我爸爸说：“你先进去吃面，让燕妮陪我到阿菊兰奶奶家里去。”把大碗朝我手里一塞，拍拍衣服，自己先走了。我跟在她后面。她走得轻松快捷。她身形苗条，细腰大臀，煞是美观。

阿菊兰是烈属，她的三个儿子都死在解放战争中。她没有自己的正式名字，她父母亲叫她阿菊兰，别人也叫她阿菊兰，她还有一个姐姐叫阿菊梅，死了，坟墓上立的碑叫“丁家媳之墓”，因为她嫁的人家姓丁。

我跟着奶奶一路走，走过一家开着玫瑰花的门口，我奶奶朝门里叫：“大头好婆，借你几朵玫瑰花用用。”不由分说，手上捋了几朵玫瑰，走到一个破败的屋子前，奶奶突然加快了步子，小跑着，屁股颠起来，声音颤抖，喊：“阿菊兰，我来了，我做了面条给你吃。你最喜欢吃我做的面条。”

门打开，一个头发乱蓬蓬的女人站在门口，有气无力地扶着门，用同样夸张的语气，声情并茂地表达着自己的情感：“大进，大进啊！是你啊？好人，好几天不见，我想你，想死了。没你的日子我怎么过？你做的面条，我最最最喜欢吃的。”

这么多的最？我忍不住笑出了声，奶奶回头白我一眼，劈手从我手里抢过碗，呵斥说：“回家去，没礼貌的小猢狲。”

她呵斥我，我一点也不在意，反倒心中荡起喜悦。在她的眼里，我与以前没有差别。她经历过的，足以看淡在我身上发生的事情。这就是我想要的东西。

阿菊兰看见玫瑰，尖叫道：“哎呀呀，好漂亮的花，送给我不是糟蹋了？”

我奶奶回头对我说："回家吧。"一边给阿菊兰的头上戴花。阿菊兰不肯戴，反过来一个劲地朝奶奶的头发上别花。

回家就回家，我才不想踏入这间又乱又脏的屋子呢。我奶奶和老阿菊兰还在门槛边上推推搡搡，我奶奶搂着阿菊兰把她朝屋子里推，阿菊兰在奶奶的腋窝下朝我招着手，还在客气地招我到她家里去坐坐。

走了几步，我回头一看，她们不见了。我就走过去看看稀奇。我奶奶和阿菊兰的样子挺神秘的，我想知道她会与我奶奶说些什么？她们俩有什么样的共同语言？我趴在后窗户上一听，原来是我奶奶在给阿菊兰说媒呢，这是我没想到的。阿菊兰先是扭捏，不肯，说她是烈属身份，改嫁对不起人民政府。我奶奶说烈属也是人，是人就要有人的生活，年纪大了要有一个老伴问寒问暖的。新的婚姻法上保障妇女的权利，并没说烈属不能再嫁。阿菊兰还是不肯，支支吾吾地，还是说这样对不起政府对不起党，对不起死去的男人、三个儿子……奶奶劝了一阵，到了最后，阿菊兰嘴里有些肯了，却大方地推让道："你也还是一个人呢。我先找，怎么好意思的？有好的，你先给自己留下吧。"我奶奶推了她一把说："你也是的，装糊涂呢。我的事你还不晓得？人家不晓得难道你还不晓得？哼……"阿菊兰故作吃惊地说："真有这件事，你和老丝瓜真……"我奶奶推了她一把，阿菊兰乐得笑起来，两只手捂住嘴，笑声从指缝里蹦出来，带着气体的冲击音，"嗞嗞"的喷气像石缝里喷出来的水。

她们头上乱插着玫瑰花。破旧的屋子被这几朵玫瑰花照亮了。

我听了又想笑，怕笑出来声，悄悄离开窗子。我一动，就被我奶奶听见了，她在里面大喝一声："谁？"

等了片刻没听见回音，她有些心虚，声音更厉："谁？出来。"说完，一把笤帚砸了出来。阿菊兰的破房子，窗户是有的，没有玻璃，连纸也不糊一张，空空的一个洞。笤帚正好从洞里砸到我的头上，"笃"的一声，倒也不痛。奶奶安慰阿菊兰说："没事的。没人偷听。谁敢偷听了出去嚼舌头根子，我把他的肠子都揪出来。"

我就在窗后面说："奶奶，是我听到了。你不要怪我，也不要害怕，我不会说给别人听。"

我奶奶说："我怕谁？"

我回到家，桌子上有一碗面条在等着我。我奶奶做的面条真的不太好吃，她性子急，面条总是没有熟透就捞了起来，吃着粘牙。但是放了小野蒜和几滴麻油，总算咽得下去。

我爸爸细心温情地看完我吃掉面条，对我说："柳爷爷昨天又给我打了电话，问你怎样了。他叫我们不要围着你转，你应该是个战士。战士不会轻易地被人打倒。"

原来柳爷爷一直关心着我。我心里一热，对我爸爸说："请孔朝山同志放心，我会找到人生的路。你们做你们的事。"

我爸爸去了香炉山。张柔和奉了柳爷爷的命令，到香炉山替如一师傅整理衣物，明天是她定好回城的日子，我爸爸去她那里一起搭柳爷爷的车回城。我奶奶还没回来，我就去镇子南面找秧花。秧花与我一样大，从小就认识，每次我们分别的时候，她都要哭。这次她见了我的面，脸上一下子惨白，愣了片刻，上来抱住我，却什么也没说，一个劲地叫她妈妈给我烧红糖鸡蛋。我的事，她一定听说了。

秧花是刺绣能手，小小年纪就是刺绣工艺美术生产合作社的骨干分子，人称“蓝湖刺绣公主”。她跟着张玉英、朱凤学刺绣，六岁时就绣出仿沈寿的《美国女优倍克像》。秧花的奶奶做过我爸爸的奶妈，六十几岁了，乳房还很鼓，胸前衣服的扣子都张着，一个人坐在屋角里，嘴里不停地自言自语，不停地朝嘴里塞东西吃，她的肚子就像一口无底洞。我爸爸早来过了，给她带来了零食和治病的药，她得的是抑郁症。她看到我时，像赶小鸡一样赶我：“嘘，嘘……跑进来做啥？出去。”她好半天才认出我，说：“仙女来了。”说了这句话，她再也不想和我说话了。她看到我爸爸时也爱理不理的。她丈夫死得早，为了不招惹流言，她深居简出，很少与人说话聊天，但是乳房一年到头都是胀鼓鼓的，就像一个教唆犯一样。她知道它的心思，与它顽强地做斗争的过程中，她患上了抑郁症。

秧花与我说了好些话，一句也没有关于她自己的，全是关于我的，关于我童年和少年的。我的童年和少年时光在她的回忆里变得闪闪发光。街上的房屋都是陈旧的，但是青石板路面润泽光亮。初夏的树丰满招摇，上面各种鸟儿欢唱，配上秧花的回忆，就是一幅乡村享乐图。秧花的记性真好，五岁时的事情她都记得清清楚楚，场地、人物、说的话，她都一一记在心里，连当时开的什么花、路上走过了谁，她都记得。她不知不觉地说了那么多，是替我难过那场灾难，想躲到我纯真的年月里去。我怜悯地拉着她的手，想对她说，我其实已走过来了，但不知道怎么和她说，终究没有开得了口。

秧花送我过了窄窄的公路，淌了几滴眼泪表示恋恋不舍之情，说："你将来怎么办？"

她想的是女人的贞操，我想的是一个人的重新开始。

我慢慢地在路上走，睁大眼睛，其实什么也没看。我想我这时候的神情是凝重的，沉思的。

我奶奶回家已经很晚了，我在油灯下等她。我想和她谈谈，可她说："没啥好谈的，都是鸡毛蒜皮的事。你要是有什么想不开，杀人放火也行。"

我当然不会杀人放火，她也只是说说而已。

我睡下，在黑暗里长长叹了一口气，心里很轻松，大进奶奶的说话方式，让我模模糊糊地觉得找到了什么，但又不清楚到底是什么。我在这里会找到我的"开始"吗？

八

昨天中午，我爸爸离开花码头镇我奶奶家，走着去了香炉山，半个多小时就到了。一路上，他看到乡民在路两边挖可吃的野菜，其中有一位老太太，面有饥色，襟上却别了一朵硕大的栀子花，让他想起了自己的娘亲，她如果活着，怕也是这样慈眉善目，即使忍饥挨饿，衣着也干净得体，身上也要戴着时令鲜花。他掏出口袋里的一把钱，上前放到老太太的手里。但老太太抬起眼看他一眼，轻柔而坚决地推开了。他想，老人家很讲究自尊呢。她不要钱，要什么呢？

于是他就安慰她说："老人家，日子会好起来的。"

老人家显然也不要他的安慰，不看他，只管低头寻地里的野菜。这下他不知说什么好了。

香炉山上有一座庵，叫止水庵，与念念寺隔着几步远。庵里的住持叫如一师傅，是柳爷爷唯一的女儿。如一生来就有佛缘，不吃活物，不吃有脸的东西，从小与信佛的母亲进出念念寺，认识了寺里的“典座”欢乐师傅。欢乐师傅负责斋堂，他的儿子阿萌也常上山来帮他烧个火，递个碗筷。她认识阿萌时，阿萌八岁，她六岁。

阿萌十岁时到浙江的一座山上出了家。两个人再见时，一个十八岁，一个十六岁。一个叫明心，一个叫如一。

两个月后，明心从浙江来到香炉山旁边的梅积山，随放蒲团，结草为舍。渐渐香火旺盛，重建了寺院，为修远寺。两个人相隔不远，经常来往。在一起修研佛法，改山造地，深情又坚强。就这样近三十年过去，他们齐心协力，把两座山建成了两座世外桃源，两山之间连着一座廊桥。两个人三十年里连手也没拉过一把，却早就像一个人一样。僧尼们都知道，这两个人，一人死，另一人不会独活。虽说他们住在两座山上，但能感知对方的喜怒哀乐，一人死亡，另一人生命随即就会枯萎。

柳爷爷一年四季都会让人送去钱和物。这次是让张柔和送来的，顺便让她给如一师傅做些清洁整理工作。张柔和在山上住了六天了，每天里里外外地忙，给如一清洗了所有的被褥衣物，又清洗佛像上的斗篷，缝补斗篷上损坏的地方。止水庵的佛像以前都用镀金，镀金慢慢脱落了，如一却不给佛像重塑金身，请人给佛像做了斗篷披上遮掩。庵里化来的钱她大都拿去给了尘世上的人救苦救急。她说：“佛像佛像，就是一个像而已。太过在乎，又堕苦海。”

我爸爸一上山，张柔和就看见了，原来她早早地等在了进庙的路口上，隐在一棵参天大树后面，树后有一座石桥，这桥是如一和明心两人所建，佛法温柔，乃叫温柔桥。温柔桥不远的地方，又有一座小石桥遥遥相对，佛心多情，乃叫“多情桥”，也是如一和明心所建。看着这个人越走越近，她又是喜欢，又是恐慌。经不住心乱跳乱蹦，逃下“温柔桥”，跑过“多情桥”，慌忙走进庙中后殿，朝如一的禅房里去。后殿里光线昏暗，一座望海观音笑微微地看牢她。她四下看看没人，就在观音面前跪下，说：“我与他不求同床共枕，但求心里有情，天长地久。”

刚走出几步她又返回来，在望海观音面前重新跪下，说：“菩萨，我刚才说的不是真心话，求菩萨饶恕。我现在说的才是真话——不求天长地久，但求同床共枕，哪怕一夜也行……一个小时也行。得偿心愿，来世变牛变马也愿意。”

有人在她后面说：“阿弥陀佛，这个愿发不得。”

是明心师傅，手上颈上都没有佛珠，耳朵后面夹了一枝玫瑰花。肤色黑红，粗手大脚，活像一个农民的样子。他知道我爸爸今天要上山，也赶过来见一面。

张柔和说：“这菩萨供在这里，不就是让人发愿、了愿的？”

明心师傅说：“你听我慢慢说来。世上最尊贵可亲的东西，不是金银财宝，是脚下的泥土。世界上最有情的东西，也是泥土，因为它养活所有活物。一块土，须要经过大冷天的冰寒，再开冻，被雨灌溉，被雷击打，风刀霜剑的锻炼，揉实再松开，接受草木落叶虫豸在此留存或腐败，才是一块成熟的生长万物的土。人的子宫，发育成熟才能孕育人的生命，土也是这样，土地就是地球的子宫。人每天都踩着它，却不知感恩。所以聪明人想了一个办法，用泥土做了菩萨，向泥菩萨跪下来，其实就是跪泥土，向泥土表达情意。寺庙不是让人指手画脚的地方，也不是有求必应的地方。你明白这个道理，就不会发那些天大的宏愿了。”

张柔和说：“你说话好不中听，明心师傅，听你说话，就像吃了隔夜馊饭。”

明心的脸一红，说：“善哉。”

张柔和拍着手说：“既然发的愿都是不能实现的，那你又怕什么呢？有些事谁不知道？还用得着你长篇大论地说，以为别人都是不开化的，悟不了的？”

明心说：“……没有悟，没有不悟。一心向善就是悟了。向善的心就自由了，自由了就自在了。有来自于无，真空才是真有，忘形才是有形。”

张柔和说：“老和尚念经，有口无心。”

如一悄然而来，在他们边上说：“和丫头退下。”

张柔和说：“护短的来了。”一甩辫子跑了。

如一师傅从小博览群书，她出家时带了她所有的书到止水庵。空闲时，她除了读书，就在山上拓荒开田，除草施肥，也就是她所说的“修农耕禅”。没多久，她就成了一个地道农妇，不怕各种软体虫和硬壳虫，不怕屎尿粪臭。她还在山上采集各种草药给人治病，学会了针灸。写文章也是她的心头之爱，时不时地写一篇小文章化名发表在报刊上。她写的内容可谓包罗万象。最近她写了一篇关于《另解红楼梦》的书评，她说《红楼梦》最大的败笔就是它的形而下的宗教态度。书里面凡涉及宗教，都是误解和有失偏颇的，觉得宗教是让人消极遁世的，过得悲惨无望的，才去过宗教生活。宗教关乎精神和灵魂，《红楼梦》没有反映这一点。通篇都有宗教，却没有诚意。《红楼梦》被后人尊为至高无上的小说，阅者无数，影响巨大。它这个态度对后世的写作者也有极大的影响。文学影响人的生活，中国的宗教没有发扬光大，中国人和宗教始终隔着一层，不能提升诚意，《红楼梦》有不能推却的责任。

如一和明心并肩去找我爸爸，我爸爸一般会去如一休息的“方丈”室。今天他没有进屋，方丈室外有一棵大枫树，枫树下面有一整块天然大石板，上面用一块鹅卵石压了一张《吴郭日报》，石板边上搁了几块可坐的树根。万里晴空，午后斜阳，微微熏风。我爸爸坐在树根上，拿起《吴郭日报》，翻到如一化名写的《另解红楼梦》，看完了，欣赏山下面的葱茏沟壑。等到张柔和过来，只看见三个人坐在石板边上说说笑笑，嘀咕了一声：“也不怕嘴干。”就去方丈室找茶叶泡茶。找了半天，才在抽屉里找到一只眼熟的银茶叶罐，里面放的茶叶梗粗叶大，一看就是不上品的“炒青”，后悔没想到给如一带些好茶叶来。泡了三杯茶，端出去，说：“一山一山的茶叶，俗话说，靠山吃山，靠海吃海。生在茶叶堆里，吃不上好茶叶。”如一说：“你这个思想不对头……”明心笑了一笑说：“她的许多想法都不大对头。”我爸爸从张柔和手里端过一杯茶，放在如一面前。三个人就转了话题，接着刚才的话继续谈下去。

我爸爸说，名著《红楼梦》他早就熟读，但他可没想到这么深。他现在要想的不是《红楼梦》而是时局。他与继母高大进有过一次深入的谈话，他俩都一致认为，大家原先认为中华人民共和国成立，就标志着中国进入一个自由、民主、光明的世界，现在看来没有这么简单，中国还要经过一些必要的路程，经过一些波折才能达到理想中的大同世界。他们围绕着这个话题，回忆、反省、展望、归纳总结，几乎一夜没睡。两个人最后得出的结论是：中国前途光明，道路曲折。但有些话他们都没有说出口，有些话放在内心不说是恐惧的，说出来求得认同是更恐惧的。

明心把耳后的玫瑰花拿下来放在石板上，说：“花就是花，叶就是叶。时间一到，花不是花，叶也不是叶。所以凡事不必太过计较。”

我爸爸说：“太阳要落山了，我看还是让如一师傅谈谈经吧，谈完了我们用斋去。明心师傅谈得也好，就是一场谈下来，怕要到半夜了。”

如一说：“我整天谈经，难道见了你还得谈？不许我放纵一点啊？”她含笑看了我爸爸一眼：“再说你现在不适合听经，听经耗神。你神情疲乏，但是额头红亮，气血翻腾。我给你吹个笛子听吧，让你轻松点，静静心。”

如一吹了一首《梅花三弄》。

入夜，天地寂静，虫鸣急躁。张柔和坐在油灯下面缝佛衣，她的心也像那些小虫子一样急躁。她轻轻地咳了一声，又一声，感觉到自己的咳嗽声非常之响，不仅在心头轰鸣，还在山谷里回响，把她自己吓了一跳。她捂住嘴四下张望，这世界上只有两个人，一个她，一个孔朝山。她最怕的是，让他听到咳声，嫌她粗糙。可她在如一的边厢房里，孔朝山在寮房里，远着呢，不要慌。她放下针线，咬了嘴唇，心情激动地想：干坐在这里，装什么腔呢？

她想做点什么，心里是知道的。但她不是一个莽撞的女子，该做什么不该做什么，心里有一本账。春梦是一回事，落实到行动上又是一回事。她想来想去，想到一句话，终于打动了自己，这句话就是：放过了今天，也许这辈子再也没有这种机会了。所谓的天长地久值得怀疑，机会稍纵即逝，过了这个村就没那个店了。

她出了门，路边开着一丛一丛的小野花，蓝色的和白色的，全都洁净。她俯下身去，采了几把，放在脸前，一路急行来到寮房前。孔朝山住的寮房里除他之外没有别人，此时他倚在床上，迎着昏暗的油灯看经书。门轻轻一叩，他还没发问，张柔和就在外面性急地说：“是我。”他开了门，张柔和带着一股急风走进来，扔掉花束，反手关了门，忽然抬头看他一眼，一口把灯吹灭了。屋子里灯光一退，月光就从窗子外跑了进来。

照她的想法，孔朝山应当受了鼓励，扔掉经书，把温文尔雅全都抛在脑后，一把扯过她，准确无误地扯着了她的衣襟，也来不及去一个一个地解扣子，直截了当地一拉，把衣服拉开了，一粒扣子滚到地上，发出一声清脆的响声。他的脑子里容不得这细小的声音一撞，一愣。张柔和心急火燎地拉住他的手放到自己裤带上，说：“快解啊，过了今天没这个机会了。”他顺着张柔和的手摸到她的腿根之处，这个地方极温暖柔软，是世界的核心。他舍不得放开，许久许久他才说：“菩萨在上，饶恕一对饥渴的人。”事毕，她穿了衣服坐下来，他点上灯，两个人眼睛对眼睛，全是笑意。渐渐地他的眼睛越来越热，简直要化了她。她的心不禁又动荡起来。

事实上，油灯一灭，两个人同时呆住了，也吓住了。如果油灯还亮着，两个人也许会说些什么有意思的话，但灯一灭，境况就有点不明不白，进也不是退也不是——张柔和现在才知道，这件事上，他们是无法向前进一步的。她走也不好，不走也不好。

孔朝山想，这屋里黑灯瞎火，两个人在这里打哑谜，不被人发觉，也得顾及菩萨的想法。当务之急，是要点上灯火，但现在他去点灯是太不给女方面子了，所以他点灯也不好，不点灯也不好。

两个人大气不出地僵持了片刻，突然醒悟过来，一齐去点灯，撞在了一块。张柔和撞得“哎哟”一声，慌忙逃走了。

她没有马上回去，摸黑又去了望海观音面前，跪下时就哭了，叩了不知道多少的头，把头都叩痛了，才说：“菩萨原谅，我想来想去，觉得上两回说的都不对，这回说的真正是心里话——我什么都不要了，只要我想的那个人平安活着，好让我一辈子有个想头。”

她回到自己房里，坐下喘息，突见膝盖处的裤子破了一块，一时恍惚，又惊又伤心，不知道这是什么兆头。

如一师傅一到晚上就在灯下孜孜不倦地研究杂七杂八的学问，什么甲骨文、甲骨文书法创作史、春秋吴越的铸剑史、桑蚕史……她是这山上睡得最晚的人。一到夜里，山上任何声音她都听得见。有一回夜里她听到后山上有生物挣扎之声，提了防风油灯跑去看，原来一条大蛇难产，小蛇已在大蛇肚里孵化，却一时生不下来，周围的草都被母蛇滚烂了。是她用手帮着大蛇生下了一窝小蛇。她看见张柔和关好门出去，后来又看见张柔和一个人回来关好门睡觉。她就宣了一声佛号：“阿弥陀佛！”继续看自己的书。

这边的寮房里，我爸爸点上了油灯，心中无法平静，遂点了一炷香燃着，百感交集，一字一字，写下了他人生唯一的情书，这封情书没有注明写给谁，当然也没有送出去。

信中这样写道：

早就想给你写一封信了，就算不是情书的情书吧。这封信不是家书，我的未来没有你。所以现在的你，对于我来说，尤为珍贵。因为我知道，你必定会有你现实中的爱人，你们白头偕老。你将走过我，走进你自己的生活。

在你的心中，肯定以为我是个多么高尚纯洁的人，其实不是，自从认识你后，我的思想就下流起来。今年二月份去北京，除了工作以外，还想实现一个秘密心愿，要去找德胜门外的老张头。我们的军医院也有败类，有一位男医生，猥亵病人，我参与了对他的精神鉴定，他说，他的精神健康受到不良杂志的侵害。北京德胜门外的老张头是个疯子，他敢卖各种色情旧杂志，什么《狂蜂戏蝶》《风流佳人》《性典》。张竞生的《性史》，他也自己刻印了卖。请你不要笑话我，我四十多岁了，除了医学著作和有益的哲、史、文艺作品，从来没有看过这类书刊。但自从认识了你，那位男医生的话引起了我的遐想，我迫切地想看到这些书，通过它们进入到另一个世界。这另一个世界是疯狂的、有罪的，但我怎么也控制不了自己。

我在火车上看到一位长得很像你的女孩，我一直偷偷打量她。与你一样，她有着长长的发辫，发缝处透出淡淡的粉红肌肤，带有霜质感的荧光从中闪现。多么可爱！但是，当列车女播音员用尖锐高亢的声音宣布：“我们就要到达伟大领袖毛主席居住的北京啦！”她突然站起来尖叫一声，然后狂呼：“毛主席万岁！毛主席万岁！”你不是这样的，你安静，有头脑。我喜欢你这一点。这女孩子喊过以后，朝我走过来，指着我说：“同志，你没喊口号，是什么用心？”全车厢的人都看着我，列车员带着乘警过来了。我把我的工作证和出差介绍信给乘警看了，但那女孩还是不依不饶，讥讽我说：“狼还披着羊皮吃人哩，你虽说有部队的工作证，但也不能解释你为什么对毛主席不忠。”我站起来，挥拳高呼：“毛主席万岁！”她这才放过我。她与我面对面的时候，我才看出你们长得根本不像，她眉毛粗黑凌乱带着煞气，而你的眉毛虽然也是粗黑的，但非常柔顺，闪着动人的光泽。她的眼睛大而无神，空洞无物，里面透着狂乱。你的眼睛，是你美好心灵的窗子，温情脉脉，宽厚仁爱，就像滋养了无数鱼无数草的一洼清流。

我在德胜门没有找到那个大名鼎鼎的书摊。我问一个卖茶水的老太太，老张头到哪里去了？她没好气地告诉我：“老张头？那个张瑞生啊，五四年十月份就被公安局枪毙了。过去三年多啦，你怎么还找他？这老东西不正经，活该。”

我在回来的路上，一直心神不安，好像我就要大难临头了。

你看，我本来做着春梦，想去老张头那里买一本低级趣味的书，满足心中的有罪欲念，这下打消了念头。

托一位领导的福，他给我去弄了一张北京人艺的演出票，是老舍的《茶馆》。这部戏刚上演，是老舍的新作。我一边看一边想起我九岁那年的生日，跟着父母去上海玩，去一所大学的剧场看了周信芳演的话剧《潘金莲》，当时不懂，只是对里面的一些场景念念不忘。到大了才知这是写男女之间复杂的矛盾关系，矛盾到极点，便是血光刀影。我知道欧阳予倩也在人艺工作，但他这本戏应该不会在这里演出的。我梦想有一天会演出，我带着你来看，在你感到迷惑、震惊或感动时，偷偷地拉着你的手。

我的一切都是党给的，我热爱新中国，热爱党。但我也希望内心深处保有那么一丁点的私心，是你让我知道了这点“私心”有多么甜蜜诱人。但现在不提倡也没有“个人”这个词，所有的都是国家的，连思想都要充公。唯如此，我越发珍爱我们之间的这份有罪的情感，我希望这份情感伴我终生。

一九五八年六月六日

我爸爸这封信写得很慢，字形宽扁，写好后，他把信拿到窗边，对着月亮光左瞧右瞧，只见那些宽宽扁扁的字就像一张张小床，到底没舍得撕烂了扔出窗外。沿墙找了一遍，见一块青砖略有松动，便撬开青砖，把信放在信封里，压到青砖下面，再把青砖夯得平平整整了，才睡下。

这封信创造了一个奇迹，二十年后，一九七八年，止水庵大修，寮房也拆了重新建造。工人在砖下发现了这封信，清晰的字迹，坚挺的折痕，仿佛昨天刚放进去。这封没有抬头称呼、没有落款的信打动了许多人的心，一时传了开来。我在《吴郭日报》上看到了关于这封信的报道，我就知道是谁写的了。我上山去领回了这封信，交给了我爸爸，我爸爸让我转交给了张柔和。

九

市政协的驾驶员小马来香炉山接我爸爸和张柔和，他还是穿了一件灰衣服，那圆点小布围巾舍不得不用，松松地扣在脖子下，不再像一头野鸽子了。

我爸爸和张柔和两个人坐在车里好久不说话，还是我爸爸打破了沉默，问她："一个农村老太太，我看她在田里挖野菜吃，挨饿的样子，就给了她一点钱，她为什么不要？"

张柔和笑了一笑说："老人家不想让别人当成要饭的。再说了，没有东西买，要钱干什么？"

我爸爸说："我相信都会好起来的。"

张柔和又笑了一笑说："好不好的都要过。"这句话听着就像在暗示她的处境。

我爸爸和张柔和离开香炉山时，张风毅来到了花码头镇。他向柳爷爷请了两天假，到这里来看我。我奶奶让他住在我隔壁，叫他挑水担柴，烧水烧饭。不管让他干什么，他总是露出一口白牙笑着。

我带他去见了秧花。秧花平常的情绪总是那么平稳，但是她一见了张风毅，说话和行动都变得有点古怪起来。她手上突然多了一块四角绣花的白手绢，经常低了头悄悄地擦一擦嘴，或者轻轻地咳一声，再抬眼看一眼张风毅。她一反常态地有说有笑，显得无比活泼。她和我一般大，也是虚岁十六。农村女孩到了这个年龄就该出嫁了。她漂亮有钱有地位，家里经常有媒婆上门求亲，有干部家庭的，有大学生，有军人，她统统看不上，却喜欢上张风毅这个一无所有的人。

张风毅少年时有过一段流浪生活，花码头镇他很熟，他在这里认识了一些人，渔民老曾就是他的熟人。他带我去见老曾的时候，秧花一早就到我奶奶家里候着我们，甩也甩不掉她。

我们三个人坐了老曾的渔船，从蓝湖的桃花渡口出发，驶到湖里面玩。蓝湖解放前尽出土匪，光土匪“水火帮”这个帮派里，就有“朱家班”“王家班”“许家班”什么的。解放军进驻吴郭后，花了两年时间才剿光水上土匪，然后政府进行水上民主改革，老曾分到了岸上的一间屋子，一块地，定居岸上了，不必一年三百六十五天都在船上。水面上风平浪静，秧花指着远处的一个岛说，这是青云岛，她的干妈住在岛上。于是我们就去了她干妈的岛上，在她干妈家里吃了一顿丰盛清淡的午餐，有清蒸白鱼、盐水虾、野蒜烧鳝鱼、小葱炖鸡蛋。吃了饭，老曾与秧花的干妈唠家常，我们三个在岛上到处乱走，在岛的东北边发现了一处光洁的沙滩，沙滩两边的芦苇里藏着形状怪异的水石，野鸡野鸭横飞，草里还有一窝一窝的野鱼鹰下的蛋。秧花说她从小就到岛上玩，从不知岛上还有这么个地方。岛上的人许也不知道的。

我们欢呼雀跃，七嘴八舌地给沙滩起名字。张风毅起了一个名字叫“水天堂”，秧花马上叫好，被我一票否决。我起了一个名字叫“坠露滩”，我清楚地记得屈原在《离骚》中说他自己是：朝饮木兰之坠露兮，夕餐秋菊之落英。张风毅拍手叫好，秧花不吭声，两票同意，这个名字就算通过了。这个沙滩从此后就是一个有名字的沙滩了，不再是闭锁之地。

张风毅一定要下水游泳。六月初，水里还是冷的，秧花一个劲地劝阻他，她拉住了他的手，跺着脚。但他还是脱掉了衣服，只剩下一条短裤。他在脱衣服时，秧花大着胆子打量他身上的肌肉，一脸的赞美之情。张风毅左边大腿上文了一个女子的五官模样，弯长的眉毛，眼角线朝上挑起，小小的鼻子，丰满的嘴。秧花看了，低头蹲到地上，埋到胳膊弯里，说：“好眼熟啊。是燕妮吧？”张风毅不好意思地老实承认：“是燕妮，文一个多月了。”说完猛地朝前一冲，像跳高一样，双腿远离地面，在空中踢打了一下，落到湖水里，笑着叫喊：“水里不冷。水里比岸上暖和。”

我和秧花也跟着乱喊起来。三个人到底还是年轻，没头没脑地疯玩起来。我暂时忘了我的思维和人生的诸多问题，全身心地投入到玩乐中。

好玩的不仅是沙滩、水、草、各式鸟儿，好玩的还有秧花。

她一个劲地问我：“文身洗得掉吗？”

我搂着她，安慰她说：“洗得掉。你想想，这世上有洗不掉的东西吗？没有。要是真的洗不掉，风吹雨打，过多少年还不是烂得光光的。”

秧花问我：“心里的东西会烂掉吗？”

我毫不犹豫地回答她：“会。”

我又说了一句话给秧花听：“我也想在大腿上文一个人。”

秧花紧张了。

我说：“我要文谁呢？……算了，我文我自己吧。”

秧花朝张风毅喊：“张风毅，你要搞搞清楚，到底是谁把你放在心上？”

我转到一棵树后面，回头一看，见张风毅从湖里站起来了，朝我走的方向张望。他看不见我，我被树遮住了。他失落沮丧的样子，他毫不掩饰的感情，深深地烙在我的心里，构成我青春最美好的回忆。

张风毅喊着我，他发现我了，赤脚朝我这边追过来。他一把抓住我胸前的衣服，我看到了他眼睛里的悲伤、愤怒和乞求。

我没有软弱屈服，我抓住他的手，把他朝后面搡了一下。他身体晃了一下，眨巴眨巴眼睛，一时回不过神来。

秧花跑过来，插在我俩当中，面对着张风毅，怒视着他。我看得出来，在她的地盘上，不允许任何人伤害我，哪怕她心中爱的人也不允许。

这场矛盾没有影响到我们三个人之间的关系，一到了老曾的渔船上，我们就坐下来紧紧靠在了一起，仿佛天生就该亲密无间。老曾拿出他自己煨的小熩鱼分给我们吃。老曾的衣服打了一个个补丁，缝补得不是很精致，在与时间的抗争中，他对这件衣服无怨无悔，不离不弃。虽说最后时间会战胜他和衣服，让他们都化为灰烬，但是眼下他与衣服互相扶持，出双入对，无视时间的磨蚀。老曾的手粗糙而灵巧，每天孜孜不倦地创造着生活的价值，价值是微不足道的，但他从不去怀疑，更不会去否定。他说他不识字，从不刷牙，不懂革命，也不懂什么孔孟之道。他只知道，要让自己尽可能地生活好，能有米饭吃，晚饭时能喝口黄酒，这样他就能感到快乐。他还说，他从出生时就与湖水做伴，不管什么时候，无论船行驶到何处，他只须把竹竿插到河底，嗅一嗅出水的淤泥，就知道自己大致在什么方位。这一天然的特性使我想起了唐娜的外婆，没有受过书本教化的人，是不是更容易获得快乐？更贴近自然？老曾一边摇船，一边饶舌地给我们讲怎样做熩鱼，他讲得津津有味，细腻深入，颇有卖弄之嫌。他说做熩鱼是一门学问呢，主要在于调料，在于把汁水如何熯干。正宗的蓝湖小鲫鱼，肉质紧致，熯好后又硬又香。煨的时候还要到野地里去采一把野茴香，到出锅时放进去，香！再喝上一口黄酒，这日子过得神仙似的，没人能比……

听完了做鱼的学问，为回报他的盛情，我们三个唱起了一首流行歌曲。老曾说："不好听不好听，鱼都被你们吓跑了，听我来给你们唱一个。"老曾便扯起嗓子给我们唱渔歌，每一句都尽力地绵长柔软。老曾的乡下口音很重，我只听懂一句什么一把钥匙配一把锁。秧花听得满脸通红，低下眼睛，情不自禁地抬眼看一下张风毅，马上又把眼睛闭上，我想老曾唱的歌词一定是很色情的。

老曾唱完了，一声不出地摇船。天空安详，水面如镜，它们呈现出碧透的蔚蓝色。水天一色。本城多水，我一出生就生活在有水的地方，深知水与天的某种紧密联系。对于这种情况，我并不熟视无睹，每一次看到天和水仿佛孪生时，我都无比感动。我本多情，这是证明。

花码头镇上，今夜有一只夜行的船，张风毅搭了这只船走了。我和秧花都去送他。在大道观边上的码头上，秧花扔下我，忙着给张风毅送礼物。她送了张风毅一幅长六十厘米、宽四十厘米的刺绣，上面绣的是蝴蝶牡丹和池中一对鸳鸯。秧花学的是散套针法，但她的乱针绣也是本地一绝。这幅刺绣用的是乱针绣，差不多两百种的色线，把这幅作品绣得流光溢彩。张风毅放下刺绣，从裤袋里掏出一张纸塞给我。他并不是有意地伤秧花的心，他只是直率天真。我知道又是诗。我把自己头上的一朵绢花拿下来递给了张风毅，示意他送给秧花。秧花也不扭捏，走近来，大大方方地伸出脑袋，让张风毅给她戴上。张风毅红着脸，把绢花认认真真地给她戴在头上。秧花眉目生光，好一朵绢花啊！

张风毅上船前问我："你没有什么话要对我说吗？"

我说："我的心脏正常了，跳得不紧不慢的，绝对不会再晕倒了。"

他面露赞许的神色，说："你真正坚强了。你在湖滩上推我的手劲很大，我就知道你坚强了。祝你早日找到你自己的路。"

分别的时刻到了，船开始离岸。秧花神情凝重。

张风毅站在船上向我挥手，又朝远处青云岛喊道："再见，坠露滩。"

船渐渐远去，我和秧花也分别回家。走了不远，我看到一队行军蚁雄赳赳气昂昂地穿过田埂。它们居无定所，一生跋涉，活得声势浩大。

我在大进奶奶家中住了快一个月，妈妈没来看过我，她看不起奶奶的过往经历，一个搞生活腐化的人不能算革命者。她只给我写过一封信，信中没有软言细语，说她很忙，从早到晚走访一个又一个的居民委员会，"全民大炼钢铁运动"在吴郭没有得到预期的结果，她要了解居民家中的铁器情况，号召大家把家中多余的铁锅之类的含铁器具捐出来炼铁，造出子弹大炮打击美帝国主义。她还说，某某地方成立了“人民公社”，某某地方宣布已经进入共产主义。本城也在积极筹划建立第一个人民公社，人民公社一定会像雨后春笋一样长满城乡。她为此热血沸腾，恨不得把一切都献给党。我把她的信放在枕头底下，夜里，我被这封信搅得睡不成，它像一块大石头那样硌人。我起身把信扔到了河里，月光底下，那信纸被风吹得在河中央团团打转，无比兴奋，最后它一溜烟地朝对岸跑去，搁浅在一根断裂的芦苇上，带着我妈妈的豪情壮志，慢慢地朝水里沉下去。人类天性喜爱懒散，我妈妈却生来勤奋，为她的革命事业，她准备不吃不喝不睡，跑步进入共产主义。我对她的伟大事业不感兴趣，我只对我想寻求的个人命运的启迪感兴趣，我只要我平凡的生活。

去年三月底，我也来奶奶家里住了一个星期。奶奶教村里人识字，我代替她去当了两天老师。当我用标准普通话给村里人讲《天工开物》时，村里人笑成一片。《天工开物》里对养蚕有着详细的说明，正好现在就是养蚕时候，所以我就给村里人讲养蚕。从蚕种说起，一直说到织丝。有一次，我说到《千字文》中的“剑号巨阙，珠称夜光。果珍李柰，菜重芥姜”时，一位聪明机警的妇女接了一句：“人中大进。”我奶奶就在边上笑，她喜欢听这种奉承。

后来就跟着奶奶薅草，喂蚕，春耕春种，到花农家里帮着

“出花厢”。那时到处一片一片的油菜花，田埂上开着桃花和野杜鹃花，大白天，艳阳高照，蛙鸣如鼓。挖土除草带出的蚯蚓，懒洋洋的，行动迟缓，它们要过了夏至才会生龙活虎。众鸟啁啾成一片，如流水声。我学着种了很多东西，辣椒、丝瓜、黄瓜、南瓜、冬瓜、番茄、茄子、扁豆……我记得奶奶对我说，现在还没到插秧季节，所有的农活中，插秧是最苦最累的，还不说之前要晒种、选种、浸种、消毒。她在部队时，听到一个浙江人说，秧苗插下去之前要用砒霜烧烟熏一熏根须，这样就会确保丰收。她把这方法用到这里，居然有效。只是砒霜难弄，开了生产队的证明到药房或医院去买，也不一定买得到。

现在快到插晚稻的时候了。这天，大进奶奶回来对我说，村里的大头好婆藏了一包砒霜，留着活不下去时自杀用，她听说了就去大头好婆家里，搜出来充公。凭我奶奶怎么劝，怎么宣传今年晚稻的意义，怎么叙说今年稻种的难拿，大头好婆就是摇着大脑袋，不愿意交出来，还哭得泪如雨下。我奶奶就对她说：“再哭，我就一枪崩了你。”大头好婆咬住嘴唇说：“你哪有什么枪？你是落难的凤凰不如鸡。”大进奶奶说：“我至少还是一只鸡，公鸡打鸣，母鸡下蛋。你呢？你就是一只死麻雀，什么用也没有。”

插秧时也是唱山歌最多的时候，大多是“荤”歌，奶奶从不唱，但她会注意地听，与农妇们一样，听了之后眉开眼笑。孩子们也被允许听，他们在慢悠悠的情歌声里奔来跑去，男孩子扮爹女孩子扮妈玩过家家。插秧时节伴随了无边春心，能把枯萎的心都激活了。

队里出来了新的政策，是关于限制农村资本主义发展的几项规定，社员的自留地和副业收入不能超过全家全年总收入的百分之四十，不准弃农经商，不准擅自开荒，家里的金银首饰统统交公，收为国有。要成立人民公社，大家全到食堂里吃饭。这些政策一出来，连大进奶奶都傻了眼。连她都傻了，人心就不免慌乱。但农忙一来，该忙什么还是去忙什么。

吴郭乃是长江中下游的冲积平原，长江水带来了上游的肥沃冲积土。蓝湖东北面流出的水，都经过这里。密密水网，都是活水，归于长江，入于东海。自从宋朝景祐元年范仲淹来此地出任知州，兴修水利，“浚河”“置闸”“修围”，这里就成了一个风调雨顺的地方。日照充足，土地肥沃通透，保水保肥。康熙年间，这里试种和推广过双季御稻。有考古证明，新石器时代这里就有野稻子生长，现在吃的大米正是五千年代代相传基因不断进化的种子。安全的气候，理想的水流，旱涝保收的田地，养育出温顺有礼的村民。古人说水是黑的，村子里每一座屋子都刷成黑色，表示人和水的依存关系，也象征他们是尧的子孙，因为尧穿的是黑衣。有水、有沃土，就有活路，插秧的山歌一唱，每个人心中就稻谷满仓。

阳光渐渐地热辣起来，我也快回吴郭城了。我爸爸来信，让我奶奶今年早点回城，和我一起走。

又要走了，我想念秧花，想与她说说话。半个月前，她去城里拜一位画家为师，住在画家宅子里，学油画去了，昨天刚回来。晚饭时分，我去了她家，她看到我，说：“我正想去你奶奶家里看你呢。”她妈妈给我盛了一碗山芋干米粥，我们吃了晚饭，坐到秧花的床上。坐到天黑，她妈妈就给我打了洗脚水放在我脚边，自然地，我洗了脚，先睡了，秧花在她的绣棚前忙了一阵，揉着眼睛嚷嚷眼睛酸，也来睡下。我俩背对着背睡，寂静中听得见彼此压抑住的呼吸。秧花家里有一架老红木广式链条座钟，钟边镶嵌着梅花形贝壳，贝壳已经发黄，底座上也镶嵌着贝壳，不是梅花形，是圆形的。指针边上描画了五只蝙蝠。这是“土地改革”时从村里的地主家分来的浮财，它出了毛病，没来由地“叮当叮当”地敲响一阵。屋子外面的大树上，夜宿的鸟儿还没睡着，叽叽喳喳，鸣声如潮水一样。我咳了一声，秧花没有动静。一会儿，她翻过身来向着我，说：“唉，又要走了。说真的，你这次回来，我好生难过。”我不想搭理她这个话题，没动。她又慢慢地把身体转过去了。于是我们都假装睡着了。外面一只蝙蝠撞到了墙上，掉到墙根底下，愤恨地“吱吱”尖叫起来，我和秧花同时坐了起来。那蝙蝠又不叫了。

秧花把头靠在我肩膀上，说：“我知道你不爱听我伤心的话，咱们就说些有意思的话吧。我从六岁时，就立下一个志……”

我插话说：“做本镇最好的绣女。”

秧花捏起拳头轻轻打了我一下，说："我十六岁又立下一个志。"

我说："嫁个好丈夫。"

她低头笑出了声，说："对，这辈子非得找一个称心的丈夫，两个人甜甜蜜蜜地守着，我绣花，他种地。你呢？你怎么想？"

我说："人家是写诗的，可不会老老实实地到你这里来种地。恐怕你要考虑到城里去住。"

秧花在黑暗里发出一声惊喜："你真的这么想？"她稚嫩的声音像风中的蛛丝一样发抖。她伸出手要和我拉钩，我就和她拉钩。拉钩拉钩，一千年不变。她手发抖，手心里都是汗水。她这样爱一个人，颤抖着，流着汗，全不顾及女孩儿的自尊。

钟声又响起来了，秧花叹了一口气，舒舒服服地躺下："睡吧睡吧。我明天就绣他的像，偷偷地绣，省得别人说我的闲话。"

我讨厌钟的声音，它从不睡觉，也不让我睡着。我问她："这钟能不能让它不响？"

"不能。"秧花回答我，"我爸妈当它是个宝呢，它原来是地主大司的东西。大司是个有本事的人，天上地下没他不懂的事。去年我妈挖地挖出个太岁，大家怕它带来祸害，要剁碎了扔到茅厕里去。他说这东西不过是自然界里长出的一个菌块，莫怕莫怕。要是有啥祸事，就降到他头上好了。他就抱了太岁放到山里去了。果然过了一年多了，也没出事，大家还是好好的。这人可惜了，一表人才呢。他父亲死得早，就把他本人定了地主，‘土改’时定的。家财都分光了，就一间屋子和他妈、老婆三个人住着。他丈人家在‘土改’时也定了大地主，后来有人举报说他丈人还贩鸦片，一查，真的是。政府就把他丈人枪毙了，丈母娘上吊死了。他老婆听说自己的妈也死了，又没孩子，夜里也投河死了。大司没了老婆，多少年就和妈两个人过，没人愿意和他结亲呢。”

我不明白秧花为什么说起不相干的人，但是她这么兜兜转转地扯地主大司的事情，一定想说些什么，果然她沉默了片刻，突然说道：“大司正在你奶奶家里呢。你来的时候我给你开门，看到他朝你奶奶家去了。”

我还是没明白，问：“他晚饭上到我奶奶家去干什么？”

秧花就不吭声了。不吭声就表明这里面有许多不能说出来的话。我狠狠地推了她一把，让她说。她不说。我又推她一把，她才紧张地说：“我还以为你知道呢。大家都知道的，你奶奶不瞒人的。你奶奶有种。”然后她又不吭声了。我只好又去推搡她，一把一把地搡，摇船一样。她急匆匆地说：“你奶奶是老牛吃嫩草。不对不对，大司也老了。”说完就躺下，把被子蒙上头。

秧花是个稳重真诚的孩子，做事和说话都有规矩。她从不说谎。说谎会让她忧愁。她高兴，她绣出的人物也是高兴的，她要是不高兴，绣出的人物也是不高兴的。

我问她："大司？我认识他吗？"

秧花说："就是'老丝瓜'呀。其实他才四十五岁，就是人长得老相。"

她这一说我想起来了，一个瘦高个子，头脑方正，手和脚都大，走路生风。他和丝瓜一点都不像，这个绰号有什么意思？秧花说："丝瓜老了是不容易烂的，越老越筋道，皮烂了里面的筋还能擦背，擦得你皮红肉痛，皮和筋都烂了，里面的种子还能落地发芽。总之，就是说这个人老了也是厉害的——好像是这个意思吧？"

我穿上衣服，要回家。我回家的目的是模糊的，我吃惊，害怕，或者要证实秧花的话。秧花跟在我后面。一条路通到奶奶屋后，老远我们就看见屋里亮着灯。上了坡，一堆草垛后面，就是我奶奶的后窗，从窗里传出率性的男女欢爱之声，我奶奶音域宽广，音量高亢，我相信半里以外都能听见。秧花害怕了，说："到底是地主，吃得好，力气大，朝死里整。我走了。"

一队巡逻的民兵走过我们身边的草堆，男的和女的讲着什么故事，暧昧地窃窃地笑。我怕他们把我奶奶的叫声听了去，奇怪，他们没有听到。

民兵走后，门开了，我奶奶和"老丝瓜"两个人走出来，依依不舍。

"老丝瓜"说："你把手放开嘛。民兵刚走，我正好回家。要不然他们再回过来，我就走不了啦。"奶奶说："怕个屁！都是些小孩子，他们敢动我？”老丝瓜说：“书记今早上还对我说，不准乱说乱动，要夹着尾巴做人。”我奶奶说：“他那根尾巴不是夹着的，难道是含在嘴里的？”“老丝瓜”轻声笑起来，搂了我奶奶一下：“要走了……”我奶奶声音甜蜜地说：“我就是喜欢你乱说乱动，恨不能让你再动一下嘛……”“老丝瓜”说：“哪里还动得？你把手放开一些好让我走嘛。每次我到你这里来，我娘眼睛里全是害怕。”

他俩走近我的草堆，拉拉扯扯，一下子倒在我的草堆上，压垮了半壁草堆。“老丝瓜”说：“你怎会看上我？你这么个人才，漂亮，能干，大方，嫁个总理也不在话下，倒看上我这种人……”我奶奶娇滴滴地嘀咕：“我就是看上你了嘛，别人我是不要的，管他娘的是谁，我只要你。”他们两个人一起压倒过来，压得我大叫一声。我奶奶慌忙一把扯开我脸上的草说：“小祖宗……”上来捂住我的嘴。“老丝瓜”急忙对我奶奶说：“我走了……”

这次他是真走了，他走时，伸出手，在我的头顶上轻轻摩挲一下，又镇定又斯文。

我和奶奶进了屋子，我奶奶衣衫不整，心虚地站在我面前，嘿嘿地笑。

我说：“笑什么？喝酒。我们今天一醉方休。”

奶奶转过身，拖着长腔喊：“得令——”

她拿了油灯，叫我跟她到地窖里去取黄酒。我奶奶的祖上是绍兴人，她善酿黄酒。黄酒都有一股水性，有种娘娘腔。但她酿出的黄酒有男子气，干脆凶狠，劲道足，连喝白酒的男人们都爱喝。我跟她下到地窖，一股石灰气味拍面而来。奶奶解释说，南方水多地势低，所以酿出的黄酒都有一股水性，温和有余，醇厚不足，更不要提后劲了。她酿出的黄酒之所以有劲，全在于她造地窖时铺了两尺厚的蛤蜊壳和石灰。她用的砻糠要晒二十天的太阳，封口的泥巴从湖中心打捞出来。竹子从穹窿山的向阳坡上取来。酒曲更不普通，是她用手枪指着下了咒的。想来这酒曲被逼无奈，只好变得狠巴巴的，把黄酒酿出了白酒的烈性子。

我奶奶从地窖中搬出一只小酒坛，放在客厅的桌子上，拿出两只上面印着“将革命进行到底”的搪瓷杯，倒上黄酒，把一杯放在我面前，自己先端杯喝了一口，说：“你也喝点。夜里升了雾，凉气重，喝点黄酒就不妨事了。”

我想起煮姜汤驱寒的常宝。她的生命也曾经像阳光里的灰尘那样热闹，阳光不再照着她，她还在无人见到的黑暗之处吧？

我奶奶又去橱柜里拿出梅干和香草桃干，说是大头好婆年年要做果干，她做的果干最好吃了，不舍得送人，我奶奶就顺手牵羊，拿了一些回来。她这么欺负大头奶奶，让我感到好笑。

我端杯喝了一大口，再吃一片桃干，温暖从胃肠里升腾起来，弥漫到肋骨、胸和头颈。奶奶看着我说：“再喝一大口，脸和头就暖和了。”我依言又喝一大口，果然，脸上有点烫了，头皮上也有了麻麻的暖感。奶奶说："等会儿再喝吧，缓缓劲。再喝下去，脚要发热了。脚热三分醉，叫你喝醉了不好，你妈要怪我。你妈一怪我，你爸就要和她吵架。……想不想吃黄酒蒸鸡蛋？两个蛋，放三两黄酒蒸，好吃得打耳光都不肯放。"我说："快去蒸来，里面再放两勺红糖。"我奶奶说："得——啊令！"

我奶奶的酒量很大，她像男人一样一大口一大口地朝肚子里灌，我负责吃黄酒蒸鸡蛋，她负责唠叨："十四岁天癸至，天下通行。"她的意思是说，女子一般十四岁会有月经，有了月经就可以做母亲了。言下之意，我已过了十四岁，也就是说是个大人了。她要像对待大人一样与我说话。但是她不知道从何说起，只是一大口一大口地喝酒，间或也朝我笑笑，我看得出她心里有害羞和迷茫。这种情况下，我决定先说一些什么："如果我生了病，我妈也不会怪你的，因为她的心思不在我身上。她对我失望透顶，她觉得我应该有保尔·柯察金那样的意志，或者像林道静那样。"

"林道静？"奶奶还不知道林道静是什么人，但她知道保尔是谁。她放下杯子，郑重其事地皱着眉头说："我也曾像保尔·柯察金那样生活来着，不是吹牛，我的革命经历要是写出来，比他要精彩得多。"她瞪着眼睛，喷着酒气，大言凿凿："他算老几？不过就是打死两个人，修修铁路，生生伤寒罢了。小家败气的。"我说："奶奶不要否定他，保尔是全中国青年人的榜样。"

奶奶便笑，顺在耳朵后的一绺头发掉了出来，好像代替奶奶吃了一惊。她把这绺头发别到耳后，打了一下自己的脸说：“我喝多了，打一下会清醒点……保尔不算什么，林什么的也不算什么，各人选择各人的生活，千万不要去做人家的跟屁虫。奶奶活了半辈子了，才明白这个道理。”

话说到现在，有点意思出来了。

我说：“奶奶，刚才那红糖蒸鸡蛋好吃得很。我从来没看见你好好地做一个菜，原来你也会做好吃的东西。”

奶奶捶了我一下，她五十六七岁了吧？撒起娇来也像个小女孩一样，让我替她感到轻微的害羞。她显然正在兴头上，打开了话匣子：“奶奶我年轻的时候，烧得一手的好菜，我要是开饭店，就是一位好大厨，能跟男人拼个高下。当然奶奶我现在也能跟男人拼个高下，你看‘老丝瓜’，每回都得败下阵来……哎哟我说这个干什么？和‘老丝瓜’在一起，我也变得不正经了。言归正传，后来我慢慢地看不起吴郭人的吃喝享受，爱吃爱喝变成了习惯，就贪生怕死，没有血性。”

我说：“柳爷爷说，吴郭人的吃喝享受、风花雪月，是有内涵的，最低程度，能把艰苦的日子过得有尊严。我认识一个穷奶奶，她在菜场里捡烂菜皮，回家要把那些烂菜皮洗得干干净净，烫得软嫩，切得细细的，浇上几滴酱油，上面撒一把野香菜。盛菜的瓷盘子是破的，也是她捡来的，但是洗得锃亮，还用干净的布擦干。每年八月半，怎么也要从嘴里省下几个钱，住到钱塘江边的亲戚家里看潮。”

我奶奶说：“这个事要放在北方人那里，就是穷酸。”

我说：“北方人有北方人的活法，南方人有南方人的活法，谁也不知将来的生活会按南方人还是北方人规矩过。”

我奶奶说：“我的冤家，那我们何苦说什么北方人南方人？不如直截了当地说自己的事。”

我准不丁地问她：“那你的生活呢？”

我奶奶就盯着我看，喜眉喜眼地盯着我看。此时她脸容红润细腻，尖尖的下颏，耳后那绺头发又掉出来了。她说：“就是那样的——你刚才看见的那样。”

我“哼”了一声说：“你是老牛吃嫩草吧？”

奶奶被我闹了个大红脸，说：“老牛愿意，嫩草也愿意，不关别人的事。”

我做了一个鬼脸。但我承认，她的想法是对的。

一只草鞋虫爬过来，奶奶俯身捡起它，放到窗台上，开窗让它出去。我听过许多人传说奶奶的故事，她是这个城市的传奇人物。虽说她犯过错误，可是一点也不影响她的魅力。过年的时候，会有许多她不认识的年轻人结伴到她家里看望她，亲耳听她说那些战火纷飞年代里的故事。她曾经杀人不眨眼，现在却怕踩死一只虫子。

喝了奶奶酿的黄酒，我连头发根里都热乎乎的。睡意甜蜜地涌上来，该睡了。我爬到奶奶的床上，刚合上眼睛，模模糊糊地看到有谁坐在床沿上，吃了一惊，睁开眼睛看，又空无一物。奶奶瞧我东张西望的样子说：“看见啥东西了吧？不要害怕。我住得偏，离村子远，孤魂野鬼多得很，它们就像狗一样，你不在意，不去惹怒它们，它们自然不会来找你麻烦。”

我打了个寒战，躺在那里一时睡不着了。寂静的夜里，四处都有隐隐的危险逼近，奶奶怎么说睡就睡呢？她非但睡着了，还打着呼噜，嘴里哼叫着：“司立新，司立新。”不用说，司立新就是“老丝瓜”的姓名了，她在梦里见着他了。

奶奶在做梦，我睡着后也做梦，我许久没有梦了，也许是黄酒的作用，今天夜里，不，是凌晨了，我在凌晨时分清晰地见到了杜克，不是想念他，而是制造了一个分手的场景。我需要一个坦荡的分手故事，不明不白总是让我害怕，我要彻底告别过去，就不能藕断丝连。我醒来时，心里还留着宣泄的痛快，也算复了仇了。我在梦里对杜克说：“找你是一个错误，是我的虚荣心在作怪。你是天上的光环，我只能看见不能够摸到，所以我们两个不要见面了吧。”

我呆坐着等我爸爸来接我，一个人胡思乱想，突然明白：我已足够坚强，但也仍然没有阴影。没有结束，也不可能开始。

我爸爸来了，接我和奶奶回城。奶奶收拾了随身衣物，穿上棉布乳罩。她一到乡里就入乡随俗地脱掉乳罩，衣服里晃荡着两只乳房，回城时再穿起来。院门没有上锁，她的农用工具都在院子里，村里人随时随地都可以进院子拿她的工具使用。

院子里长的橘子树和银杏树，各种花草，也要有人进去不时地照顾。这一去，她要到明年春节后再来了。

我们在小路上等载人自行车来，我们要去大路，七八里地以外的大路上才拦得到长途客车。有人替我们去喊自行车了，我们站着时，奶奶突然不见了。我四下张望，不远的一条旱沟里，芦苇丛的叶子东一晃西一荡。我爸爸对我说："燕妮啊，那是你奶奶在那边吧？去看看，她不会游水，掉下水里去不得了。"我一路跑下路基，冲到还在颤动的芦苇丛那里，原来我奶奶不是一个人在，是两个人，"老丝瓜"从身后搂着我奶奶，两只手紧紧搂住她，陶醉得昏天黑地。见我冲过去，"老丝瓜"一下放了手，慌忙跑了，跑过我身边说："好事都叫你看了去，你是天上什么星辰投胎的？"我奶奶忙乱地整理衣服，飞红着脸说："我这胸罩，脱了好久不穿，简直不会穿了。你过来给我后面的搭扣扣起来。"我说："呸！大白天的……我刚才就该在暗地里扔个石头过来吓你们一跳。"奶奶说："祖宗，我上辈子欠你的。"

我们坐上了两辆载客自行车，去七八里外的公路上拦了一辆烧木柴当燃料的长途公交车。汽车的速度也只有四十迈吧，但比船快多了，一个小时就能到城里。天空有两只大蝴蝶风筝随风嬉耍。生物柔软，死物僵硬，它们如此柔软，把生的特性模仿得惟妙惟肖。

汽车开到城南的盘虎山下停了下来，公路上排了一溜的车子和人，一伙穿军装的人正在一个简易路卡边一一检查行人。

车上的人全都下来了，排成一排站在路边，一位高个子的军人两只手背在后面，逐个盘问他们。有人拿出了户籍本，有人拿出通行证，还有人拿出本地暂住证。我们的司机下车去探听消息，回来说，这是解放军新设的关卡，他们在执行任务，执行什么任务不知道，问了他们，他们也不说。那位盘问的军人，背影十分眼熟。他放走了马车上的一帮人，转过身来了，要检查我们的车辆。他就是杜克。他也看见了我，脸上一阵惊喜，刚要和我打招呼，我就把头低下去了。我爸爸在我身边看着我，我的一举一动都没逃过他的眼睛，我的心情和想法他是明白的。他搂了我一把，手上用力地按一下我的肩膀。其实我低下头就后悔了，我何苦这样小家子气？又抬起头去寻找杜克，他不见了。他肯定是看到我的神态，躲到一边去了，另外两个穿军服的年轻人上了车检查我们。

这时杜克径直朝我们走过来，我和他交换了眼神，彼此微微地点头。我感谢我爸爸，就在刚才，他教会了怎样处理我的意志，强化我的决心，这都是力量的来源。我这样庄重地对待杜克，我爸爸深深地盯了我一眼，尊重又欣赏。

杜克从窗外递给我爸爸一支香烟，我爸爸不抽烟，但是他和我换了靠窗的位置和杜克说话，问：“你们在干什么呢？”

杜克说：“检查。”

我爸爸又问：“检查什么？”

杜克满面含笑，凑近我爸爸说：“我和我的战友们做一个社会实验。”

我爸爸沉默片刻问：“我有没有权利问你在做什么样的社会实验？”

杜克说：“我可以告诉你，我们想了解一下吴郭人怎样对待权威的。我们今天早上到这里设卡，到现在为止，一共检查了十辆公交车，十辆马车，还有自行车、三轮车、拖拉机。军车不检查。除了你，没有一个人提出疑问，一看到我的军装，就乖乖地配合我们了。还有人觉得接受检查非常光荣，有一辆公交车里坐着三位女教师，她们站起来对着我唱歌。”

我爸爸脸上变了神色，严厉地问：“你们代表哪个单位？”

杜克说：“我们代表革命的新一代。”

我看到我奶奶的脸色也变了，暗沉沉的。

我爸爸跳下车去，我奶奶紧跟其后。

我爸爸像一棵青松一样挺立在杜克面前，他说的话更不含糊：“马上撤掉关卡，把所有的人员全部放行。不然的话，我回去就找你父亲汇报这件事。”

杜克扔掉手中的香烟，恶狠狠地盯着我爸爸。

我奶奶冲上前去，两只手叉在腰里，气势惊人地说道：“谁给你这个权力？哪位部队领导教唆你们这么干的？马上撤！”

我爸爸回到车里对我说：“不要与他有任何往来，这种人太危险了。”

我奶奶上了车还在大声说：“哪来的野小子？穿了一身军装

就来瞎胡闹。驾驶员，走。”驾驶员却不着急走，对边上一个人说：“人家是解放军，没说让我走我就不能走的。反正我没干坏事，不怕检查。脱光了从头到脚检查都没关系。”边上一个女人害怕地问：“脱光？那女人怎么办？”女人后面的一个男人趁机调笑说：“叫你脱就得脱，是你厉害还是解放军同志厉害？”

杜克还是放行了。我们的车子开过他身边时，他又点燃了一支香烟，眼睛在火柴上面朝我瞟了一眼。

车子到了城中心的光明街，奶奶先下车，她住的那间柴房就在这里，柴房被她整修过了，隔成两间。她把以前在孔家帮厨的一对老夫妻接了过来，这对老夫妻都七十几了，无儿无女。她不在时，老夫妇俩替她照顾着院子和她偷偷收留的流浪狗天佑。城里禁止养狗。有狗的人家都会收到居委会的口头通知，如果自己不处理掉，马上会有专门的打狗人上门打狗。奶奶为了保下天佑，特意去市长那里特批了准养的条子。天佑有一个奇怪的习惯，经常在睡着时呜咽，奶奶听不懂它们的梦话，但猜想它说的肯定是伤心往事。回到城里，见不到“老丝瓜”，但见到亲人一样的老夫妇，见到无比热情的天佑，她心里也高兴。唯一不高兴的是，一离开乡下，她就得穿着令人难受的胸罩，走路时，胸乳不再是轻松的，软绵绵的，活泼弹跳的，而是谨小慎微，挤成一团。

我和爸爸并排走过红旗巷口，那座牌坊的基座还在，那棵大白玉兰树也在。河水汩汩，不知藏着多少秘密。

我爸爸对我说："我前几天翻到我留学时的笔记，上面记着别人告诉我的一个故事，说的是希腊女哲学家希帕提亚，一个美丽的女数学家，因为追求真理和科学思想，最后被反对她的人扒光衣服，用锋利的牡蛎壳刮下她身上的肉，再把她砍成一段一段扔进火里。我就在想，如此追求真理的人，坚强勇敢是肯定的了，她平时的生活一定也是脱离低级趣味的，一定很宽容大度……"

我说："快要到家了，你和我说什么脱离低级趣味，这是什么用意呢？"

我爸爸说："是这样，你妈妈让我告诉你，她在福利院领回了一位小女孩，跟你长得很像。你有了一个妹妹了。"

我稍稍一愣，我被动地接受着许多东西，我主动寻找的，又找不到。这个妹妹来得太突然了，但我又没有理由不宽宏大度地接受她。

还没走进家属区的大院，猛听得里面一阵鞭炮声响，不用说，是王来恩又在放鞭炮了。喧嚣声中，一个女人抗议的声音格外响亮："王科长，我儿子生病听不得吵，你怎么三天两头地放这玩意儿，跟小孩似的？"我们走进去，正好看见王来恩一跳三尺高，扯着嗓子骂："你懂个屁啊！今天报纸上出来消息，说要取消人力车跟马车，我太高兴了。我一看见人力车就想哭，这就是剥削阶级的玩意儿。"赵大伟的事件发生后，王来恩再也不和我拌嘴了，每次看见我，只当没有看见一样。今天我走过他面前，听得他说了一句："不多！"我断定这是说给我听的，意思是我经受的都是活该的。我停下来问他："你喜欢放炮仗，就是想搞点声音出来吓唬人是不是？"他听了我的问话，有点生气，就把一只眼珠子斜过去看着我爸爸。他现在不怕我爸爸了，他的级别比我爸爸高。

家里确实多了一个骨瘦如柴的六七岁的小女孩，端端正正地坐在饭桌边上，看一本小人书。见我和爸爸走进来，怯生生地站了起来，说："妈不在家，她在单位里加班。"我爸爸含笑对这女孩子说："这是你姐姐燕妮，快叫姐姐啊。"女孩子说道："燕妮姐姐，不要打我。"

一句话打开了我对她的情感之闸，我仔细打量她，她的脸蛋确实与我小时候很像，只是比我瘦多了，她的神情举止表明，她温顺听话，也许还有些头脑不灵光。

小女孩是苏北北部一个小村子里的。村里的盐碱地本来就打不了多少粮食，搞了公共食堂，把村子里有数的那点家底吃空了。春天没有种子种下，野菜野草吃光，树皮扒光，又发生了不知名的泻肚病，这孩子的父母连病带饿都死了，被当地政府送到这里的孤儿院。我母亲和几个同事去接他们，一车子的孤儿，只有她站起来拉住我妈妈的手不放，放在她冰冷粗糙的小脸上摩挲。我妈妈当时就哭了起来，她这一哭，同事们也都哭了，一车的孩子，全都哭喊起来。

就这样，我妈妈当即把她领回了家，说是为国分忧。小女孩这么像我，按照我妈的个性，必定想把她培养成另一个合她心意的我。她本来叫田菜花，现在叫谢燕兵，跟我妈妈姓。

趁着我爸爸下厨房准备晚饭，我又仔细盘问了她一番。

我问她："妈妈有没有教你什么？"

她说："妈妈叫我不要跟着你学坏。"

我伸手摸摸这孩子稀薄枯黄的头发，说："我不是问这个，我是说，妈妈教你识字吗？"

她说："教了。毛主席万岁！热爱人民！热爱祖国！热爱谢妈妈！"

我决定也参与对她的教育，我要教她一些别的东西。吴郭流传许多童谣，我教她其中的一首：

叮当叮当马来哉，隔壁大姐转来哉。买了啥的小菜？买个茭白炒虾。田鸡踏死老蛙。老蛙告状，告给和尚。和尚念经，念给观音。观音放屁，放到你的嘴里。

她听了哈哈大笑，一张小脸笑得眉飞色舞。

我那个有点野心的外公与王谢长达做过邻居，心中敬慕她，本来也姓谢，便让女儿叫了"小达"。我妈的名字就是这个由来。王谢长达是个小脚女人，嫁给王鏊的后人王颂蔚。她早年随做官的夫婿在京居住，夫殁定居吴郭城，创办吴郭女中，辛亥革命中她是苏属女子北伐队队长，还成立了放足会，反对女子缠足，带头放足。她是个善于破坏旧秩序也会建立合理新观念新体系的女中豪杰。说到女子裹小脚，以前的人都认为理所当然，更有民谣如此颂歌：

佳人房内缠金莲，才郎移步喜连连："娘子啊，你的金莲怎的小？宛若冬天断笋尖；又像端阳三角粽，又是香来又是甜。好比六月香佛手，带了玲珑还带尖。"佳人听言红了脸："贪花爱色这样贱，今夜与你两头睡，小金莲放在你嘴边，问你怎么香来怎么甜？再要请你尝笋尖。"

所以王谢长达反对裹足，没少受人谩骂报复。她倒是过得自在平静，见了邻居，有时会用她的安徽口音开个玩笑："哟，夜饭吃个啥？吃个茭白炒虾？当心老蛙告状。"

我爸爸端着一盘馒头走进来，谢燕兵站起来大叫一声："好爸爸！"把我爸爸吓得一大跳，差点把馒头跌在地上。

吃过晚饭，我教这孩子认字。我在纸上写下毛主席、共产党、万岁三个词，她虔诚地伏在桌上，头俯得很低，一只手按住纸，就像按牢她的命一样，一只手点住字，我说一个字，她就点住一个字。她长着方形手指，指甲里有老污泥。念完字，她郑重其事地说让我看一样东西。她从怀里掏出一张皱成一团的报纸，打开，里面放着一小片馒头干。我对她说："以后你吃得饱了，我就是不吃也要省下来让你吃饱，你不用再藏东西了。”她拿开馒头片说：“不是让你看这个。”她把报纸捋平放到我跟前：“让你看这张报纸，我要是认识字，就能看这张报纸到底说的是啥了。这是小勇子送给我的生日礼物。他说要是识字的话，看了这报纸，就能把一斤馒头发出四斤来，也不会饿死。我和他都不识字，我命好，没饿死。”我看了一眼，这报纸是《人民日报》，上面写着一篇文章“保馒法总结”，内容就是怎样把一斤馒头发出四斤来。

我忍不住紧紧搂住她。

我妈妈回来了，她今天可能过得不好，脸色难看，一进门，踢掉鞋子，把一张报纸扔到桌子上。我看了一眼，是《人民日报》，上面有费孝通写的《知识分子的早春天气》。这篇文章据说是知识分子向党进攻的第一炮。我爸爸收口噤声，蹑手蹑脚，到他书房去了。我马上给我妈妈泡了一杯茶，细心地冲成温水，不管她有时多少让人不舒服，但是她对待生活是真诚的。就凭她收养燕兵，就抵消了她对待我的所有错误。

妈坐在桌子边，我把茶放到她面前，对她说：“妈，喝茶。”

她警觉地问我：“你想干什么?”她甚至朝后一仰，防备我朝她脸上泼热茶的样子。我把茶端到她嘴边，让她喝了两口。她还是没有放松警惕，问：“你不拿我当敌人了?”我还没考虑过这个问题，她这么一问，倒让我想起了什么。“不拿你当敌人了。”我向她保证。话音刚落，我浑身轻松，头脑清爽，一念之间，竟有如此转机，竟有如此效果，我仿佛从阴暗的小巷里走到了阳光大道上。这就是柳爷爷说的吧，思维方式正确，行为也就正确。行为正确，天地宽广。成长是这么愉快，预示着某种新的开始和美好的未来，又是这么不合时宜，就是鲁迅，不也“一个都不原谅”吗？我不管那么多，我想相信我对生活的感受。

我牢牢记住了这一刻。

十

杜克和他的战友们做完公路上的社会实验，回去写了检查，然后与他的战友们一起归队了。

我后来问过杜鹃，为什么杜克会改变心意写检查？杜鹃说："他在公路上设卡做实验，看到广大民众的思想存在着许多问题，需要改造，他有了奋斗的目标。还有他听我家老头子说内部消息，抗美援朝死了十八万志愿军。他觉得生命脆弱而可贵，不能花在无价值的消耗上，他的生命要花在对真理的追求上。我说的是真的……你给我打一副毛线手套吧。我手上肉多，一到冬天就生冻疮。"

我没想给她打手套，我自己的事也很多，虽然不上学了，但我还是要参加高中毕业考，还是要参加工作。我妈妈希望我去军校学医护，而我想去当老师。今年上半年，吴郭下面的各个县都办了农业中学，他们正缺少老师。

六月二十三日中午，我到爷爷家里去，只见他一个人坐在院子里，谁都不理，头上晒着大太阳，脸上流着热汗，他眼里露出的凶光吓坏了我，从我记事起，不曾见过他这样。张柔和把我拉到厨房喝绿豆汤，说等柳爷爷不晒太阳了，再给我们下面条吃。碗里的绿豆少得可怜，捞都捞不起来，除了几颗绿豆，里面什么都没有。柳家以前的绿豆汤是吴郭一绝，用的是定彩自制的薄荷油、碎蜜枣和红萝卜丝，一碗里面有半碗是绿豆。

我一踏进厨房，定彩就迫不及待地告诉我事情的大致内容，原来柳爷爷的朋友柳亚子前天病逝在北京，晚上，柳亚子的亲属通知他参加哀悼会，但是昨天上午他又接到一个电话，向他宣布了一个决定，说柳亚子的哀悼会请他不要去了。他还没有来得及问对方是谁，电话就挂了。他心里一紧，有点不好的预感，就打了几个电话，终于探听到一个小道消息，说他可能会被市里定为“右派”，而且是本市最大的“右派”，还要连降三级行政级别。他倒也不怕，想大半辈子吃喝玩乐，也值了。

他还是马上去找了某位市领导，那领导把话说得很有水平：“按程序是由你们单位定右派名单，再报到公安局。现在你们单位没把你报到公安局。不过有时候也说不准，也许上头直接把你定了右派，我们市里也不知道的。吴郭市周围的邻居市全都结束反右运动了，之所以我们市里还在搞，主要是前一阶段的反右运动没有开展好，上头不满意。像你这样的情况，给你透露一下，你没多少大问题，最多是内定中右。话说回来，就是定了右派也不要对党和人民有什么反抗情绪。定了右派，更应当努力改造思想，早日回到人民的队伍中来，这是唯一的出路，除此之外都是死路一条。”

他心里想：人民的队伍？我从来不知道人民的队伍在什么地方。人民就是一盘散沙，什么时候有过队伍？

昨天下午他回到家来，对定彩说：“定彩啊，我越来越觉得你的鬼故事好听得很，你赶快给我讲几个鬼故事听听。”

定彩给柳爷爷讲了一个鬼故事，说的是她自己的事，说她小时候住的是一幢老木楼，有一天夜里，楼里只有她一个人住着，睡在二楼。半夜，她被一楼楼梯上响亮的脚步声惊醒，心想是贼吧。仔细一听才觉得不好，那脚步声一起一落，规律僵硬，有哪个小贼敢这么猖狂弄出这般声音来吓人？她浑身的汗毛都竖起来了，忽然那脚步声从二楼楼梯口直接“飞”过来到了她门口站住，就再也不响了。她一动也不敢动，知道门口有什么东西想进来又不敢进来。两下对峙到天亮，忽然狗在一楼的门口狂叫开了，追着一样无形无声的东西，疯了一样地在窄街上跑。她松了一口气，知道危险没有了……这个故事虽说不好听，但柳爷爷还是听得津津有味，听完了搂住定彩，叹了一口气说：“你不要慌，暂时留在我身边。你的将来，我一定要让你过得舒舒服服。”定彩说：“你听党的话，好好改造，不会有事。”柳爷爷放了手，说：“你想得太简单了，人这样东西，是世上最卑鄙的。”定彩吓得连连拍胸。

张柔和打断定彩的絮叨，说：“你快去哄哄他吧，晒得也差不多了。”

过了一会儿，张风毅走进来，说柳爷爷在书房里等我们，有话要说。我们三个人赶到书房里，柳爷爷看见张柔和，眼睛里的光一时柔和了，说：“先弄点面，大家在书房里吃吧。”

定彩和张柔和两个人小跑着去了，一会儿端上来一大盆咸菜面，大家拿了碗，把面分吃了。柳爷爷感叹说：“这个时候该吃白汤卤鸭面了，鳝鱼骨、排骨熬汤三个小时，面上除了放卤鸭，还要放些火腿丝和豆腐衣切的丝。现在只能吃到咸菜面了——能吃到已经不错了，好多人还吃不到呢。”

大家吃完面，知道柳爷爷有话要讲，都不走，等着听他说话。他看着大家“哈哈”一笑说：“不要哭丧着脸嘛，没有什么大不了的事。就是有，跟你们也没关系。我今天为什么要晒太阳呢？就是想惩罚我自己。我一向好为人师，老是教人要有正确的思维方式。现在想来，我说的话，对的少，错的多。我自己的思维就不正确，我早就应该老老实实地做人，凡事小心，不要张扬，我是这也看不惯那也看不惯，左也不好，右也不好……所以要让太阳晒晒我的头脑，流出毒素，让我的脑子清醒一些。不管我还能活多久，就是马上去见马克思，我也要有一个清醒的头脑。”

柳爷爷的话撞到我的心上了，我开他一个玩笑："爷爷，你觉得你清醒了？"

柳爷爷说："我一晒，更糊涂了。"

大家笑起来，笑得拘束，眼睛都不知道落在什么地方。柳爷爷这架势，话还没说完，大家都害怕他说出什么难以承受的话。果然他说："如果回过头来让我过，我就带着定彩到她的家乡去，造几间屋子，种种地，与村里人说说话，把什么思想、道路、荣誉、名利什么的全抛开。"

定彩捂着嘴哭倒在张柔和怀里。柳爷爷看着张柔和说："和丫头，你外柔内刚，必定有好的生活等着你。忠王府后面，还有两间小瓦房，不多，五十几平方，一个小院子，够你和小毅住的，等你们的爸爸出狱，一家三口也能住了。我前途难测，身边只留定彩。你们不走，反让我分心。等我日子好过了，一定再把你们招回来。"

这下张柔和哭了起来。

张柔和、张风毅姐弟下午就搬出去住了，我跟着他们去了，干净周正的一所小院子，屋里屋外都铺着小青砖。待到晚上，张风毅把我送回家，我在路上又想起一个话题，就说出来与他探讨："连爷爷这样的人，都在怀疑自己，否定自己，我们又该如何呢？"张风毅说："你不要害怕，人都有怀疑、否定自己的时候。等到怀疑和否定来了，就是走过了一个阶段，朝另一段路走去了。我担心的是你，柳爷爷要是倒台，你们一家也要受牵连。”

“廿八斋”里，柳爷爷让定彩一个屋子一个屋子盘点家里值钱的东西，自己用毛笔一一登记在册。清单上的玉器、象牙和各类杂件有宋代的铁立佛两尊、明代黄花梨家具若干、明代大书柜一个、明代红木雕花大床一个、子冈玉牌一块、原象牙六对、大明宣德炉一个、古弦琴一架、清嘉庆嵌金紫檀笔筒一个、宋代定窑瓷瓶和瓷碗若干、翡翠欢喜佛一尊、和田白玉坐佛一尊、檀香金漆佛一尊、宣德年八臂玉观世音一尊。书画类有米芾的远山图，唐伯虎山水图，八大山人的花鸟，张大千、康有为、徐悲鸿的字画等。各式鸡血石等玉石名家刻章、甲骨文龟甲一箱等等，另有金、银、珍珠、玛瑙、翡翠、钻石、碧玺等物品，连皮箱、手拎保险箱、收音机、怀表、狐皮袄、羊皮袄、绸夹袍、呢子夹袄、缎子大袄、皮围巾、毛绒衣、坎肩、马褂、鸭绒被都一并登记了。做好这事已是天亮，柳爷爷却精神抖擞，他把册子给了定彩，说不久就会用得着，国家可以用它们赚点外汇，换些粮食回来。对着他的这些收藏，他喊了一句不吉利的话：“我享受你们也够了，该让别人来享受你们了。”定彩说：“你索性把我也送出去吧。门口那癞皮叫花子，他还没老婆呢。”

没过几天，六月二十五日，柳爷爷在他的办公室里，突然内急上厕所。他出来时，四下无人，只有秘书室负责人老金在外等着他。老金说：“柳主席，听说你又要被定成右派了。”柳爷爷张嘴红脸说不出话来。老金唾沫横飞地说：“不过也说不准的。我先前不是被定成右派吗？后来说名额满了，又不定了。后来又要定了，最后还是没定……我好大的运气啊，现在安全地站在这里跟你说话，给你递个消息，你要倒霉了！”柳爷爷说："我倒霉，难道你能从中得利？”老金说："不能得利。今天保不准明天。但我今天能笑话你这个总是扬扬得意的人，就是我的胜利。”

柳爷爷倒吸了一口冷气。这是一个危险的信号，极端、阴险，他辨出来了。这个信息里藏着大量内容，否定他以往的生活，要打倒他和他代表的生活方式。要说危险，以前也有，他的为人做派高调张扬，总是让他处在风口浪尖上，说闲话的、讥讽的，都有。但以前的危险微不足道，现在才是要朝他脖子里勒绳子了。他不会让这些人得逞的，他的命运要自己掌握。

他想到这里，破天荒地想起了他的那些邻居，“廿八斋”边上，尽是些穷邻居，他与他们志不同道不合，平时一句话也没有，今天不知道为什么突然想起他们，晚上就想去看看他们。穿上衣服，拿起手杖，朝口袋里塞了一些金银钱币，临走时，一眼看见书桌上放的那尊一尺多长的雪白玲珑的昆石，眼皮底下的东西，竟忘了登记在册，于是抱着就走了。偌大的“廿八斋”，只有他和定彩两个人了，冷冷清清，反不如那些穷家小户热闹滋润。

旁边这家的男主人外号小麻皮，骑人力车的，现在取消了人力车，他也成天窝在家里头了。听见外面有人敲门，开门一看，吃了一惊。柳爷爷以为他不敢让自己进门，没想到小麻皮笑嘻嘻地把他朝家里拉。拉了他坐下，一家人围上来，指着那座昆石问个不休。他们的天真单纯感动了柳爷爷，想起自己在官场上碰到的那些高深莫测的人，他打心底里喜欢这家人，他的眼角上渗出一点热泪。说了一些话，他留下了昆石走了。走出门，小麻皮抱着昆石追上来说："柳阿爹，你把这块石头拿回去吧。当不得吃当不得穿，石头眼里还长着乱七八糟的草。"柳爷爷对他说："哎呀，我倒忘了，我是带了别的东西过来的。"从口袋里掏了一把东西给小麻皮，叮叮当当，有金币，有人民币，小麻皮高高兴兴地接了，却不放心地问："柳阿爹，你不会看不起我们吧？为了生活，我们这样低三下四。"柳爷爷说："我怎么会看不起你们？你们是可爱的人。你们太可爱了……"

柳爷爷拿着这石头又跑了几家，直到把口袋里的东西全送走。只有一位独居的老太太没要他的东西，她说无功不受禄，受了心不安。反正她只有一个人，再怎么也能吃饱肚子。他的石头也没人要。他又抱着石头回来了，忍不住地笑着嘀咕，说："唉，这么好的石头，明代的旧物，竟然一家也不要，我说它值钱，一个人也不信。"

他去看了睡觉的定彩，把这座石头放在她床边。

过了一天，柳爷爷要把"四不楼"里的东西搬下来，他再不想在这么高的地方写字画画，谈东说西了。张风毅找了一些闲人来帮忙。正忙乱，门外忽然来了一年轻人，身长而白皙，穿着中山装，上衣口袋里别着钢笔，脸上冷飕飕的，浑身透出寒气，站在门口看着一帮人忙乱，两只手交叉在胸前。大家在他面前走来走去，也不太在意他。这人站了一阵，突然对我爷爷大喊："柳家骥，你听着，我是公安局政保科的，姓余，科长。今天晚上六点钟在体育馆门口报到，上车到漂湖农场劳动改造。听好了，只允许带自己的替换衣服。"说完，扬着脸就走了。

定彩吓得脸都白了，拉住张风毅问："这个人是谁啊?"张风毅说："他说是市公安局政保科的，姓余。"来帮忙的人发一声喊，扔下东西都朝外走。柳爷爷说："到底还是来了。"

事情到此地步，柳爷爷反倒定下心来，不再感到害怕。他写了一封信让定彩送给我父亲，我爸爸看了，晚上一个人去体育馆送他。一辆解放军的大卡车停在体育馆门口，拦了警戒线不让送行的靠近。一群有罪或没罪的人灰心丧气地朝卡车上攀爬，柳爷爷也在其中。他是坐了张风毅的自行车过来的，怕人家说他摆架子，老远就下了车自己走过去。我爸爸只能远远地看着，朝他挥手，柳爷爷扭过头看了后面一眼，也不知道看到了啥。

汽车开了一天一夜，到了漂湖农场。点名的时候，农场干部对柳爷爷说："名单里没有柳家骥这个人，你来干什么?"柳爷爷飞快地前后一想，知道被人陷害，或者竟然不是陷害而是被人开了个玩笑。他跳起脚来，把带来的东西甩在地上，大骂："这是什么世道，竟有这种人渣?"农场干部过来抽了柳爷爷一个大耳光，把他抽得倒在地上，说："凭你这句话就是反革命分子，虽然名单上没你这个人，也不能轻易地放了你，我们要调查调查再说。"柳爷爷大叫："你们去调查吧，你们枪毙我吧。"

这位农场干部让卡车原路返回，顺便把柳爷爷放到监狱里暂时寄着。柳爷爷在监狱里好不容易说通了一位管教干部，让他给自己的单位打了电话，原原本本地说明了情况，然后我爸爸和张风毅也找来了，他们去了公安局，政保科那位余科长出差还没回，但公安局的领导肯定地说，柳爷爷没有在公安局这边挂上号，名单上没有他。这样柳爷爷才得以在七月二十号晚上返回家里。其时他光脚穿了一双不合脚的草鞋，身上只穿着白夏布汗衫和短裤，手表送给那位管教干部了，皮箱给另一位干部了，花麻大褂、灰麻绸长裤、皮鞋和袜子都给犯人扒了去。他到家时，定彩大叫一声，冲出来抱住他哭天抹泪，他摸摸她的头发，平静地说："没想到我还能回来，还能死在家里。"他对我爸爸和张柔和说："你们都回去吧。让我好好休息休息。"

定彩手忙脚乱地给他烧菜煮汤，端出来一个烂萝卜汤，一个咸菜炒毛豆，一个老油条烧隔夜熟土豆，一个咸萝卜干炒吃剩的西瓜皮，一小碗小葱炒蚬肉，都放在房间里的黄花梨小茶几上，倒也整齐。他看了兴致勃勃地夸奖："好，好。"蚬肉不新鲜了，有点臭烘烘的味道，但柳爷爷吃得津津有味，吃出了一脸愉快的细汗。定彩心疼地用毛巾擦掉他脸上的汗珠，然后给他倒上黄酒。柳爷爷喝了几口，越发兴致高涨，站起来三两下就扯掉了自己的衣服。定彩赶忙把那带轮子的木桶拉过来，放了温水让他洗浴。他刚坐到木桶里就爬出来，对定彩说："我洗完了，水还干净的，今天你好好洗个澡给我看。我要你给我洗个贵妇浴。"看到定彩眨巴着眼睛听不懂他的话，他拉过定彩放在腿上坐着，说道："十七世纪欧洲，就是离现在有两百多年的时候，漂亮的贵妇人，就是在澡盆里一边洗浴一边会见客人。"定彩眼珠一闪就脱衣服，说："你想让我干什么我就干什么，只要你高兴。"她把上衣脱下来，两个丰盈的乳房在空气中一晃，柳爷爷说："你等一等再脱，听我说。你没懂我的意思。我的意思是……"定彩说："我不管你是什么意思，我今天就是要让你高兴。"柳爷爷眼泪下来了："定彩啊，我当年遇见你的时候，你在垃圾里捡东西吃，捡到一块白菜皮，朝嘴里塞。边上有一条流浪狗看着你的嘴，你也看着它。我把你领回家里让你洗了澡，你在我家里吃第一顿饭时吃得鼻涕流到碗里都不知道，撑得肚子滚圆，又打嗝又放屁。谁会想到就是你这么个人，在我落难时还乐意把身体给我，让我想干什么就干什么。刚才回来时看到小麻皮，他喊一声，柳阿爹，你回来啦。我一心一意只在有权有势的社会里走动，从来正眼也不看这些下层人。可是他们跟你一样，在我落难时还把我当个人看。我平时结交的那些人，没少给他们好处，现在全当不认识我了。"定彩脱得精赤溜溜地爬进浴盆，笑着说："阿爹，我娘以前是妓女，我爸爸是小偷。我出身下贱肮脏，今天也能在你面前张扬，我该有多大的光彩！”柳爷爷说：“你现在就是我最尊敬的贵妇人，贵妇人洗澡时候接见我这个客人。喏，我们现在开始谈话。”定彩想了半天想不出说什么，遂说：“阿爹，没啥事的话，我俩就开始做别的事吧。”柳爷爷笑起来，说：“小坏蛋，动不动就想做别的事。我想说的话闷在肚子里，今天要是不把它说出来的话，我这一世也就白活了。你先说几句吧，我的话才能引出来。”定彩下死劲地想了，才想到一句美妙的语句：“家里的昙花长得可好了，马上就要开大花。”柳爷爷说：“胡说，家里的昙花年年八月份才开，现在哪有开花的道理。”定彩也不说话，湿淋淋地迈出澡盆，去暖房里捧了一盆昙花进来，缩着头颈，嘴里说：“家里冷清死了，这么大的房子就我们两个人。你不回家我一个人守着怕死了。”柳爷爷睁开倦眼一看，那昙花中间有一个大花骨朵儿，失声一叫：“看来今夜真要开了。”

柳爷爷见到将开的昙花，精神大振，一把拉了定彩甩到床沿上。那定彩的大屁股刚碰到床边，两条腿就迫不及待地打开了，用了全身心的力量，那腿竟打开到不可思议的角度，几乎成了一百八十度。她自己也吓了一跳，想想对这个落难的老人是有深深的感情，心里不禁酸涩，眼睛里就有了泪花，怕柳爷爷见到难过，马上就装腔作势哼哼起来。柳爷爷听了心花怒放，叫道：“我的小心肝，小山芋，小豆腐……”定彩知他这阵子吃苦，若要共效鱼水之欢，全靠她的奉迎。她赶紧转过身跪在床架边，披着头发，摇晃着身体，这个姿势是柳爷爷最喜欢的。

果然他一下子变得有力气了。虽说爷爷力不从心，不尽她意，但她还是对爷爷赞不绝口，她粗俗的夸奖在这个时候听来多么真情真意，多么温暖。

一时云收雨散，柳爷爷说："定彩啊，你以后招个女婿在这里过，生七八个儿女，要是有女儿，你就给她起个小名叫柳儿，算是惦记我。"定彩就捂他的嘴。柳爷爷说："你听好了……我床下面放着一个红木镏金小箱子，里面有我老婆活着时用的东西，有项链手链戒指头饰。她的几件衣服不要扔掉，给她保存好。她在地下有知，也不会怪我的。"定彩忍住眼泪说："你不要吓我，这时候吓坏了可不得了，比坐月子浇凉水还伤人。"她又哼哼起来，说："你这么有力气，要活到九十九呢。"柳爷爷说："我不想活到九十九，我也不配活到九十九。我受人愚弄，弄出到农场和监狱这等笑话，世上少有，比死还难过。"说着，头抬了起来，满眼的怒火。

定彩张着口，怔怔地看着爷爷的脸，见他怒火过后，脸上复又平静如水，就乐观地想："他不会死的。我多好啊。他才舍不得扔开我去寻死呢。"这女子没头没脑地这么想，躺下来，五分钟不到就睡死过去了。

不知到了什么时候，她忽然醒过来，还没搞清自己为何醒来，手朝外一摸，没有了柳爷爷。披了衣服起身，农历初四的夜晚，月亮早就落下去了。外面一丝风也没有，黑暗中，世界无比安静，只听后院传来轻微的"毕毕剥剥"声，就似有人烧着了柴堆。她跑过去一看，后面的假山底下，一堆柴火堆得高高的，柴火的底下烧得欢蹦乱跳，柳爷爷抱着那盆将开的昙花，正端坐在柴堆上。她大叫一声，顾不上衣服滑脱，露出赤条条的身体，不管不顾地用手去扒燃烧的木柴，柳爷爷近在咫尺，就是抓摸不到，她焦躁起来，大哭大叫。柳爷爷说："退后去。你不要再碰我的柴火。"他忽然隐到火里去了，从火里传出一句话："我一辈子最讨厌的就是'改造'二字。"说完就无声无息了。这句话，算是他对这个世界的遗嘱了。

定彩赤着身体在火堆边转悠几步，看那火势越发大了，只见到柳爷爷模糊倒下的影子。突然那昙花在火里开了饭碗那么大的白花，艳光四射，她脑子一下子糊涂了，喊叫着，冲到外面大街上来回乱跑。一条街的人都醒过来，都问什么事，有人说："柳家的女用人疯了，光屁股在外面瞎跑。"

第二天一早，公安局来人把定彩带走了。她扎煞着两条烧伤的手臂，披头散发，神情木呆，张口结舌一句话也说不出来。但她心里是清楚的，一个公安人员喊一个人："余主任，余主任……"她心里一动，拉了那公安人员问："你喊的那个是不是市公安局政保科的余科长？"那人说："是啊。"她看看那真正的余科长，矮胖黑粗，不是那天上门勒令柳爷爷到农场改造的那个。她失声笑了。这世界可是令人害怕。你死了，却不知死于谁手。

"廿八斋"的正门口南大门，粉墙上马上被人涂上了八个红漆大字：

生的有趣，死的夸张。

看的人一眼就知这是仿了毛主席为刘胡兰烈士的题词：生的伟大，死的光荣。这墙上的字不知是褒还是贬，不过倒是爷爷一生的写照。

小麻皮对墙上的字有意见，他拿了切菜刀，一边骂，一边把这八个字横七竖八地剜掉了。

十一

柳爷爷自焚那夜里，我没有在家。那天是我生日，我们一大群人上了香炉山。

七月十七日晚上，张风毅来找我，他说柳爷爷二十号晚上就能到家，小马会去接他，没事了。为了庆祝我七月二十号的生日，他要带我去上海玩一趟。他得到可靠的消息，有一种叫作“A587 上海”牌手表在上海第三百货商店上市，他买不起手表给我，但可以带我去饱饱眼福。享乐和受难，都是生活的本来面目，既然有乐可寻，为什么要拒绝呢？

我爸爸去接柳爷爷，我妈妈不在家。燕兵上了学。第二天天没亮，我和张风毅就走了，走到乱哄哄的吴郭市轮船码头。我看到王来恩穿着便装，戴着草帽，背着包在排队上船的人群中，听说他谈了一个女朋友，在一个乡镇上教书，他有空就会坐了船去看她。我拉了一下张风毅，把王来恩指给他看。张风毅说："看见了，戴着草帽的那个。"我说："他就是王来恩，我和你说过的。"张风毅问："要我打他吗？"我说："好的。"张风毅说："那你先避一下。"他蹭到王来恩身边，傻乎乎地把脸凑到他眼前，问他："你是王来恩吗？"王来恩回过脸，欢快地答应说："是啊，我就是。同志你是……"张风毅说："胡说，你不是王来恩。王来恩是我儿子，我怎么会不认识他？"劈面给他鼻梁上一记重拳。王来恩晃了一下，像弹簧一样回复原位时，他已不是原来的他了，两条鼻管里鲜血直流，前后的人都恐慌起来，孩子吓哭了。张风毅趁乱又打出一拳，打在他的脸上，这次王来恩倒地不起了。张风毅迅速溜进人群里，我看到他朝门外跑去，我也跟着他跑。他回过身，一把拉起我的手。他跑步的速度非常快，手掌充满力量，我被他拉着跑，脚下轻飘飘，腾云驾雾一般。

我们跑出大门溜之大吉，在马路边上坐下，一人买了一支冰棍吃着，吃完冰棍，闲聊了一会，张风毅挽起裤腿，掏出毛巾扎在脑袋上，他的样子像北方的农村小伙，我把我的短头发用橡皮筋扎了两个刷把，用冰棍水蘸了点土拍在嘴唇上，嘴唇变得肥胖肮脏，估计轮船码头没人记得我俩的样子了，我们就一前一后地进了轮船码头，买了票上船。

在船上，我把张风毅的拳头拿在手里看，这拳头大而结实，力量就是从这里发出的，它一旦受了鼓励，就会无比兴奋。刺激越大，力量越大。唐娜和我说过，拳头是男人的第二个鸡巴，我相信这话。我拿着张风毅的拳头看来看去，边上有两个女人不高兴了，她们不停地互相交换眼神，咳嗽，死盯着我。后来一个女人嘀咕说：“好不要脸，大天白日的……”她站起来就走，跑到船舱外去吹纯洁的风。她脸蛋涨得通红，没有冷风吹的话，皮肤可能会发生爆炸。张风毅把我拉到船头去看波浪，坦率地对我说：“你够勇敢，但是凡事不能过分。”

我没有回答他的话，我觉得我做得远远不够，没有人能打垮我，我有勇气叛逆。

那次看手表的经历难以忘怀，与之前的猜想不一样，上海第三百货商店的手表柜台前并没有人山人海，凭票供应的手表，只限上海本地人购买。陆续有人前来购表，买了手表的人，全都如临大敌，护着手表匆匆离去，防贼一样。我们走出商店大门，背后有人对我们说：“两位朋友，想要买手表吗？”我们回过头，用脸上的表情告诉他买不起手表。他从衣袋里拿出一张小小的纸，晃一下收回口袋里，小眼睛里闪着善良的光，游说我们：“迭张票，是阿拉老伯伯拨我的，伊是厂里工会主席，厂里一共就分到了两张票，一张拨了市劳模，一张拨了阿拉老伯伯。戴上手表，目的是维护世界和平。两千人的大厂，一共就两个人拿到票，不容易的。要吧？二十五块买拨侬。侬看看这张票，多少实在？买来手表，手腕上一戴，多少人眼热侬。奶油吧？

奶油！这个就是超级奶油，超级实在。社会上许许多多东西都是不实在的，啥个大鸣大放、超英赶美、小麦亩产五千斤。还有啥个蝌蚪避孕法、鸡血疗法、十三点。光天化日，说梦话。我跟侬说，一张票，三方得实惠：你们，我，我老伯伯。为啥我老伯伯也有实惠？得来的铜钱，我也不好一个人独吞的是哦？阿拉起码要分拨老伯伯一半是哦？”他自顾自地说了一通话，满足得像在华侨饭店吃了一顿大餐。我们并没有和他说上一句半句话，他也不在乎，他在乎的是自己能说话。手表券给他带来的满足，除了金钱，还有话语权。他临了还说：“侬两个小乡下人，夜里到衡山路去开开眼界吧，那里住着不少超级有身份的人家，小囡穿白短裤，夏威夷衬衫。女人穿镶边双开襟旗袍，身上洒的是 Chanel 香水，用 LV 小包，Dior 皮草。夜里关好窗帘开 party，密纹唱片里唱的是《夜上海》。上海滩上现在跳舞跳得最好的是 Rose 唐薇红，她会说英文、法文，说话做派全是西方一套，华尔兹跳得嗲来西。她姐姐唐瑛也是了不得，以前是上海第一名媛，差点做了宋美龄的嫂子。你们也可以到苏联大使馆外面望一望，里面天天搞舞会，跟外面就是两个世界。不过我要提醒一声，快点回去，大上海现在，在搞‘扫垃圾’运动，就是把不好的人，当成垃圾一样扫出大上海。当心把你们捉牢，流放到新疆去。”

他话音刚落，张风毅就给了他一拳。这人骂着：“小瘪三，勿要逃，我去叫人敲杀侬。”一面骂，一面逃了。

看了手表，我们又去看了锦江宾馆。张风毅指着它说：“等我有了钱，让你进去在最好的房间里住一夜。”我说：“我也欣赏豪华的东西，不过朴素无华的生活更能打动我。”张风毅说：“革命就是为了推翻不合理的剥削现象，并不是为了人人平等，人人平等是不可能的，这句话是骗人的。我妈活着的时候，我和姐姐在一个屋檐下面都没法平等，我总归比我姐要多吃些好东西，我在外面做错了事，我妈骂的是我姐姐。革命也不是为了毁灭物质财富，是让多一些人拥有物质，享受物质。”我说：“是谁告诉你这些的？柳爷爷吧？”张风毅说：“不是，我是自己想出来的。”我说：“你说革命是让多一些人享受物质，那为什么一革命就会毁坏物质？你看项羽不是烧了阿房宫？”张风毅说：“这个问题让我想想。”他拍拍自己的额头，笑了，又是一口白牙。

两个人说说走走，其乐融融。在我们看来，世上最美丽的地方就在上海，虽说它现在已经不再是三四十年代灯红酒绿的“十里洋场”，除了公园里的青年交谊舞，几乎没有公共的娱乐活动。但上海的夜晚有着别的城市没有的浪漫风情，明亮的灯光和悠闲自得的人群，透露出高雅和尊贵。站在外滩上，凭栏眺望，茫茫海天，黑灰色的波涛神秘地互相冲撞，它们如此孤独，如此挣扎，又如此骄傲。它们与我内心的某种状况不谋而合，让我倍感个人的珍贵，梦想的可爱，超级奶油。就像那个卖手表券的人说的：超级奶油！超级奶油啊！

在黑暗里，我听到张风毅心脏在震荡，我们的胳膊挨在一起，我通过胳膊感到了他的心跳。有一会儿，他的肩膀挨着了我，我就从他的肩膀上听到了他的心跳。他身体的任何地方都回荡着他的心跳。我去拉他的手，但我没找准位置，摸到他的手腕上了，我通过他的手腕，听到了他的心跳。他的手朝旁边躲了起来，然后又把手举起来，指着天说道："看，北斗星。黄浦江上的北斗星。"

夜里，我们不得不离开了南京路，路上听一些上海人在说，今天在南京路上巡逻的是上海警备区八连战士。他们议论这件事的样子，让你感到这是最时髦的事了，只有在上海，才有最时髦的事和最时髦的话题。

我们没有碰到南京路上好八连的战士，即使在上海，夜里十一点过后，好人也不会在外面胡逛。

我们身上的钱只够明天坐船回到吴郭，没有钱住旅馆。即使有钱，也没有住旅馆的证明。有了住旅馆的证明，我们也没有办法搞到单独的一个房间。旅馆紧缺，只有处级以上的干部才有条件住单间，与旅馆关系好的客人也能搞到单间。有结婚证明的夫妻，有时能给他们一间单间。大多数时候，有结婚证明的夫妻只能分开住。一般的旅馆，房间都规定不能上锁。一张床睡好几个人，有时候地上也睡人。夜里，打呼噜的，说梦话的，如厕的，失眠了抽烟喝酒的，碰到倒霉事唉声叹气的，哭泣的，梦游的……每个人身上的味道都很难闻，公厕在不远处发出阵阵臭气，服务员清着喉咙，钥匙哗哗响，脚步粗重地走过每个房间门口，突然推开房门查看，为的是威慑想象中的敌特分子和互相亲近的男女。这种旅馆住着是受罪。话说回来，如果有钱，如果有住宿证明，如果我们有本事搞到两个单间，各自睡下，我们也睡不踏实，一男一女前来投宿，势必引起服务员的重视。他们会用异样的目光看我们，整夜留心，时不时地走过我们的房间，竖起耳朵倾听里面的声音，我们翻身的声音他们都听得到，别说男女交欢发出的声音了。如果有男女胆敢搞到一起，翻云覆雨，他们就在外面把房门反锁上，马上报告联防队或派出所。小城市的旅馆房门大部分用挂锁，镇上的旅馆不用锁。用挂锁的旅馆，一旦发生男女私情，“咔嗒”一下，房门上锁，瓮中捉鳖。不用锁的麻烦些，夜深人静的，还得找人堵房门。

孟子说：男女授受不亲。孔子孟子说的很多正确的话没有人遵守，偏偏一些错误的话大家都信，这句话就是一个例子。放下锄头拿起枪，革命成功了，思想还是原先的。

我的眼皮一个劲地上下粘贴，后来，我们决定连夜步行到轮船码头，在那里度过剩下的夜晚，明天一早就回家。我们朝城市东南方的十六铺码头走去。离开了南京路，街道突地冷清下来，有了我们熟悉的冷清气氛了，于是我去牵张风毅的手，这次他没有拒绝，但他说了一句：“说好当朋友的，就该遵守。”

在轮船码头不远的地方，我们找了一棵大树靠着睡。这棵大树就是我们暂时的领地。人喜欢领地，从古至今的一切争斗都为了领地，现代的领地包括天空和人的思想。我们的思想被强者占据，但我们还在努力整理出自己真实的所思所想，还在为着自己的幸福划出一点点与爱人共享的领土。路边的小池塘被小荷叶盖满了，昏黄的路灯打下来，满池塘粉嫩脆弱的荷叶看着竟是质地坚韧厚实的，木呆呆混沌沌的，像石头一样。我累了，靠在他身上睡得很香，一觉醒来，发现自己钻在了他的怀里，他搂着我，我睡的时候歪着嘴巴，流出来的口水沾了他一身。他好像没睡，疲倦但神气，看着我笑。他给我安全感。

一架飞机飞过我们的头顶，我们开心地看着这飞机，朝它挥手大喊，虽然知道里面的人什么也听不见看不到。我从来没有这么近距离地见到真的飞机，这次见着了。除了飞机，我还见着了新中国发行的第一款手表，不虚此行。科技带来的物质具有深刻的力量，也是最时尚的。

从上海回来已经过了中午，我没有回家，张风毅让我去他们的家。今天是七月二十日，我的生日，他早就与张柔和商量好了，中午在这里吃一碗生日面条。张柔和今天上午买回半斤面条，她还买到了一个渔妇的两斤杂野菜和大半斤野生小杂鱼，有小泥鳅、小鳑鲏鱼、小白鱼，还有几只小虾米和两只小螃蟹，她把野菜择干净，焯了水，切得细碎，再把小杂鱼小虾米去鳞去掉内脏，与切碎的野菜一起下锅小炒一下，放在兑好的野香葱虾子酱油汤里，滴几点七里香麻油，再把熟面条捞出来朝野菜杂鱼汤里一放，我们两个人不要脸地你抢我夺。张柔和在边上看着，眯起眼睛说道：“你们真是两头小猪。”剩下的几口汤面被宋阿进吃掉了，他是被张风毅叫来庆祝我生日的，然后又来了小皮、蓝雪飘、井水亮和他的女友罗汉芳。他们今夜要在香炉山上为我搞一个诗会庆祝生日。张风毅说他们都是诗人，但我看着他们不太靠谱，一个个饿得小脸尖尖，像拦路抢劫的样子。不过这有什么关系呢？我不怕他们，要放开怀才会玩得开心。

张柔和侍候好我们，洗干净头脸，换上她那件军便长裤，上身穿了白衬衫，又把自己换下来的衣服放在包里拎着，对我们说她去“廿八斋”，柳爷爷今晚上回来，她要去帮着严定彩做点什么事。

大路上，张风毅和蓝雪飘一左一右搂着我的肩。蓝雪飘戴着一顶鸭舌帽，穿着工装裤。她从裤子口袋里掏出半支“大前门”香烟放在嘴里，做出吸烟的样子。罗汉芳在后面说：“你又来这一套，要么点上正儿八经地吸几口。又是想，又是不敢的。”蓝雪飘说：“你懂什么？被人看见了还不当成流氓抓起来？反抗也要讲策略嘛。”听了她的话，我们都笑，她要反抗什么？我们现在可不想反抗什么，我们只是让青春寻点乐子。我们互相搂肩列成长形队列，横亘马路，引得路人侧目而视，都说：“小流氓，小流氓夜里出动了。”张风毅说：“雪飘，你还不如把香烟点着了大大方方地吸，反正是小流氓了。”蓝雪飘真的停下来，把烟点着吸了，吸了一口给张风毅，张风毅给我，我给宋阿进……一个一个传下来，浑身好像增加了力量。

我们第一站先到了皇废基，这里黑咕隆咚静悄悄，只有青蛙在鸣叫。我们找了一块地坐下，张风毅清清喉咙，站起来，刚说："亲爱的诗人战友们，我们休息一下再走……"黑暗里突地冒出一群人，打着手电筒，叫道："捉人，捉特务……"我们仔细一看，大约都是居委会的老太太和老头子。我们绝不敢惹他们，就朝马路对面跑去，跑到空荡荡的药王庙，刚想走进去，一位五大三粗的男人走过来喝一声："夜里七点了，还在街上，想干什么?"我们赶快就走。再到了旧巡抚衙门，正想开了门进去坐坐，忽见到一队民兵，我们匆匆忙忙就分散开来，约好了到灶神庙集合。灶神庙也是一座废庙，我们席地坐下，张风毅在黑地里宣布："好，反正也是休息，不如我来朗诵一首诗。"我们坐着拍手，欢迎他第一个为我朗诵诗歌。但是且慢，黑地里一对母女走了进来，母亲大约三十几岁，女儿脖子里系了红领巾，手上都拿了切菜刀。她俩一脸怒气地看着我们，那母亲说："你们从实招来，你们属于哪个封建卫道门的残余势力？还是国民党的特务组织？报纸上讲的，解放前我们这里有反动会道门二十多个，中统军统特务机关和组织三十多个，还有帮会流氓头子恶霸地主存在。他们一天不死，我们就一天不能享受胜利果实。"宋阿进便说："妈呀，我们吴郭人，从来不管闲事的，现在怎么有这么高的阶级觉悟？奇怪呀。我们走吧。"这位母亲说："你们想逃？我马上报告公安局。我们不怕你们，我们会拼死和你们做斗争。”拿菜刀的女孩子便说：“妈妈哎，我怕。”张风毅走过女孩子身边，碰一下她的头发说：“嗯，觉得怕就对了。”我们七个人从母女两人身边闪出门去。跑着跑着，觉得自己人里面多了些陌生脚步声。说实话，吴郭不像上海，晚上六点钟以后，大马路上只有风飘来飘去了，但诡异的是，突然四面八方的黑暗中就会冒出人来。

这脚步声听着紧张，跟着我们，高一步低一步，明显不合我们的节奏，停下一看，后面是多了一个人。这人和我们差不多大，戴了一副眼镜，站在昏黄的路灯下面乐呵呵地看着我们，手里还拿了一把剑。见我们个个显出不快，他就把剑扔到我们脚下说：“我投降，我投降。这把吴王剑献给你们。我想跟着你们玩玩，你们太有意思了。只要你们肯带上我，我还有好东西给你们。”

他就是温德好。他刚从美国回来，他的父母都是美国华侨。今年四月，他无意中读到一本介绍吴郭市的书籍，看到他的先人怎样在这里造了一座座园林，怎样在桃花涧里斗鸭，怎样织锦、剪纸、绣花、画扇……莼鲈之思啊……寒山寺里的钟声夜半缠绵……客船和江枫渔火……留园的鸳鸯厅里清风送爽……总之，种种的吃喝玩乐和风花雪月，把他迷得神魂颠倒。后来又知道在春秋战国，青铜器最鼎盛时，他的故乡铸剑技艺甲天下。锋芒毕露的干将莫邪剑，烈火烧炼三个月，五色之剑……蓝琉璃、绿松石、黑纹饰……神秘的铸剑技术一下子又俘虏了他的心，就像常书鸿当初在法国学油画时，无意中在塞纳河畔的旧书摊上看到了“敦煌石窟图录”，马上回国开始敦煌事业一样，他也抛了父母兄弟，一个人回国来了，开始他寻根的事业。他住回了自己的祖宅，祖宅里的族人很是不愿意看见他回来，就问他为什么要回来呢，连累大家少了房屋面积。现在只能给他在一个灶柴间搭一个小床，再给他一个小柜子放衣服。他说他不是来要房产的，小床小柜子都无所谓，没有床睡地上也可以。他是想炼一把吴王剑，炼剑用的柴火一定要从本城的香炉山上取，所以只好从美国回来了。族人中正好有在香炉山上出家的，大家就想打发他到香炉山上的客房里住着烧吴王剑。也是无巧不成书，他还没去香炉山炼剑，就碰到我们这一帮要去香炉山的人。

他家离灶神庙不远，今天是在外面胡逛，想看看能不能在外面结交到朋友。来到吴郭一个多月，除了他那一帮令人生厌的七大姑八大姨，他还没有认识新的朋友，因为大家都不愿意与他交朋友。

八个人，五男三女，当即高高兴兴地朝香炉山出发。我们给自己加了一个名号叫“江南八骏”。出了城，我们在路上排着队小跑起来。唱完所有的歌，包括温德好的英文歌，早晨三点钟，我们到了香炉山。天还没亮，已有公鸡在打鸣了。香炉山有个大寺，香火以前是旺盛的。我姑姑如一师傅的小庵就在香炉山上，我今年是在香炉山上过的年。五个月没来，山上变得令人吃惊，一片寂静，连看门的和尚都没有了。我决定不去打搅我姑姑。我们径直走进念念寺的香客房，这里也一个人没有。

我们已经很疲倦，但诗会还是要开下去的，除了我和温德好，他们六个人每人朗诵了一首自己的诗。又听见公鸡打鸣时，张风毅就宣布圆满结束。这场诗会才半个小时。

我们年轻，我们饿着肚皮却满腔热血，没有什么能够真正束缚住我们，天、地、父母……在我们的热血之中，没有他们的影子，青春的脸孔上，只有自己的远大理想。开完了诗会，我们八个人分四张床躺下，一张床躺着井水亮和女友罗汉芳，蓝雪飘说她不与陌生人睡觉，抢着拉了张风毅滚到床上。我看见温德好在身边，就与温德好睡在了一起。宋阿进和小皮不情愿地躺在了一起，背对着背。蓝雪飘得意地对我说："你有点失望吧？"我不失望，在我看来，温德好与张风毅差别并不太大。除了杜克，世上的男孩子差别都不大，只要是健康善良有趣的，我都喜欢。我的心就像海绵一样，来者不拒地接受来自他们的温情和器重。我搂着温德好的头颈悄悄问他："美国有什么？"他说："有民主党、共和党、冰箱、冰激凌、便携式录音机、比基尼、爵士乐、街头平衡板、人权宣言、种族歧视、华尔街股票市场……"我问他："美国的妇女生活得怎样？"他没有直接回答我，只是说："改变美国妇女有三样东西——电影、汽车、选举权。"他补充了一句："你真美！你比美国女人美多了。"张风毅眼巴巴地看着我与温德好躺到床上说悄悄话。香客房里没有别人，只有我们互相听着朋友床上的动静。

片刻，井水亮和罗汉芳发出了一些不安分的声音，然后蓝雪飘和张风毅推推扭扭，蓝雪飘在拉，张风毅在推。宋阿进和小皮在边连声嘿嘿地冷笑。但安分的和不安分的，都没有过分，很快就恢复了平静，我听到大家发出了呼噜声。我与温德好在黑暗里看了一眼，我不讨厌他身上的异国气味，我们互相在脸颊上亲了一下，便沉沉地一起坠入梦乡。我想起柳爷爷说的“阴阳油”一词，我觉得我俩呼吸的方寸之间，凝聚着一团“阴阳气”。

仿佛在梦里一样，我听到古琴声，伴了缓缓吟唱，有人开了我们的房门走进来了，站在那里不动，用着苍老尖厉的声音说：

“阿弥陀佛，孩子，你们都是无根之花呀。”

我一下子惊醒，什么人也没有。外面山风呼啸，我思维紊乱，什么时候才能找到我的开始？

写于2009年春—2011年春

一稿修改于2011年夏

二稿修改于2014年3月

三稿修改于2017年秋—2018年春

下卷

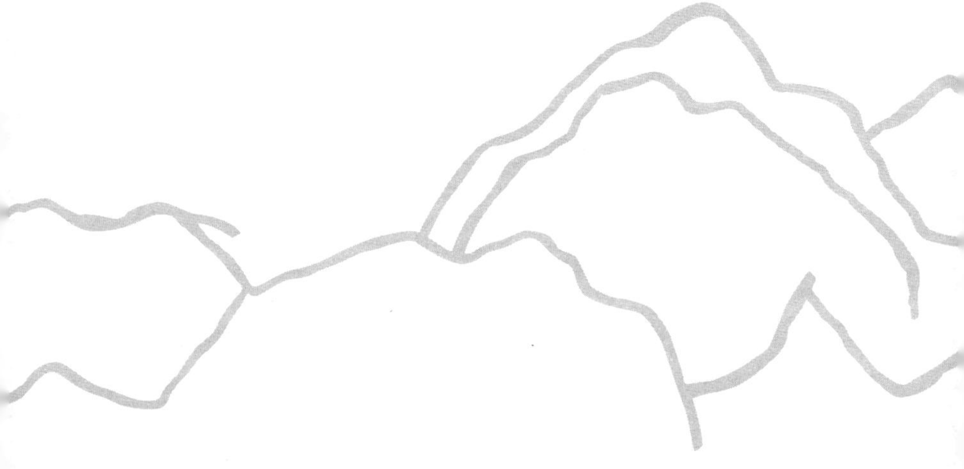

一

十年后，我对梦中老和尚的那句话还记忆犹新，我预感到我这辈子会在什么地方见到他。见到他，要问问他，世上没有无根之花，是什么样的思维创造了无根之花？

我按照我妈的意愿，在“111”军医院里当了医生。这些年，看到我的人都说，我眼睛明亮得吓人，里面闪烁着火光，不愧是“彩虹仙女”。在我的病房里，再蛮横的病人，一碰到我的眼神，也得乖乖听话。除了张风毅，没有人知道我内心的混乱和挣扎——眼睛里闪烁的火光，是一场混乱的大火。

这个世界比我更加混乱，它燃起的大火曾在吴郭市内烧了一天一夜。

一九六八年三月一日晚上，两个鸦片贩子出现在吴郭的街道上。一个是吴郭城里人，穿一身旧军装，一个是东北山里人，穿了灰黑色的破棉袄，都长得端正，眼神里透出焦虑和期待。从一月一日起到现在，全市实行军事管制，下午五点过后，路上就没有闲人。吴郭城照例开了满满一城的玉兰花，夜里灼灼地亮，仿佛要照见人影。现在是晚上七点，街上空空，两人走在墙根的阴影里，躲躲闪闪。路灯又高又暗，五十米竖一盏，夜阑人静时，诡异如暗号，无人理睬，夜夜寂寞。

路上散落一地的传单，墙上也贴满报纸。

旧军装说："我们靠左边走，昨天报纸上说，每个人向前走的时候，都不许走在路的右边，只准走左边。走右边就是右派，走左边的才是革命左派。"

破棉袄没说话。

旧军装说："老实讲，鸦片不是好东西，唱滑稽戏的老祖宗王无能就是吃鸦片吃死的。这人是个奇才，前无古人，今无来者，可惜了……说来我家里和他还沾着一点点亲。"

破棉袄"嗯"了一声。

旧军装显出一副见多识广的样子说："瞎子阿炳也吃过鸦片，吃喝嫖赌，痛快适意。这人也是一个奇才，可惜日子过得潦草，死得早。"

破棉袄没吭声，只把头低了一低。

旧军装问："你什么时候开始种这东西的？"

破棉袄四下张望，装作没听见的样子。旧军装又重复问了，他这才咬着牙关挤出一句：“早就种了。祖上在(伪)满洲国时种了三十五亩地，日本人不管的，他们恨不得你多种……”

旧军装摸了摸自己的脸颊，自哀自怜：“我也算是东林党人的后代，祖上又有钱又有骨气。祖上的墓就在城西南水城门外，供人瞻仰。你看我现在就沦落成这样，给你这个不着调的乡下人找鸦片的下家。不过我也想开了，趁乱搞点钱，安定的日子没空子钻。”

破棉袄抬起头狠狠地剜他一眼，说了一句：“谁的后代都得吃饭。”

两人走到一座砖雕门楼跟前，这门楼气派不凡，顶上是一座单檐飞角半亭，黛色小瓦覆盖，重重雕花，夜里黑漆漆的只看得见那些或镂空或起翘的神秘轮廓。旧军装叩响了门，由轻到重，半天不见人来应门。门楼两边的墙上，一边一块镂空大砖雕，旧军装从镂空的砖雕里看进去，摇摇头说：“我们等等吧。”两人便靠着砖门一人点了一支香烟吸着。粉墙上还残留着“大跃进”时代的壁画，左边一幅是题为“亩产一千斤”的画，右边的壁画是一幅“向共产主义迈进”。夜里有点冷，旧军装皱眉咧嘴说：“你怎么不怕冷？你这破棉袄到处是洞啊，可怜。”破棉袄说：“我祖上也曾有钱，吃得好，一代一代传下来，身体也就好。”旧军装说：“你也配炫耀？告诉你，到了我们古老的吴郭市，你才知道什么叫享福。就说这家人吧，他们家坐北朝南，三路并列，占地有三千多平方米。他家的大厅，面阔三间，有十多米的进深。厅前的三层踏跺是金山石。瓦当、滴水、铺地、条石、门楼全有雕花。花厅里都是雕花落地长窗，花厅外的广玉兰树，胸径足足有一米多。厅前做的是船篷轩，我小时候进去，一看见这些船篷轩就眼红，人家那做得好……听说他家有人是辛亥革命的有功之人，周恩来总理发了话，才没赶走他们，让他们一直享受这种生活，也让他们留用了几个用人。看门人年纪大了，胆小，夜里听到门声不敢开的，要进去禀报主人的。家里大，看门人一来一回，起码要二十几分钟。”他拍拍墙上的镂空砖雕：“这寿字大砖雕不简单，专门用蓝湖底的老泥，和上糯米汤、生石灰，才做得出来的。哪像你们的房子，泥坯一打就行了。”

破棉袄听他这一说，把头一缩不吭声了。

旧军装说：“你很好，虚心了。你既然虚心，我就再给你讲个故事。”

破棉袄简单地说：“小心警民治安联防队巡逻过来，没处躲。”

“怕什么？我们身上又没带着货。”旧军装清了清嗓子，拍拍身边的门楼说道，“我先给你说说这雕砖门楼，这是道光年间的东西。造得起这种门楼的人家，都是人上人。你再看看那边的花窗，我们城里的花窗样式有上千种呢。这家人家，听说花窗也有上百种花式。”

破棉袄不乐意地哼了一声，看来他对城中奢华不感兴趣。

旧军装说：“这座老宅的后面，还有一座尼姑庵，叫什么我记不起了。话说有一位老爷叫金贵申，是南濠的大富人家，他的老婆叫金大娘娘。金贵申到这尼姑庵里来玩，一见了小尼姑志贞，就抛下金大娘娘和家业，住到庵里不回去了，最后生病死在庵里。志贞在庵里生下个遗腹子，遗腹子不能留在寺院里，转手了几家人家，最后被一个姓徐的做官人家收养，起名叫徐元宰。徐元宰后来被嘉靖皇帝钦点了新科状元，做官一直做到太子太师。好就好在他是极有良心的，把自己的养父养母侍候好了，又到庵里去认尼姑妈妈志贞……这是真的事情，好听吧？”

破棉袄勉强挤出两个字：“好听。”

旧军装开口轻唱：“今天我若是把儿认，一场大祸就降临，一生名誉败干净，一道禁令封庵门，一顿乱棍将我赶，一城百姓都议论……”

门忽然开了，闪出半边老妇人的脸，先念了一句语录：“‘要斗私批修！’你停嘴吧。”

旧军装说：“‘千万不要忘记阶级斗争。’我唱‘庵堂认母’。”

老妇人对旧军装说：“‘祖国山河一片红。’你还唱呢？我家老太爷老太太都死了——是被吓死的。一个先死，一个后死。眼睛都睁着，嘴也合不拢。真正是，运来推不开，额角碰到天花板，触起霉头一起来。这个也来，那个也来，来来往往，好东西全没了，砸的砸，偷的偷。连老太太用的雕花马桶也不见了，杉木的呀，不值钱的呀。隔壁李阿姨一看盖子上雕花，就说是好东西……就没了。老太太只好用我们的马桶方便，哎呀呀……一边用一边哭，一边用一边哭啊。老太太一辈子讲究吃喝，就是鸦片，也一直吃到现在，没想到要用我们的马桶。可怜的老太太，一双小脚裹得小得可怜，跟猪蹄子差不多大，路都走不了，我担心她怎么过得了奈河桥。”

旧军装说：“怎么就死了呢？”

老妇人说：“‘不忘阶级苦，牢记血泪仇。’——我本来想，只要人活着就好，没想到今晚上吃好晚饭，屋后响起一阵枪声，以为又有人来了，这一吓，到底还是被吓死了。你以后不要送东西来了。我们明天把他们烧化了送到乡下老家。现在不让装棺材了，老太爷老太太活到九十多岁，一辈子的心愿就是死了装在棺材里埋到乡下的地里。这桩心愿完不成了，明天抬到火葬场还不知有没有人烧呢。没人烧怎么办呢？我们也都要走了。树倒猢狲散，这句话真正是不错的。”

旧军装说：“你说这些有什么意思？简直就是废话一堆。”

老妇人说：“‘北京有个金太阳。’你欺负老年人，我也没啥好说的了，你们走吧。这些天，‘116’兵团的小将们天天都到门口跳‘忠字舞’，天没亮就来，哎呀呀……”脸一闪，门关上了，旋即门又开了一条缝，老妇在缝里透出话说：“‘翻身不忘共产党。’今晚为啥有枪声？有啥事要发生？”

旧军装说："不知道。"

旧军装转脸去看破棉袄，对他说："你赶快回你山里去吧，以后也不要再去种罂粟，这家人家是吴郭城里最后吃鸦片的人，我想今后再没人吃这个东西了。"他想了一想，补充一句："也没人敢轧姘头了。谁轧姘头，挂牌游街、双手反剪批斗、坐牢。志贞要是活在今天，不是斗死，也是吓死。"

破棉袄低了头不说话。旧军装安慰他："没生意做也好，至少我们不犯法了。要不我明天陪你到解放路去看看，那里有个徐家大祠堂。志贞和金贵申的私生子后来做了大官，到自己的亲生父母那里认祖归宗，又求了皇帝给自己的养父母赐封的一对石狮子和匾额，放在徐家大祠堂里。你去摸一摸那对石狮子，雕工一流，石质一流。摸一摸就会交好运哩。"

破棉袄说："不摸。"

旧军装说："你这样我心里会难过的。要不你住我家里去，明早上我请你吃头汤面……你真要走？那就走吧，我也拦不住你。你回去种点果树什么的，养点鸡鸭什么的。"

破棉袄头也不回地爆出一个字："屁！"自己恼了片刻，说："种的果树都被生产队干部砍光了，这叫割资本主义的尾巴。养了一头猪，杀猪卖猪都要干部批准。我家里偷偷地养了一群鸭子，让小儿子东躲西藏地在外面的河里放养，没想到小儿子在一条陌生的河里淹死了。罂粟这东西贱，好种，种在野山里面，只要不被人发现，十月份种下，来年春上就可以收了。你们这些城里人，不懂乡下人的艰难。”

在他身后，旧军装放慢了脚步，自言自语说：“城里人现在过的日子也是半饥半饱，一张户口本只能领三斤鸡蛋。国庆节和过年，才能吃到肉。不过，再怎么说，我们也是城里人，你们那里有什么？要么一男一女钻野草地，我们这里，养个私生子都能考上状元。好吧，再会。千万不要忘记阶级斗争。”

破棉袄听到旧军装后面的话了，终于发作起来：“两年前你们城里还挺好，你看看你们现在成什么样？到处都是倒掉的庙和牌坊，还有那么多的塔也毁了。你们还有什么？你看着好了，城里迟早也要长满野草的，你们就等着钻野草地吧。”

后来的事实证明，破棉袄这个操心是多余的，吴郭城里并没有野草遍地。

以上场景，出自话剧《风流图卷》，是张风毅执笔和导演的。张风毅告诉过我，“风流”二字的出处，来自两首词，一首是苏东坡的《念奴娇·赤壁怀古》：大江东去，浪淘尽，千古风流人物。另外一首是毛泽东的《沁园春·雪》：数风流人物，还看今朝。我更喜欢后一句。

话剧里的故事发生在一九六八年三月一日，那一天深夜，吴郭发生了两大派系的械斗。他写了他亲身经历的事，写了城市的破坏者和保护者，写了善良的和冷酷的人，写了他自己的反思，也写了群众后来的觉醒。这出话剧公演于一九七八年三月一日，大获成功。从我十年前被污辱开始，他就开始写小说和剧本。他写作、工作，看上去事不关己，却总能知道这个城市的许多秘密。

但现在是一九六八年三月一日，离话剧的公演还有整整十年。我们在这艰辛的十年里，一路走来，还有数不清的障碍要越过。我一如既往，要寻找到我的开始。从五八年我蒙受厄运开始到现在，十年了，我还是没能找到人生的开始。何谓“开始”？“开始”是现在的安心和未来的愉悦，我还在叛逆，远没有安心和愉悦。想起未来，我的心里涌出阵阵恐惧，连柳爷爷那样的人生都落入如此结局，我越来越怀疑人生是否有开始，我们是否一出生就落入了一个既定的局，没有开始，只有结束。如果这样，人的伟大体现在何处？如果人类如此渺小，要怎样才能接受心高命薄的命运？

我们回到吴郭城里吧。话剧《风流图卷》一开始，就有这么一段话描写吴郭城里的古老巷子：

你看，巷子都是古老的，几百年、上千年，世世代代居住着安分守己的人。大部分的巷口都立着牌坊，有些巷子里还有塔。巷子里有穷人，也有富人，有平民，也有高官，但都是平和安详的，富不骄奢，穷不失志。因为有这些牌坊和高塔在，富人便谦虚了，穷人也就不忐忑。一座塔，一座牌坊，它的顶层和基座，代表着人不能企及的高度和无法承受的重量，让人守其所安。所以大家走出巷子的时候，你看不到贫富贵贱之间明显的印迹。

“111”军医院东边，有一条巷子叫怜花巷，怜花巷住着一些有本事的人。譬如那位砖雕大师，他用十块方砖拼接出一朵大牡丹，看不出接缝在哪里。他的一个弟子说，师傅用大方砖拼出过一个裸体西洋女人，倒是有缝的。这就是本事，该有就有，该没有就没有。砖雕大师隔壁住着一个核雕师傅，这师傅是个瞎子，擅刻《红楼梦》里的金陵十二钗。人家问他怎么瞎子也有如此本领，他就说，这是鬼教他的。一位做砚台的女子，从来不出大门，求砚的文人、高官和商人踏破门槛。人家说她是砚田名家顾二娘的传人，她不露齿地淡淡一笑，既不否认也不承认。她的隔壁住着一位藏书家，家中三万多册书，明版、清版的书多得没地方放，睡觉时嫌枕头低，放在枕头底下做垫子。就是宋版的，也有一大箱，传说他还藏有曹雪芹的八篇诗稿。巷子里的训诂大师，每回他去上海的大学讲学，都是轿车来回接送。孩子们很少看见轿车，每次看见车子，全都拥过去，围得水泄不通地看新鲜。还有一位修古籍的，一位做檀香扇的，一位蟋蟀大玩家。一位自称无国籍侨民者，会赤脚从火上走过而不受伤。一位前妓女，是书寓小姐，现今有两个男人和她一起住，住了若干年了，也不知和她是什么关系。两个都是西装笔挺，气宇轩昂，一个为她买菜烧饭，一个为她递烟打扇。这种生活，她过了二十几年了。

但大家公认的最有本事的一位，是个裁缝，姓范，自称是范仲淹的后代，他爹是“荣昌”缝纫机修理店的老板，前店后坊，也装配，也代销。代销上海缝纫机厂的“无敌”和“鸳鸯”牌缝纫机。三个儿子，只有这个喜欢做手工，大家都说他没出息。这裁缝不做别的，只做女人的胸罩，而且只用“鸳鸯”牌缝纫机。他有他的说法，他说胸罩是西方传来的文明之物，他就是一个文明的使者。他最风光的年代是四十年代在上海滩的日子，几乎上海滩所有的电影、戏剧女明星，红极一时的舞女，贵妇，新潮女学生，“青洪帮”头子们的年轻家属，都到他这里定做胸罩。他做胸罩不用量身，前后左右看一看，再轻轻摸一下肩胛骨，就行了。他的老婆原先在胡徐巷口三十二号做纽扣，嫁给他以后，不去做纽扣了，给他打下手，在他做好的胸罩里绣上一只小手，这只小手长得和范裁缝的手一模一样，小拇指有点朝外弯，只是小了若干倍。他老婆也是个有趣的人，每当绣小手，总是笑了又笑，止不住，说：“你们范家老祖宗的台，都被你坍光了。”范裁缝说：“人和人是不一样的，老祖宗范仲淹喜欢风云人生，我呢，喜欢门窗里的日子。只要过得好，都一样的。”范裁缝家里有个大院子，他不做胸罩的时候，就会四下走动视察，一只手在酸疼的后背上轻轻捶，院子里的书带草、蛇莓、鸭跖草、香草、芥菜、土参、野葱、野蒜……不管是野生的还是家生的，一棵一棵都被他看个遍。他心情好时，嘴里唱着周璇的歌：好花不常开……他一唱，左右隔壁人家的大孩子小孩子一起跟着唱起来。在许多年里，他唱歌，孩子们和歌，是怜花巷的可爱节目。他如此得人心，所以怜花巷里的居民都说他才是这里最有本事的人。

话剧里并没有写后来的事，后来范裁缝参加了“保派”，就是保全吴郭市革命委员会的意思，简称“保派”，又称“保皇派”。某一天，有人发现他死在了河里，不知是自杀还是他杀。他的老婆是个明白人，不敢大声哭泣，垂着泪，叫了自家弟兄，悄悄地抬到城外乱坟岗里埋了。他可爱的小手藏在冰冷的土里，永远不可能再出现在女人的布胸罩里。他是吴郭第一个死亡的手艺人，他的死仿佛拉开了一个大幕，从一九六六年到一九六七年，昔日安静的吴郭城内变得无比喧闹，锣鼓声时不时地响起，庆祝“停课闹革命”，庆祝“批判修正主义教育路线”，庆祝上海人民公社成立，庆祝“打倒一切”，庆祝“毛泽东思想吴郭市革命委员会成立”，庆祝各个区的革命委员会成立……再后来连砸烂某中学的一块劝学匾、怜花巷改成反修巷、剪烂某演员的高跟鞋也要敲锣打鼓庆祝一番了。

一九六八年三月一日的深夜，吴郭城多处火光冲天，温良的吴郭人拿起了刀枪，互相争斗，为了捍卫自己一方的思想。我没有加入什么派别，属于“逍遥派”，我不知道这些人的思想谁对谁错，我自己的思想还没理清楚。

不管什么样的夜，总有人睡不成觉的，譬如旧军装和破棉袄，譬如王来恩。王来恩在常宝住过的房子里娶了一位妻子，从此他散发油条味的枕头上多了一个人。妻子是位大龄姑娘，中学数学课老师，精瘦刻薄，肿胀的细眼睛，大鼻子上架了一副眼镜，大大的嘴唇惨淡无血色。对于王来恩，她打心眼里看不起，一来二去，王来恩就得了不应之症。两人刚仰天躺下，老婆就把王来恩拖到她的大裤衩上，王来恩图省事，也不脱掉她的大短裤，只把她短裤的裤脚撩起来，与往常一样，刚动几下，就没了动静。老婆气呼呼地把他掀下身去，并踢了他一脚。王来恩赶紧闭上眼就睡着了。突然他醒了过来，说："好像听到一声枪响。"老婆被王来恩胡混了几下，满心不足和懊恼，靠在床架子上还没睡，听见他这么说，拍着床刻薄地骂道："你也怕吵？莫非进化了？"

偏偏边上住着一对老夫妇，两个人都是中医名家，精于养身之道，阴阳之道也是常常研习，真是老当益壮。墙体不隔音，每当夜里从隔壁传来老夫妇演习阴阳之道的声音，王来恩和他的老婆总是听得干瞪眼。王来恩偏过耳朵，没有再听到枪声，却听见了隔壁又一次传出欢快之声。当然王来恩老婆也听到了，她忍不住了，阴阳怪气地说道："平时只看见他们买点青菜吃吃，不知道为什么有这么大的力气？有些人吃油条，吃了多少年下来，那东西还不如刚炸的油条有力气，倒好像出锅的油条，被西北风一吹就冷了，就软了。"王来恩起身拿了拖把，对着声音传来的地方一顿猛捣。也许是没听见吧，或者听见了不予理睬，那边继续欢快有力地响。这两种情况都是王来恩不能容忍的。王来恩只穿了裤衩就窜到隔壁去敲门。门开了，开门的老头一愣，王来恩便说："你想找死吗?"那老头倒也沉得住气，不卑不亢地说："活得好好的，我为啥要找死?"王来恩说："你家好像夜里在砸地板嘛，声音很响的。"老头脸上红了一下，他也没想到这墙这样不隔音，没多思量，就犟了一句："我在家里干什么，别人是管不着的。"就是这句话把他和老妻子推上了绝路。王来恩这时已经是副院长了，他那只眼睛也能视物了，不再贴着膏药，他简捷地说："你们明天去'对敌斗争学习班'报到。"老中医愣住，脸上悲戚，却不服软，笑着对王来恩说："不就是要我死吗？我六十岁了，活得够本了。不怕死。"当着王来恩的面，他不客气地把门碰上。老太太坐在床上，向他竖起大拇指，笑着夸奖他说得好，她佩服他，就是到了阴曹地府也要拉着他的手。

王来恩回到家里，老婆对他使了一个眼色，他就拿出一串鞭炮和七八个炮仗，在大院里一通乱放，深更半夜的，周围人家居然没有一个提抗议。老中医夫妇两个人听了，当下就决定自己了结生命，服了安眠药，一起走到常宝跳河的地方，干净利落地跳河赴了死。

王来恩的鞭炮声在夜里传远了，还吵醒了小宝的爸妈，这对活宝一直过得开开心心。又穷又开心，本地话叫"穷开心"，他们也没有再生育。听到王来恩的鞭炮声，两人打开窗户朝外看热闹。鞭炮声响过后，外面一片冷清，只有满街白玉兰花开着，这女人就来了兴，趴在窗户上唱昆曲：与你把领扣松，衣带宽，袖梢儿揾着牙儿苫也，则待你忍耐温存一晌眠……

小宝的爸高高兴兴地贴过来，和着她的音调，搂着她的腰温存地亲热。正做得有趣，城里忽然到处响起来，这女人迟钝地喃喃：“呀，又放炮仗了。”话音刚完，一粒流弹飞过来，正中她的前额，她尖叫一声就死了。于是这对“穷开心”的夫妻就只剩下一个了。她死了真是万分可惜的，她的肉体显得那么真实而柔软。她是轻松快乐的，没人时，嘴里轻声哼着情歌，脸上笑意融融。

再说王来恩，放完了鞭炮回到屋里，干坐在桌子边，看见老婆目光灼灼，闪烁不定，不敢马上回被窝睡。正坐着与婆娘对峙，听见不远处响起枪声，他起初也以为是炮仗声，想：谁放得比我还响？再偏着头仔细一听，恍然大悟，“打了，打了，终于打了。”他哈哈大笑。老婆也支着耳朵听，手放在脸边说道：“真是枪声，好像在章太炎故居那里响呢……远一些了，在赛金花和洪状元的故居那边响……”王来恩上了床，腿搁在老婆的大腿上，靠着床架子听枪声。他老婆踢了他一脚说：“你还不去医院？你们领导肯定都去了，要整装待命的。”王来恩说：“等会儿有人来叫我，你就说我病了。他要问什么病，要不要叫人看，你一概不要回答。地方群众之间的矛盾，你站在哪边都不合适，谁想死就死吧。以前那个常宝不是老想死吗？想死就死吧。”又对他老婆说：“我给你讲个故事。我小时候的事，是真的。那年我还不会走路，我妈抱着我去串门。到了一家富户，那富户老婆就来逗我，拿个玉米棒子给我，我就一手接了。富户老婆再给我一个，我又一手接了。富户老婆笑笑，再递给我两个玉米棒子，我张开胳膊，让她一边一个，放在我胳肢窝里。这老婆不死心，又给我拿来一个，我就一口含住了。她大惊小怪地说，这孩子是个奇人啊，以后光宗耀祖。我妈就说，这算什么，你再给他一个，他还接得住。富户老婆真的又拿来一个玉米棒子，你猜，我放哪里了？”王来恩老婆兴致勃勃地闪着眼神问：“放哪里了？”王来恩说：“我夹在裤裆里。我聪明不？”王来恩老婆说：“生活又不是玉米棒子。”王来恩说：“差不多的。你以后看。”

果然军医院来人请王来恩过去，王来恩的老婆没开灯，没开门，几句话把来人打发走了。王来恩兴奋得一宿没睡，外面的枪声此起彼伏，过零点，多处大火烧了起来。

这天夜里，我在军医院的内科门诊值夜班，枪声响起来时，我接到张风毅的一个电话，他对我说了两句话：“第一，你待在医院里，千万不要到外面来；第二，你问问老杜，什么时候部队才能派人来调停？”没等我说话，电话就断了。

我火速冲到院长室，老杜已经在了，一脸的焦虑。我对他说：“我愿意带队去现场救人。”老杜对我说：“情况复杂，不是当英雄的时候，你就不要来添乱了。上级没有指示，我们不能轻举妄动。”

我没有听他的，跑了几个科室，打听谁愿意出去救人，居然召集到了三位医生和五位护士。我们带上急救药品，匆匆忙忙地出发了。我才不管什么复杂不复杂，我只管做我应做的事。

我们朝着冒出冲天黑烟的地方跑，子弹时不时地从我们头顶上呼啸而过，打断的树枝掉到我们的头上。一位医生对我说："孔医生，你带我们出来，我们都是跟着你的，没多大的关系，最多写个检查什么的。你就不同了，恐怕会有处分给你。"

我说："要有处分，也是以后的事了。今天我们要救人——当然还要保证自己的安全。"

二

张风毅是“保派”。张柔和跟着别人一会儿当“保派”，一会儿当“赶派”，现在暂时是“赶派”。反正她也不当真，别人要她上街撒传单，她就去撒传单，要她去跳“忠字舞”，她就去跳“忠字舞”。参加游行，贴标语，叫她去她就去，但领导叫她去“揪斗”人，她就拒绝，说自己贫血，头晕眼花脚底飘，需要回家休息。她对思想上的斗争完全不感兴趣，她感兴趣的还是我父亲，她整三十岁了，还没出嫁。

凌晨三点钟，我们一行来到了忠王府一带，一路上，陆续有地方医院的人冒着危险在现场救死扶伤。我在忠王府里看见了我妈妈，她们妇联的人联合了居委会的干部们，也在组织力量抢救伤员。她一头长发早就剪成了短发，脸上汗渍粘着额发。

我们互看了一眼，没有说话。但是当我转头继续赶路时，情不自禁地回头去看了她，我希望她当心流弹，恰好她也回过头来看我，我们互相点了一下头。这一刹那，我意识到我们两个人都是战士，如果在战场上，我们就是心心相印、生死相依的战友。多少年来，我的心上压着对她沉重的成见，即使她有收养燕兵的善举，也没能打消我对她的敌意。这一刻，我完全卸下了心理包袱。我踏着一地的瓦砾，含着泪，扪心自问，也恍然大悟。我得放下许多包袱才能找到开始啊。得到容易，放下何其难？

忠王府这一带也有几处着火的地方，两派人马刚才在这里巷战，现在都朝南边打去了。我趁空去敲了张家姐弟的门，张柔和在家，一问，张风毅前几天就不在家里了。这时候温德好也跑来找张柔和。他本来觉得吴郭人很有趣，他去当了“保派”，后来又悄悄地参加了“赶派”，一打起来，他就觉得无趣了，在家里担心张柔和的安全，撑着一把伞跑过来，伞上打了两个洞。

张柔和说：“哎，伞又不能挡子弹，万一你有个三长两短，让我心里怎么过意得去？”

温德好说：“一家人不说两家话，伞就放你这边，你给我补补，我以后再来拿。”

张柔和问我：“今天菜场不会开门了吧？”

我对她说：“你听广播吧。”

张柔和说：“唉，本来大家闹着玩的，没想到闹得变脸了。”

广播一直哑口无言，到晚上，才有省军区的领导在广播里呼吁两派要理智地对待思想上的分歧，马上停止互相伤害，把刀和枪都放到指定的地点。他们将彻查枪支的来源，一旦查出是谁武装了两个派别，要严惩不贷。他没说菜场的事，我想，他实在应该提起菜场，只有共同需要的生活才能消弭吴郭人的思想分歧。

我救护的最后一站是在城西的运河边，那里有一大片河滩开阔地带，一个大码头，一个菜场，两座坚固的石桥。菜场里买卖鱼虾、肉类、蔬菜、茶叶、面条、农用工具、时令鲜花……吴郭本就风调雨顺，一九六二年过后，市场上的物品慢慢地又多了起来。昨晚上这一场打，这菜场不知什么时候才能恢复到原样。

菜场和桥，是两派争抢得最厉害的地方。菜场里打得千疮百孔，河滩上，硝烟未散，沙砾上的血迹也没有干，一轮通红的夕阳悬挂在西边的天空，满天艳丽的彩霞。我的身上沾满了血迹，战事已了，我漫无目的地在河滩上走。我想，在追求真理的过程中，如果某些思想像失控的原子弹一样引发爆炸，消灭人的肉体，那么这种思想一定是错误的。好的思想，让人们消除仇恨，彼此宽容，彼此爱护。

桥下面喧闹起来，几个人从桥下一丛树里揪出一个人，推推搡搡地拉到河滩上。这个人脸上白净，有些浮肿，上身穿着一件军装，整整齐齐，下身却穿一条又脏又破的短裤，脖子里戴着一条红领巾，手里死死攥着一杆裂缝的红缨枪，飘拂的红缨打成了一个一个小辫子。他躺在地上哀号，突然看见了我，上来一把抱住了我的大腿，叫道：“我不是坏人，你证明一下。”大家都看着我。我仔细瞧，还是看不出这是谁。他站起来，歪着头对我说：“你是我女朋友。”他把红缨枪拿到我面前说：“看，这是你的小辫子。”他给我鞠了一个躬，又给大家鞠了一个躬，说：“散了吧，大家都是自己人。她是我女朋友，不信的话，你们可以给我俩验个血。一验血，你们就知道了，我们是谈恋爱的男女朋友。明天我发喜糖啊。”

我突然记起来了，他是赵大伟。仇人相见，分外眼红，我上前一把揪住他的领口，扯下他的红领巾，对大家说：“这个人不是我的朋友，他是我的仇人。十年前有一所中学发生过一件事，你们应该都知道，我是“111”军医院的孔燕妮，他就是赵大伟。”

人群中发出一声惊叹。有人说：“被污的仙女啊！”又有人从我身后递给我一把小手枪，我拿着小手枪，激动得手都抖了起来。一个略带苍老的男声在我身后轻轻说道：“还不动手……趁乱吧，以后就没机会了。”

人群忽然就散开了，远远地避走，只剩我和赵大伟两个人。我拉着他去了桥下，桥上的石基里，朝下倒长了一棵野杨梅树，他刚才就藏身在树枝底下。我把他按在树底下，试着朝他的大腿开了一枪。他狂叫起来，忽然指着河水吟出苏东坡的词：“大江东去，浪淘尽，千古风流人物。”我不明白他为什么会吟出这个句子，也许他一直以为他自己是风流人物吧？我十分确定，今天打死他，不能换来我的重生。我不假思索地朝河里扔掉手枪，跑上岸，一位女孩跑来问我：“孔燕妮，你的枪呢？”我说：“扔在河里了。”这女孩似笑非笑地瞟我一眼，说：“扔掉手枪，也扔不掉你的过去。”她说得对，我想扔掉所有的，可惜只扔掉了一把枪。

大江东去，浪淘尽，千古风流人物。赵大伟还在翻来覆去地大声念。

我离开河滩，跑进菜场，这里听不到赵大伟的声音。有人去抬赵大伟，他哇哇地喊着疼。回想我打他的一枪，手不抖心不慌，不是我一念回转，我就是杀人犯，且无所恐惧。可见思想的重要性，一切行为都听从思想，不同的思想有不同的结果。菜场里断壁残垣，一股刺鼻的焦味，我拍灭了两处着火的地方，东看西看的时候，我看到一只烂筐子下面露出土豆，翻开筐子，找到了五只土豆。

我用衣服兜着土豆，准备给张柔和送去。后背被人拍了一下，回头看去，是军医院办公室一位姓钱的女同志，十年前，两位女精神病人大闹电影场时，就是她来我家给我爸爸报信的。她现在是王来恩的心腹了，她总在寻找主子，用她的话说，谁的“花露水”足，她就跟谁跑。这次她跟对了人，王来恩把她提了办公室副主任，也没多大的事，平时就给王来恩打打小报告。

她笑着对我说："孔燕妮，你好大的胆，敢违抗领导命令，带人到处乱跑。你这下要倒大霉了。我代表组织上宣布对你的处分……"我打断她的话："不用说了，你回去复命。我孔燕妮服从组织上任何处分。"她看起来意犹未尽，脸上现出恼怒。我对她说："你想高兴的话，还是回去高兴吧。现在还不安全，只怕中了冷枪，死得不值。"她吃了一惊，赶忙跑了。

我捡了一杆枪背在身上，双手托住兜里的土豆，往忠王府后面去。我又看见我妈妈了，看见她，我心里涌出一股酸楚，眼中泛出泪花，想起小时候犯了错误，最想做的事就是抱住她的大腿，请求她原谅。有一刹那，我想冲上去倒在她的脚下，乞求她的安慰和怜悯。但我怎么能够这样？我是一位战士，我与她肩并肩地担负着某种责任。

到了张家进去一看，温德好也在，他说他没有回去，在这里等着张柔和把伞补好。我对他们说："我见到赵大伟了。"张柔和一听就满脸紧张，说："你想哭就到我怀里来哭一哭。"我说："不想。"

这时我父亲一头撞进屋里来了，他也参与了救护，放心不下张柔和，才来看一看的。情形一时尴尬起来。张柔和大声对我说："你带了什么好东西给我？"我连忙说："土豆土豆。"土豆滚到地上，张柔和大惊小怪地说："哎哟，你这个人，这么大了还不知道土豆出了芽是不能再吃的。都怪燕兵，平时把洗洗烧烧的活一手包掉了。"我这才看到土豆都发青了，上面有芽根。

我父亲说："没事的，发青的地方削掉，用滚水多烫烫，炒的时候放点醋。"张柔和说："那好，粥烧好了，有咸菜，就差一道炒菜，你们都坐着说话，我去炒给你们吃。"我父亲不慌不忙地说："你们坐着吧，我炒土豆比你炒得好，我去炒。"温德好着急地站起来说："哪里要你下厨？你们都坐着，我去。"我父亲紧盯着温德好，温德好也不肯退让。张柔和见此情景便说："老温去炒菜。我陪两位孔医生说话。"温德好一听，高高兴兴地去了厨房，张家姐弟的父亲给他烧火、打下手。张家父亲是去年冬天减了刑回来的，他成天躺在藤椅上晒太阳，瘦得一把骨头，牙也掉光了，躺在椅子上，不像是一个人，倒像是一件衣服在晒太阳。

我父亲脸色不好看。

张柔和进她的房间，出来时，她的辫子绾到脑后盘了一个沉重的髻。这个变化暗示着什么，一望而知——她想嫁人了。我父亲扭过头去不看她。她上来给我父亲端了凳子，我父亲不肯坐。她又给我父亲端来了茶，我父亲也不肯喝。她看了我父亲一眼说："唉，满脸的灰。"遂去绞了一把热水毛巾，给我父亲擦了脸，一边擦脸一边说："难道你比我还想不开？"

我拿起我父亲擦过的毛巾，把我蒙了一层灰土的脸擦了一遍，走出门，不去理会这些为情所困的人们。我要去找老杜，了解对我的处分和安置。

老杜看见我说："风尘仆仆呀。"我笑着说："我还擦了一把脸哪。"他走上来紧紧握住我的手，把我按在他坐的凳子上，对我说："你不要埋怨我，我反对处分你，你这样的情况，批评教育为主。但是王来恩王副院长不答应，一定要你离开军医院回到地方。"我对他说："救死扶伤，救不了人的灵魂，也救不了我自己的灵魂。请求你给我开一个介绍信，介绍我到学校去教书。"老杜问我："你找到目标了？"我说："找到了，也是我一向的心愿。我想到乡里的农业中学去教书。花码头镇边上，有个白鹭村，那里有个农业中学，一直缺老师。"老杜说："那就这样说定了，过两天就给你开介绍信。虽说局势不明，但我们革命者并不惧怕，该干什么就得干什么。"

老杜破例把我送到门口，分别时对我说："三天前，你的朋友张风毅来过我家，找杜克，跟杜克吵了一架，两个人差点打起来。"我问老杜："杜克在哪里？"老杜说："不知道。"

三

他们为什么吵呢?

杜克的父亲杜政委是掌权者，他的儿女应当参加“保派”才对，杜鹃和她的丈夫都是“保派”，杜克却参加了“赶派”组织“红旗八一军团”，当了军团的副司令。这个组织由清一色的复员军人组成，他们要赶跑吴郭的当权者。我们后来才知道这个组织直接受控于北京的那个“3 号”，战斗力和纪律性很强。

既然老杜都不知道杜克在哪里，那我只好试着去找杜鹃。

在军医院家属大院门口，我看到杜鹃和她的丈夫远远走来，两个人都背着枪，还牵着手，看到我，他们把手放开了，杜鹃笑着把她丈夫推到我的面前说：“快谢谢我们的媒人。”她丈夫果真一本正经地对我说：“谢谢啊。谢谢我们的媒人。”

我禁不住笑起来。杜鹃的丈夫盯着我看。我问他们："你俩这是干什么呀?"

杜鹃凑上脸来，坦率地说："我们要来一个战地浪漫曲，回家搂着睡一觉，好久没亲热了。反正我们要输了，也不少两个人的力量。唉，想想成天耗在外面，争来斗去，都说自己是对的，还要把命搭进去，多不值得?杜克的指挥部设在吴郭大学里，你为什么不去看他?他还没结婚，你是有机会的呀。"她看了我一眼，她看我的眼神非常像杜克，居高临下。她又说："你傻呀，人生一世，很短的，只有个人的幸福才是实实在在的，要抓住幸福不放。"

想起杜克，就回到五八年大炼钢铁那会儿，那种红扑扑的场景像在昨天。十年来，我没有再去找过他，他也从来没有找过我。我想，我们都在找自己吧，我找我的重生，他找他的理想社会。

我一路安全地来到吴郭大学。在这里，一片明亮的灯光下，我看到了曾经心爱的人。看到他，我就想起我爸爸临的柳公权的书法，劲媚森然。是的，就是这个样子，刚武里带着妩媚，英姿勃勃，黑发飘飘。他脖子和前胸的纽扣没扣，露出挂在里面的一片弹片，那是从他父亲老杜身上取出来的弹片。他腰间扣着宽阔的皮带，皮带上缀着一把小手枪，身边围着两位美丽的女战士。他再也不是那个用小手枪射鸟给小爱人的男人了，他的枪是用来射人的，"孔雀羽毛"变成了毒箭头。看到我走进指挥部，他眼波一闪，说："嗬，贵客啊，什么风把你吹来了？"两位女战士都瞪我一眼，其中一个站起身走了，嘴巴还嘀咕一声："我认得你，你就是那个什么彩虹仙女，封建迷信的玩意儿……"

杜克笑着对我说："你不要去理她们，你干不过她们的，你和她们不一样。"

这话刚说完，另一位女战士也站起来走了，并且骂了我一句："臭婊子！"我以为我听错了，马上反应过来，回了她一句："为啥骂人？就凭你的脸比屁股大？我也不是好惹的，你敢动刀动枪，我也能使刀使枪。不信我俩比试一下。"我骂得无比凌厉，她没吭声，她到底只是一个小人物，脸蛋肯定没有屁股那样大。

杜克说："你和小时候一样会骂人。好吧，我本来要带她们去见一位伟大人物的，她们走了才好呢，这下子我带你去见吧。"

我不想和他去见什么伟大人物，我问他："你见过张风毅吧？我是来找他的。"

杜克说："你不要着急。你听我说，张风毅前几天我见过，他来问我，有什么办法让吴郭不要乱起来。你晓得的，我是不怕乱的，乱了才好。乱中取胜嘛。结果他差点和我打起来。后来他又问我，什么地方能找到枪，他要用枪保卫自己。"

我会心一笑。连张风毅都要拿枪保卫自己而不是保卫吴郭城，那么他是真的着急了。

杜克说："你笑什么？你笑起来真好看……我后来就跟他讲，我有一位朋友，就是以前我和你说起过的'3号'。他最近坐镇吴郭，他那里有枪支弹药。我把他住的饭店告诉了张风毅，他就去找了。我们现在要去见的就是'3号'，你去问问他吧。不过你得先进我的屋子，我有话要问你。"

我一进他的屋子，他就抱起我，把我扔到他的床上，然后用身体压住我，他的额头紧顶着我的额头。

我问他："你想脱我裤子？"

他目露凶光，嘴上却平静地说："对。"

我说："你算盘打得好，可是你忘了一件事了。"

他问："我忘了什么事？"

我捧起他的头，他有所期待地等着。我突然双手拎起他的耳朵朝后一拉，然后把他的脑袋端端正正地扶正，我的额头拼死地朝上一击，结结实实地打在他的额头上，把他打得滚下了地。

我忍着额头的疼痛，问他："痛吗？"

他说："不痛。"

我说："那我们就出发吧。"

他说："好吧。你真行！"

我们坐上他的吉普车走了，一路上，他一个劲地吹嘘他的枪法，说苏联红军的狙击手扎伊采夫用步枪在八百米开外能让敌人一枪毙命，他可以在七百米处这么干。我微笑着听。

他带着我去了一个著名大饭店，这个饭店门脸普通狭小，外面黑乎乎的，走进去一看，里面明亮、开阔又精致，布置成江南园林的模样。宽阔的道路两边，一树树的白玉兰花开着。各种名贵树木掩蔽处，藏着一座座别墅。其中一幢别墅的地底下，深藏着一座作战防空洞，十年前杜克曾与我提过的那个人——“3号”，就长期住在这座别墅里。

“3号”一个月前从北京到杭州，然后去了南京军区，一个星期前来到这里，后来传说吴郭的大规模械斗与他有关，流到市面上的枪支弹药也与他有关。我和杜克去找他时，他已走了，留下他的一队随从在这里嬉闹玩耍。他们每一次到吴郭，必定要挑选一些健康漂亮的民间女孩，陪他们玩耍。他们经常在室内温水池里游泳。游泳池是件时尚的玩意儿，四十年代从上海传入本城，除了市中心一个小小的公共游泳池，二十几年过去，吴郭再没有另外的泳池。一九六六年，它关闭了。

到了别墅一楼的会客厅，年轻的男服务员过来让我们换上泳装游泳，并且说客人们也都在游泳池里。我问他知不知道吴郭昨天发生了大事，他低下头来，眼睛里涌出泪水。我对他说：“请个假回去看看吧。”他低眉顺眼地退出去了。

杜克不愿意游泳，“3号”不在，他没有兴趣在这里待着。不过他说，他可以等我出来，顺便休息一下。我在房间里换上一套红色新泳装，来到室内泳池，偌大的游泳池，水面冒着热气，俊美的姑娘和小伙子在热气里调笑。城中所有的澡堂都关闭，我一个星期没有洗澡了，热水一泡，我身上的灰泥从皮肤上泡出来了。

泳池里忽然安静，一位脸上有疤的家伙趴在泳池边上，念一张纸条。边上一位姑娘说，这是“3 号”临走时写下来的，委托这位脸上有疤的手下念给大家听：

> 我们的导弹成功爆炸，我们的原子弹成功爆炸，我们的氢弹成功爆炸。我们的人造卫星上天，也是迟早的事，不远了。我们要深信中国革命是战无不胜的，中国的军队也是战无不胜的。你们看，在美国人的干涉下，中印边界闹得那么厉害，不是也平定了？伟大领袖毛主席畅游长江，“301”医院预测老人家能活到一百五十岁，毛主席身体健康长寿，就是中国革命的保障。我们就来祝毛主席万寿无疆！万岁万岁万万岁！

念纸条的家伙指着我说：“你没有举手。”

我费力地举起双手，对他说：“吴郭昨天晚上发生了动乱，你们应该都知道。我救人救了一天一夜，两只手实在举不动了。我进来就是想洗个澡。”

那些年轻姑娘全都停止游动，默默地看着我。

念纸条的家伙眼光落在了我的一双手上，他一定诧异我的手为什么会这么大，十年前我已经从杜克那里知道，男人都不喜欢我这样的大手。我没有畏缩，我把双手张开让他看个仔细。他领会了我的意图，可能觉得我在冒犯他，他便眯起眼睛，居高临下地笑了，说："你知道你是个什么样的人？"我笑着回答他："你说来听听。"他过来搂住我的肩膀，轻柔地在我肩上抚爱了一下，说："你血液里流淌着时髦的因素。以前，追求时髦的人物要么到上海滩，要么到延安。现在就到北京。你应该去北京……去北京，嫁一个好人家，看得到《参考消息》，听得到世界上前沿的消息，艺术和人生的，科技和政治的。这样，你就活得与众不同。"他瞟我一眼，看我没回答，顾自说道："好，好，好……"他一连说了几个好字，又问："知道切・格瓦拉吗？读过他的《在玻利维亚的日记》吗？"我没回答。我没有读过这本书，也没有听说过。"他是我的偶像。永远的游击队员切・格瓦拉。"他说的话并没有让我心潮起伏，我孤陋寡闻，但我并不是喜爱一切激动人心的事，我走的是我自己的路。他接着说："有机会的话，看看艾伦・金斯伯格的诗，听听约翰・列侬的歌，还有 Beatles 的歌。……世界很大，要了解的东西很多。譬如李小龙，毛主席喜欢看李小龙的电影。知道李小龙是谁？"看我一问三不知，他打算结束这类话题了。"会唱歌吧？"他问。他知道我不会回答，或者他不屑于等到我的回答，他说："台湾有个小女孩叫邓丽君，她唱的《采红菱》真好听。"听到"台湾"两个字，我边上一位女孩浑身一抖，发出一声尖叫，惊恐地看着他。这家伙得意地一笑，转过脸去，看着那位尖叫的女孩，倨傲地说：

“你来唱一个本地的情歌吧。你们的语言天生就是靡靡之音，唱情歌一定有味道。”尖叫的女孩狼狈地爬上岸，泳池里爆出一阵大笑，几位小伙子用英文对着她的背影唱道：

Love me do……

我听完他们的歌，对那些姑娘们说：“大家快回去吧。快回家看看吧。”说完我就慢慢爬上岸走了。姑娘们纷纷从泳池里爬出来。那个念纸条的家伙在我身后目瞪口呆，他说了那么多激动人心的事物，抵不过我家常的一句话。

在走廊里，我听到一个房间里传出喧闹声，就推开了这个房间。房间里正发出一声声的欢呼。五个穿白衬衫和军裤的男青年在地毯上跑来跑去，每人手里拉着一根绳子，绳子一头系着一只带滚轮的木盆，木盆里躺着一丝不挂的女郎，边上的沙发上还坐着四位女孩。他们不时地回过来给裸体女郎的嘴里塞上糖果，这女孩面带僵硬的微笑，戏耍她的人浑身散发出傲慢的气息，每时每刻都在削弱这些女孩的尊严，提醒这些良家女孩的卑微低下。他们拥有一切，像是来自天上的使者，却并不真爱人间。我回房间换了衣服走出饭店大门，杜克开了他的车跟上来了，问我发生了什么。我没说话，他就停下车和我一起在路上慢慢地走。

杜克问我：“你知道去什么地方找张风毅吗？吴郭的南边郊

区打起来了，他会不会在那里？”

我说：“我不去找他了。我过几天就得去花码头镇的白鹭农业中学报到。我私自带队去救人，犯了错，回地方工作。你消息灵通，你给我说说现在这个局势。”

杜克拉了我坐在一只石凳子上，随手捡了一根树枝，在泥土上画了一幅中国地图，说：“是啊，你主要是消息不灵通。今天我要对你说点你听不到的事。照我对中国现在局势的理解，未来的趋势就是形成几大军事割据。”他朝几块地方一个个地指：“山东军区……福建军区……新疆……广东、广西都有可能军事割据自行管理。我们这里，只要南京军区宣布独立，江浙沪也就脱离中央自治了。形势逼人，我们必须明白自己的责任和方向。空军的指挥权迟早是‘3 号’的，那么，‘3 号’和他的父亲在这种局势下会有什么样的举措？采取什么样的举措才是对他们最有利的？我该如何……”

我站起来一言不发。

杜克说：“你不用害怕。”

我冷笑一声说：“我不是害怕，我才明白，你有这么大的野心。”

杜克说：“都是想为人民谋福利嘛，分歧也是因为思想上的原因，思想上不一致，就得争权，有了权，才能实现自己的治国治民理想。”

我问他：“你认为你的思想是正确的？”

杜克愣了一下说："思想上的问题，我不去多考虑。一个人有正确的思想，却没有权力实现，也是空谈。我紧跟着'3 号'和他的父亲走，他们是中国未来的领袖，我认定他们是正确的。"

我说："你要问问老百姓，他们需要什么样的生活。"

杜克说："历史从来不是老百姓创造的，历史是少数几个人创造的。"

我说："你和饭店里的那帮人经常混在一起吗？这些人是来挑事的。"

他不回答我的问题，反而指责我说："你不懂生活。你平时看到的生活都是肤浅的。"

我说："我懂一件事——你要的是辉煌，我要的是平静。"

杜克说："人活一世，草长一秋。生命的可贵，不在长短，在于有多少热就发出多少热。"

我想起我爸爸教过我的一句话，就说："罪莫大于可欲，祸莫大于不知足，咎莫大于欲得。"

杜克对我的话很警觉，他不知道这是《老子》里的一句话，也不太懂这句话的意思，但他冷笑着对我说："你在攻击我吗？"他用脚把那张泥地图抹掉，说："我们俩的差距越来越大了，今后也不会有什么共同语言。我很痛心。我一直以为我俩的关系是与众不同的。"

我说："我们从来不是一类人。"

他朝我的脸颊上打了一下，不太痛。我还了他一记耳光，可能很痛。

他离开我，朝后面走去。一会儿，他吹着口哨，驾着吉普车从我身边呼啸而过。我继续朝前走，回到家里睡了几个小时，天亮了，我背起我的医药包又出门了。“保派”被“赶派”赶到了城南以外的地带，有说他们上了香炉山，也有说他们驾了船，驶进蓝湖了。城里的大火已经熄灭，但还有零星的“保派”滞留在城中。胜利的一方在城中清场。

十年后，一九七八年初冬，杜克预感中国在邓小平的带领下会走上他认为的“资本主义道路”，于是他搞到了一批武器，集结了一帮人，上了小荒山“打游击”去了。他原本以为老百姓会纷纷支援他，一呼百应，他不出半年就能横扫长江三角洲。没想到一个月不到，他就陷入了困境，连吃的东西都没有了，山下的老百姓拒绝给他提供食物。他最后是被活捉的。他枪决时，面带微笑，他对生没有留恋，他要的是辉煌。他生命的最后一刻，我在现场，我给他料理的后事。他效忠的“3 号”父子，用报纸上的话说，早就被“扫进了历史的垃圾堆”。八十年代初，清理“三种人”，他的战友们纷纷入狱。杜克手上沾着鲜血，如果他不死，也不会有好下场。他在北京、南京来往频繁，是个“政治采购员”，政治市场上的风向，他自以为心里有数。但人算不如天算，他没算到的是，他的下场来得如此之快。

今天的吴郭城满城灰土飘扬，街上陆续有居民出来购买食物。一街一街的白玉兰花，虽也遮了天空，但不见早起的蜜蜂在花上绕飞。往年这时候，本城的居民要开始“踏青”了。“踏青”的内容是看白玉兰花，一路看花闻香，大多数人会来到香炉山上，烧一炷香，吃一碗山菇木耳香油净素面，然后下山。来往的路上或搭客车，或坐船，也有会骑车的，一路骑到依山濒湖的村子边，沿着蜿蜒的石径，随便找个农家坐进去，说好给几块钱，那农家主妇就去船上买鱼虾，去自家的地头上摘新鲜菜蔬。趁她忙乱的时候，大家去她家屋前屋后参观。屋子沿袭传统式样，明堂、暗房、亮灶，配着外面的大好山水，安详内敛，知足常乐。大家便唏嘘道，城乡到底有差别，城里西式的洋房敞亮、张扬、开放，就像会唱出歌一样。乡下的房子与城里的相比，只能算会说话的。但是整天看城里的房子，就像整天听人在耳边唱歌，也是吃不消的。难得到乡下来听听江南农家的喃喃细语，也是人生一大乐事。他们这么说，农家也不争辩，脸上带着微笑，静静地做事。农家都有看家狗，狗乐不可支地跟着客人转，张嘴摇尾，两眼快乐得亮晶晶。屋后不远就是山，山上有茶树、银杏树、栗树、柿子树、杨梅树。杨梅树欢喜干燥的山土，上百年的杨梅树到处有呢，还在开花结果子。山下一片橘子树林，一片桃树林，一片杏树林，一片梅树林。梅花开了，接下来开杏花和桃花。三月上旬，难得这样的好天气，到处都是鸟啾。来到柳荫长堤上，看渔妇坐在小木凳子上结渔网，野鸡飞到大树上憩脚。湖边的沼泽地里，留在本地过冬的天鹅在湖边觅食走动，还有红隼和绿头鸭，头黑额白的长尾鹡鸽鸟……到吃饭时，客人们一定要让男主人上桌，男主人盛情难却，便去酒窖里拿出自家酿的黄酒，上了桌子，给客人聊乡下的事。农家女大抵会绣工，此时她安静地绣着手工，一边听着，一边似乎想着什么。她要等客人都吃完了才一个人到厨房去吃东西。客人吃的是一种野菜汁做的绿饼，还有白玉兰花饼。白玉兰在山里开得如火如荼，趁花开得好时，采些花瓣与猪油、红糖和在面里，上笼一蒸满屋香……吃的喝的都不多，恰到好处，是食物、身体、灵魂三者有机融为一体的组合。吃好后还有一个活动，是到荷塘边的石墈上坐下，望一眼水里刚冒出来的小荷尖，再望一眼满堤黄花在水中的倒影……回到家是晚上了，街灯初上，这城虽无上海的繁华，却有另一种城市奢华生活的味道。大家聚拢在一起，慢悠悠地享受文明和文化。白居易一千一百多年前为这城市所做的一切还都存在，遗迹如珠。城里到处是河，水洗净了这座城市，也带来了日常的享乐。这边小船上憩着的旅人，正在倾听此地小曲的靡靡之音。那边花船上摆放了一桌精致船菜，来自明朝的菜谱散发意味深长的幽香。后窗边，来往舟楫上的船人，与河边的人家做着交易：四月枇杷，五月杨梅水蜜桃，六月西瓜，七月香瓜，八月莲蓬鲜藕，九月红菱，十月的新米有香粳稻、鸭血糯、老来青、飞来凤……窗槛边，一手交钱一手交货。换糖的船，卖海棠糕、梅花糕的船，一橹一篙牵着小孩子的心。满头青丝的女郎，就如莲花一样；临河冥想的寺僧身处红尘浑然无物；纨绔子弟们游走大街小巷，穿着丝绸衣裤，像彩虹一样引人注目……

这种生活，现在想来，恍如隔世。

下午四点多，天就渐渐地黑下来，枪声零零星星地又响起来了，路上行人都见了鬼似的赶回自己家里去了。一个老太太手里拿着菜篮子，走过我身边，站住，眼圈通红，悲苦地对我说："江南织造府那里出人命啦，一个女人被子弹打死在路上，也是出去买菜的。"我劈手夺下老太太的篮子扔掉，对她大喊大叫，责怪她为什么一个人走在马路上。老太太说："我找不到家里了，天还没黑，就鬼打墙一样，转来转去就是找不着家里。"我背起她，飞快地把她背到最近的一户人家，那人家不开门，被我一脚踢了进去。也是巧，进了门，那家人家认出我是给他们看过病的"仙女"。于是我把老太太托付给了他们。

织造府不远。我疾跑了十来分钟，赶到那里，四处空空荡荡，地上躺着一位身形臃肿的女人，手里拿着空空的菜篮子。我一摸她的颈动脉，心里一凉。唉，街上这么不安全，她为什么从家里跑出来呢？把她翻转过来一看，死去的是唐娜，她怀着她的第三个孩子。

我倒吸了一口气，万般悲苦涌上心头，为她，为我，也为这个城市，我跪下来，仰头呼叫，放声痛哭。

天色怪异，太阳突然又露了一下脸。没有热力的太阳，像走过场的龙套，一错眼就不见了。枪声多了，我贴着街面的房子快速地朝枪声响的方向移动，这些朴实无华的房子平日里安详喜气，会说会唱的样子，现在天刚黑，已关门落窗，没有一丝灯光透出来。我走过一条熟悉的街，曾是金山石的街面，光润细腻，冬暖夏凉，沿街的房子，曾住明清两朝的富裕人家，一扇扇黑漆小门里，卧虎藏龙，藏着江南人手艺的精华。建筑的布局、厅堂的设置，都有通天达地的讲究。宅第里有河塘的，自然以河塘铺开一番风花雪月，没有河塘的更要显出独具的匠心，一架紫藤、一棵树、一块石头、一副楹联、一块雕刻，都不会马虎随便地放在庭院里，既要好看，又要符合风水阴阳之道。更讲究装修时用的木头、石头，也要好看、耐用、吉祥。石阶、花坛、屋脊上的装饰图样，在个人的主张和大众口味之间作着微妙平衡。现在是墙倒屋塌，满地狼藉。我踏着明清时代的废砖碎瓦，到处搜寻伤者。

在我不远处，突然枪声大作。一会儿，浓烟冲天，居民们喊叫着，拖儿带女地从巷子里朝外面拥。我没法再前进半步，只好随着人流走。走了一阵，人群四散而去。我一个人正彷徨着，一队人从一条小街里冲了出来，他们身上都带着枪，我抓住一个矮胖的小女孩问她："你们朝哪里去?"她对我喝道："放手!"后面有一队人朝我们冲了过来，还开了枪。我跟在小女孩的后面，疯了似的逃。四下一看，已经逃出了城，枪声烟柱成了背景，头顶上满天的星星也亮了起来。小女孩和她的同伴们四散坐下休息，有个人说：“咱们好像是最后一支‘保派’的人了。

我抓紧时间为他们中的伤者处理伤口，顺便问他们：“你们有谁认识一个叫张风毅的人？”

片刻，我听到一个人口气不屑地说：“我认识这家伙。上海二十名红卫兵步行四十六天到北京去见毛主席，他说他四十一天半就能从吴郭城走到北京，还想和我打赌。我说罢咧，你去干什么？人家红卫兵小将大串联是为革命理想，你混在里面不过是想免费旅游，一路走一路玩，还有免费吃喝，免费住招待所睡觉。从北京再回到家来，染上一身北方的大虱子。他这种人，我是心里有数的……”

没人理睬我了。

有人发表意见说：“咱们在城外了，还不知什么时候才能进得城去。既来之则安之，我们全体休息到天亮再说好吗？谁有香烟？乡下真落后，连电线杆都没有一根……”

我朝四周看了一下，确定是在城西南方向，那座黑色的高高的影子就是香炉山。

我没有多想，悄悄离开这群人。走了两个多小时，走近香炉山，沿着山石台阶就朝山上走。山门上的对联我不看也知道，写着：大肚能容，容天下难容之事；笑口常开，笑天下可笑之人。横批是：有容乃大。

那个“容”字用一张报纸贴掉了，我打开手电筒一看，贴上去的报纸上写着一个大大的“枪”字。变成：有枪乃大。看到这个，我便知道山上也被人修理过了。上得山去，果然寺里烛光乱摇，里外一片混乱。几个花码头镇的本地人正在这里翻查寺庙，如一和明心这帮和尚尼姑全都集中到了一起，黑压压地挤了一屋子人。我挤进去，如一见了我，便说：“我这个出家人，也没有那么大的理想济世救人，只不过想在佛和己中求得平衡。说到底也是一个‘己’字，现在连这个肉身都没地方放了，还谈什么‘己’，更别提什么超度别人。”我无话可说，就与她一起坐在蒲团上。明心从后面走过来坐在我边上，对我说：“他们还不算坏的，昨天夜里我那梅积山上来了一群年轻人，外地来的。我那庙已经烧光了。阿弥陀佛。”我就说：“今天夜深了，不会再烧寺了吧？”明心说：“谁知道呢？我们今天早上派了两批人下山到村里去搬救兵，不知为什么，两批人马全都没有回来。”我开玩笑地说：“你要是派一个和尚和一个尼姑去，哪能再回山上？”如一说：“阿弥陀佛，不要妄言。明心，我和你下山走一趟吧。”

我们三个人悄悄地去了如一的房间，他俩换了俗家衣服，戴了草帽，明心空了两手，如一带了一只小包裹，里面放着几样她母亲给的玩意儿，一样是玉如意，一样是北宋舍利小金瓶，还有一件老金斓袈裟。她想用这些东西说动别人上山护庙，为此她自觉有罪，不停地念佛。我送他们俩到后山的小路上，随随便便地就道了别，分了手，连多看一眼都没有，更没有回头。我不知道这一去竟不得再见，若知道的话，分手就不是这种情形了，一定要好好地说话，仔仔细细地看了又看，百般挽留，万般不舍……但世上有后悔药吃吗？

他俩走后再没有回到山上来，夜里十二点过后，香炉山上又闹起来，火光一起，我只得随着一众僧尼跑下山。慌忙之中跟着前面的人乱跑，忽然就跑到无桥的水边，又回过身跟人跑，跑着跑着是断头路，一片水田横亘在面前。这么胡乱跑着，我忽然想到，中国人几千年来就是这么慌乱地跑着，跑来跑去地寻找前途。柳爷爷那时就说，人的弱，全在于没有正确的思维方式。那么多人上下求索，求的就是一条思想之路。

我逃下了山，走了一程，又碰到先前那些人，那个矮胖的小女孩子脸孔红通通，额上的头发都被汗水打湿了，站在她的边上，闻得到她酸溜溜的汗水味道。我就跟着他们，到了一座无名小山下，大家找到两座空屋子，就进去睡下来。一觉睡到天大亮，醒来发现屋子里空荡荡一个人也没有，那些人又跑了。我出了屋子向东边走，翻过几座小山群，那里有公路，我想搭个顺风车回吴郭。进了山里，只见一座小山坳里有七八个人在忙着什么，过去一问，原来是省城来的考古队，一个星期前他们来到这里扎营考古。他们说考证下来，这里可能藏有一座宋代十字形的贵族墓葬。

他们神态自得，说话从容，一举一动透着安详。一位年轻的考古队员从他的包里掏出一个面包，我点了点头，他就递给我。我刚坐下来准备吃，他又殷勤地递上水壶。我看这年轻人，长了一对浓眉，眼睛不大，细长温柔，闪着探究的光。线条清晰的红唇，既干净又有力。我喜欢漂亮的人，这一眼我就开始欣赏他了。他看着我吃，微笑了一下，就去挖土。

我问他："你们不知道外面的事吗？"

他说："知道。他们做他们的事，我们做我们的事。"

他的话听着模糊，实际上是无比的精准。非但精准，还充满力量。

我掸掉身上的面包屑，正想认真地把他们观察一番。但混乱的年代，混乱的事总是不期而至的，一群拿着棍棒的当地农民突然从山上蜂拥而下，大喊着捉盗墓贼。他们应该早就埋伏在山上了，伏击行为让他们显得无比亢奋，眼里闪着疯狂的光，喊声震耳欲聋。考古队员中的一个老者说："大家都散吧，自己想办法回家。"考古队员们扔下手中的工具，我只得又随着他们朝不知名的方向跑。幸亏这里的小山一座连着一座，我跑进山林里，终于摆脱了追击者，忍不住笑起来。这两天的我，一直在寻找，也一直在逃跑。

身后突然传出一句问话："你笑什么？"

我吓得差点蹦起来，回头一看，正是那个给我面包的年轻人。我双手合十道："你这样要吓死人的，知道吗？你叫什么名字？"他说："林纳德。你呢？"我对他说："我叫孔燕妮。你们难道不怕死吗？这种时候跑来挖坟。"他说："我们那边打得厉害，听说你们城里没打，大家就商量找个理由到你们这里避避风头再回去，顺便也把一个考古项目开展一下。谁知道你们这么温柔敦厚的人也打起来了，打得比我们那边还凶。”

我无言以对，半晌才想出一句话：“都是思想惹的祸，谁也不买谁的账。”

他叹了一口气说：“还是像我这样好，不去管什么思想问题。”

林纳德跟着我，亦步亦趋，看来是盯上我了。我也没办法，他的人都走散了，他想依靠我，也没有错。我得把他带进城安置下来。他倒是个有趣的人，一路上话不停，指给我看各种花草树木，野茶树、野桑树、野花椒树、土茯苓、治咳嗽的鱼腥草、止血消肿的三七、可以当凉菜生拌吃的麦冬。野枫杨又叫馄饨树，结的果子像馄饨。沼泽地里，藏着野荸荠、野茭白、野藕。他很搞笑，突然像狗一样在一棵松根底下刨起来，刨着刨着，一个倒立，双脚搭上树干，过一会儿，翻下来再刨，忽然从刨出的土坑里摸出一样东西，说：“这是茯苓，不是我刚才给你说的土茯苓。这棵茯苓不仅仅是茯苓，它包着松树的根，是茯神。”我正想凑近了看仔细，他马上把这样东西放到了包里，说：“我要藏起来，等你结婚生孩子时拿出来给你吃。”我被他逗得乐不可支，便问：“你怎么知道我没有结婚生孩子?”他说：“当然，你太小了，才十六七岁的女孩子怎么会结婚生孩子?”我被他逗得哈哈大笑，忘了外面一片混乱的世界。

刚搞完怪，他又忽然一脸严肃，从土里拔出一株兰花给我看，说这是“贝字春一品”，贝聿铭的祖上发现的品种。贝家就住在吴郭城中的“狮子林”，住了六百年了。我知道贝家和兰花的瓜葛，我家里也有过一盆。于是我问：“这真的是‘贝字春一品’吗?”果然林纳德改口说：“我带它回去研究研究，到底是不是‘贝字春一品’，不是的话，我就把它叫作‘燕妮一品兰’。”他把我说得瞪大了眼睛，难道兰花的命名就像吸一口气那么容易?一路上，我与他有说有笑，一点也不寂寞。我笑的时候，尤其是大笑的时候，他就专注地盯住我的脸，对我说：“你的笑容为什么会这么天真灿烂？你笑得比盛开的大红花还漂亮。你的笑就像蛋糕上开的奶油花。”我说：“你真会说话。”他说：“我当然会说话啦。一九六七年，我得过全市辩论比赛第二名。后来，那个得第一名的被人打了黑枪，死了。所以我升级为第一名。”我扫了他一眼，怪他说话不吉利，他对我无声的责怪很受用，给了我一个憨厚的笑容。他给人的感觉像润滑华丽的绸缎，让我忽然想起柳爷爷来。林纳德说：“给你提个意见——你的笑容很好看，可是你的眼神太亮，让人害怕。女孩子眼神要朦胧一些才好。”

我们没有搭到顺风车，不知不觉走到了晚上，走到了西南边的城门口。城门都被“赶派”的人守住了，不准“保派”进城。守门的卫兵一个个都沉默如铁，凶神恶煞。我对守门卫兵说，我是杜克副司令的朋友，我俩轻松地进了城。进了城才看见，驻扎吴郭的解放军部队在城里维持秩序，但是增援部队没来，他们还无法控制整个局面。我这才发现我的医药箱没有了，也许这是我最后一次使用医药箱了。

我把林纳德朝张家姐弟的房子那里带，张风毅住的房间是空着的。林纳德看见忠王府，突然就不走了，说：“我坚决不住这个地段，吴郭城在太平天国前有八十万人，安居乐业，吃喝玩乐，闹完太平天国就剩下四十万人，完全不是一个繁华城市了。你让我住在这个地段，夜里怎么睡得着？”

我忽然想起一件事，问他：“曾昭燏和你怎么称呼？”

他说：“她是我的老师。你认识她？”

柳爷爷与曾昭燏是老朋友，柳爷爷死后，曾昭燏还托人来打听过情况。她是中国第一位女考古学家，中国第一位女博物馆馆长，也是曾国藩家族的后代。一九六四年底跳塔身亡。

我没说什么，就把林纳德带到“廿八斋”，那里还有一间屋子，是定彩住的。柳爷爷自焚后，“廿八斋”充了公，搬进来七八户人家。但有关部门总算好歹给定彩留了一间。定彩的精神病时好时坏，前年过年时，她去她哥哥家里，一直到现在也没回来。她屋子的钥匙藏在屋后的花坛里，我暂且就把林纳德安置在那里吧。

我带着他从“红军路”走到“廿八斋”的后门，从后门走进定彩的小黑屋子，一股复杂的霉味扑面而来。林纳德乐呵呵地说：“这里好，睡得着觉。”他一定要留我在这里与他一起吃晚饭，他说他来的时候见到大街上有一家日夜商场，门关着，窗户打开了半扇。他要到那里去给我找吃的喝的。

这真是屋顶上贴告示——天晓得啊。夜空里划过子弹飞过的痕迹，这种时候宁愿饿上一顿两顿，也不能给自己找麻烦。但是他执意出去了，出去了不大一会儿，带回来一大堆吃的喝的，一瓶洋河白酒，一卷干面条，两只蛋糕，一小块咸肉，半条香肠，两听雪梨糖水罐头，一包紫菜。还有火柴，毛巾、一块香皂。这些东西都被他卷在外套里，他的裤子和薄毛线衣上全是灰尘。

看到这些东西，我的嘴里流出口水，再也不想责怪他了。

他对我说，商店里有一个中年男人也和他一样，爬来爬去，趴在地上找东西吃，这男人一边拿，一边嘴里折合着粮票数，再从口袋里掏出粮票放在柜台上。我听得笑起来，说："你说的这个人活像我的父亲。"他说："那你父亲就是一个好人啊。怪不得你这样好。"我问他："你有没有放下些钱票之类的东西。"他伸出手腕给我看，手腕那里有一圈手表的印痕，他是把他的手表放下做抵押了。

我把咸肉放在水里煮了一下，拿出来切片，放在碗里。香肠切片隔水蒸熟，和面包蛋糕一起放在桌子上。雪梨罐头都开了，一只大搪瓷杯里，倒满白酒，又辣又香的白酒，你一口我一口喝上了。吃得这么丰盛和奢侈，赶得上过年了。住在"廿八斋"里的居民，害怕夜里的流弹，闭门不出，早早地关了电灯在屋子里睡觉，没有人来干涉我们。我们的世界简单又美好，我和林纳德手里的白酒，源源不断地流出芬芳，香味飘满屋子。

林纳德说："你说说你自己吧。"

我说："我没啥好说的，我心里有许多问题没有解决……"

也许是酒精起了作用，我哽咽了一下，我内心的虚弱排山倒海地袭来，我的挣扎和寻找已经让我不堪重负，我很想倒在这位年轻男子的怀里，接受他的抚慰和爱，与他共涉爱河，让我得到片刻欢娱，片刻麻醉，让我的内心得到平静。我的眼睛里涌出泪水，这是软弱的泪水。我遮住了眼睛不让他看到。他察觉到了什么，掰开我的手，直视着我的眼睛说："要是我能帮你解决什么问题的话，我愿意为你做一切。"

我心知肚明，浑身一阵温暖。但我坚决地摇了摇头。

林纳德说："那说说你的父亲。"

我开始说我的父亲，说完了父亲说妈妈，然后我说起了柳爷爷。我亲爱的柳爷爷，你在天国过得可好？柳爷爷热爱生活，热爱知识，喜欢收藏，喜欢享乐。不说别的，光说他的吃，一年四季就忙个不亦乐乎。春天他要吃肉汤烧螺蛳，白汁元菜，元菜就是菜花甲鱼。春天菜花开的时候，甲鱼最好吃。莼菜汤一定要吃的，"莼鲈之思"嘛。荠菜春卷，春笋片炒鸡蛋，玉兰花饼，桂花酒酿，桂花是自己藏了一个冬天的。还要吃菜花塘鲤鱼、河豚、江刀、鳜鱼、鲥鱼、银鱼、白鱼……他的吃喝有个特点，吃的全是本地土产，他不喜欢吃到人家的地盘上去。

我爸爸每次到外地出差，带了食物给他，他从来不吃，都赏了家里的帮工。夏天托人到湖边去挖野茭白吃，和自己做的虾子膏一齐烧烩；喝李汁酒、酸梅汤、土鸭汤，厨房里常做的菜是西瓜鸡、糖芋艿、藕粉圆子和虾圆。秋天吃清蒸鲈鱼、巴鱼汤、雪花蟹斗、鸡头米糕、枣子糕、松花蕈炒虾仁。冬天吃牛乳饼、羊肉暖锅、糟青鱼、风鸡……平常还要时不时地做花露、熏鱼子、蟹黄油、白虾脑酱等等。定彩的花露做得好，柳爷爷就说她："哎呀，我的小定彩啊，你就像董小宛。董小宛的花露做得最好。"定彩就问："董小宛是谁啊？"他不说这是个从良的妓女，而说她是个大文豪的太太。柳爷爷坐着黄包车，一手拎着冰梅顶的小叶紫檀鸟笼，里面一只活蹦乱跳的小画眉。他的小画眉断了两只爪子，是人家不要扔掉，他收留的。他另一手拄一根沉香木小手杖。他不喝井水，更不喝自来水，他喝的水是专门雇了船，到蓝湖中心舀了来，装在他自己的瓷缸里运上来的。他吃的栗子、柿饼、青梅干、杨梅酒，都是让人去山里采了果子自己家里做的。他喝的茶叶，要让张柔和用茉莉花露洗净了手，一小锅一小锅用松木炒出来。他喜欢吃雪糕，本城的棒冰商业公司不生产雪糕，只产寡淡的棒冰。他就出钱让人开了一个雪糕厂，从上海学了技术，专门生产雪糕。他吃，大家也跟着享口福。我妈妈就说他是腐朽的怪胎，一定没有好下场，他真的没有好下场。我从小的时候，他就教我背屈原《招魂》里关于吃的内容：

室家遂宗，食多方些。

稻粢穱麦，挐黄粱些。

大苦咸酸，辛甘行些。

肥牛之腱，臑若芳些。

和酸若苦，陈吴羹些。

胹鳖炮羔，有柘浆些。

酸鹄臇凫，煎鸿鸧些。

露鸡臛蠵，厉而不爽些。

粔籹蜜饵，有餦餭些。

瑶浆蜜勺，实羽觞些。

挫糟冻饮，酎清凉些。

华酌既陈，有琼浆些。

归来反故室，敬而无妨些。

这些难懂的战国时期“楚辞”，借用研究屈原的专家的解释，大概就是：一家宗室聚集，珍馐美味多样。大米小米早熟麦，掺上黄米味道香。苦的咸的还有酸，甜的辣的都用上。肥牛腱子肉，烂熟味道好。酸苦调料配好，摆上吴国羹汤。炖烂甲鱼羔羊，抹上蔗糖之浆。酸溜天鹅肉浓炖野鸭汤，煎炸雁肉人人尝。酱汁卤嫩鸡海龟熬清汤，味道虽浓不把口味伤。加糖点心蜜制饼，油炸馓子钏环样。玉色美酒加蜂蜜，鸟形酒杯满荡荡。

除去酒糟冬日酿酒，冬酒春尝醇厚清凉。豪华筵席已摆好，美酒恰似玉琼浆。归来你的故居，任你享用无妨。

柳爷爷还告诉我，屈原还喜欢奇装异服，他说：余幼好此奇服兮，年既老而不衰。带长铗之陆离兮，冠切云之崔嵬。被明月兮佩宝璐，世溷浊而莫余知兮。

他和我父亲不同，我父亲教我背诵的屈原的诗是：民生各有所乐兮，余独好修以为常。

我说着柳爷爷，借着酒劲，指天画地，手舞足蹈，眉飞色舞。我以前喜欢与柳爷爷谈天说地，却并不认同柳爷爷的生活态度。他热衷于吃喝玩乐，热衷于思维方式的问题，对别人的痛苦不太关心。但现在一件一件说出他的事，宛若童话一样，这就是岁月起的作用。我说着说着，不知不觉地躺在定彩的小床上睡过去。

林纳德没有喝多，他认真地听我讲柳爷爷的大事小事，看我睡过去，喃喃自语道："你这个柳爷爷，真有意思。"心里突然一动，仿佛渐渐有物充盈其中。

他一夜没睡，打着手电筒，在"廿八斋"里翻来覆去地找东西，废弃的花房里、柴房里，坍塌的假山边、半亭边，松动可疑的泥土里，大小角落里……住在这里的人谁都不敢出去管闲事，任他在院子里折腾。快天亮时，我被他打算盘的声音吵醒，我刚睁眼他就知道了，头也不回地说："这把小算盘是黄花梨的，掉了几个珠子，中间的横档坏了，修好还能用。你看，它起码有五六十年了，扔在一个潮湿的角落里，不知多少时候了，也不裂开。这种料子，你把它横竖切割都像切豆腐，偏偏不怕干，不怕潮，软硬不吃。人要是像它这样就好了。”说着还举起算盘摇出一阵响声。我认识这把算盘，它是柳爷爷以前算账用的。我转过脸去，看见定彩的小屋子里放满物件，都是他从“廿八斋”里找出来的。还有一架破钢琴，这是如一出家前用过的。一夜之间，他就把这陌生冷寂的屋子住熟了，住暖了。我起了床，伸手从地上拿起一截破瓷器，我认出它以前是站在爷爷书架上的“八仙过海”，它只剩下三个神仙和有限的一小片海了。林纳德站起来搂住我的背，把瓷器朝着阳光让我看，说：“这瓷器雪白，里头透出来粉红，这是明朝德化窑出来的东西。”这些物件的基本知识我都懂，但我没有打断他，让他一样一样地说给我听：“那些破瓷片是唐代的物事，那一小块铜片应该是唐朝月宫镜上的。瓷片边上两枚钱币是康熙通宝，是清朝的宝苏局铸造，宝苏局就设在你们城里。这只美人靠是好红木，坏了三条腿，当中又断了，不过可以修修，修好还可以用的，放在柴房里，说不定明天就被人当木柴烧了。这一小截木头又脏又破，你别小看了它，它是沉香木，闻得出香味，也是好的……还有这块砖头，我是在厨房里找到的，他们用来塞灶膛。这块砖头是一块老城砖，明朝的，也有可能是元朝的，当时做一块这样的城砖，要一百〇八道工序呢，每一块砖上都有人的血汗。”他弯腰从地上搬起一块残破石板，对我说：“这块东西是我在小池边找到的，送给你了。上面是拟日纹，刻的是太阳和它的光芒，象征光明和忠诚，送给你最合适不过。”石板沉重，他放下它，摸摸破钢琴，说：“奥地利的贝森朵夫钢琴，我看见过北京饭店也有一架，没想到在这里又见了一架。”指指桌子上一架雪白的石头说：“这是昆石，很珍贵的东西，造化的杰作。应该是明朝的老物件。我在灶间的乱柴堆里扒出来的。只有它是完整的。”他打量着屋子里这些破烂说：“这些看上去没有呼吸的东西，它们日夜在说话哩。”他倒吸一口气，我以为他高兴得要唱歌了，他却拍拍脑门喊了一嗓：“了不起的爷爷！了不起的人！”

他的话让我一阵喜悦和辛酸。柳爷爷有了继承人，这是我没有想到的，柳爷爷以另一种面目重生了。

我的重生又在哪里？

四

过了一个星期，原政府的领导班子、驻军部队、“赶派”“保派”四方人马组成了“吴郭市革命委员会”，总算又太平了。

我背起行军包，准备出发。白鹭农业中学在等着我去，我对那里的情况早就了解，我不会把我的思想灌输给学生，我要做的是让他们了解知识，等待学会思考的那一刻。

林纳德没有回省城，还在“廿八斋”里找他感兴趣的东西。我没有去找他，也没有去告别。他给我的温暖铭记在心，但是他救不了我。

最近几天，我谁都见不着。我父亲忙着救治伤病员，明天他要去省城见两位来自智利的精神病学专家，有两位战士护送他去。我妈妈在市委招待所写检查，她涉及打压单位里的“赶派”群众。我有十天没见着我的妹妹谢燕兵了，昨天她回来拿了一些衣服走了，说是住到她一位女同学家里去。我猜想她是住到她男朋友高亿红家里去了，在那里她不用烧饭洗衣，高亿红的妈妈把什么都包干了。昨天她回来和我说了一个晚上的话，她先是参加中学生的兵团，后来逢着一个机会，去本市一个最大的纺织厂当了女工。我妈让她去参加“赶派”组织，不要当“保派”，她就选择当了“赶派”。她是小孩子心性，大家不上班，她就跟着大人到处玩，白天去“破四旧”，夜里睡房管局的大房子，男女青年全都睡在一起，放屁打嗝梦呓手淫，听得一清二楚。一日三顿吃饭不付钱，拿了组织上给的饭店代金券，专找大饭店里坐下，一去一大帮子人，一桌八人坐下，吃完不够的话，再换一桌坐下，吃完给饭店一张券。有时候没有券了，吃完一抹嘴巴就走，饭店要券的话，就把枪拿出来指着人家的脸。这种生活，三四天下来，她就厌倦了。但她不能回去上班，不参加革命行动，单位不给发工资。就在这时她认识了男朋友高亿红。高亿红是建筑站的木工师傅，外号叫“故事大王”，喜欢讲故事，还爱吹口琴。他的工资有六十多元。谢燕兵说：“行政一十七级的处级干部也不过七十多元，他有六十多元呢，毛主席也不过三百块工资。”高亿红是个喜欢安逸和享受的人，工资物尽所用地全装备在了身上：手腕上戴着“英纳格”手表，骑“永久”牌自行车，还穿皮鞋和尼龙丝袜。没结婚的人，居然预先在黑市上搞到了缝纫机的票，买了一架亮光光的“凤凰”牌缝纫机。他的朋友们结婚，全都借他的手表和缝纫机去装点婚礼。高亿红与谢燕兵一样，对动荡的革命生活感到厌倦。听说上海有个人民公社，那里一片太平景象。两个人一打算，动身到上海去找人民公社，指望上海的人民公社会有一番新景象，没想到上海人民公社的情形和这边差不多，两个人只好又回来了。回来后一起负责“赶派”的后勤物资，看管和发放它们。“解放”牌大卡车前面的挡泥上有一只大灯，她就坐在大灯上，指挥大家从各个单位的仓库里搬出汽水、麻饼、云片糕，还有大明饼干厂的“鸡球”饼干，放在卡车上，一路上扔给城里的“赶派”战友。看见那些物品被糟蹋得一地狼藉，她的心疼得揪起来，嘴巴里叽里咕噜地说着一些别人听不懂的话。她咒骂道：“这样浪费，将来会有没有吃的一天。”

我妹妹从小不爱读书，一年级读了两年，三年级也读了两年，读到五年级已是十六岁，比别的孩子高了一个头。排队的时候，站在最后一个，还努力地缩紧头颈。最苦恼的是身体发育了，小女孩子们看她胸乳鼓鼓，便盯住她看，突然伸出手指，有意在她的胸前划一下，然后飞快逃走。她知道这些小女孩子的心思，无奈追不上她们，只有跳脚大骂。她上厕所大小便，叉腿蹲在厕位上，大大小小的女孩们走过她面前都矮一矮身，低一低头，朝她下面认真瞄一瞄。还有那些才进学校门的，吃饭喝水也会噎着的小女孩，索性蹲在她面前，偏了头下去，仔细地观察。谢燕兵的思维像一根直尺，既短又直，一直不知道女孩们对她的兴趣从何而来。忽然有一天她开窍了，知道她们原来是看她刚长出来的稀疏阴毛。遂把书包扔到小学校后面的河里，跺脚拍手，当众大哭一场，又大骂一通。她骂人的语言千奇百怪，什么缩头小乌龟、掉毛老乌鸦、猫脸畜牲、绿面孔的翘辫子、杀千刀的短命鬼、脓包投胎、生梅花大疮的饿死鬼、一辈子抽筋的厌世×……哭完骂完回家，第二天自己去某兵团参加革命了，在街上撒传单。后来被兵团轰出来，说她是假冒的高中生。她又去了丝织厂报名参加培训，从此就在丝织厂当女工了。她的男朋友高亿红有空就会到她的车间里看她，大家都说他长得像雷锋。他圆脸，温顺，喜欢讲故事给别人听，还会吹口琴，敲扬琴。平时也吹个《马儿慢些走》，在扬琴上敲个《北京有个金太阳》什么的。但我妹妹对他不是太满意，常说他没有男子气，同车间的女工们脱他裤子寻开心，他也不恼，把裤子提上，笑嘻嘻地走开，不骂人。车间里的女工都偷拿布料，我妹妹也拿，拿到他家，他妈妈收下。但他看到了，就让我妹妹还回去，我妹妹说不拿白不拿，你这个憨囡啊。

她拿了衣服走的时候，对我说："我就是这个情况。我没有思想，我也没有理想。我就想与高亿红过小日子。"

她的眼里闪烁着幸福的光芒，她现在的生活完美无缺，就像给她量身定做的。

我背着背包走出门，迎头一阵炮仗，有一只炮仗从天空落下，正好落在我的头上。王来恩窜过来，给我拂去头上的炮仗，说：“不好意思，让你受惊了。我是一片好心，给你送个行。”

我平心静气地说：“王来恩，你不需要成天价搞出这么多的声响，大家都怕你。”

他在我后面说：“哼，大家才不怕我……”

给我安慰的是几位女邻居，她们在路上看到我，主动上来拉住我的手，其中一个还塞给我一个刚买来的干瘪的苹果。我不稀罕她的苹果，但我在乎她的态度。当年我扶着常宝进屋时，这位女邻居拿着一把切菜刀，恶狠狠地盯着我。岁月会改变人，她变得柔软了。

白鹭农业中学在香炉山西边，蓝湖的最北边，离花码头镇也有三十几里地，从外面坐船渡过一条无名大河才能进中学。中学边上就是白鹭村。我受到了全中学学生的列队欢迎。校长是个五十多岁的妇女，姓高，黑红的脸，她的家就在白鹭村里。她收下我的介绍信，露出农村妇女一样的害羞笑容，说：“由小周负责给你安排一下，我要回家烧晚饭、喂猪。婆婆病了，家里一大堆的家务没人干，我四个儿子只会吃。”

而后小周笑吟吟地蝴蝶一样飘进来了，两条长长的发辫拖在身后，看见她，我想起《早春二月》里那个追求解放的长辫子姑娘陶岚。

我要教初中一年级的数学，初中二年级的地理、卫生，高中一和高中二年级的语文。小周拖着鼻音对我说：“我们这里老师太少呀，孔老师你是大恩人。”她把我安排在学校边上的一处无人住的农舍，边上有一粪坑可供大小便，里面白蛆滚滚。她说：“孔老师，我认为你过不了多久就要逃走的。好好地住在城里，有什么理由来吃苦?”

我怎么才能对她说，我是有理由的，我的心中总是无法安定，冥冥之中有一只手给我指点了方向，这只手指向哪里，我就走到哪里。在找到我的重生、我的光明之前，我注定要颠沛流离，不能平安过生活。

我睡得很踏实，一直到小周在门外拼命地叫我。打开门，门外站了一群人，一位妇人“嘤嘤”地哭。小周指着这妇人对我说：“孔老师，你做过医生。救救她的男人吧。”我说：“我什么东西都没有。”那妇人说：“我男人是上吊的，一口气勒断了，你只要把他的气接起来就行。”

我拿上我的小挎包，连忙跟着这群人跑到现场，一个中年男人躺在地上，舌头都拖出来，眼见得不能活。给他翻开眼皮看了看瞳孔，也放大了，没有心跳。家属叫着要我给他打针，别说我没有肾上腺素注射液，就是有，也不用打了。看着油灯下一张毫无生气的脸，我叹了一口气，从我的包里翻出一块纱布，我的包里只有一瓶酒精，一块纱布，一把医用剪。我剪下一小块纱布，放在死人的嘴上，嘴对着他的嘴，给他做起人工呼吸。既开了头，我就不怕了，索性拿掉纱布，一边给他的心脏挤压，一边给他做了五分钟的人工呼吸。但是我的热气换不来他的热气。小周上来扯住我说："好了孔老师，我们都看见了，这个人是救不活了。"

我回去洗了继续睡。早晨，学校操场上的钟声响起来，上早操了。我的屋前屋后都长着大树，却静悄悄地连一声鸟叫都没有。

我的门缝里透进了阳光，阳光中，一缕缕香烟跟着渗进来。我吓了一跳，跳下地，赤脚开了门。门外挤了一堆男女老少，我的门两边悄无声息地多了两个砖头砌的简易祭坛，铺着沙土和米，插满燃烧的香烛。

我笑着说："我没有把人救活，干什么来谢我？"

一位老太太说："他是阎王簿上打了钩的人，菩萨也救不活他。你不要怪我们，我们也是昨天晚上你走了以后，才知道你是彩虹仙女下凡。"这老太太是个小脚，扶着木杖，说完她就扔下木杖，对我跪下去，伏在地上。

我上前拉起老太太说："大家快回去吧，不要再搞这些迷信活动了。"

老太太不高兴地说："我们老百姓，除了搞搞这个，还能搞什么？"

第一节课，我给高中一年级上语文课。下课后，我在办公室里与高校长聊天，我说了乡人在我门口设坛的事。她说："你不要笑话啊。我们这里乡下老百姓就是这个思维，几千年也没变，不能指望他们一时半会儿就变得有高明的科学思想。"我对她说："罢了，你给我弄个医务室吧。我这个内科医生正好派得上用场，不枉担了彩虹仙女的名号。"

高校长黑红的脸上渗出高兴的油光，握住我的手，一个劲地感谢。这个地方，看病要渡过河，到二十几里以外的花码头镇去。二十多里的泥土窄路，过村、过山、过河，路上不平坦，不好走。

高校长人脉很广，没几天，就给我申请了一个医务室，但她说学校没有钱给我做第一笔流动资金。我就用自己的钱从镇医院买来一些药物器具。学校派人把我住的房子翻修一下，一隔为二，里面是我卧室，外面当医务室。就这样，医务室开张了，我一边教书，一边看病。远近的乡人都来看病，门庭若市。我对他们无偿提供服务，只收药品的进价，有时我也免费给药。学校的教职员工看病，由县教育局划拨专项医疗费。

也是无巧不成书，那天，村里有一家造房子，中午上梁，给我端来了一碗埋着五花肉块的面条。我正要享用，门外来了一个蓬头垢面的要饭花子，我起身给他倒了半碗，忽然一看，原来是阿圆。他睁开眼睛，认出是我，半天没好意思。

我说："以前觉得你不同一般，谁知道你成了讨饭的。"

他不服气地说："我才二十岁，以后还有好长的路走呢。"

我取笑他说："走好长的路讨饭去吗？算了，你不要走了，留在我这里，有你一碗饱饭吃。"

阿圆就这样留在我身边了。我让他住在村里一户人家家里，每天到我医务室里做事。幸好他识字，我就教他一些简单的医学知识。他来了没几天，就能给我打下手了。那天，村里一位妇女，当着一屋子的人撩起上衣，大家一声惊叹，她的乳房靠近锁骨的地方生了一个大脓肿，医院太远，她也没钱去医院看，指望我给她手到病除。我看这病也就是细菌感染，也是我胆大，就把这件事揽下来了。当下吩咐阿圆给我准备消毒棉纱、消毒刀剪、麻醉剂、青霉素针剂、破伤风针剂。阿圆居然老练地给我一一准备完毕。我把麻醉剂分三次打在脓肿边的三个部位，然后我一边夸阿圆，一边切开脓肿引流。我用消毒棉纱处理好切口，给农妇打了针，关照她要每天过来打针。就这样，我两天后再拆开她的伤口处引流一次，三次后，农妇康复了。她康复以后不是来结账，而是去买了香烛给我在门口供上了。

阿圆没有和我讲，顾自把我门口的所有香烛撤掉，把门两旁的砖头“祭坛”拆了个稀巴烂，还在门口叫骂了一通，说谁再搞迷信活动，他就上门砸锅。我回来批评他，他说：“村里人在你身上搞迷信活动，迟早给你惹祸，到时候，你的医务室开不成，阿圆也没饭吃了。”

于是病人就改送锦旗，没过一个月，医务室里的墙上就挂满了感谢的旗子。孩子经常给我送野花。我更喜欢野花。我想起阿圆捡垃圾那会儿，一蹦一跳地唱着快乐的歌，脖子里戴着他自己编的鲜花串。现在他二十不到，却老气横秋，整天闷闷不乐。我就用孩子们送我的野花编了一个花串，套到他的脖子里。这些年他经历了什么，他没有和我说，我也没有工夫听他回忆，我们都要向前走。我对他说：“阿圆，村里有几个漂亮姑娘，你看上谁，我上门给你提亲、下聘礼。”他一听就笑了，说：“世上没有困难能难得倒你。”

困难很快来了，农村里的一些疑难杂症让我犯了愁。正好我爸爸来信，说“111”医院开了一个班，专门培训农村的“赤脚医生”，课程除了有“生理解剖”“药物学”，还专门讲解如何治疗水乡农村的常见病。我把医务室交给了阿圆，关照他只给几个老病号发发药，又给他画了几张草药的图，都是凉血和清火的。天渐渐地热了，让他上山采回来晒干。关照了一番，我凌晨四点钟就出发了，这么早，还是有好些村里的老少来送我，一直送到我坚决请他们留步为止。

半路上，我在一个水塘的清水里洗了洗脸，水里映出一个下巴尖尖的女子。我问她：“你要什么呢?”我笑了一声，她也笑了。

进了城，我没有回家，直接去了上课的地方，没想到第一节课是我父亲在讲，他讲的是怎样处理农村妇女中多发的癔症，农村妇女的癔症多因暗示和自我暗示引起，与迷信也有很大关系。我迟到了，他手一指，让我在门外站了十分钟。

这十分钟让我明白，我父亲对世界还保持着热情，他还是那么讲究原则，一丝不苟。我隔着窗子打量他，意外地发现至少有两位女学员对他毫不掩饰地感兴趣。即使用我这样挑剔的眼光看，即使他现在四十多岁了，他还是吴郭城里数一数二的美男子。

今天是星期天，就一节课，下了课，学员们去参观医院。我要回家去，我父亲一直把我送到了家里。进了家门，他对我说："原先的妇联主任撤职了，你妈妈从副主任升了主任。她住在妇联招待所里，好久不回家了。你去看看她，如果她想好了要离婚，一定要当面和我说。"

你可以想见我的吃惊。这下换了我把父亲送到了医院，我很敬佩他的冷静和克制力。张柔和迟早要离开他的，可我妈为什么要离开他呢？他不愿意讲，我只好去了市妇联招待所。

门卫小蒋是个伤残人，一条腿跛，复员军人，他本来应该回他的家乡务农，是我妈妈顶着压力把他招进来的。他认识我，看到我，真心诚意地笑出来，说："谢主任在1号楼，最西边靠河的那幢，过了小桥就是。"

我倒犹豫起来。我和我妈妈的关系不知不觉地改变了，我现在很尊重她，生活如果是战场，她就是我的战友。我问小蒋："有烟吗？"他递给我半包"飞马"，我拿出一支，他就给我点起来，还对我说："谢主任在这里废寝忘食地工作。"他用了一个成语"废寝忘食"，显得谈话很正式。我问他："谢主任是一个人在这里吗？"他说："人多得很，来来往往的，净是来谈工作的。"我接着问他："有没有不是来谈工作的？"他坚定地说："没有。”我换了一个方式问他：“有没有那种又谈工作又谈别的……”他还是坚定地说：“没有。来的人全是谈工作的。”他回答得严丝合缝，就像排练过一样，越发让我起了疑心，我扭头就走。他在我身后着急地说：“全城都知道你父母亲思想不一致，感情不好。谢主任找到志同道合的人了，我们为她高兴。”

我加快步子朝里走，我倒想看看，这些人为她高兴什么。

招待所里大树参天，曲径通幽，没人拾掇的缘故，处处显出冷落和荒芜，草木葳蕤，野兔子在树林里和一人高的草丛里乱窜。我妈妈住在最西边的一幢小别墅里，别墅东边流淌着一条小河，后面的小山包上长着一片茶树林，茶树疯长，枝叶凌乱，到处伸展。

一楼的大门掩着，我推开走进去，没有碰到一个人，仿佛二楼有些声响，我就上了二楼。声音是从二楼东头那个房间发出来的，收音机的声音，还有听不真切的地方口音说着话。我走过去，敲响门。但里面没有理会我，还在说着什么话，我又敲了几下，里面非但没理会我，有个男人的声音一下子大了起来，把我吓了一跳。那声音压抑不住地亢奋：“达达，小达，达，达达，小达达……”我妈名叫谢小达，那么，这个男人嘴巴里的“达达”一定是我妈了。那男人一边叫着，床铺也随之发出“达，达，达”的摇动声，在两种仿佛互相呼应的“达达”声里，一个哑着的女声愉悦地说着什么。看来我妈在这边过得不错，听思想汇报的同时也没耽搁身体的需要。她以前对男女之情是多么厌恶，她以前是怎么说的？她对我父亲说过，如果她犯生活错误，不得好死。

现在是上午十点钟了，我又好气又好笑，骂了一句他妈的，下得楼来，在楼边找了个石凳子坐下，等候他俩做完好事。

我看到门卫小蒋贴着围墙边，鬼头鬼脑地从后面的石板桥上走进我妈的1号楼。

很快，楼里走出一个穿军便服的四十岁左右的男人，满面红光，一边笑着走一边看我，走过我身边。他更是满腔热情，朝我挥着手，表示友好，还远远地说了两句什么，应当是“你好啊”“你和你妈妈很像啊”这类拍马屁的话。

我突然想起这个男人的来历，我在报纸上看到过他，而且还不止一次。有一阵子他经常出现在报纸的头版头条上。他是个复员军人，叫仲什么的。他一开始是学习毛泽东思想的积极分子，现在是某化工系统革命委员会的成员。大家习惯叫他军代表或者仲代表。他最惊世骇俗的一件事是曾经在胸口的肉上别了一枚毛主席徽章。这件事报纸上详细地报道过，是一九六六年上海生产的不锈钢心形毛主席头像，镀着紫红的漆，拿他的话说：是心脏上的心脏。一九六六年发生了许多惊天动地的事，那年谭厚兰从北京到山东曲阜砸了孔庙后，他认为自己也该做点什么了，于是就别出心裁地在胸肉上戳上了毛主席的徽章。每当他在台上汇报完学习毛泽东思想的心得，无数的人就拥上前去，让他脱下军便服，抚摩这枚徽章和别针处穿孔溃烂结痂的地方，并把他抬起来游行。他有一段话是这么说的：“我们吴郭市的市民，一向思想落后，颓废安逸，不求上进。现在好了，我们吴郭人民的革命积极性都调动起来了，大家奋发向上。我是地地道道的吴郭本土人，祖祖辈辈都生活在吴郭城。我胸前的像章，标志着我们吴郭人民顺应了历史潮流，走进了时代的前列。”我父亲有一次看着这个仲代表在报纸上的照片，摇着头说：“我一辈子也不想和这类人物打交道，让人害怕。”命运就是这样奇怪，看来我父亲要和这个人打交道了。

又过了十来分钟，我妈才昂头走出来。她脸上的红光与仲代表一模一样，红的程度一样，饱满的色质一样。虽说他俩脸上的红光不知道谁抄袭了谁，但我不得不承认，此时此刻，是她最辉煌的一刻。她自己知道这一点吗？她衣服和头发明明都整整齐齐的，但她还是一路走一路掸衣服捋头发。她是唯恐身上什么地方出现凌乱的样子？还是希望身上有什么地方出现凌乱的样子？她在我身边坐下，一条腿伸出老远，并且碰一下我的腿。看我低头不语，她就掏出“南京”牌香烟点着，抽了一口，然后递给我一支香烟，给我点着了火。此举颇给我面子，也让我有点不自然。她的形象走的是工农老娘们的粗野路子，抽烟带着粗鲁的气息。可我怎么着也才二十五岁，还没有结婚，这么大大咧咧地在光天化日下和妈妈一起吞云吐雾，多少显得不伦不类。

她的打火机是军绿色的，我看了一眼，她就说：“送给你吧。你过得怎么样?”

我说:“马马虎虎。我的医务室资金太少,进不了好药,你们妇联有没有这方面的资助项目?”

她掏出一个小本本,把我的话记了下来。

她又问:“小孩子读书有什么困难?”

我说:“别的还好,就是教师太少,都不肯来。我这样的,一个人要上语文、历史、数学,有时候还要代上音乐课、体育课。”

她又记了下来。她把小本子放好,说:“不要着急,慢慢地都会好起来的。”

我突然发作,指着1号别墅骂道:“慢慢好起来?你大清早就在别墅里寻欢作乐,把工作场所当床用。你以前怎么就看不起高大进奶奶?说她是一个腐化分子,不配当一个革命者,不是一位真正的马克思主义者。你现在怎么解释你自己的行为?”

她昂起头说:“我的行为不用解释,我就是控制不住。”

我差点笑出来,忍了片刻,语气软下来:“子女不能干涉父母亲的自由。但你这样影响多不好……”

我妈妈说:“我是一位真正的马克思主义者。马克思也不反对个人的幸福,他的夫人燕妮多好……最主要的是他们志同道合。我和老仲——”她低头笑了一笑,“其实他还小我两岁呢。我和他是阶级感情。我们已经超越了男女之爱,为了革命理想,我要和他结合在一起。”

我感兴趣地问："那他也得离婚吧？"

我妈妈喜气洋洋地说："他还没结婚呢。我离了婚就和他再结合在一起。"女人到底有可爱之处的，一碰到爱情，就什么也不顾了。

我想起我父亲的话，他希望我妈妈亲口对他提出离婚，看来我得主持一场父母亲的分手仪式了。"晚上你回家一趟吧，你和我爸总要见个面的。"不知为什么，我暗地里松了一口气，难道他们互相放手也减轻了我的负担？

我觉得我在走之前应该再说些什么。我摸着我妈妈的手说："妈，仲代表身上的徽章有多重？报纸上没有刊登这方面的消息。"

我妈马上认真地回答我说："七十四点二克……不容易，他睡觉时候把徽章的尖头用胶布贴起来，不然动来动去地有点痛。一共戴了半年呢。为了他拿掉这个徽章，市里还专门开了一个会讨论。"

我惋惜地说："徽章这么轻……时间戴得这么短。"

到家里，看见我妹妹谢燕兵。

谢燕兵春天花粉过敏，脸上出红疹，每年迎春花一开，她就发愁。到白玉兰、桃花、菜花、海棠、梨花次第开放，她脸上的红疹子也就越来越大，变成一块一块大红疙瘩。脱敏治疗对她没用，今年她住到了高亿红家里去，说是由高亿红的母亲给她一日三顿侍候好，才能慢慢消掉脸上的红疹。她在高家住了半个月，回来后确实脸上的疹子少了许多。有了这个由头，她觉得她与高家才是今生今世要一起过的人。我们都同意她在我前面结婚，但她搭起臭架子，说自己还小。另外，她至少得找到一个有血缘关系的人证婚。听说她最近找到了一位亲叔叔，在外地。无奈这位亲叔叔不看重亲缘，推三阻四地不肯出席她的婚礼。我一脚踏进家门，就听她唠唠叨叨地和父亲说着话，一个劲地数落高亿红的不是，说他讲的故事不好听，都是陈芝麻烂谷子，但是他自己不知道，还一个劲地讲给她听。我父亲说："别怪他，别怪他。"后来他有些听烦了，猛然说："有人讲故事给你听，你还想怎样？我有一肚子的故事，现在没有一个人听。"

谢燕兵的声音戛然而止。

我对她说："妈妈晚上回来。"

我父亲在一旁听见，一下子乱了阵脚，一个劲地在屋里打转，问我们："烧些什么菜给她吃呢？我好久没给她烧菜吃了。"

他转来转去，自言自语。后来我和妹妹两个人一左一右扶住了他，把他扶进卧室休息。一会儿，他在里面唤我妹妹，我妹妹进去了，她出来笑盈盈地对我说："你看爸爸，他要在家里洗个澡。他说好久不见妈妈了，他要干干净净地见面。"我妹妹去了厨房，在里面烧水，放置木桶和毛巾，厨房里暖和，洗澡不会受凉。医院里有公共浴室，前几天就关门了。我去邻居那里借了三瓶热水，拎回来时厨房关门了，谢燕兵也不在。我敲敲厨房的门，父亲穿了短裤来开门。我进去摸摸木桶里的水，水一点也不热。我哗啦啦地把三瓶热水全倒了进去，对他说："我再去借几瓶热水来。你洗完第一遍的时候拍拍窗户，把门开一条边，我把热水瓶从门边递进来。"我父亲点着头说："好，好。"他仪式感很强的态度，使得我也莫名地开朗起来。

我父亲这个澡洗得格外漫长，这一个澡洗掉了他的自信，我猜想他在水盆里开始冷静下来了。他出来时脸色沮丧，脚步踉跄，径自进房休息去了。我妹妹不管那么多，高高兴兴、里里外外地开始忙碌起来。趁她忙碌，我骑车去找了井水亮。妹妹对我说，外面传说井水亮知道张风毅的去向。她消息灵通，听到的就有六七分是真的。

井水亮在院子里和人下棋。罗汉芳也在。大家都不上班，罗汉芳过来给井水亮洗衣服做饭，井水亮就悠闲地与人下棋。看到我，他推开棋盘说："你来啦？你早就该来找我的。"我笑着说："你知道我要找你？"他说："我当然知道你在找我，其实你不是要找我，你要找张风毅，全城的人都知道你在找他。"我就说："吴郭人心眼有点多，不如北方人那么爽直。"

井水亮进屋去，一会儿，拿了一张纸给我看，上面是他的笔迹，抄着一首诗：

看吧，

我们正在朝敌人射击，

子弹呼啸，

鲜血横流，

可是没有人知道，

这是一场什么样的战斗。

看吧，

我们冲锋陷阵，

子弹呼啸，

鲜血横流，

我们都是战士。

可是没有人知道，

我们是些什么样的战士。

我问道：“这是张风毅写的吗?”

井水亮说：“难道全天下只有张风毅才会写诗？这是我写的。撤退到城南那边，张风毅也写了一首，但是没让我们看，写好后自己看了一遍，就在边上一根燃烧的木头上烧着了它，还用它点上了嘴里的香烟。他说他十年不写诗了，写不好了。”

我好像看到张风毅用诗稿点香烟的样子，这个样子让我一阵惆怅。我问井水亮：“这么说，张风毅和你在一起？那他现在到底在哪里?”

井水亮说："我和张风毅本来不是一起的，我和宋阿进在一起，打着打着就和张风毅在一块了，'江南八骏'凑了三位。我们选了宋阿进当临时指挥官，这东西喜欢打仗，平时老看《孙子兵法》，也是学《毛选》积极分子，《毛泽东选集》里的文章，他能背出来许多。他一上任就给张风毅来了个下马威：'张风毅，现在该用毛主席的什么战术？'张风毅对他说：'现在该用和谈战术。革命不是破坏。思想上的分歧要用思想来解决。'宋阿进说：'这小子动摇军心，来啊，来人把他捆起来。'张风毅上前一把揪住宋阿进的脖领，把他揪得离了地。大家就上前劝了一番。"

第一天，对方兵多武器强，把张风毅他们围在了一条老街里。这时候，宋阿进他们用的是"反围"战术，进行"战略退却"，扔下受伤的战友，从老街退到一所学校，准备打"阵地战"。但对方包围了学校，他们的后勤人员还在源源不断地供应武器弹药，宋阿进他们幸运地在学校的仓库里找到了一些弹药和干粮，守了一晚。第二天一早，宋阿进组织全体人员学习了《中国革命战争的战略问题》第五章第三节的"战略退却"。宋阿进说："我们要用毛泽东思想武装自己的头脑，战略退却的目的是为了保存军力，叫'诱敌深入'，又叫'敌疲我打'，我们要伺机破敌，准备反攻，我们不做军事冒险主义。"有人说："怎么？你想把毛主席的话占为己有？你个大卵泡。"宋阿进翻了个白眼，捧着红色的《毛泽东选集》补充道："以上都是毛主席他老人家说的。毛主席还说，退却的军队能够选择自己所有的有利阵地，使进攻的军队不得不就我范围，这是内线作战的一个优良条件。弱军要战胜强军，是不能不讲求阵地这个条件的。”张风毅说：“你不要念了，我们还是先去看看地形，怎样逃。”宋阿进说：“不能有逃跑主义倾向，毛主席说要积极防御，才能打破敌人的围剿。”

张风毅没理他，带了井水亮看了一下学校的地形。学校四面的围墙高度有两米五左右，紧挨着围墙的是一条两米宽的小河。另外的三面都是街道，对方可以从三面街道攻打进来。攻进来之后，他们可以退到学校中间唯一的一座两层楼上，这座楼孤零零地耸立在空地上。这个制高点可以居高临下地打击敌人，但同时也无法全身而退了。

他看了地形回去对宋阿进说：“这学校没法防御，我们不要打阵地战了，离开学校改打运动战。”宋阿进说：“你真想逃跑?”张风毅说：“老宋，你再学学《毛泽东选集》，你就知道我的想法是对的。”宋阿进从怀里掏出《毛选》，说道：“好吧，是哪一章？我再学学。”张风毅说：“我忘了，你从第一页开始学吧。”

中午，对方的指挥官出来喊话，叫他们投降。张风毅大声念了曹植的一首诗：煮豆燃豆萁，豆在釜中泣。本是同根生，相煎何太急？他刚念完，对方阵营里就有人听懂了，朝他放了一枪，没有打中。晚上，一直到夜深人静，对方也没有发起进攻，不是张风毅念的诗起了效果，而是驻军部队开始军管，部队的首长已经向对方喊过话，希望双方理智地坐下商谈，要文斗不要武斗。但是宋阿进这伙人马不知道，张风毅打定主意，和井水亮两个人连夜翻过墙，渡过河逃了。他们一逃，大家也跟着他逃了。他逃到一条巷子里，七拐八弯地走了一段路，眼看着就要到家了，没想到身后响起一片枪声，回头一看，他的同伙被对方撵得像受惊兔子似的狂窜，大家又相逢了。他只好引着他们又开始逃。宋阿进说："我们现在要战略反攻了，大家突围出去，到城外去继续战斗。"

他们还是没有突围，又被对方堵在一所空屋子里了。

张风毅说："大家扔掉身上多余的东西，一有机会就冲出去朝城南去。"

宋阿进说："什么都可以扔掉，《毛选》万万不能丢。请大家拿出《毛选》翻到'战略反攻'这一节。毛主席说，反攻不完全是进攻。反攻原则，是在敌人进攻时应用的。敌人马上就要进攻了，我们准备反攻。"

话音刚落，对方在屋外拿着喇叭叫："我们马上就要打歼灭战了，我们马上就要打歼灭战了……敌人不投降，我们把他们全歼光。"一连喊了四五遍，把屋子里的人喊得心惊肉跳。宋阿进说："算他们狠。我们听老张的，趁夜里冲出去朝南跑吧。"

他们拼命放着枪朝外面冲，一出去就遭到了对方的阻击，对方朝他们喊："你们是不是人？怎么老是逃跑？按照毛主席说的战争规律，你们应该采取堡垒主义，然后乖乖投降。”宋阿进说：“放屁，我们不是逃跑，我们是战略反攻。”他一说“反攻”这个词，他这一伙人精神倍增，拼了命地朝前打，居然压过了对方，突围出去了。这时候，他们听到喇叭声里呼吁停战的声音。张风毅就在纸上写了两个字：休战！挑在枪口上伸出去，但对方打过来一梭子。宋阿进说：“被错误思想指导的人，他的行为也是错误的，结果不会好的。张风毅，你就是被错误思想引导的人。现在进行休整，请大家拿出《毛泽东选集》翻到‘战略退却’那一章再学习学习。我们现在还是战略退却，形势严峻，要做好打持久战的准备。”他的话刚说完，对方的阵地上伸出一个大喇叭筒，哇啦哇啦地叫喊：“毛主席教导我们说，敌进我退，敌驻我扰，敌疲我打，敌退我追。”宋阿进吓得手上的书都掉了地：“妈呀，完了，他们和我们想到一块去了，都在学毛主席的语录。这下怎么办啊？”

张风毅说：“我们不要打持久战，我们要打速决战，打完就走。速决战加上运动战，一边打一边朝城外的西南方向运动，在运动中消耗敌人的力量。现在趁他们休息，我们三十六计走为上策。同意我的请举手。”宋阿进说：“你说来说去，就是逃跑主义。”但他还是和大伙一样举手同意了。张风毅自愿留在原地给对方阵地的人喊话，吸引对方的注意力，另外的人撤得无声无息。

他们逃到城外的西南面，在蓝湖边上的花码头镇外一座山上驻扎下来，镇东北的山上有一支部队官兵。部队挖空了整座山，山里驻扎着一支坦克部队。旁边的山上还有一支雷达兵，任何敌人都无法靠近。所以他们算是安全了。

深夜了，他们躺在山坡上喘息，听队伍里的一个小姑娘说她去北京串联的事。她是坐在火车的厕所里，过了三天三夜才到的北京。一到北京下了火车，大家就被专门的接待人员接到一个招待所，一边等待毛主席接见，一边进行军事化训练，平时要去北京大学和清华大学看大字报学习经验。过了半个月，领导通知他们，明天毛主席要在天安门接见红卫兵，大家要系好鞋带，因为人太多了，鞋子会挤掉的。大家激动得都哭了。第二天去，毛主席没来。过了两天，领导又通知他们，明天毛主席要接见他们，请大家系好鞋带。他们又哭了。明天去了，毛主席还是没有接见他们。又过了两天……领导来了说，请大家系好鞋带，还是有人哭了，但哭的人不多……毛主席还是没来。终于到了第四次，领导来了，他们想，又要系好鞋带了吧？……

张风毅对她说："闭嘴。"小姑娘就闭嘴了。

大家懒懒地看着天上的星星，疲惫不堪，再也懒得说话。休息到第二天早上，他们饿着肚子开始商量下一步的行动。张风毅坐在那里，低着头，一直没有说话。何去何从，大家最后统一了意见，决定到小荒山上去打游击，再发动山下的村民与他们一起干。小荒山那地方竹木参天，有肃杀之气。

然后，这帮人为了先炸发电站还是先炸广播大楼争论不休，宋阿进说："罢了，不要争了，供水厂就在边上，一不做二不休，我们把供水厂炸了，出一口恶气。"

张风毅听了，身体动了一下。讲故事的小姑娘敏感地问他："你想干什么？"张风毅说："我没想干什么。就是想起来一个问题，讨教一下各位。"宋阿进说："不要说得那么文绉绉的。有话快说，有屁快放。"张风毅说："好吧，你放完了屁，我才能说。我想问大家一个问题——中国人有什么优点？"讲故事的小姑娘一伸手抢答："中国人勤劳勇敢、正直善良、智慧文明。"张风毅又问："除了这些优点，中国人有什么缺点？"小姑娘说："中国人没有缺点。"张风毅说："错。中国人有许多优点，也有不少缺点。譬如说，中国人消极、偏激、容易紧张和冲动，不善于反思。而且特别迷信。"宋阿进问："慢着，你说说清楚，什么叫迷信？"张风毅说："迷信就是不讲科学。各方面，相信不该相信的东西。"宋阿进说："你反正也说了，索性把你心里话都说出来……还有呢？"张风毅说："在中国当强者很危险，因为'木秀于林，风必摧之'，因为'枪打出头鸟'。所以造成中国人普遍的软弱，不想有自己的思维。因为弱者可以不检讨，不追究。"宋阿进喊道："这次他可不是只攻击我一个人，他攻击你们全体，攻击中国人民。"

大家一拥而上，用枪指着，把张风毅围在中间。张风毅四下看一圈，直视战友敌意的目光，说："你们放我走，我和你们不是一路人，可也不是你们的敌人。”大伙儿一条声地说：“不是朋友就是敌人。”张风毅强硬地说：“我就是敌人了，怎样？你们上来试试。”双方僵持不下，张风毅看看边上十几米远的地方，有一片长着杂草和矮树丛的陡坡，突然朝宋阿进的腿上打了一枪，趁着混乱冲出人群，和身一滚，落下山坡。他的战友们杀声震天，紧随其后。

井水亮的话到此结束，他也不知张风毅逃到哪里去了，只是听说他后来朝浙江海宁那里去了，那边什么地方有他一个朋友。张风毅逃走后，宋阿进躺在担架上让大家抬进医院治疗去了。闹腾了几天，这些人说是要用枪杆子捍卫自己的思想，最后枪杆子上交，思想也经不起推敲。宋阿进后来说：“张风毅，任他逃到哪里去，我都不会放过他。我和他除了思想不同，还有血海深仇。”

我还是没有找到张风毅的踪迹，井水亮的消息，只是个安慰。

我回到家，桌子上的菜动了不少，除了我父亲，我妈妈，我妹妹外，还莫名其妙地多了两个人，一个是高亿红，一个是仲代表。仲代表在场，说明我父母亲的关系不会再维持了。我父亲身上散发出一股香皂味，仲代表身上散发出一股酸不溜丢的馊味。他们好像都吃饱了，坐在那里不吃，也不动。我坐下去，拿起筷子吃起来。只有我一个人在吃，我父亲看着我妈，仲代表看着我妈。高亿红看着我妹妹，我妹妹仰头看天。

一桌子过年的菜，炒黄豆芽、红烧鱼、白煮鸡、鸭汤、小糯米圆子，还有虾肉饼。这道菜不仅花工夫，也费钱。我妹妹说高亿红的钱是她管了，看来不是吹牛的。

桌子上还有黄酒，黄酒是高大进奶奶拿来的。我妹妹今天特意在黄酒里撒了干桂花，桂花放得很多，酒里密密地飘了一层，互相挤着挨着，黏黏稠稠，亲密无间，像是对我家家庭关系的讽刺。我妈叹了口气，说："好喝。"她的颧骨上显出两团酡红。

我妈妈猛地站起来说："个人的未来微不足道，要把个人的命运和中国革命结合起来，这样的未来才是正确的未来。"

她又对我妹妹说："谢燕兵，虾饼是做得不错，但是我觉得你不要总是把心思放在这种生活细节上，多一点时间，学习毛主席语录，改造思想。"

仲代表站起来扶了她一把，她一甩手挣脱掉，看着我们三个说："我们吴郭市也要办'五七干校'了，谁思想落后，谁就要进去改造思想。"

仲代表给我父亲面前的杯子倒上酒，说："她喝多了，喝多了。"

我妈妈晃了几晃，坐下了。

连呼吸都停止一样的沉默。

我父亲对我妈妈说："你是自由的。"他的嗓子明显哽咽了一下。调整好情绪，继续说："你是自由的。一纸婚书不能约束人的自由，没有感情，在一起很痛苦。只是这个人，你要仔细考虑，我觉得他不能给你带来幸福。"

仲代表马上说："我热爱谢小达同志，我会给她带来幸福。"

我妈妈拍拍仲代表的肩膀，带着喜洋洋的江湖气说："上刀山下火海，我要和你在一起。"

我父亲对我妈妈说："哪一天你过不好了，我的门永远对你敞开，你什么时候进来都可以。"

我妈妈喝令仲代表："你怎么又吃上了？站起来，我们走。"

仲代表居然恋恋不舍地对我们说："再会……我希望再会啊。"他指指沙发边上一包糕点对我说："那是我买的，你们尝尝。"

他以为我们可以像亲戚一样走动往来？我和谢燕兵面面相觑。

我妈妈临走时对我说："你明天来妇联，我们有一个针对农村妇女儿童医疗保健的资助项目。我再叫人陪你一起去教育局，问问他们那里有没有扶持乡村中学的专项资金。"

她一谈到工作就很真诚。我上前拥抱了她，为一切。她搂着我不放，有点失控。仲代表上前掰开她的手，她哭了起来。于是仲代表捂着她的嘴，把她架走了。她的司机驾车在巷口等着。

这以后，我们一家四口人再也没有在一起吃过年夜饭。

我父母亲只花了一个星期就离婚了，我妈妈和仲代表的婚房在市妇联的边上，她叫我去看看，我给她买了一条围巾，托人带给她，算是给她的结婚礼物，终究没有去看她。我在“111”医院里上完“赤脚医生”培训课，回白鹭农业中学。过了两个月，我父亲申请调至南京某医院，离开了这块生他养他的地方。妹妹搬到高亿红家里去。她的叔叔终于同意给她当证婚人，她结婚时，只有我去了。我们这个家四分五裂，不复存在着。我们的房子后来上交军医院。我和我父亲的一些物件，温德好和林纳德帮忙搬到“廿八斋”里寄存着。军医院家属大院，从此与我无关。

我们纠缠不休的命运，我们或远或近的缘分，我们的真诚或花招……都来自个人的想法。

五

他们都走了，家里只剩下我和父亲两个人。我还有二十几天也要回学校，父亲何去何从那时还没有决定，他也忙碌着，平时我见不到他。

培训结束那天，我回家晚了，半夜里，肚子咕咕叫喊，摸到厨房里，打开灯，吓了一跳，我父亲站在碗柜前也在找东西吃。我松了一口气，笑着问他："你回来了?"他反问："你来干什么?"我命令他："你先说。"他不同意："你先说。"我举起拳头吓唬他："不说就揍你!"他说："哎呀，我害怕。我说。我是来偷东西吃的。你也是的吧?"我问他："你拿到了什么?"他说："哼，没啥东西好偷。你妹妹做饭，总是做得不多不少。我在碗橱里只摸到一块锅巴。"他把那块锅巴在我鼻子下一晃，自己咬了一小口，放我嘴巴里让我也咬了一口。我说：“放在我手上吃。”他就把锅巴放在我手心里，你一口我一口地吃，细细地慢慢地嚼。这是世界上最意味深长的锅巴。我的眼睛里渗出了泪花，回过头使劲地憋了回去。

吃完锅巴，我们坐着说话。我关了灯，让厨房恢复宁静。

两个人沉默很久，我父亲才开口说话，他说：“王来恩前阵子回老家，排场搞得很大，每天都放炮仗，乡里几个不买账的小伙子觉得他不替人办事，还这么张狂，夜里把他拦住打了一顿，打得他那只眼睛又看不见了。他听了他老婆的话，来找我给他做精神疏导。”

我说：“我不赞成你给王来恩看病，王来恩其实既不是左派也不是右派，他是个危险的机会主义者，这种人，沾上就有倒霉的可能。”

我父亲说：“当时我就决定给王来恩看病了，救死扶伤，医者天职。古人云，医者父母心。其他的东西，我不想多考虑。”

我的父亲深爱两个女人，张柔和跟谢小达，他的生命就像是一副担子，她们是他生命之担的两端，平衡他的生活，这两个女人，他一个也不能少。他把肉体分配给谢小达，这是对神圣婚姻的奉献。他把精神分配给张柔和，这是对理想和灵魂的赞歌。但他犯了一个错误，谢小达要的是他的精神，张柔和千方百计想要他的肉体。两个女人，手里一人一把锯子。她们的锯子平时若即若离，一旦需要就劈头而来。我妈锯过他后会振振有词地扬长而去，张柔和会主动抚平他的伤口。

现在，锯子没有了，他成了孤家寡人。我发现他成了与我一样的人，需要重新开始。多少年来，我父亲的容貌和气质一直呈现出少见的俊逸，他的装扮和言行没有特别之处，但他一走出来就是全体女人瞻望的人，他神秘的不老模样显出他最强的地方，也暴露出他最脆弱的地方。以前，每天早上，他都要喝一碗淡盐水，起身出去跑步，回来刮胡子洗澡。他进食不多，细嚼慢咽，说话也是慢声细语，不大声地笑，不忘形的沮丧或生气，尽量保持沉默。晚上回来必定要把明天穿的衣服折叠整齐，睡觉前要打坐，清除杂念。他的枕头和被子总是亲力亲为地拆洗、晾晒，上面留着太阳的味道。他的鞋子一尘不染，鞋垫天天都要洗晒，比王来恩的脸还干净。

他用的毛巾有三块，洗脸、洗手和洗脚是分开的，虽说旧了，还有点破，也是干干净净的。王来恩常年只用一块毛巾，上下不分，且男女也不分。他家的毛巾从来不拿出来晒太阳。我父亲把自己这样打理下来，身上自然就带着阳光的味道。何况他说话柔和幽默，动作自然文雅，心情愉快放松，女人们要不喜欢他也不能够。他想找婚姻和爱情，都是容易的。

此刻他满脸胡楂，让我看了心疼。

我接着他的话问："你怎么给王来恩看病？"我感到有事情发生了。

我父亲向我一一道来。

王来恩当了副院长以后，也注意起个人的形象。首先他每天早上洗脸刷牙了，在大庭广众之下不吃油条，嘴巴里也不说他妈的、我操……之类的话茬儿，买了一支钢笔别在口袋里，胸前衣襟上本来是别了大大小小六只毛主席像章，为了不显得过分急切，他拿掉了五枚，剩下一枚最大的，一斤半，上面是毛主席头像和一个“忠”字。这样一来，他觉得自己显得不那么令人敬畏，显出亲切可人的模样。但大家还是不肯亲近他，尤其女同胞，见了他就不说话。他只能隔三岔五地去各个科室走走，与大家拉近距离。最近连老杜都看他不顺眼，说：“王来恩，你他妈的只有一只斗鸡眼？你那只倒霉的眼睛到底是怎么回事？一时看得见，一时看不见，还整天贴着尿布一样的东西。”王来恩很诚实，说：“被我老家几个小青年整的。”老杜说：“快去找孔朝山看看。”他回到家里，老婆也朝他吼：“快去找孔朝山看看。”

于是他来找孔朝山了。

我父亲看到王来恩进门，他放下手中的书站了起来。王来恩以为他会去泡茶，说：“你不要去泡茶，我不想喝。”

我父亲说：“王来恩同志，我没想给你倒茶。”

王来恩问：“那你看见我站起来干什么？”

我父亲考虑了片刻说：“不太清楚。我可能想出去吧。”

王来恩说：“不许出去。我找你呢。”

王来恩坐下，一会儿把左腿架到右腿上，一会儿又把右腿架到左腿上，身上不好闻的气味忽左忽右。这些气味不仅是不新鲜的，其中的某些分子，有可能隔了好几年，不是近期形成的。总之他把自己折腾了好一会儿，才下定决心说道："老孔，我老婆说，你能治好我的眼睛。"

我父亲一下子明白了，王来恩是来求医的，他是病者身份。

于是我父亲换上权威医生的口气，不客气地说："看病的事，你先回去，等我想想再答复你。还有，如果我给你看病的话，你要把这个大的像章换个小的，你看我们都戴着小的。这么大的像章戴着，影响治病的效果。"

王来恩说："凭你换像章的话，我就能让你坐牢。"

我父亲说："你爱干什么就干什么吧。"

王来恩默不作声地走了。

王来恩听了我父亲的话，结合起众人对他的态度，觉得自己在众人的眼里并没有变化，还是以前那个人，既然这样，还不如过得舒服一点。他买了四根油条走在路上大嚼，有人走过，好像嘀咕了一句"油条王。"他走到医院门口吃完最后一口油条，看看手，拿过油条的手亮晶晶的，好像重了一点，又好像轻了一点，这个感觉让他陷入精神错乱。他看看墙，看看自己的衣服，最后觉得这油手还是在头发上解决合适，于是手就在头发上抹了两下。两位小护士走过他身边，惊异地看了他一眼。

他再次走进我父亲的治疗室，叫道："孔朝山，马上给我看病，不然我砸了你的办公室。"

他离我父亲很近，一股油条香冲鼻而来。我父亲耸耸鼻子，不太欢迎这异味，但嘴里还是对他说："欢迎你!"他的口气不像欢迎别人，而像在挖苦自己。他听出自己的口气了，居然笑了，缓和地问："你坐下还是躺下?"王来恩对室内的陈设斜睨一眼，表示出极大的不信任："我最好是站着。"当然他不能站的，最后他还是坐下来了。

我父亲给王来恩用的是轻度催眠精神疗法。

我父亲对他说："我现在和你约好，我数到十的时候，你就醒过来。你躺好，放松身体，从放松眼皮开始，慢慢睡着，不要害怕……"

王来恩坐起来，歪着脑袋瓜子说："老孔，我什么时候害怕过?"

我父亲上前按住他的肩膀说："老王，你躺下嘛。"

王来恩哈哈大笑："老孔，你也叫我老王了？不行，你要叫我王院长。"

我父亲说："王副院长，你躺下。嗯，闭上眼睛，放松，你慢慢地就会睡着了……"

王来恩猛地睁开眼睛说："你让我睡着干什么？你叫我王副院长，存心气我是不是？人家都不带'副'字的。"

我父亲说："你睡着以后，我会问你一些与病因有关的问题，问完了，我数到十，你就会醒过来。我向你保证，你醒过来以后，眼睛就看得见了。"

王来恩想想，说："你的意思就是说，你问我什么，我就说什么，说的都是心里话？"

我父亲说："是啊，人在催眠的状态下，说的全是隐藏在内心的想法。"

王来恩说："老孔，你想套我什么话？"

我父亲说："没有啊。这是治病。"

王来恩说："我怎么知道你问的话哪些是治病，哪些是你自己想知道的？"

我父亲就愣住了："你有什么事？我知道了又有什么用？"

王来恩说："你可以向上汇报，写信啊什么的，自己不干还能卖个交情，告诉别人，让别人干。总之，如果你知道了我的心里话，一定不会这么便宜我。难道现在还有便宜别人的人吗？我不相信的。"

我父亲说："你到底有什么见不得人的事？"

王来恩嘟嘟嘴巴，以他一向的率真态度回答："人总有一点见不得人的事，难道你没有？"

这句坦白之言问倒了我父亲。他说："你这么紧张不行，我换一个医生来。"

王来恩说："不行，换一个我更不放心，更紧张。可能我还没醒过来，他已经汇报上去了。你还算老实的——但是老实人也不能相信。"

我父亲皱眉："那你自己想想看，怎样才能让你心情放松？"

王来恩笑嘻嘻地说："你和我聊聊天吧，我喜欢聊天，一聊天就浑身舒服。这医院里没人和我聊天，我也不想和别人聊天，我怕一聊就聊到监狱里去了。我只有老婆和我聊天，她是个女人，老是说什么菜里放多少油，鸡蛋汤怎么烧才烧出密密麻麻的蛋花。"

说起这个话题，我父亲显得相当自信："让她找我，我可以告诉她，鸡蛋汤怎么烧才能烧出密密麻麻的蛋花。但愿她学得会，我老婆，教了她几次都没学会。"他想起我妈妈已经与他离婚了，改口说："我俩谈谈别的话题吧。"

王来恩使了一个心眼，说："你说谈什么话题吧？"

我父亲说："艺术、经济、科学技术、全球资本主义国家和第三世界的政策走向……"以上的话题王来恩百分之百地不喜欢，他一个劲地摇头。我父亲只好说："那我们来谈谈花卉。"他认为谈花卉绝对轻松，于是他说："有一种花叫优昙婆罗花，人家说它是神花，三千年一开，看到的人有福，这花先绿后红，再雪白。其实呢，它不是花，是一种虫子的卵。哈哈哈……"

王来恩眼睛一翻，嘴角挂上冷笑。我父亲停住了嘴，眼睛看着地下，想了一想说："有一件事，我从来没和别人说过，很好玩，告诉你，让你笑笑。电影《白毛女》看过吧？"

王来恩说："谁没看过？不是吹牛，我看了七八遍。"

我父亲问他："你看出什么问题来？"

王来恩看电影时从来不会想什么问题，他狐疑地说："什么问题？它反党？反革命？”

我父亲说：“嘿，你太多心了。这是一部好电影，可惜里面让大春骂了一句粗话‘他妈的’。”

王来恩想，这种文绉绉的粗话有什么，在我们农村，更粗的话遍地都是，于是他说：“这有什么，粗话我也常说，男人怎么能不说粗话？”

我父亲说：“我说的不是你那个意思。你想，大春是土生土长的农村人，电影里看他也从不到外面去。一个农村青年，骂人不是这么骂的，你应该知道得比我更清楚。其实城里人也不骂‘他妈的’，这个太文明了。要是有什么人写本《骂人语言变迁史》才有意思呢。”我父亲哈哈大笑。

王来恩却没笑，他听了很不开心，说：“哼，你们这种知识分子只会小肚鸡肠，你是不是拐弯抹角地说我会骂人？”我父亲说：“没有没有。那你定个话题吧。”王来恩喜欢聊的话题有点吓人，他开口就说：“某人在公开场合说，医院墙上的‘毛主席万岁！’写得不好，特别是‘毛’这个字，笔画写得开了叉，就像人什么地方的毛一样。这人有反毛主席的倾向。我记着的。哈哈哈哈……”

王来恩大笑，看来浑身轻松，轻松得要飘起来了。

我父亲听得心里发毛，王来恩的记性太好，肚子里藏着医院里所有人的过失言论，大家私下里说的对领导、对政府某部门、对积极分子、对大好形势、对学习材料、对标语、对天气、对树、对饭碗、对狗……的坏话，他都记得，还记得大家私下里说坏话的日期。

我父亲坐在凳子上，紧握两手，一会儿伸直左腿，一会儿伸直右腿，压制住发抖的欲望。

王来恩说："你的脸这么难看，简直像是拉过屎的尿布。"

我父亲说："听了你说的这些，我浑身发冷。我得走了。"

王来恩笑得上气不接下气，喊道："我开个玩笑嘛。你别走，我要你给我看病。"

我父亲说："我看不了你这个病。"

王来恩说："你给老子坐下来。"

我父亲说："你还讲不讲民主?"

王来恩说："看来你对民主有意见。"

我父亲抬起头说："我是一个小人物，就是对民主有意见，也无关大局。何况我对民主没意见——就这点民主，不多，大家凑合着用吧。"

王来恩指着他说："你活得不耐烦了，你想当反革命?"

我父亲说："悉听尊便。"他脱下白大褂，怕王来恩听不懂悉听尊便是什么意思，补充了一句："恶狗要咬人，就让它咬一口吧。"说完他就离开了。

王来恩知道孔朝山拒绝给他治疗，他也不太生气，只哼了一声，这笔账给他记着，以后一齐算吧。现在他最大的需求是要睡一觉，刚才说了太多的话，浑身松散，骨头里都松动开来。

他大骂一声："不多。"朝治疗床上一倒就睡着了，浑身散发出油条味，嘴里喃喃：孔朝山啊……这味道从治疗室里飘荡出去，一直飘到我家里。孔朝山已回到家中，猛然嗅到强烈的油条味，就像敌人来到面前，浑身不由自主地一颤。我听完后给他传授我的经验说："恶狗咬人，就得用棍子打。"我父亲表示同意并赞助地拿起一只碗扔到地上，马上有人开亮了灯，抗议说："孔家的，厨房里什么声音？吵不吵人？"

王来恩家里有了动静，片刻，院子里猛然响起鞭炮声，所有的灯一时都关了。

王来恩高兴地喊了一嗓子："不多！"

厨房里熟悉的气味，从小闻到现在。我一闻到它，就明白自己是什么样的人。它单纯、美好，让我踏实心定，我从没有在厨房里感到过迷茫，但是今夜不同，有月亮光从门外照进来，树影婆娑，使得每一个角度都有点陌生，厨房单调温馨的气味里拌了多种夜里才有的气息，陌生得让我吃惊。我父亲问："吃了锅巴，你还不打瞌睡？"我说："锅巴又不是安眠药。"

热水瓶里还有大半瓶热水，我泡了两杯茶，又去碗柜里搜，搜到两块坚硬的山芋干。父女俩一边喝茶，一边嚼山芋干。

我对他说："你不给王来恩看病，他是不会善罢甘休的。"

我父亲说："我通过关系，早就在省城里谋出路了。这块地方，我要和它说再见了。"

我："张家姐姐有什么意见？"

我父亲说："你张家姐姐没有意见，她告诉我，温德好马上回美国去一趟。他们要结婚了，他去带些东西回来。……人要是对琐碎的东西感兴趣，那一定是幸福的。我以前爱下厨烧菜给你妈妈吃，那时候感到多么幸福！现在一天三顿饭都吃食堂，幸福感没有了，但是我可以空出时间来想别的。"

我问他："想什么呢？"

我父亲说："譬如像我这样的人，本来是一只山芋，现在变成山芋干了，我应该怎样重新开始？重新开始如果不是重组一个家庭，不是又经历一次感情生活，那又是什么？这就是我——一块山芋干的问题。"

我说："我只知道，当一个人遭到厄运时，不要退却，不管面前是什么样的路，只要有，就朝前走。"

我突然心里疼了一下。我在朝什么地方走？我忙忙碌碌为的是什么？

培训结束的第二天下午，我搭上一辆便车回学校。公路已经修到了花码头镇边上，我下了车，绕过花码头镇，二十里地，要走三个小时才到白鹭村。我想到了秧花，前阵子听说家里安排她和一位军官相亲，不知道结果如何。以后再找机会来看她吧。我奶奶在花码头镇和吴郭市内来来往往，没个定数，我也半年多没有见到她了。现在是傍晚，天空上泼满粉蓝和水红色的晚霞，人的脸上映着辉光。

经过一座又一座小山，穿过一个又一个的村落，天黑了下来，离白鹭村大约还有一个多小时的路程。

乡村里的黑夜与城里的黑夜不一样，城里一到夜里，华灯齐亮，街上人来人往。乡村里一到黑夜，人就潜进屋子，关上门，而外面的世界就如揭开了一只大盖子，四面八方的虫子一齐欢唱起来，漫山遍野，充塞耳膜，无声无息的萤火虫从地上升腾到空间，成群结队地共舞一曲。一弯巨大的上弦月已落在西边，夜色微微有些亮，我没有打手电筒也能行路。

还有半个小时的路程了，我坐在路边的山坡上歇歇脚。山坡上开满大朵大朵的胡萝卜花，散发出浓烈的蜂蜜味道。片刻，听到山坡下面有水瓢磕碰木桶的声音，我把手电筒打开，朝下面照过去，先看见一顶军帽，然后是一身破旧的军装，地上放着一个背包和绿色行军水壶。军帽上没有帽徽，那就不是真正的军人了。我知道他是什么人。我关掉手电筒，问他："你从什么地方来？"

他说："北京。我们从湖南一路搭车到北京，参加过天安门的大集会，又从北京一路走着回湖南。"

我又问："他们人呢？怎么就你一个人？"

他一时语塞。我就叫他："你坐到我这里来。"他几步跨上了山坡，坐在离我两米远的地方，说："没想到夜里还能碰上说话的人……我们本来是八个湖南人，从北京回家乡。我们讲好不坐车，打一个'为人民服务'的条幅，一路走一路为人民服务，替老百姓干活。没想到他们一个一个地全搭车跑了，一个星期前，最后一个也搭了车走了。他们会修锁的、会磨刀的、会刻钢板复印的、会跳舞唱歌的……全走了，我这个无能的人，只会给老百姓挑水、浇地。”

我问他：“你就一个人这么走？一边走一边为老百姓干活？”

他说：“对。我不想改变自己，就是一个人也要一路走回家乡，‘为人民服务’的条幅还在我包里，我要保存起来，等我有了儿子、孙子，我就可以对他们说，我是怎么从北京走回家的，一路上为老百姓干活。我曾为自己的理想，付出过努力。”

我说：“你辛苦了。”

他说：“辛苦倒是没什么，一个人，有时候感到太孤独了。”

我想对他说，我也很孤单，我不停地寻找，却不知道路在何方。

我看到了他的紧张，他手里拿着毛巾擦汗了，时不时地看我一眼。夜里能看清什么呢？我就对他说：“你不要慌。来，你坐过来。我们两个萍水相逢的人，给彼此一个安慰吧。”

萤火虫漫天飞舞，胡萝卜花辗碎在身子底下，发出更浓烈的香味。

…………

我们告别时，他对我说：“谢谢你，你让我这一生的血永远不会变凉。”

我努力辨别黑暗中他离开的身影，这位陌生人得到了我的温存，他这一生中增加了趣味和意义。而我，陌生人的温情和努力，并没让我从中得到欢悦，我的血并没有因此热乎起来，不是欲望，也不是施与，只是对信念的认同。信念有多么脆弱，信念有多么无望，我十分清楚。我是为了脆弱和无望才与他共度片刻爱河。

我回到学校，夜深人静，电灯早就关闸，阿圆点了油灯，还在医务室里看《赤脚医生手册》，他在等着我。他给我煮了大米粥，摘了野苋菜，用香油拌了一碗，还在学校食堂里给我要了一碟酱萝卜干。我喝了半碗粥，吃了拌野苋。他说："以前我老在你家厨房边上闻香味，也常看到你家烧什么菜，看着看着也学会了几手。"我被他说得笑了。他坐在我边上跟我说事。看得出来，我培训的一个多月里，他有了长进。他新认识了好多字，汉语拼音他也都认识了。《赤脚医生手册》他能看下大部分。最重要的是，村里有个姑娘家里愿意招他入赘，那姑娘长得小巧甜美，乌黑的长发，性格也好。

我喝了粥就去躺下了。我在睡着之前，还得想一想，刚才那件风花雪月的事是一念为之还是早就期待？为什么我此刻心中充满忧郁？阿圆在外面说："桌子我明天再收拾，你睡吧，我给你把门关上。我忘了告诉你，有一个人到学校找过你，叫秧花。这人派头好大，不爱搭理人。"

我从床上坐起来。秧花来找我，一定有事。

第二天，我一上学校，高校长就给我拿来了一对双人枕头和一只缝得死死的布包。双人枕头一面是并蒂莲和鸳鸯戏水，一面是寒山、拾得“和合”二仙，都绣得流光溢彩，太阳下闪闪发光。枕头边缘上的缠枝牡丹花里绣了一行小字：张风毅燕妮相亲相爱。

她凭什么认定我和张风毅要在一起？

我拆开布包，里面一本笔记本，上面写着《曼娜回忆录》，看字迹是张风毅的。两封信，一封是张风毅写给我的，告诉我，他去了海宁，到我过生日那天，他会来找我。另一封是秧花写给我的，上面写着：

敬爱的燕妮妹妹你好！

你到了白鹭农业中学，我还没来看过你。毛主席说过，我们都是为人民服务的，所以，我们一定要在生活上事业上互相帮助。革命是艰苦的，我们要有长期斗争的准备。听说吴郭市里两条路线的斗争很激烈，有人想复辟。贫下中农不信邪，坚持斗争，坚决拥护毛主席，谁敢动党的一根毫毛，坚决让他见阎王。党中央毛主席时刻都在关心着我们，共产主义正一步一步向我们走来。

又：我决定要结婚了，就是和那位军官——上次写信告诉你的那位。张风毅从城里撤退出来，就到了青云岛，后来又从青云岛到花码头镇来找我，在我家里住了一天，我们谈了不到一天的恋爱。这一天里，我知道他心里的人是你，不是我。所以我决定结婚了，把他还给你，你要好好珍惜他。我只能借着鸳鸯枕表达我对你的祝福。我绣了两对这种枕头，一对是我结婚时用的，一对送给你和他。

致以革命的敬礼！

她的信上，关键的内容在“又”的里面。

我决定过几天去花码头镇找她，请她解释一下“又”字里面的内容。

过了一个星期，我带着阿圆去花码头镇的卫生所进药品，我让阿圆先回学校，自己去秧花家里找她，她却不在家里。她妈妈喜气洋洋地告诉我，四天前她结了婚，男方家里离这边不远，走半个小时也到了。我问了路，就急忙去了。到她的新家一看，到处贴着大红“喜”字，她的辫子也不见了，短发齐肩。她看见我，高兴得脸蛋都红了，拉着我，一家一家地去拜访她的邻居们，听他们对我说好话，然后才把我领到她的新房说悄悄话。她第一句话就问我：“你肯定想问我很多的事情。你想先知道什么？”我说：“先说张风毅的事，再说你丈夫和你的事。”

几个月前的那一天，张风毅撇下井水亮，一路朝西，逃窜到蓝湖边上，看看无路可走，朝后面追着的那帮人叫喊：“你们死追着我干啥？我不过就是一个小老百姓，不是大鱼。”这一喊，后面那些人站下来，愤愤地一齐朝他举枪瞄准。他只好跳进冰冷的水中，水冷得脚要抽筋了，幸好没有真抽筋，不然这条命就休了。他扔掉枪，不远处有一块露头石礁，他奋力游过去，屁股大那么一点的小石礁，刚好让他坐上去，他脱掉外衣扔掉，虽说在水里，却觉得心里像干旱的河床一样燥热紧绷。水渐渐地涨潮，水面茫茫，不见任何船的踪影。不远处有一座大石礁，他游到大石礁上，赤裸的身上竟发热了。水打着礁石，水在晃，看上去像是礁石有节奏地晃荡。一只红隼突然从石隙中蹿上天空，他想自己到底不是红隼，红隼天性勇猛孤独，就如天马行空，独往独来。人是群居动物，最怕的就是孤独，人在孤独的时候，才会觉得自己只是“一个”势单力薄的人，孤苦无依。他想，人在孤独落单时，才会有众生平等的思想，不会狂言人类是万物之灵。他四下里仔细看，西边有一座岛屿隐隐地露出来，应当就是青云岛。他就朝这岛上奋力游去，游得筋疲力尽。绝望中，突然脚碰到水里的沙砾了，站起来在水里走了长长一段路，上岸一瞧，竟在“坠露滩”上。河边苇丛里徜徉着两只小河獐子。他想起当年给这水滩起名字的事，笑容就在脸上漾开了。

独自正笑得妖娆，岸上呼啦啦站出几个手拿红缨枪的岛民，为首的一个中年人满脸络腮胡子，指着张风毅说：“你这孩子，天堂有路你不走，地狱无门你偏来。赶紧回去，哪里来回到哪里去。”

张风毅抹一把脸上的水，说：“我来找秧花的干娘。”

人群里站出来一位小伙子说：“我娘早就死了。再说我也不认识你，秧花不在这里，没法替你作证。”

张风毅认一下他的脸，说：“我十年前这个时候上过岛，是你把我们带到这个地方来游泳的，你自己回去了。”

小伙子说：“那就对了。那是我哥哥，不是我。这样吧，你跟我上船，我送你出去。”

张风毅喊起来：“天下哪有这种道理的？把远方来的客人朝外面赶。”

络腮胡子笑眯眯地对他说：“说这个没用，我们也是没办法，现在正乱，外面来的人一律不让进岛，如果用强，我们也不客气。”

一位容貌身材出众的老太太站在张风毅边上，一直在打量他，满脸喜欢的样子。她上前摸摸张风毅的胳膊说：“不好了呀，冷得发抖了呀。”

络腮胡子对张风毅说：“那这样吧，你认了这位阿姨做干娘，我们就放你上岛。”

老太太矜持而礼貌地后退一步，等待张风毅的反应。张风毅叹了一口气。

拿了红缨枪的那些人劝道：“认吧，认吧。认了干娘好上岸。”他们对那老太太都摆出尊重热情的态度，可见这老太太在岛上地位尊高。

张风毅想，自己辛辛苦苦游过来，好像就是来进这个圈套的。他回头看一眼那个老太太，见她身材高挑，细皮白肉，头发还是乌黑的，穿着打扮是城里人的模样，脖子里围了一条细窄的红毛线围巾。他心生好感，就对老太太微微笑一笑。老太太连忙说："认了认了。人家愿意认我。你们都回家吧。来，干儿子，我们回家！你叫什么名字？我姓陶。"

张风毅跟着这个突然多出来的陶干娘回家。她的家在一座小山下面，房屋后面一条溪水日夜流淌，屋子前面一大片青翠樟树林。陶干娘指着树林子说："这片林子是我栽的，我给这林子起了一个名字，叫'克里木'。你看怎样？"陶干娘确是少见，又有趣又聪颖。张风毅顺着她的话夸奖树林子："不错，'克里木'，名字好听，长得也好。"

不远处有几家邻居，孩子都小小的，在场院里如鸡鸭一般走动。陶干娘领着张风毅去这几家，告诉他们，这是她新认的干儿，你们叫他小张好了。几家男女主人出来和她寒暄，还给了张风毅见面礼，也就是几个鸡蛋、一碗黄酒、一捧蜜饯什么的。张风毅捧着这些东西跟在她后面，进了屋子，恍惚觉得自己是有这么个干娘，只是以前没有往来而已。

"小张。"陶干娘到木箱里找了些男人的衣服，叫他，"你把衣服换下来，我去烧些热水让你洗洗。你住西边的屋子吧。"她瞄了张风毅一眼，"幸亏你认了我，认了我就是自己人了。不认的话，你今天无论如何不能上来的。我们这岛上，宁愿与世隔绝，也不要闹出那些不着调的事。"张风毅冷笑一声，表示对她这句话的不信任。陶干娘哼了一声，说：“算了，我不说这些了，我给你做荠菜春卷和白玉兰花饼吃……”

陶干娘看似弱不禁风，做事倒是利索。看她洗衣做饭，赶鸡搂鹅，拿竹竿打树上的白玉兰花，不像是年纪大的女人。两个人吃好晚饭，干娘说：“小张啊，你到村长家里去说说话吧。村长姓胡，就是你刚上岸时问你话的络腮胡子。朝北走，在村子中间的大路上拦着一棵大白果树，他家就在白果树边上，红砖墙。找不到的话，路上问问别人。”她自己朝身上滴了几滴花露水，又围上那条红围巾，看看座钟，匆匆忙忙地出去了。张风毅不由得就想，这是出去会老情人吧？谁呢？她心气高，一般人她是看不上的。

张风毅按着干娘的话朝村子中间走去，小岛上空，满天星星。湖水拍打礁石的声音里，花草虫鸟……应有尽有。还有一座道观，一座骨塔。小岛上的路径很是复杂，张风毅问了许多人家才找到村长家里，才几个时辰，岛上的人都知道他了，见了他就说：“这是陶云珠的干儿子。”又说：“陶云珠的干儿子找我们村长阿胡子。”

进了村长的屋，村长对他说：“你是自己人，我就直说了。我们这里，天高皇帝远，上级领导一年最多来个一次，有时候，一年一次也不会来的。要来，也到我家里坐坐，吃一顿饭拿点土特产就走人。岛上人大部分信道教，屋子里都供‘三清’的像。今天你来岛上，他们把‘三清’像都收起来了，觉得你做人牢靠，才敢拿出来。”张风毅说：“我牢靠的，卖友求荣的事我是万万不敢做的，你让他们把‘三清’的像挂出来吧。阿胡子哥哥，听了你的话，才知道世上还有你们这么逍遥的地方，是个世外桃源了。十年前来过一次，年纪还小，光顾着在湖水里玩了，不知道岛上的事。”阿胡子说：“世外桃源也说不上，我们岛上的人，祖上都是明朝万历年间迁徙来的死犯，犯的是文字罪。”张风毅想，怪不得，他们如此胆大，原来是有渊源的。他说：“阿胡子哥哥，你了不起!”阿胡子坐正了身体，摸摸胡子，笑眯眯地说：“我是了不起的。有一个人也是了不起的，就是你干娘。要不是她济世救人，这岛上没有这么太平的。所以，你要好好地对她。你懂我的意思吗?”张风毅傻傻地咧嘴一笑，不置可否。

听阿胡子介绍了一番，张风毅知道了干娘的来历。干娘是岛上人，原来是个梳头娘姨，九岁就跟着师傅出入城里大户人家，给女眷们梳头上脸。十四岁时被吴郭城里的前清举人余自问看中了，收在自己身边当使唤丫头，经常带着她去赴文友的宴会，也教她识字绘画，讲解国家大事。余自问死了以后，她从吴家搬出去，租住在一间小阁楼上，也没嫁人，私下给人梳头贴补生活，画些荷花扇面拿出去卖。余自问的一帮老友都帮衬她，给她的画抬价。她后来年纪大了，回到岛上。

在村长阿胡子家里坐了一会儿，张风毅就说要出去转转。刚才他听到两个人在小街上吵嘴，用词也是温文尔雅的，说理争辩，声音不大。激动时也不指手画脚，两个人的手各自牢牢地放在胸前，一字一字地说出自己的理由。经过的人也不停下脚看热闹，最多说一句劝慰的话。现在城里人反而粗鄙不堪，一点小事就骂，就打。他的邻居小兔子和妻弟为丈母娘家的事吵起来了，丈母娘想把大床朝东摆放，而丈人想原封不动还是朝南摆放。小兔子支持丈母娘，妻弟支持丈人。小兔子骂他妻弟："我操你妈的，你个小棺材听不懂人话吗？操死板凳的人，死了乌鸦也不吃。"他妻弟手上有枪，拿起枪就打，小兔子连忙就跑，嘴里还骂："小棺材，小畜生……"妻弟一枪崩掉了他的后脑壳，骂道："你站住，我拿屎给你吃，吃了屎你就保住命了。"小兔子双手捂着后脑壳逃到朋友家，一会儿就死了。

到了这里，如同来到天堂。

张风毅心情舒展地在湖边散步，他甚至想在这里住一阵子了。不知不觉地，他从靠湖的一条路绕到了树林"克里木"。"克里木"靠湖的空地上，耸立着一块巨大的油光锃亮的石礁，大石礁边上围了一群小石礁，团团围得屏风一般。石礁边停了几只船，一堆篝火烧得不大不小，干娘坐在火边，十来个年轻男女坐在她边上，穿了胶鞋或木靴，听她眉飞色舞地说话。

张风毅悄悄走过去坐下，原来她在说汤显祖的《牡丹亭》，说一阵，唱几句，又扯到别的地方说几句。张风毅听了片刻，知道干娘的意思不在说和唱上，关键在于她插进来的那些话，扯的是些什么呢，原来她是在传授青年男女相爱之道。青年男女相爱，阴阳相融，贵在和谐，旨在快乐。夫妻相安，家庭就相安，家庭相安，村子就相安，村子相安，国家就相安。相爱之道，如果天生体力好，性器又相合，那就上上大吉。如果天生体力不足，性器又有缺陷，那就奉劝有情之人不要轻易相弃，有情最是难得，其他都是辅助。有了情，就像半壁江山坐稳，另外那半壁，要靠两个人用别的方法弥补。用别的什么方法呢？那就下回再说了，时间不早，我唱个小曲，大家就请回吧。

干娘抖着音唱道：一线天，两只球，三更天，四只眼睛，五体贴牢。六六大顺，七上八下……

唱完，看男女青年还不走，干娘说："我再唱个渔船上唱的吧。"开口唱：

阿哥是船妹是岸，为啥在湖心就想歇船？

郎啊郎，世上只有船靠岸，哪里看见岸靠船。

一位面容苦涩的女青年说："陶大娘，你慢些走。我给你叩个头。"身子朝前一扑，叩完头说："我的姐姐和姐夫，结婚两年了也没生下个孩子，成天吵闹，姐姐还上了吊想死，也喝过农药，吃过杀鼠药，一个水灵灵的人变得像个老太婆。我问她，姐姐，你怎么不见肚子大？她回答我，人家说，只要天天晚上睡在一处，什么都不用做，肚子自然就会大。我也不知道怎么不大。我估计她是没摸到门道，到底怎么样的门道，我也不懂。所以今天特地来听你的教导。这下我有点懂了，听了你的话和你的歌，我心里燥热得慌，又舒坦得很，好像前头有什么幸福在等着我。我这就回去和我姐姐说。这个头是我替姐姐叩的。我再给你叩一个，是我给你叩的。原来世上也有快乐的事，成家生小孩，不是一件苦差事。”她舒开脸笑了。干娘不动声色，神一样肃穆，只抬抬手让她起来。

男女青年们走的走，上船的上船，渐渐都走了。张风毅弄熄了火堆，对干娘笑着说：“你这么做，就是搞秘密小集团，犯法的。”干娘说：“人要知道快乐，才算是一个人。我从不想明天的事，每天快乐就好。”张风毅说：“你倒是硬骨头。”干娘娇情地说：“哎呀，你才知道哇？我就是硬骨头，我不怕死的。”把手搁到张风毅的臂膊上，一起朝家里走，软声说道：“其实要我死很容易，我不会游泳，把我朝水里一扔就死了。”张风毅问道：“你不会游泳？”干娘说：“岛上的人，多少代人都靠水吃饭，人人都会水。就是我不会，怎么也学不会的。”忽然干娘脚下一滑，张风毅一把拉住她，她早已吓得大叫，叫完以后撒个娇，把身子贴住张风毅不放。张风毅觉得她善良又有趣，满足她的小愿望，也不推开她，两个人粘在一起回到了家里。

进了门，张风毅把她推到她的房间里，自己回睡的房间。刚躺下，干娘在叫他了。张风毅说：“干娘，睡吧。你饶了你干儿子吧。有话明天再说。”干娘说：“你过来半分钟，我有重要的话对你说。不耽搁你睡觉。”张风毅点了油灯擎着，到干娘的屋子里放在中间的桌子上，干娘捏着一方绣花手帕，拍着床对他说："坐下来，我和你说。"张风毅便去她床边坐下，她从床头柜里掏出一把花生，塞给张风毅，说："小张，我知道你要来的，我昨天夜里做梦梦见你上了岛，住到我家里来给我做伴。"她看了一眼桌子上的灯，估计想吹熄掉，无奈距离太远只好作罢。遂躺下，把手帕蒙到额上，颤着细细的声音叫："小张哎，给我拿个止痛膏过来，就在床头小柜子里。"话说完，伸出手，摸摸张风毅的脸，轻轻捏了一把。

张风毅看她如此做作，不露声色，去她的床头柜里拿了一张圆圆的止痛膏药给她。她不接，反而说："小张，给我贴到太阳穴上……先拿掉手帕啊。"没听到动静，自己掀掉手帕一看，张风毅不见了。她便起身拿了一个小鸡毛掸子，跑到张风毅的房门口，却推不开门，只好在门外对他说："我要打你了。"张风毅说："明天再打吧。"干娘说："傻小子，干娘让你快乐。我看你没啥经验，你跟我学学，这件事做好了，以后你的老婆就处处听你的。"张风毅被她搅得直想笑，吸了一口气正色说："干娘，我要是不和你做这件事，你是不是就不认我做干儿子了？阿胡子他们是不是就要赶我走？"干娘好一会儿才说："你就这样小看我们？"慢慢回自己房里了。

第二天看见张风毅，脸上有点羞惭，但彼此都不再提起这方面的事。中午阿胡子过来，向她投过暧昧的一眼，话说得惊人的坦率："云珠，干儿子收得好吧？阿哈哈，滋味怎样呀？"她双手合十连连应承："滋味好，滋味好。谢谢阿胡子哥哥。"等到阿胡子走开，她当着张风毅的面抹起眼泪来。张风毅想，这是个好人，也是一个可怜的人。我给她跪一跪，安慰她一下也不妨的。看一眼周围没有人走来，就给干娘跪下了。干娘吓了一跳，飞快拉起他，一手就把眼泪擦了，说："你想岔了，我是被飞灰迷了眼睛。"

晚上，干娘禁不住好奇心，倒一杯新茶，放在张风毅面前，问："你心里藏着一个人，我看得出。我问你，那个人是谁啊？让干娘也知道吧。"张风毅脱掉长裤，把左大腿给她看，上面文的女子面目模糊，不过还是看得出来这女子长得十分出色。干娘也不客气，顺手就在文身上摸了两把。张风毅放下长裤，坐在油灯下记日记，干娘陪他坐着，手里拿着一只鞋底一针一针地纳，竟把自己的事全讲给张风毅听了。

第一个晚上她足足说了两个多小时，张风毅只是听着，不插话。第二个晚上，还是她纳鞋底，张风毅记日记。她说，张风毅听，说了两个多小时。她说的每件事，张风毅都牢牢地刻在心里。这样说了有一个星期，她那些有意思的生活，张风毅便都知道了。余自问和妻妾们的家庭生活，和朋友们的风花雪月……一九三二年，干娘和余自问到北京，那时余自问如何地看不起赛金花，说她骨子里就是一骗子，鬼话连篇，说什么八国联军的总领瓦德西和她睡过觉……但念在和洪状元过去的交情上，余自问还是打发干娘给赛金花送些钱过去。赛金花那时生活潦倒，架子还端着，铁板着脸，坐在黑暗里，听见钱放在桌子上的声音，才略略动了一下。那轻轻一动也与别人不同，自有一番风流。余老爷与曾朴的交往是他心头的骄傲，常常说起，怎样在上海的马斯南路洋房里举办文学沙龙，听他说雨果和《巴黎圣母院》，听了之后，回到家里整夜整夜睡不着觉，想，人到底是一样什么东西，人究竟怎样活着才是真理，每次要想到泪流满面。曾朴办的《真善美》每一期都给余老爷寄来，余老爷通过曾朴认识了黄炎培、谭嗣同、蔡锷……他说他这辈子没做过什么大事，但因懂得真善美三个字，活得也算像个人了。

张风毅这样听了一个星期，不知不觉地随着那些风流人物行走世界，尽情尽性。

这一天晚上，张风毅默默地思考他那些不成熟的想法，神游天外，忽然手中的笔就在日记本上写下了《曼娜回忆录》几个字。这几个字帮他理开了思路。曼娜是他的隔墙邻居，或者是他的一位同事，也可能是他的女同学。当然，不可能有人叫“曼娜”，这种名字打着资产阶级的烙印，没有女孩子敢叫这个名字。女性越来越一本正经，名字也都叫什么“卫红”“爱民”“新云”“红旗”……不管这个曼娜是谁，她一定是追求自己幸福的人，她的个性像孔燕妮，可爱、独立，桀骜不驯、敢作敢为。她值得男人像忠心的狗一样跟随在后面，为她担惊受怕，为她赴汤蹈火，为她无怨无悔。她还像秧花，不必长得美若天仙，但一定有发自内心的温柔，或者内心有一份尚待开启的温柔，这份温柔连接善良和真诚，为她的容貌增添光彩。哪怕她相貌平平，有了这些，男人不会把她遗忘。她走到哪里，必定在人群里焕发异彩。这位叫“曼娜”的女性是男人们一生倾情的女性。他要告诉世人，这位了不起的女子怎样为个人幸福而奋斗，怎样在严苛的环境下伸张自由的精神。当然，她还必须承担教化男女的任务，就像干娘一样……

张风毅写过好多诗，从没有写过小说。以他的理解，在这样的年代，小说应该是直抒胸臆的，越是坦白，对人的生活和灵魂就越发有用。思想在此时并没有那么重要。

张风毅在岛上住了半个月，知道吴郭市内已经平静下来，但他不敢轻易回去，宋阿进睚眦必报。他想回去的话，还需要等待时机。正巧他在广播里听到浙江海宁的一位姓麻的诗友朗诵诗歌，他去年曾经去过这位诗友的家，一排五间屋子，是在海边，家里只有他和父母亲三个人。张风毅想，住在陶干娘家里不合适，他得另找地方住一阵。

于是他大清早就坐船到了花码头镇，打了一个长途电话给这位姓麻的诗友。麻诗人接了电话，欢快地答应了他，让他今天就出发。

放下电话，他想起了秧花，这个对他一往情深的女性，从来不愿意多表露自己的心迹。

秧花一见到他，喜出望外，脸就红了，眼睛水汪汪地藏不住心事，连忙从外面叫了母亲回来烧菜给张风毅吃。搬了两只小凳子，并排放在后门口，让张风毅和她一起坐在后门口看风景。后门的山上，一片一片红色野杜鹃花，开得醉了一样。山下的田野中，明黄的油菜花铺天盖地，艳光四射。鸟儿满世界奔忙。秧花把自己的凳子搬了两回，一点点地挪，离张风毅越来越近，她也幸福得眯起了眼睛，小嘴微笑，露出白牙。不管张风毅听不听，她一股脑儿向他汇报她的工作情况：毛主席的像绣好了。蚕宝宝也“上山”了，“蚕花娘娘”的庙幸亏没被人毁掉，娘娘穿的大红霞帔有些脏了，要洗一洗，再加绣几朵祥云。这里养蚕有四千七百多年了，还不都靠蚕花娘娘保佑？杂交春蚕种和秋蚕种，是当年费达生老师试验成功的。镇上一九二五年就有蚕业合作社了，办了多少年下来了，解散可惜了。等局势好一些时，还得把合作社搞起来，共同消毒，稚蚕共育。还要到四川的川南购买好的自动缫丝机，组织绣娘培训技术。麻蚕是不是也能育成吐丝蚕呢？这个要试一试的。我现在和你说的是我的理想，我觉得能办成的。你不会说我太乐观了吧？……

张风毅由衷地说：“你真是不得了的能干，谁娶了你就太幸福了。”

他无意中看到了她的手，雪白光润，有淡淡的荧光闪现，根部一节肥润，到了中间一节就一路细下来，细到指尖那边，真的就是十指尖尖的。秧花看在眼里，大着胆子，把手放到张风毅的膝盖上，轻声鼓励他说：“你想摸就摸一把，我愿意的。”张风毅并不敢造次摸她的手，他不知怎的想到了我的手，就笑着说："燕妮的手，就像男人一样，又大又有劲，一个巴掌掴过来，眼睛里冒金星。"他想象中我的巴掌已扇到他的脸上，他不觉得疼，反而觉得有趣。秧花着急地问："她打过你?"张风毅笑着说："开玩笑的，没有没有……"秧花看到他的神情，不高兴了，从他膝盖上收回自己的手说："我们姐妹难道都是你开玩笑的对象?"张风毅心里一凛，心想自己是浅薄了，得意忘形，秧花是一个可敬的女子，对这样的女子不能有丝毫轻薄。他站起来对秧花鞠了一躬，大踏步走了。他不知道秧花一路跟着他，直到镇外没人的地方才听见后面的脚步声。他回头一看，秧花就跑了。他站在那里，久久没动。许久，又回头看了一眼，明知秧花已不在那里，就当行一个注目礼吧。

回去时他坐了老曾的船，一上岛，随风飘来一股焦土焦草的味道，两个人都吓了一跳，老曾死活不肯上岛，就在船上等张风毅。张风毅熟门熟路，直奔"克里木"方向。焦土味越来越重，张风毅越走越快，后面有一个人叫了起来："小张，你慢些走，我追不上你。"

回头一看，是村长阿胡子。阿胡子跑上来，一把拉住张风毅，说话时脸上青筋乱跳，恐惧大过悲伤："小张，你干娘死了。"

张风毅脑子里"嗡"的一声，整个人麻木得连悲伤都感觉不到，刚才"扑扑"乱跳紧张的心反而松下来了。干娘死亡，原是一件逃不过的事，连她自己都说过，她黑夜里给男女青年讲解床上欢乐，这种淫秽行为迟早会东窗事发的，不会有好下场。张风毅便问阿胡子，干娘如何死的？阿胡子承受不住张风毅悲伤的目光，低了头说："北方有一个年轻人组成的团伙，叫'雄鹰军团'，他们最近在吴郭闹腾。不知怎地摸上岛来，好像来之前了解过岛上的事，一上岛就先'破四旧'，烧了道观，一路打砸到了干娘住的地方，捉住陶云珠就架到船上，开到湖中间扔进水里——他们怎么知道她不会游泳？还不是早就在岸上打听好的。可怜，陶云珠死在湖里，不知被水冲到哪里去了。"

张风毅怎么也想不到干娘是这种悲惨下场。走近"克里木"，这一片长得丰盛的树林子烧得七零八落，十树九焦。干娘的屋子与树林隔了一条小河，倒是完好无损。进了屋子，一屋狼藉，东西全都挪了地方。他去自己睡的床下一摸，写的那本《曼娜回忆录》还在，掏出来放在口袋里。地上散落着干娘一张小照，也一并放在口袋里，闷了头默默朝回走，看见老曾的船了，想想自己再也不可能回到这岛上来，此生再也看不到干娘，不禁喉咙干涩，愤懑难咽。看见阿胡子还跟在自己后面，蹿上去一把捏住他的喉咙，逼得阿胡子差点跪下。他叫道："阿胡子，我晓得你跟我干娘也有一腿，你怎么就不保护她？跟你上过床的女人，你怎么就不保护她？"阿胡子一个劲地说着赔礼的无奈的后悔的话，闹了一通，张风毅也无可奈何，眼里含着泪，跟着老曾的船走了。上了岸，见到谁就拉住问"雄鹰军团"的下落，都说走了，不知到什么地方去了。又有消息灵通的路人告诉他，这军团内部早有思想上的不可调和的矛盾，到了香炉山，烧了一通，就分成几路人马，散了。看样子，有的是朝南方走，有的是往北方去的。曾经八面威风的“雄鹰军团”灰尘一样无声无息消散了。

张风毅无奈地说：“强者不忏悔……弱者不检讨。一报还一报，到头来怎么是好?”

老曾看张风毅丧魂落魄的样子，动了恻隐之心，怕他一个人碰上危险，就把他带到了秧花家里。秧花一见张风毅去了又回，先去屋里拿了一小瓶炒菜油给老曾，说：“老曾，谢谢你把他送过来啊。这油你拿回家去吃，不够的话以后再来拿。”老曾拿了菜籽油，把秧花拉到屋子外面，说了青云岛上的事。

老曾知道的不多，也是连猜带想，秧花不用猜想，凭着直觉，知道张风毅遇到过不去的坎了。她不需要知道具体内容，她只需明白张风毅现在很脆弱。她回了屋，拉着张风毅的手，牵他到自己的房里，给他脱了衣服和鞋子，让他舒舒服服地睡觉。张风毅一言不发，倒头就睡，晚饭也没吃，一觉睡到天亮，睁开眼睛头一个念头就是：干娘死了，再也看不到她了。叹了一口气，坐起身来。那边秧花早听到他这里的动静，门扇一推，一碗热乎乎的米粥就端上来，还有一盘葱油蛋饼。她坐下来看着张风毅吃，两只手下意识地在床沿上摸来摸去。张风毅瞄她一眼，知她心里想什么，放下碗对她说：

“你坐过来。”

秧花乖乖地坐过去。

张风毅把手按在她的手背上说："有一位了不起的妇女，她喜欢我，我呢，不喜欢她。她总想和我亲近一下，我总也不让。因为我觉得她怎能和我配？昨天我知道她死了，心里就想，为什么不和她亲近一下呢？亲近一下又有什么大不了呢？身体不是一样贴着标签、待价而沽的物事……但是她死了，不会知道我这种想法了。"

秧花说："她在天上会感谢你的。"

张风毅看了她一眼，覆手牢牢地捏住她的小手，秧花浑身电麻一样，喘着说："你，你想做什么，都可以。我……我感谢你哩。"女人的单相思就是荒原的野火，对方哪怕一次不经意的小小的亲密接触，也是救命的泼天大雨。张风毅便去剥她衣服，她嫌他动手太慢，自己去剥了，朝被窝里一滚，顺势搂住了张风毅的头颈，说："这样子，不是委屈了你吗？心里不爱我，又要亲近我。"张风毅老老实实地说："说不爱是假的，男人的心容得下世上所有女人，何况你这么多情可爱。和你亲热，我以前从没想过，只是我看到干娘一下子就没了，觉得人生太可贵也太脆弱了，有时候不要斤斤计较。你对我这么好，我就是与你好一回又怎样？"秧花说："我的心愿是和你厮守一辈子。不能的话，就这样一回，我也甘心了。"张风毅深为这个女子的坚强而折服，小心翼翼地睡到她身边，秧花的脸上渗出了汗珠，心里狂喊着一句幸福的话：哎呀，没想到我也有今天这种日子啊！

她不敢动，任凭张风毅轻轻地动作，然后无声地结束。张风毅把头埋在枕头里，秧花环抱住他的身体，真心诚意地说：“谢谢你……今天就是我一辈子最美好的回忆。你这么不开心，本想要安慰你，没想到被你安慰了。”张风毅摸摸她的脑袋，亲亲她的额头，他的掌心温暖敦实，充满亲人一样的感情。

张风毅在她屋里写了一封信给我，让我把干娘的照片和那本他写的小册子收藏妥当，他要到海宁去，他会在那里待一段时间，七月二号我生日前，他一定会赶回来见我。

他把信和东西都交给了秧花，让她转交给我。然后他就去了海宁。

这些东西，秧花迟迟没有交给我。但她心里搁着这件事，吃不好睡不香，绣花也没心思。直到她下定决心交给我，心才落定了，大哭一场。然后绣了两对枕头，一对给自己当嫁妆，一对准备送给我。打听到我在医院培训，就收拾了东西准备进城。

这天她抱了双人枕头进城找我，一出门，碰到一个媳妇朝地上吐口水，她便训斥道：“坏习惯，有事没事就吐口水，又不卫生又不雅观。解放快二十年了，觉悟没一点提高。”那媳妇被她训得一脸愣怔，不知秧花为何火气这样大，也不敢问她什么，低下头躲到一边去。

她搭了大队里运送青菜的机动船，先进时尚的水泥机动船比手摇船快多了，可惜就是机器太吵。但中国人偏偏不怕吵。

二十公里的路程，两个多小时就到了。她从吴郭市的蔬菜码头上了岸，皱着眉穿过老百姓违法聚拢在一起做买卖的自由市场。虽说不久前吴郭刚经历过一场混乱，但爱吃爱玩的吴郭人很快就恢复了热闹。她耳边听着烦扰之声，心里空荡荡的。蔬菜码头以前是一个私家码头，主人是一位纺织行的实业家。实业家买了一百亩地，造了亭台楼阁、花园洋房，还在屋后做了一个私家码头。一块一块坚实的金山石铺出一个占地三百平方米的临河埠。他要乘船出去冶游，就从自己的屋子里走到备弄，从备弄到后花园，开了后花园的小门到临河埠，一抬脚就上了自备的花船。解放后，实业家的企业“公私合营”了，大部分房屋充公，给了无房的人们居住。私家码头扩大，成了农民兄弟的蔬菜码头。靠街的前屋，打开了墙壁，一溜开了许多小店铺。秧花沿街走，看到冷饮店里已有了酸梅汤，买了两碗，一口气全喝了，把店家看得目瞪口呆。她打着嗝，自己笑起来，说：“我不能贪心，我不能贪心。”

店家听不懂她的意思，以为是说喝酸梅汤的事，说：“你这么个喝法，不是贪心是什么？”

她没理会店家，深吸一口气，说：“不能贪心。”心里是这么劝说自己，脸上的表情还是僵硬的。想着这样送枕头，到底像是在赌气闹情绪，转了一个念头，跑到张柔和家里去了。

张柔和去街上贴大字报，剩下一大沓，拿回家里生炉子。看到秧花，她赶忙把大字报朝床下一塞，拉着秧花坐下，又是给她倒茶，又是给她拿花生吃。秧花强打精神夸奖她真有本事，弄得到花生米吃。秧花沉默了一会儿，到底说出来张风毅上了她家，住了一夜，又去了海宁。

说话间，张家老父在里屋咳嗽起来，趁张柔和转身进去看父亲的当口，秧花抱着东西走出门。她一走，张家老父亲不咳了，张柔和也从里屋出来，一看秧花不见了，知道有异，马上就追了出去，急得连连喊秧花的名字。秧花慵懒地拖着脚步，听得张柔和叫她喊她，带起她满腔的心酸委屈，身子一闪进了另一条弄堂，倚在墙上，眼泪就下来了。过了片刻，看到张柔和朝那头找去了，她便从这条弄堂走到大街上。走到大街上，太阳猛地一亮，她好像醒过来一样，斩钉截铁地说："不能贪心啊！"

她发下誓言，一言九鼎，说到做到。

她又回到蔬菜码头，一一打量过来，看见村里的水根在一条船上，对他说："水根，开船吧，我今天要赶回去的。"她也不问水根今天是否要回去，水根也不多说，不问她为什么不去搭长途汽车，更不问她今天为什么不高兴，弄得眼睛红红的，放开缆绳，就朝家里的方向摇去。路过一条水汊口，秧花指指岸上说："你靠边停一下，我上岸去一下就回。"她上岸跑到一家人家门口，这家人的门口贴着显眼的大红字：光荣军属。她站在高高的门槛外面，对屋里人说："你家提的亲我同意了，叫你儿子从部队里回来一趟。"说完了一甩辫子就走。这家人家大大小小都追出来，她也不理人家，上了船，背对着岸坐着。船开动，那群人里一个中年女人说："秧花，你放心，我们不会亏待你。"

秧花回去就剪掉了辫子，也许她是想开始新的生活吧。她把她那截辫子用一块花布包起来放在了箱子底下。头一天剪掉辫子，夜里睡不着，觉得头轻飘飘的没处安放，到半夜，想念起辫子，就去箱底里摸了出来，它闪耀着光泽，鳗鲡一样。张风毅走的时候抚摩了她的辫子，这条辫子凭空有了历史了。夜静更深看一条没有生命的辫子，感觉非常古怪。她既伤感又留恋，拿了辫子坐到门外，把辫子紧紧按在胸口，这样怔怔地坐了好一阵，辫子竟被露水打湿了，心里惊诧，睁大眼睛去找露水，露水到处都有，就是看不见它。她找来找去，不见露水从何而来。

过了几天，一位军人出现在秧花家里，军人是程连长。黑红的脸，举止倒是矜持文静的，让秧花松了一口气，松气过后又生出希望，觉得两个人之间还是有余地的，除了婚姻，或许还会有爱情的内容。

"你的辫子不见了。"他说。他没有用问话的形式，那样的话显得不客气，他用了一句平淡无奇的句子来陈述事实。"不过，你剪了短发也好看。"他由衷地夸赞。

正好程连长的战友从县城过来看他，开了人武部的一辆翻斗摩托车，三个人就去了吴郭城，准备给秧花买点什么。进了城，那战友去看望他的女同学。程连长和秧花两个人也没去商店，沿着护城河一路闲逛。程连长说：“我没谈过对象，不知道怎么和女孩子打交道。”秧花老实地说：“我……倒是谈过一个。”程连长沉默片刻，说：“真希望那个人是我。”秧花说：“我希望从今以后一直是你了。”程连长咧开嘴笑了，拦到秧花面前，给她敬了一个标准的军礼。秧花一边走一边费神地想，说？还是不说？不说当然是最好的选择，但是该瞒他吗？只有明明白白的关系才会有幸福。秧花突然就说：“我和以前谈的对象，有男女关系哩。”程连长听到这句话，感觉到她不是在开玩笑，很谨慎地慢慢回答说：“谢谢你这么坦率。我没谈过恋爱，不代表我就是所谓纯洁的人。其实真正纯洁的人，就是你这么坦荡的。咱们以后要结婚成家的，所以不说大话。男女之间，真正有爱情的，都想亲热。我一看到漂亮女孩子，我都会心里痒，严重的会火烧火燎，睡不着觉，感到没有漂亮女人和我在一起，生活就空虚……我是一位战士，我在亲爱的人面前不能说谎。”他挺挺胸，正色地说：“别说你有过这件事，就是你有小孩，我也养着你和你的小孩，只要你是真心地爱我。”秧花犹疑道：“你真能这么看问题?”程连长承受住了秧花怀疑的眼光，激情四溢地脱下军装，朝护城河里一跳，那时的护城河还很美，清澈见底，碧波粼粼，荡漾着从白玉兰树上吹下的花，水和花瓣一样洁净柔和。他仰起头朝河岸上的秧花说：“我就从护城河里游一圈，证明我的心给你看。”说着他真的游起来了，护城河游一圈，那得要多长时间啊？不等证明他的心，他就要腿抽筋淹死。秧花抱着衣服在岸上赶着他，也是热火朝天地说：“你快上来嘛，我知道你的心了。你再不上来，我就跳下去，我不会游泳哎，下去要死的。”程连长一听她说不会游泳，怕她失脚从岸上掉下，连忙爬上来了。程连长拉了秧花的手结结巴巴地说：“我，我，亲你一下。”秧花满心愿意，嘴里谦让说：“不行，人家会看到的。”她朝路上的行人一晃眼，程连长便知她的想法，说：“不妨，他们不会多事的。”拉住秧花就亲上去，亲了好一阵，放开手，忍不住就打个饱嗝，说：“把多少年的嘴全亲过来了。”秧花发现他这时候挺像张风毅，心里说：“呀，真好！”一刹那就把心移到他身上去了。她对程连长说：“我六岁立志要当本镇本乡最好的绣女，十六岁立志嫁一个互爱互敬的人——我今年二十六岁，心愿全都实现了。”

秧花的婚事她说了算，回去她就定了日子——十天后，她就要出嫁。家里人赶紧去给队长汇报这件事，要队里批准杀猪。现在提倡移风易俗，婚丧嫁娶简单到不能再简单。男家给秧花送来了四套衣服，春天穿的“凡立丁”小西装领的军便服，配一条裤子，冬天穿的一套花呢毛料西装，秋天穿的卡其布外套。最稀奇的是一件夏天穿的水红“的确良”化纤料的衬衫和两双尼龙袜，大姑娘小媳妇围着这两样物事打转，听是听说过这种面料的衣服和袜子，今天才开了眼界了。你看那柔软，那洋气，那种派头……女人出嫁，原先的彩礼复杂透顶，缝纫机、自行车、手表，还要有棉花胎若干、被子若干、箱子、柜子、子孙马桶等等。一场婚事就能把男家搞得山穷水尽。既然秧花不让男方大操大办，女方的嫁妆也简办了。村书记坐在客厅里不吭声，再怎么说，秧花也是村里撑门面的人物，这下嫁到人家村里去，便宜那村子了。送亲的人浩浩荡荡，秧花在前面走，他们在后面跟着。女人想看新郎官长啥样，男人呢，也想看新郎官长啥样。

一群人迤逦数里，走在镇子上，惊动不小。忽然秧花听得路边有人朝她叫："小姑娘，有人想你哩!"秧花转脸一看，是个一头白发的老妪，再一看，是阿菊兰，心里诧异。转脸又看了她一眼，阿菊兰一脸的着急，飞快地又说了一句："有人想你哩。"

秧花一行人到了男家，随去的至亲和村里、公社里的干部都坐在新郎家的客厅里，次一等地位的坐在门槛里外，再次一等的坐在门外广场上，小孩们兴奋得又嚷又跳。秧花虽说是响应移风易俗，到底是个新娘子，乖乖地坐到了新房里面不出来。新郎跑前跑后招呼各位领导，顾不上看一眼秧花。秧花得暇便胡思乱想，一想想到阿菊兰，浑身打个寒战，拉着伴娘问："她说有人想我，谁想我?"伴娘倒也机灵，说："我给你悄悄打听看。"一会儿她进来对秧花说："谁也不知道她心里想什么，人老了，作死。要闹点事情心里才舒服。"秧花打个寒战，让伴娘叫了新郎过来说话，新郎来到她面前，一脸笑容灿烂，听了她的吩咐，说："今天是洞房花烛，我明天就派人到花码头镇去了解情况。你不要担心，应该没有事，有事的话，她就明说了。”

到了第二天，又来了一帮公社里的干部，人武部的、妇联的、知青办的。新郎和昨天一样跑前跑后招呼人。又过了一天，来了一大批他以前的同学，还有老师，他就忘了秧花的嘱咐。下午，他就回部队了。秧花是新娘子，不能乱跑。等到三天后回门那天，她进了镇子，不知为什么，觉得镇子里死气沉沉，太阳在头顶上照着，浑身还发冷。身后似有物，猛回头一看，阿菊兰穿着破衣服，端端正正地站着，对秧花高声喊：

“有人想你哩。”

秧花大喝一声：“谁想我?”

六

我问秧花："谁想你?"

秧花说："我一问，她人就跑没了。"

我告别了秧花，又回到花码头镇，找到阿菊兰家里。这些年，她没有再嫁人，从她屋里屋外的情况看，她不是能过得欣欣向荣的那种女人。她已经不认识我了，我对她说："奶奶，我是孔燕妮。"她答非所问地说："我还没吃晚饭。"于是我到外面的小店里买了挂面和鸡蛋，回来煮个鸡蛋面给她吃了。看她吃完，又从身上掏出三十块钱放在桌子上。她叹了一口气说："有人想你哩。"

我问她："到底谁想我了？你慢慢讲。"

她说："你奶奶高大进想你哩。"

我摸不着头脑，一愣。我有半年没见着高大进奶奶了，只因她城里乡下两头跑，没个定数。

阿菊兰又说："你煮的面比你奶奶煮的好吃。"

我把三十块钱收起来，说："你为什么老说那句话，不说明白的话，我把钱拿走。"

阿菊兰说："你拿走我也说不明白，我就是想说这句话。我这些天老是做梦，梦见她和老丝瓜一起死了。你们谁看见她，就说我担心她，想她。她是不想我了，回来就住老丝瓜家里，我也不好意思去看她。她是来看过我，还是一个月前的事。"

看来阿菊兰只是多疑，年纪大了，会胡思乱想。

离开阿菊兰家，我还是去了镇邮电局，写了一封信给谢燕兵，让她有空去看看大进奶奶。

回到学校，半个月后，我接到妹妹给我发来的电报，上面写着一行字：奶奶昨日上午已押送花码头镇。你去看看她。

收到电报的第二天一大早，花码头镇上有人来学校找我，告诉我，我奶奶昨天夜里服毒死了，和"老丝瓜"一起死的。我心急火燎地请了假，赶到花码头镇已经午后，一进镇子，就见阿菊兰坐在镇口的牌坊脚下，一头凌乱的白发在风中飘散，看到我，喊道："你来迟了，你奶奶昨天晚上死的，我收的尸。"

昨天上午，我奶奶高大进工作过的红旗居委会和光明居委会，与街道派出所的人来到花码头镇政府，他们押着我奶奶回她的老家。

四辆吉普车一起过来，引起了一阵骚乱，大人孩子全朝镇政府押去看热闹。除了去打听我奶奶的情况，他们还想去看一看城里人，特别是看城里女人，看她们怎样穿着，怎样说话和走路，什么样的神态。镇政府的门外、窗户外，密密麻麻地挤满了好奇的脑袋，镇长邢大舅觉得丢人，挥手像轰苍蝇一样轰走他们，然后关上了门窗。但是还是有几个胆大脸皮厚的家伙摸过去偷看。门窗关得密不透风，那么偷看就只能转化为偷听。所以没等到这些人完全商议好批斗的程序，镇上的人就都知道居委会和派出所的同志要在这里搞三场批斗会，还要把“老丝瓜”搞过来一起陪斗。这里批斗完了再把她押送回吴郭市里，由区里和市里有关同志接手继续批斗。他们在一个问题上开始争论，就是“老丝瓜”的问题，是不是也要把他押到吴郭市呢？

后来偷听的人听到我奶奶说，她知道自己历史上有问题，历史上没有问题的都被揪斗，何况她呢？但是“老丝瓜”除出身的成分不好，没有犯过别的错误，请求组织上不要把他押到市里去。

大家都举了手，同意不把“老丝瓜”押到别的地方批斗。

来的人都跟着镇长吃午饭去了。一会儿，“老丝瓜”被民兵从家里押送过来。外面的露天批斗台子也紧锣密鼓地装扮起来了。这个台子以前是唱戏用的，现在派了大用场，前些天还批斗了一批搞封建迷信的人——算命先生和风水先生。

喇叭一喊，批斗会开始。乡里乡亲的，大家批得不起劲。批了一个小时不到，乡里人都偷偷地开小差。下午五点不到，吴郭城里来的人，也散去。只剩下我奶奶和“老丝瓜”两个人跪在台子上。“老丝瓜”悄悄地对她说：“高大进同志啊，你看看，还是我好吧？陪你一起挨斗。以后你不要再走，就跟我在乡下过吧。”

一直到天黑，也没人来管他们。我奶奶说：“走吧。看谁敢来拦我。”

“老丝瓜”说：“我到你家去吧。”

我奶奶说：“来呀。谁怕谁？”

到了奶奶住的地方，推开门，一股霉味。我奶奶进去转了一圈，说：“还是到你家里去吧。我家里只有砒霜，啥都没有。”

“老丝瓜”以为她在开玩笑，说：“我刚才就想对你说，不如到我家里。我们午饭都没吃，我家里有菜有酒。”

我奶奶说：“好啊。”

夜色里，两个人牵着手。我奶奶说：“我们就这么牵着走，看谁来拦我。”

没有一个人来拦他们。他们顺利地到了“老丝瓜”家里。“老丝瓜”的老母亲早就病逝，家里只他一个人。屋子后面有一块菜地，“老丝瓜”去摘了辣椒、苋菜、番茄，厨里有几个生鸡蛋，他手脚麻利地炒了辣椒，炒了番茄鸡蛋，拌了香油苋菜，下了一大盆面条。我奶奶吃得汗都下来，吃完把碗一推说：“好吃。饿了好久的胃被你这顿饭全安抚了。我到了阴曹地府就再也吃不到你做的菜了。”

两个人吃完就上了大床躺着。

“老丝瓜”说：“我来唱一个歌给你听。以前流行的，现在没人唱了。”“老丝瓜”搂着她唱起来：

棒子面，
不但我们要吃，
干部也要吃。
棒子面最容易咽，
真正扛饿就不容易了。

他唱完就“哈哈”大笑，她也不由得笑起来。

有人在敲门。“老丝瓜”一开门，门外站着个七八岁的男孩。“老丝瓜”平时不与人走动，也不认识这是谁家的娃娃。男孩说：“你们好高兴啊，还唱歌。恐怕你们马上就唱不出来了。有人让我来报个信，因为你们态度不好，晚上还睡在一起，民兵马上就来捉住你们再去批斗。”“老丝瓜”说：“哎哟，好孩子。谢谢你报信，祝你以后当兵当到司令员。”男孩说：“不要客气。我再告诉你，邢大舅说你卵泡大，吊儿郎当。”“老丝瓜”摸摸这孩子的脑袋说：“说人卵泡大，是夸奖的话。不过我的卵泡再大，也大不过你的脑袋。你的脑袋里装的全是正确的思想。”男孩说：

“谢谢你。我要赶快走了。”

我奶奶在身后说：“我刚才在家里顺手带来了这个。”她从口袋里摸出一个小纸包，外面裹着一层布。她打开布让老丝瓜看，说：“砒霜。大头好婆家里被我搜出来的，这老太婆不知道上哪里搞来这东西，今天要被我派上用场了。”

“老丝瓜”脸色发白，但是他迎着我奶奶的目光，没有退缩。

他们进了屋，掩上门，一齐洗了手，洗出半盆浑水。“老丝瓜”望着这浑水，端起来咕嘟咕嘟喝了几大口，算是与人世的诀别。我奶奶找了草纸和一截铅笔，写了几个字：“各位亲朋好友，同志们：我对不起你们。”随手塞进口袋，然后倒了一碗温水化开砒霜，忽然怀疑起“老丝瓜”：“你要是不想死的话就回去吧。”“老丝瓜”说：“迟早是一个死，早几天又何妨？没有你，我活着没有意义。再说你一个人到那边去，没有我陪着，我也不放心你。你这人风风火火，丢三落四，没我怎么行？”我奶奶端着砒霜碗上了床说：“那好。你也上来吧。”“老丝瓜”上了床就搂得她紧紧的，好像生怕两个人到了那边找不到。我奶奶端起碗来，说：“我这辈子，真没干多少好事。”“老丝瓜”亲她一下说：“你和我这个地主，睡了十年觉，三天两头在床上干好事，怎么说没干好事？”我奶奶说：“你先喝还是我先喝？妈的，还是我先喝吧。”这句气呼呼的话就是她在这个世上的遗言了。“老丝瓜”什么也没说，只把她搂得更紧，脸贴着脸。平常上了床，“老丝瓜”脸上的温度始终高过我奶奶，今天喝了药，两个人的温度一会儿就一样了。

我奶奶和“老丝瓜”死了以后，尸体抬到了批斗台上，准备在那里开一个批判会。第二天一早，会议开始，村里人一个也没来，叫镇长邢大舅找人来开会，家家把门关得紧紧的，说是害怕死人。邢大舅找着找着自己也溜之大吉。城里这帮人没办法，写了一张大字报：反党反革命分子高大进自绝于人民，罪该万死！扔在我奶奶脸上。尸体不会说话，但他们还是在尸体边上喊了一阵子口号才走。他们刚走，阿菊兰奶奶就来收尸了，她先把大字报揉成一团踩在脚底下，骂着那些害人精，把我奶奶从头到脚抚摩过来，摸完了她开始唱哭丧歌，调子总是一个，歌词现编。她的喉咙自然柔和，中气也足，坐在地上唱，把我奶奶的好处一样一样唱出来，并做合理夸大，唱得全村人都哭了。奇怪，她的唱词里一句也没提到“老丝瓜”，她不知道“老丝瓜”对奶奶的重要性吗？她足足唱了两个小时，最后还意犹未尽地拍着泥地说：“没唱够啊，唱十天十夜也唱不够。”拍出来的灰尘沾满她汗泪交流的老脸，众人把她拖起来，她就指挥着人把自己的那口棺材抬来，把我奶奶放了进去。等到我奶奶睡进棺材，阿菊兰才想起要摸摸我奶奶的口袋，摸到了一封信，知道这就是我奶奶的遗书了。她也不管三七二十一，拿着我奶奶的绝笔信问旁边识字的人：“这是什么？”那人一看说：“各位亲朋好友同志们，我对不起你们。”阿菊兰一听，又唱起来：“同志们哪，我对不起你们哪，我要走啦，我走之前告诉你们哪，我要……”众人赶紧上前掩她的嘴，说：“人家没说要……，你胡说什么?”阿菊兰摇头。众人说：“你不胡说，我们才放开你。”大家手一松放开了她。阿菊兰说：“我是烈属，谁敢拿我怎么样?”说完又唱。她一副横了心的样子，配上一头在风里飘舞的白发和满脸深深的皱纹，显出顽强的力量。大家没等她唱完就拉开她，七手八脚地把棺材朝小张娃娃的坟地里抬去。

就这样，我奶奶睡在了小张娃娃旁边。

我奶奶一死，邢大舅就派人来通知我。我是第二天下午到的。我奶奶已入土，“老丝瓜”一个人躺在批斗台上，不知谁给他盖了一床被子。他的亲属没有到场，谁也不能做主把他们埋在一起。天已经开始热了，我赶紧从另一位老太太手里买了一口棺木，把“老丝瓜”埋在我奶奶身边，让人去做墓前的石碑，先简单地竖了一块木牌。我在上面用墨水写：高大进奶奶、司先生千古!

我不知道“老丝瓜”的名字，只知他姓司。我本想称他为“同志”，但他成分太高，恐怕不能把他视为“同志”，写了一个现在很少用的“先生”二字，显得与当下格格不入。

天空里飘起小雨，我在奶奶和“老丝瓜”的坟上躺了一会儿，我想听听他们是否在坟里谈情说爱。我屏气凝神，魂魄仿佛从身体里的每一个细胞里渗出，源源不断地飘散在土上面，深深地潜伏下去，像探路先锋一样打探我需要的信息。虫鸣，野草舒动筋骨，种子萌动，泥土蠕动，水源奔突……我听到所有自然界的声音，就是听不到我奶奶的声音，她是真走了。我想起十年前偷听她叫床，偷看她与“老丝瓜”亲嘴摸乳，这些事历历在目，心里一酸，哭了起来。

我尽了哀思，天色也暗了，我还得赶到码头上搭船回城。刚下了小雨，走在软软的田埂上，背后有人说：“有人想你哩。”阿菊兰奶奶傲慢地站在我身后。我点点头，说：“我也想我奶奶哩。”她说：“不是你奶奶想你，是我想你。”

说完这句话她就不吭声了，堵着我的路，不让我走。我想了一会才想明白，脱下手腕上的“上海”牌军用手表，这是一位部队首长送给我父亲的，我父亲转送给了我。但是她摇摇头说：“我不要东西。”

我就搀着阿菊兰奶奶到了镇上供销社，把我的手表放在柜上，问他们要不要。柜台前两位女营业员上来就摸我的手表，嘴里发出啧啧赞叹声。一个男人从里屋走过来说：“是好东西，就是钱的问题。这只手表在黑市上能卖两百块钱，我这里只能给你五十块。”我说：“原本也是别人送我的，我一分钱没花。但这个钱要给阿菊兰奶奶过生活的，不能太少了。”那男人说：“给你五十二块吧。”我说：“五十五块吧。”那男人不吭声，也不走开，倚在供销社唯一的一只玻璃柜子上，天生很风情的样子。一个女营业员就去拿钱，给了我五十二块。我转手给了阿菊兰，她拿了钱得意地对营业员说：“你们看看，这是我姑娘给我的钱，给我养老的。我刚才对她说不要，她非要给我。你们看看，我阿菊兰不是没人关心。我不在乎钱，我是军烈属，政府每年给我钱花。我是谢谢她的一片心，她有良心。她和她奶奶一样好。”

我扶着她走出来，我要回学校了。分手时，她送给我一张草纸，折叠得四角方正，我打开一看，是奶奶的遗书。

阿菊兰说：“你奶奶的遗书，放你身边吧。你奶奶这上面说得很清楚，对不起亲朋好友和同志们，不要小看这句话，你回去要好好琢磨。”

阿菊兰神神道道的一句话，像有巨大魔力似的，把我笼罩在我奶奶的那句遗言中。

我回去的路上，忽然脚下如铅一样沉重，身体里的力量一下子消失得无影无踪，我倒在泥土路上，生无留恋，眼前看到我在防空洞被赵大伟凌辱，在常宝枪决现场，王来恩的鞭炮不断落在我头上……四面八方，鬼魅齐来。它们围拢我，窃窃私语，纷纷试探着把手指戳到我脸上，它们的手指所到之处，留下一片片烧灼过的臭味。我挥舞双手，欲打落这些鬼手，恐怖的是，被我打到的鬼手，一个变成一双，一双变成四个。我的身体被密密麻麻的鬼手包围，它们慢慢地互相融合，就快成为一张肉网罩住我了。而我这时候还是浑身无力，双腿麻木，动弹不得。我多么渺小，多么脆弱无能，这些我不怕的东西让我现在无比恐慌。我不是一直在强打精神，寻求我的重生吗？我没有重生，我只有堕落。我把精神凌驾于肉体之上，却被人、鬼挟肉体而毁。

我大哭一声。突然鬼物全消，它们来的理由我知道，它们消失的理由又是什么？

我能动弹了。我爬起来，跌跌撞撞。回到家里已近半夜，我点上备用的油灯，心里很厌恶那摇晃轻浮的灯光，屋子里那股酒精味道让我反胃。我坐在床上，没有一丝睡意。我看了看我的双手，我的一双大手白惨惨冷冰冰的，也让我心生厌恶……满世界都让我厌恶，我已没有力量生存。我仅有的力量只够我拿起手术刀，朝手腕上的动脉切了下去，血喷了一地。我刹那间浑身轻松，我终于可以什么也不用想，什么也不用做，放开心怀，享受那种无边无际的轻松。

今夜村子里还有一家没有睡，就是阿圆寄住的水根家。晚上来了两个要饭的妇女，水根老婆看她们穿得整齐，头发梳得亮滑，不像要饭的，再看她们手上有弦子，就问她们：“是说书的？”两位妇女互相看了一眼，应承说：“会说会唱。”水根老婆就把她们请进屋里来了。阿圆在医务室待到九点多才回去睡觉，还没到门口，先看见三三两两的男人女人匆匆忙忙地朝水根家里走。他叫住一位妇女，问她何事匆忙。那女人便说：“有两个讨饭的在水根家里唱戏，开始也就说唱样板戏，没想到越唱越精彩，除了说唱《孟姜女哭长城》《碧玉簪》，马上就要开始唱香炉山上的明心和尚和如一尼姑。喏，我还带了一块年糕去听唱呢。你也快去听听，如一尼姑是你师傅的姑姑。”

阿圆一听，倒犹豫起来。他怕讨饭的女人唱出什么不好听的话。但这夜里又没有什么地方去，只好硬着头皮回去。

来到水根家，门口坐着两个纳鞋底望风的女人，见是他，就放了行。走进去一看，桌子边端坐着两个要饭的女人，确是衣衫整齐，头脸干净。一位妇女手里拿了一把弦子，这把弦子一看就是好东西，说不定还是出自名家。现在混乱，好的物件，好的人，也有不少流落江湖。两个人刚说完一档，正在静静地喝水，大家纷纷把东西放在她俩面前。阿圆待她们喝完水，上前去放了一块钱。她俩朝他微笑，说："谢谢客官，施舍这么多。"阿圆说："也不多，你们好好说，不要乱讲。"

一位妇女先弹唱了一段《思凡》：

恨只恨那说谎的僧和俗，那里有天下园林树木佛？那里有枝枝叶叶光明佛？那里有江湖两岸流沙佛？那里有八万四千弥陀佛？从今去把钟楼佛殿远离却，下山去寻一个年少哥哥。凭他打我骂我，说我笑我。一心不愿成佛，不念弥陀般若波罗。但愿生下一个小孩儿，却不道是快活煞了我！

然后两位妇女开始说明心和如一，从一群北方来的年轻人上山准备毁庙说起，到如一和明心两个人下山去搬救兵，刚走到后山脚下就见山寺上火光冲天。两个人知道大势已去，就坐下了。坐在石头上，背靠着背。如一恨声对明心说：“罢了，多少年的守志被这火烧得一干二净，我觉得佛缘已了，不如两人一起逃到一个地方，还俗吧。咱们不还佛愿还人愿。”明心说：“还俗？好啊。我就顺水推舟了吧。”两个人秽言调情。……最后，两个人逃来逃去，到杭州西湖边安了家。冬天下大雪，两个人搀了手到苏堤上看下雪。这时过来一个相熟的香客，说：“噫，传说你们死了，原来你俩在这里风流快活啊？”明心说：“禅在心中，处处是禅。”香客说：“骗鬼啊！你倒说说今天你修的是什么禅？”明心说：“今天吗？今天我俩修的是雪花禅。大雪飘飘从天下，就像被窝盖满地。不怕风刀和霜剑，只管修成温柔心。”

阿圆站起来大骂一声，吓得两位妇女住了嘴。他犹嫌不足，端起她们面前的饭碗，砸到地上。大家一看他发了这么大的火，一哄而散，连那两位妇女都急忙拿了东西出门去了。阿圆一头骂着，气愤愤地，也是睡意全消，突然惦记起我，就朝医务室里过来。学校已经放暑假了，四周一片黑暗，只有医务室里亮着灯，他从小小的窗洞里看进去，我歪倒在床上，屋子里弥漫着死亡的气息，一地的血，在油灯下闪烁着荧光。

我是在镇卫生院醒来的，醒来时，是下午了。

阿圆一直守候在我身边，看我醒来，他问寒问暖。我问他怎么会发现我的？他原原本本地告诉我昨天的事，从两位说唱的妇人说起。我听到两位妇女说唱如一和明心的内容，泪如雨下。要说以前还存侥幸心理，听了这戏中的唱词，我就明白如一和明心，不可能还活在世上。但世上还飘散着他们的幸福。肉欲和精神里的幸福，都掺杂了无数人的愿望，我倒相信这种想象才是真的——既口口传唱，那就是真的了，那就永恒了。

阿圆傍晚时分回了学校，他说明天带着人来接我。我昏昏沉沉地又睡去。

半夜里醒来，我扶着墙去了卫生间，就在我朝回走的时候，走廊昏暗的灯光下，出现一只手的影子。这只手影“摸”了我的脚尖，然后一路往上“摸”，一直“摸”到我的脸。这是谁家的轻薄儿？我回脸一看，只见张风毅倚在对面墙上，打着手势逗乐。

我想不到会在这时候看到他，悲喜交集，伸出手，让他走过来，一把揪住他胸前的衣服，恶狠狠地不放。

他憨笑着，说：“我说过，你生日这天我会来的。”

七

我忘了，今天是我生日。

张风毅给我带来了一份礼物，扭扭捏捏地不好意思拿给我看——最后还是给了我。他的礼物太惊世骇俗了，是一只粉红开司米打的乳罩。十年前，常宝的内衣意外曝光，吴郭城里的女人们就开始流行做这种开司米乳罩。我说："这么说，你逃到朋友家里，思考，劳动，关心国家大事，譬如说北京的地铁修到了哪里……还顺便学会了打毛线？"

这只乳罩我收了起来，因为它不合体，打得太小了。他没有见过我的身体，从宽松的衣服外面看，女人的乳房总是要比实际的小很多。况且开丝米一洗就会缩水，洗了就更小了。我拿着这样东西，忽然心中起疑：开丝米是要缩水的，女人们流行开丝米胸罩，难道不下水洗吗？

后来我得着一个机会，把这个怀疑问了一位妇女，这位妇女笑起来说：“就是不洗呀。洗了还能穿？最多用湿毛巾裹着开丝米胸罩，用烫热的碗底烫烫，再拿到通风口吹吹干。”我当时吃惊不已，深感每一种事物都有复杂性，哪怕是大家都接受的。只要符合人对真善美的追求，任其怎么复杂，大家也趋之若骛。

早上，张风毅搀着我去蓝湖边散步。我想起井水亮说过，张风毅在今年初春那场动乱中，曾经写过一首诗。从我十年前被污辱起，他就不再写诗了。我感觉到他在战斗间隙写的这首诗与我有关。果然一问，他写的那首诗是想念我的笑容，在毁坏的日子里，没有比我的笑容更令他升起希望了。我对他说：“我让你失望了。”他说：“不管你受到什么样的伤害，都会在我心上划出同样的伤口。”

第二天上午，阿圆带着人，开着手扶拖拉机来接我。我们一行人浩浩荡荡地进了村，仿佛我荣耀归来。一进村口，一串鞭炮就在我脚下响起来，然后一群乡人拥着我走进水根家里，这里已做好了准备，不由分说，要给我驱鬼邪。他们的意思是，我是天上下凡的仙女，自杀不是我的想法，是鬼邪强加给我的想法。人一旦受了鬼邪迷惑，他（或她）的思想就不是他（或她）自己的了。驱邪的目的是解救人的灵魂，恢复人的思想。张风毅悄悄地对我说：“我明白了，人类对自己的要求还是挺高，一旦有了不好的想法，就得推到鬼的头上去。”

仪式在中午十一点举行，屋前的场地上挖了浅浅的坑，坑里放一把椅子。水根的老婆朝我手上放了一只麻雀，叫我放生。我手一松，麻雀跌在地上，睁着两只圆溜溜的眼睛看着我，忽然打起精神，像扔出去的石块一样飞走了。然后我坐在椅子上接受驱邪。三位妇女坐地坑边，咿咿呀呀唱着我听不懂的歌。水根拿了柳枝，蘸上水，朝我身上洒一遍。又拿了一碗白酒，均匀地洒在坑土里，念了一些什么。刚念完，屋后一阵锣鼓声，锣鼓声里，一堆纸钱在屋子西边烧起来。三位妇女站起来绕着我走，边走边唱，走了无数圈。几个小伙子抬起一只大缸，举过头顶，发一个力，远远地抛了出去。随着缸体破裂，大人孩子一起欢呼。这仪式也就结束了，表示我的灵魂又回到了我自己的身体里，我的思想不再受鬼物的控制。蝼蚁尚且贪生，我不会再有自杀的行为。

我想起一个问题，问张风毅："鬼有了不好的想法，要推到谁的头上去？"

张风毅说："没地方推了吧？"

我俩相视而笑。

张风毅在学校里住下来，我们每天晚上都约好出去散步。有一次我看到他站在一处高坡上等我，瘦而结实，衬衫被风吹得微微飘动，背后衬着湛蓝的天空，浑身散发出清朗气息，干净得令人心酸。我们讨论过一个词：预见。对国家和民族命运的预见，对我们将来生活的预见。但我们过得是这样封闭，我们的种种预见多么故步自封，多么井蛙观天。所以不知不觉地，预见换成了回忆。回忆是生动的、有趣的和伤感的，全都引人入胜，感同身受。我几次想对他说我与夜里浇地的那位年轻人的事，但每次都没有说出口。

在我的建议下，我们把他写的《曼娜回忆录》装进漂流瓶，在一个月黑风高之夜扔进了蓝湖里，这瓶子里仿佛装着一颗跳动的心脏，装着一场不灭的风暴。它是怎么被人发现的，我们不得而知。我只知道，它后来改头换面，以另一本书名在人世里流传，手手相传中，经许多人不断增加内容，成了一本集体创作的手抄本了。它带着坦率的气质，也带着失控的荒淫之气。在封闭的没有窗的时代，也许它打开了自闭者的想象，治愈了愚者的男女求索之道。它挟带着的病态享乐，也使许多人意志消沉，沉湎其中不能自拔。

这样过了一个星期，张风毅和我讨论他何去何从。最后我们决定，让他回吴郭，先去找宋阿进，看宋阿进有什么想法。听说他一条腿瘸了。

恰好在这个时候，我接到了一封信，信封和笺上印的都是“吴郭市公安局”。里面写道：

孔燕妮同志，你好！

请你接信后，速来市公安局政保科。日前有一位市民给我处来电话，自称已病入膏肓，来日无多，需找到柳家骥的家人郑重道歉。盖因十年前他曾冒充我处余科长，去欺骗你爷爷柳家骥，致使你爷爷误上劳动改造的专车。打击了你爷爷的自尊心，间接造成你爷爷自尽身亡，给吴郭人民、给你家造成了不可挽回的损失。

我拿着信的手颤抖起来，这么说，侵害爷爷的那个鬼浮出来了，要忏悔了。

灯火通明，我们回到张家是夜里八点。张柔和开了门，她父亲和一位公安干部坐在客厅中间的沙发里说话，还有三个人分别坐在屋子里。我认识其中的两位，一位是公安民警，是这个地段派出所的赵副所长，中年妇女是地段的居委会主任。另一位女孩子我不认识。我们一走进去，这些人就站起来了，赵副所长指着那位公安干部对张风毅说："这是市公安局外事科的董建华副科长，他负责温同志在吴郭市的安全，平时你有什么事就直接和我联系好了。赵副所长和居委会的丁主任会经常上门了解你们的情况。这位女同志姓黄，是吴郭市归国华侨联合会的，她是来了解情况的。"姓黄的女孩子突然上来拉拉我的手，眼波一闪，话里有话地说："我叫黄拉林。纪念二战中第一个攻进柏林总理府的苏联红军巴维尔·拉林。孔燕妮，我早听说过你。"我反问她："黄拉林同志，你听说我什么了?"她倒也不怯场，说："我听说你是我们吴郭的传奇人物。"

他们马上就告辞了。回到屋里，我刚想问问那些人说的话是什么意思，里屋就走出来一个人。这个人穿着我没有见过的粉红色的扎染衬衣，蓝色的裤子紧绷在腿上，一头飘散的长头发。我认出他来了，是温德好啊。我扑上去没头没脑地搂住他，问："你这么快就回来了？你躲在里面干什么呀?"他镇定地从口袋里掏出一副红框眼镜，戴到眼睛上，自以为幽默地盯着我看。我给了他一拳，说："带了什么好东西回来了?"他从里屋拖出一只巨大的行李包，打开来，全是我不认识的东西，然后他又进屋去拖了一样东西出来，是一架香港生产的可折叠自行车。他说："我没有回温家，温家的亲戚没有温暖，是一帮蝗虫。我带来的东西全在这里了。"

我妹妹和高亿红也来凑热闹，高亿红骑自行车，我妹妹端着一锅猪肉青菜馄饨坐在后面，一路骑过来，连汤都没洒掉一滴。他们早就听说温德好今天回吴郭，只是没想到我和张风毅也在，这一场快乐非同小可。大家赶紧张罗着拿碗拿筷，我妹妹一遍又一遍地抚摩折叠式自行车，目不转睛地看着温德好的嘴，时刻准备接受这嘴巴里吐出的每一个信息——物质的信息。她听过我父亲对美国的描述，可那是我父亲的美国。至于香港，她知道得更少。

温德好一直在和我妹妹说话，什么别克汽车、保龄球、录音机、露天音乐会、摇滚乐、电冰箱、洗衣机、电视机、私人可以开公司包装电影明星……把我妹妹讲得张大了嘴合不拢。

她问他什么叫电视机？什么叫电冰箱？什么叫……温德好从口袋里掏出一个打火机，对高亿红说："我看你抽烟，这个送给你了。Zippo打火机，它的风网设计是防风的，优质的打火轮。它还可以挡子弹，不骗你，二战时候美国兵人人都用，连麦克阿瑟也用。"高亿红下意识地把打火机像捧红宝书一样捧在胸前。我妹妹说："我呢？我也要。你身上这件薄夹克给我吧。"温德好站起来脱下夹克，翻开里面说："这是阿玛尼的无衬夹克。穿上它，代表新潮和叛逆。你想要，就给你吧。但我不要你叛逆。"我妹妹劈手抢过夹克说："我很叛逆的，你们不知道罢了。"温德好的手在裤子口袋里又一摸，摸出一把剃须刀，对高亿红说："吉列牌手动一次性剃须刀，阻止男人的胡须在夜里暗长。"高亿红笑笑说："我听燕兵爸爸说过这种剃须刀，但是没用过。"我说："温德好，你身上还有什么送给我的？"他摊开双手摇摇头，我知道他一定给我带了东西，我开玩笑地说："你短裤是什么牌子的？我就要你的短裤。"他着急地说："不行，我的短裤你怎么能穿？"他从包里拿出一件细格子无领小西装，说："这是专门给你带的香奈尔时装。香奈尔的时尚观念就是：高尚、美丽、舒适、解放身体。在美国，我一看到这个品牌的女装就会想起你，你这个人就像是为香奈尔服装定做的。"我被他这句俏皮话说得笑了。

我妹妹拿了一堆温德好送给她的东西，心满意足地和高亿红走了。她临走时对我说："美国怎么有那么多的好东西？香港怎么会有这么好的自行车?”他们刚走，温德好就说：“美国还有种族歧视、贫富不均、反思想侵蚀人员、政治迫害、换妻派对、资本垄断……年轻人都不肯看书学知识，艺术家最大的本事就是把真正的艺术变为糟粕，把糟粕变为他们所谓的艺术。我来的时候，一个朋友说，他在筹备建立空中高潮俱乐部。你说无聊吧？……”我说：“你好不要脸，刚才你就应该说实话。”他说：“我刚才说的也是实话，不过是说了一半的实话而已。另一半，你们不爱听的。你们把外面的世界想得太好，满足你们心里对美好事物的想象。”我想了一想对他说：“你已经了解中国，难道中国全是优点吗?”他摇头说：“当然不是。但这里有我的故乡。我愿意为故乡承受一切。再说我有办法避免矛盾，刚才来的那些人，我不愿意见他们，我就躲在里屋不出来。”张柔和看了他一眼，眼光里含着责备。

他很坦率，我也不好多说什么。

一下子来了这么多人，张家地方小，睡不了。最后我决定带着温德好去“廿八斋”。林纳德不知用了什么劝说的法子，把“廿八斋”里的居民迁走了一半，他经常从省城回到“廿八斋”中，收集柳爷爷留下的书籍资料和古董物品，尝试着把“廿八斋”恢复成原先的样子，忙得没有时间和我们往来。温德好与他还没有见过面。

温德好警觉地问：“林是什么样的人?”

我说：“一个好人。一个有趣的人。他是个考古工作者，现在迷上了我爷爷留下的东西，一有时间就从省城过来收集、整理。最近他单位没事干，总是住在这里。”

温德好说：“那我有事情做了，我可以给他当助手。”

一只蚊子在他手背上咬了一口，他哎呀了一声，有些矫情地说：“让家乡的蚊子好好地咬我一口吧！”然后又不怕费事地打开包，掏出一只瓶子倒出液体涂在手背上，把那小瓶子递给我看：“你看，‘龙虎’牌清凉油。我十年前在家乡买的清凉油，用完了还舍不得扔掉，在美国买清凉油灌进去，一直用到现在。它代表着家乡，还有你。”

他在夜幕里朗诵毛泽东的《沁园春·雪》：“北国风光，千里冰封，万里雪飘……”头顶上密密的树枝里，真好像就有雪飘出来。几个好像上夜班的女工站下脚，和他一起大声朗诵。一个女孩边朗诵边目不转睛地注视着我，她用目光责备我的沉默，她看得我只好偏过头去。

我把他从路中间拉回来，小声对他说：“安静的夜里，只适合说悄悄话。”

他说：“抱歉。我是一时失控。”他从包里拿出一本书，对我说：“这本书名叫《切·格瓦拉传》，切是古巴一位伟大的革命家。这本书送给你了。你去学点英文就看得懂了。”

我对他开玩笑地说：“你拿物质引诱我妹妹他们，拿书本来引诱我。你看上去简单，其实不简单。”

他说：“我做了坏事吗？我没有做坏事啊。我给你们每个人喜欢的东西。”

他害怕的样子让我感到好笑。

快十二点了，林纳德还在灯下研究柳爷爷写的一本书。我给他们俩介绍了一番，还没说完，他就打断我的话，说：“你们来看看我最近搞过来的屋子。”

他领着我们去参观了几间屋子。柳爷爷的大房间里，原先的住户刚搬走，屋里遗留下来不少垃圾，柳爷爷的金丝楠木罗汉大床还在，除了大床，还有一套楠木屏风，一只楠木书桌，书桌上有一只破损的沉香木笔筒。地上一只北方款的紫檀大条凳，凳子边有抽屉，爷爷活着的时候，抽屉里放满香喷喷的零食，我每次来都会到抽屉里找东西吃。厨房里倒是搬得干净，砌了一个新灶，桌子也是以前用的，只是住户不爱惜，鸡翅木的桌面上划得东一条西一条的深痕。书房也已经像书房了，大沙发上可以睡人，靠墙一大排的红酸枝书橱虽说破旧，气势还在。书橱里有不少书，我翻了一翻，都是我爷爷以前的。林纳德说前些日子，他通过关系，到市政府开了一封介绍信，又买了好些《毛泽东选集》，去了几个单位的图书馆，用《毛泽东选集》换回我爷爷捐赠的一些书籍。人家看他有市政府的介绍信，又有“红宝书”，就让他拿走了我爷爷的那些书，包括一些古籍善本。他们本来也都想处理掉的，有一些书在“破四旧”的运动中，他们已经烧掉了。林纳德把换回来的书陆续运回“廿八斋”，我爷爷的书房已经初具规模。

我说："可惜'四不楼'已经拆掉了，不然的话，你在那假山上的书房里，挑灯夜读，一定好看得很。"

林纳德说："你看着吧，我迟早把'四不楼'再建起来。"

从屋子里出来，我们参观了园子。月色明亮，月下欣赏园子，看不清细节，但我大致能看到，园子变化很大，断掉的走廊接起来了，弯弯曲曲的河里，有了河水，正开着荷花。河边一圈矮湖石，也集齐了不少。

我对林纳德心生疑窦不止一次了，问他："你除了有水平，还很有办法。你到底有什么背景？你从来不谈你父母亲，我想问问你，你的父母亲是干什么的？"

林纳德说："我父母亲住在省城，都是普通的工人。你要是不信，什么时候我把你带去看看。"

我说："你到底有什么背景，总有一天要告诉我们。"

林纳德说："别想着我有没有背景，你要帮我想想柳爷爷还有什么东西遗落在人手里。"

林纳德与我说话时，温德好眯着眼睛一直打量他，这时插了一句话："我能在你这里多住一些日子吗？"

林纳德明显地不欢迎他，没有说话。

温德好说："我给你当助手。"

林纳德对这句话有了反应，问他："对中国的园林艺术，你懂多少？"

温德好说："我可以学的。"

三个人一起回到柳爷爷的书房里，我今夜睡沙发，温德好打地铺。

林纳德问："你是从美国回来的？"

温德好欢快地回答道："是啊是啊，我刚回来的。飞机到香港，香港到上海，上海到这里是坐火车。"

林纳德听他说完，发表了一句意见："我不了解美国，但我了解中国。"

温德好转脸看着我，不知道林纳德这句话是什么意思。

我接着林纳德的话茬说："我不了解中国，我只了解我自己。"

这句话是错误的，我并不真正了解我自己。

温德好说："我到中国是来追求梦想的，我感觉在中国能实现我的梦想。我在美国过着平庸的生活，心中没有追求，就像行尸走肉一样。我愿意一辈子留在家乡，我想炼出吴王剑。我也想帮助你，把柳爷爷的'廿八斋'恢复起来，做成园林博物馆什么的。我不懂的东西可以学，我有的是时间。"

我说："你接下来没有时间学什么了。你要和张姐姐结婚，说不定马上就会有孩子。"

温德好说："我这次回来，就是想告诉你的张姐姐，我不想结婚了。"

我大吃一惊，说："怎么又不想结婚了？既然你不想结婚了，还敢回来？"

温德好说："我回中国，从来就不是为了女人、婚姻和孩子。我回中国，为的是中国的土地上，有我的家乡。"

林纳德弯腰拎起温德好的包，毫不犹豫地扔了出去，指指门外，说："说得再好听，你也是一个负心汉。你伤了张家姐姐的心，你要付出代价。"

温德好说："张家姐姐不会有多伤心，她到现在还没让我亲过一个嘴呢，你说她是为了什么才与我结婚的？"

这次轮到我向他怒目而视了。林纳德握起拳头比画着。

温德好的脸上一阵痉挛，他不善伪装，紧张的心情仿佛水波一样掠过他的脸，但他还算有定力，一动不动，赖着不走。结果我和林纳德没有采取进一步的行动，林纳德摇摇头走了。我指着温德好说："给我到厨房里打洗脸水来，我走不动了。快去。"他一路小跑着去了，给我打了一盆洗脸水，对我说："我说的是真话。我是为了家乡才回来的。我的家乡是世上最好的地方。"他在地上铺上草席和枕头，躺下去叹了一口气说："大家乖乖地睡觉啊，不许再吵了。啊，桌子上那座白石头叫什么？"我对他说："昆石。这是……"我话没讲完，他就累得睡着，并且打呼噜了。今晚来到"廿八斋"，他梦想的清单上又多了不少内容，和他的衣服一样多姿多彩，我倒希望他回来的动机还是那么简单，是来炼吴王剑的，嘴里嘀咕着"失蜡法""泥淹法"这些炼剑方法，嘀咕着冷兵器如何锤炼才能取得最大的密度，如何开刃才能获得最好的切削能力。天真可爱，脑子反应迟钝，小孩子一样跟在我们后面玩，像唱歌一样不断重复我们告诉他的话：人生三件苦，打铁、撑船、磨豆腐。

但是张柔和那边怎样交代呢？

我翻来覆去地睡不着，第二天起得很晚。起来一看，林纳德和温德好已在园子里除去了许多杂草，两个人还商议着要叫人手来移掉几棵自个儿长出来的杂树，那棵大白松歪到了一边，也要叫人来加撑架。看来林纳德已原谅他，不想让他付出代价了，两个人成了同道。而温德好也一夜之间又改成了我们喜爱的模样，长发剪成齐肩短发，在脑后扎成一把，穿了一件旧的中式衣裳，是我爷爷的衣服吧？他亢奋的情绪也变得安静下来，认真地帮林纳德做着这样那样的事。门口有人叫卖着什么，两个人撇下我跑出去看热闹，一会儿，他俩拿了一只锅子进来，原来是一只银炒锅，林纳德用二十斤粮票换来的银炒锅，据说是解放前讲究的大户人家炒茶用的。我不由得想起常宝用过的那只锅子，它现在流落到了何处？温德好满脸期待地说：“今年三月份，郊外好多‘明前’茶都没人采摘，放在那里白白浪费了。特别是杨梅岭上，往年那个时候山上全是挎着茶篓子的女人。”林纳德说：“杨梅岭在什么地方？我们明年春天去杨梅岭采茶，用这银锅子炒茶喝。”

他们今天还得整理厨房，计划把厨房隔出一小间，温德好先睡厨房，等我过完暑假走了以后，温德好再搬回柳爷爷的书房里。

看他俩的样子，已经把张柔和忘到了脑后。

我出了门，巷口有一家小酒店。约好午饭后去公安局政保处，我要了一碗黄酒，几碟子小菜，是花生米、豆腐干、茴香豆。这小酒店原是专门卖酒的，后来也供堂吃。许多客人要了酒不回家，就在店里吃完再走。我叫伙计到门外买一副大饼油条。伙计看上去想说废话，站在我的桌子边不走，我对他说："你想说什么就说吧。"果然他对我说："我们这酒店是城里唯一的酒店了，别的酒店都关门了。这种小酒店富有东方风味，就像鲁迅小说里描述的场景那样，进了店门，坐在桌边条木凳子上，要一壶黄酒，一碟茴香豆，大家彼此都有些认识，一边喝一边聊。"

我说："你说话还挺有水平。"

他说："我是高中生。我是顶替我爸到酒店来工作的。别人想来还来不了。可惜也要关门歇业了，说这酒店也是资产阶级吃喝玩乐的产物。我还不知道去哪里工作。"

隔了一张桌子，经理把一块抹布扔到伙计头上。伙计吐吐舌头到外面给我叫大饼和油条。经理拉长着脸，对一屋子人说道："各位，这几天你们多多来往，以后店门就不开了。告诉你们，我们快关门了，就在一个星期里……必定关门。"

我们都点头，好啊好啊，关门好啊，资产阶级的东西嘛。快吃吧，今天多吃点喝点。

靠墙的角落里坐着一个中年男人，表情奇特，眼睛睁得像铜铃，脸孔潮红，说话声调高亢。别人都在吃，只有他一个人兴奋地不停地说，他说：“从解放过后，每次枪毙人我都看的，一场不拉。枪毙胡肇汉、朱文孝、姚启明、潘标、王廷贵、谈小毛、孔宪尧、丁承平、陆兰秀……”他如数家珍，我听得寒毛直竖。我认出他来了，十年前我在枪毙常宝的现场，他就在我的身边唠叨。他的长相几乎未变，皮肤紧实饱满，嘴唇红润。

我看着碗里的东西，喉咙里干涩紧绷，吞咽困难。忽见窗外一群闹哄哄的人拥着一个老头过来，原来这老头是个疯子，大家一路跟在后面听他说疯话。老头手里拿了一只破瓷碗，半截烂筷子雨点一样敲打它，说：“吴郭没有了，坏了，死了，烂了……吴郭没有了。河填掉，塔倒掉。牌楼坏掉，桥梁断掉……人死掉。”

他刚念完，孩子们就叫喊起来：“我是疯子！”

老头就学嘴：“我是疯子！”

孩子又喊：“我是吃屎的死疯子！”

老头照学不误：“我是吃屎的死疯子！”

孩子们突然冒出一句话：“我不多！”

这可是王来恩的口头禅，“不多”的意思是倒再多的霉也不够，嫌少。这么说王来恩的这句口头禅也在吴郭成了流行语了？孩子们学得很像，连王来恩的家乡口音也模仿出来了。

老头到了饭店门口不走了，猴一样蹲在花台上，饭店里的人都伸长了头颈看这老头如何表演。过一会儿，有人给他碗里放半只揿掉芝麻皮的芝麻大饼，他一把扔出去，大叫："我不是要饭花子，我是知识分子!"这一声把所有的人都惹笑了，有人怂恿他说："再说一句，知识分子。"他又是一声雷吼一样："我是知识分子!"饭店里外的人一齐笑翻了。经理说："我认识他的，他家里以前也算是了不得的大人家，家里从小就把他送到美国学造房子，回来改行了，做了四中的语文老师。老婆是市图书馆里的，有反党反社会言论，到处讲，还写信到中央讲，五七年就枪毙了。他就有点疯了，到哪里都这样哇哇乱叫自己是知识分子，吃饭有一顿没一顿，也没人管他。"

我看这老头，眼睛周围全是皱纹，就像大象的眼睛，显得慈祥善良。细看，他的眼神里有一股镇定的东西。我就问经理："你怎么知道他是疯子?"经理对我说："你想，要是不疯，谁会把知识分子这个词挂在嘴巴上?"他还想发表高见，见我没有反应，他有些不满意，把脑袋转了一百八十度，和另一边的人说话："你们说说，作死啊，什么年月了，还说自己是知识分子?"那些人瞪着惊恐的大眼，忙不迭地点头赞同。

我付了账，推开人群走了。一路上，我觉得后面有人跟着，我冷不防地回头，几次三番，后面都没有跟着的人。

走到张家的门口，见门口站着一群女人，屋里传来张家爸爸的呵斥声："你丢不丢人?结婚前还被人家悔婚。我看你以后怎么有脸活着?"张柔和叫喊："婚姻自由，他勉强不了我，我也勉强不了他。结了婚还可以离婚，况且我们还没结婚呢。”张家爸爸说：“你好歹也要表示一下，投个河、上个吊，再不济，你也得跑到他住的巷子里，从巷子头滚到巷子尾。”张柔和说：“我干吗要滚地皮？那都是旧社会妇女的手段。”张家爸爸说：“那你去妇联告他，把他告得滚回美国去。”张柔和说：“吴郭就是他的家，你想把他赶到美国去，我不答应。”她说完就冲了出来，我问她：“你到哪里去？”她说：“放心，我不会寻短见，我到我该到的地方去。”

我进屋对张家爸爸说：“你给我马上闭嘴。”他真的一声不吭了。

下午，我和张风毅去了市公安局。今年春上，吴郭乱了一阵，市公安局也被两派人马冲击，现在正在恢复一些日常的工作。我们去了政保科，接待我们的正是那位余科长。他打量我一眼，紧紧地握了我的手，却没说什么，交代一位年轻的女公安人员带我们去了一家医院。路上，女公安告诉我们，那位陷害我爷爷的是纺织机械厂的退休工人，姓严，祖上三代都是城市贫民。他看来活不了几天了，又是主动认罪，所以公安局决定不再对他进行刑事处罚。

到医院门口，张风毅对我说：“你真的要进去看这个人？”他走近我，又问一句：“你真的想知道这个人害你爷爷的原因？”

我点头，汗流浃背，却感到冷风飕飕。张风毅说：“那你进去吧，我在外面等你。”

那位女公安说医院周围有个很好的菜场，她要去买点菜。和姓严的见面时，不要用语言和行动刺激他。但事实证明，不是我刺激了姓严的，而是姓严的刺激了我。

我找到病房，姓严的那位躺在病床上，天这么热，他还盖着被子，两只深陷的眼珠看到我，轻轻一转。我做了自我介绍，陪着他的两位女性家属一言不发就走了出去。我觉得这个人和他的家，属于有教养的温良的吴郭人。但是他为什么对我爷爷那么做呢？

没有寒暄和客套，我和他的谈话马上切入正题。有句老话说：人之将死，其言也善。我很怕听到将死之人的善言，那是不可靠的。幸好他并没有说一些将死之人的空洞的善言。

他说：“我和你爷爷一样，是土生土长的吴郭人。你爷爷是吴郭大名人，我小时候就见过他，对他很是崇敬。我后来进了纺织机械厂，他来给我们工人讲过吴郭的历史文化课，是我和另一位女工接待他来往。当然他不会留意到我，他见的人太多了。你爷爷年轻的时候，经常为我们老百姓仗义执言，为我们做了许多好事。但是后来他的思想意识出了问题，他高高在上了，不关心老百姓的疾苦，只关心他自己的小生活。他造了那么大的一个园子，在里面享乐，睡遍女用人。他在吃喝玩乐上搞资产阶级的小情小调，与我们这个时代格格不入。我原先以为他必定会当右派，可能上头有人保他，他没当成右派。我就想了个法子，骗他去劳动改造，让他吃点苦头，对他纠正不正确的思想有好处。”

我瞠目结舌，问他：“你就是因为我爷爷思想和你不一样才这么做的？”

他说：“他不是和我不一样，他是和我们不一样。”

我问他：“你在厂里做什么？当干部吗？”

他说：“不是。我就是车间里的工人，每天回家身上都油腻腻的。我的爱好就是看看书。我老婆和女儿你刚才也看见了，都是平头百姓。”

我对他好像恨不起来。我试着问他：“其实你就是看不惯我爷爷的做派，一时糊涂，搞了一个恶作剧，是不是？”

他的脸上露出一丝笑容，说：“不是恶作剧，我是认真的。你不知道，吴郭城中，私下里有好多人恨你爷爷，恨他过的那种生活，恨不得他死。我没想要他死，我的出发点是好的，我希望他提高思想认识。我没料到你爷爷那么经不起风波。有名气的人也是拆穿不得，还不如我们老百姓坚强。”

他说得很平静。他的话让我无法忍受，可是又挑不出毛病。这个将死的人，内心远比我想象的更强大。我的如意算盘全部落空，非但如此，我的自尊心也受到某种程度的伤害。柳爷爷生前总是叫嚷着人要有正确的思想方式，偏偏就有许多人认为他思想不正确。

我焦躁起来：“那你把我叫来干什么呢？”

他说："我快死了，总得做点什么。"

我大声说："你想做什么？"

他脸色发白，外面的妻子女儿一齐走进来，脸色都暗沉沉的，却庄严肃穆。我没来由地心虚，面对这一家人，我觉得我是不干净的，有罪的。姓严的喘成一团，活着对他来说真是一件艰难的事，但他威严地指着我，说："叫她走。我发现这个人……思想……也有问题。"

我大步离开病房。张风毅在医院门口接着我，关心地问我："谈得还好吗？"

我说："没有忏悔，没有道歉。倒是让他看出来，我的思想也有问题。"

选了一个日子，我约上井水亮和罗汉芳、蓝雪飘等人，陪着张风毅去宋阿进的家。宋阿进瘸着一条腿来开门，一见是张风毅，急忙把门一关，张风毅用脚把门一挡，宋阿进松开手就朝院子里走。张风毅追上他，一把拉住他，弯腰鞠躬，嘴里又是忏悔又是道歉。罗汉芳趁机把大家凑出来的一堆粮票、布票、人民币，一股脑儿塞在宋阿进的口袋里。宋阿进一边哭，一边把口袋里的粮票、布票、人民币，全都掏出来，狠狠地扔在我们的脚底下。我们没想到他会哭，他以前很强势，不是这种会哭的软弱之人。我们全都呆住了，不知道怎么办才好，眼睁睁地看着他进了里屋关上门。院子里别的邻居出来看热闹了，我们无计可施，灰头土脸地走出来。

井水亮他们告辞而去。张风毅脸色煞白，喃喃地说：“一个城市里，只要有一个人不原谅你，你就夜不能寐。哪怕他只淌一滴眼泪，那滴眼泪也会燃烧你的心。”

他说他明天就回海宁去，一直待到宋阿进能原谅他，他的决心与宋阿进一样坚定。他现在和我一样了，要有结束才能重新开始。我本想张风毅回来了，我又能依靠他身上的温暖和力量，看来今后要我给他温暖了。我拥抱了他，告诉他，我会去海宁看他。

我目送着他的背影，突然想起他说过的一句话，对着他的背影大声喊：“强者要忏悔，弱者要检讨。”

他转过身脸朝着我，一边后退一边喊：“强者无忏悔，弱者不检讨。大家都做不到。”

我一辈子都记得他的模样，他那么善于思考，那么富有激情，公正而高尚。

八

我最关心的一件事，是张柔和能否与我父亲走到一起。

林纳德也对我说：“你去和张家姐姐说说，温德好不适合做丈夫。你就让他在我这里当个帮手，别管他。他真是十分热爱中国文化。你父亲也离婚了，张家姐姐又是单身，两个人正好是有情人终成眷属。”

我去邮局给我父亲打长途电话。我父亲的声音从遥远的地方传来，微弱得听不真切，但我已经能感受到他内心渐渐地平稳了，他甚至说到医院边上的菜场。我最不爱听菜场和厨房里的事，现在却愿意他多讲点。他讲完省城的菜场，我对他说：“温德好这狗东西赖婚了，你想不想烧一桌子好菜，和张家姐姐一起享用？”

我父亲突然就没有了声音。过了长长的不妙的沉默后，他说了一句更不妙的话：“让我考虑一下，我没有思想准备。”

思想令人欢欣，令人痛苦。宇宙之中，思想是最有价值的东西，它操控一切，指引方向，主宰我们的世界。

他说了这句之后就挂了电话。

而后我收到他的信，他信中说：

燕妮，和你通过电话后，我一夜未眠。照理说，我和你张家姐姐彼此有心已有十年多了，现在都是单身，可以顺理成章地走到一起，缔结良缘。但是人到底是人，人经历过的必定会影响到心情和判断。我想了一夜，觉得没有信心马上走进另一场婚姻，因为我和你张家姐姐都不年轻了，两个人天天在一起和偶尔见面只靠想念的日子，是完全不同的。如果两个人天天在一起产生矛盾，生出不幸福的感觉，那么所受打击是致命的，会对人生彻底失望。所以我认为这件事要缓一缓，我们两人都需要有过渡的时间。我给你张家姐姐打了电话，说了以上这些话。她的情绪还是很平静的，她说她不愿意等了，她已经等了十年了，把耐心全部等没了。她说她是个普通女人，普通女人就该找普通男人。我这样的，温德好这样的，都不是她应该拥有的。接下来的生活，她要自己安排，不再服从命运的安排，因为命运总是拿她开玩笑。你代我去看看她吧，我真不放心她。如果她实在不想等，想马上和我结婚，我也可以这么做。

我不信张柔和真的这么干脆，曾经那么深的感情。

我正想去找她，没想到她来找我了。我把我父亲的信给她看，她看了，面无表情，朝桌子上一放，对我说："他要是想跟我结婚，早就自己和我说了。你告诉他，我的生活，我自己负责任。我今天来就是请你们吃喜糖的。我结婚了。"

她从包里拿出一大把糖果，然后朝门外喊了一声，从墙角里站起一个男人，她说："这个就是我的爱人汪多根。"我吃了一惊，我小看了张柔和，她一旦下了决心，干干脆脆，说到做到。

那天，她与她父亲为了温德好悔婚的事拌了嘴，摔门出去，原来是去了"灶神"庙。那天是农历六月十四日，一年里第二次祭灶神的日子。虽说不让大张旗鼓地祭神，去的人还是不少。破败的灶神庙前庙后，一下子冒出许多人，卖花的，买花的，赏花的，坐下来下棋的，看下棋的……反正是出来玩乐一下。或者这神仙真像传说的那样，化成乞丐、小贩、卖花的、下棋的、吃豆腐脑的……来与你说上一两句话，让你家灶火旺盛、四季平安，那么如果碰到你，你就有福了。灶神面前，供着一道道素菜和粉团子。神仙的册页里，灶神是级别最低的神，却最受凡人热爱。

吴郭人都知道，每回祭灶神的庙会上，都会出现一个媒婆，媒婆看似卖花，实则给人做媒。这个媒婆大半辈子撮合良缘无数，经她手上撮合的男女，全都安安生生地过日子，没有一对是反目成仇的。所以吴郭人私下把这个媒婆也当成了神仙，自由恋爱的，也要千方百计地找到她家，受她当面祝福才安心。

张柔和认识这个媒婆，一个一个花摊子看过来，就是找不到媒婆。再定下神仔细寻找一遍，这才看见老媒婆穿了一件年轻女人穿的蓝花衣裳，蹲在几盆茉莉花后面。张柔和蹲下来，瞧着她说："怪不得找不到你，穿了你媳妇的衣服，老黄瓜涂绿漆——装嫩哩。"老媒婆好脾气地笑，问："想把自己嫁喽?"张柔和说："嫁!"老媒婆问："想要什么样的?"张柔和说："劳动人民，门当户对。和我一样，一穷二白。"

老媒婆没让张柔和失望，第二天就让人领来一个三十五岁上下的男人，叫汪多根。张柔和看这汪多根眉清目秀，温文尔雅，心上立刻愿意了。汪多根一看张柔和的身段形象，心上就不安定了，抖动着脚，催着别人走开。人家走了，他直截了当地对张柔和说："你上我家里去看看。"张柔和知他的心思，跟着他去了。他家住在市中心的地段，家里前面是一个干干净净的小院子，院子里靠北墙根下长着一架紫藤，紫藤下面有一口古旧的井，一间客厅两间卧室，后面还有一个小院子，一间灶房连着卧房，灶房外面长了两棵果树，一棵枇杷一棵杨梅。家里就一个老娘，躺在床上，看见张柔和来，坐起在床沿上，几分钟后又躺下了。张柔和看了家里的情况，觉得属于一般以上，心中满意，就跟着汪多根进了他的南边大卧房，听任他把房门关了。

汪多根把床上的枕头翻了一个身，张柔和瞧着翻过身的枕头挺干净，就睡了上去。汪多根不慌不忙，也不脱自己的衣服，上床就要脱张柔和的裤子。张柔和手一挡，说：“你要想好了，我的裤子，脱下来容易穿起来难。”汪多根说：“明白，明白。反正我带你到家里了，跑得了和尚跑不了庙。我要是对你负了心，你就赖在我床上不起来。”张柔和深吸了一口气，听任汪多根把她的衣服脱下来扔到地上，分开她的腿，仔细打量，感到有了进一步的兴趣。一边观察她的反应，见她不喜也不怕，心中起疑，却不甘心。魔念顿生，压住她的上半身，拼命地发作一通。张柔和听见隔壁人家在咳嗽，汪多根的妈也起来到了厨房里，把大铁锅敲得叮叮当当。一直到汪多根不动，隔壁人家才不咳嗽，汪多根的妈也不再敲铁锅。汪多根说：“我也有过几个女人，你是最好的一个。”张柔和问他：“好在什么地方?”汪多根说：“皮肉细嫩白亮，浑身上下香喷喷的，连大腿根那里也香的。没想到你是个处女。你肯定有过相好，你那些相好都是正人君子。”张柔和说：“我是有过相好的，你远不如他了。”汪多根问：“是谁?”张柔和说：“媒人没与你讲吗?”

汪多根也不说话，推开张柔和的头，把枕头自己枕了，准备舒舒服服地睡一觉。张柔和问了一句：“我们什么时候办婚事啊?”汪多根眼都不睁地说：“办婚事？慢慢再商量吧。”

汪多根刚睡着，就被一声声惨叫声惊起来了，闻声寻到厨房里一看，只见张柔和拿着菜刀架在他妈脖子上，汪多根转来转去不得近身，张柔和说："你不要转来转去地想夺刀，你妈就是躲过今天，也躲不过明天。反正你妈不是被我劈死就是被我烧死，我拿我的命偿她。"汪多根说："你这样，我就报警了。"

张柔和说："你去报，我等着。别说现在找不到民警，就是找到了，我也不怕。"

邻居们听了动静，一个个地跑进了院子，站在房门口张望。张柔和骂男人："你他妈的操了我一场，裤子没穿起来就想翻脸不认人?"汪多根哭丧着脸说："我没说不和你结婚。我是想再相处一段时间，好好了解了解。"张柔和说："结婚就干干脆脆地结，打什么马虎眼？想用这一套收放手段制服我，怕没那么容易。你现在还不了解我吗?"汪多根连声说："了解了解。你说怎么办就怎么办。"张柔和问："家里有糖果没有?"汪多根说："没有。"张柔和扫一眼灶头："怎么没有？那罐子里不是红糖？你拿勺子给乡邻们每人一勺红糖，就算今天发喜糖，过两天补买了糖果分大家。"汪多根乖乖地端着糖罐子给大家分红糖吃，大家在手心里吃了红糖，对张柔和说："糖都吃了，你就放人吧。"张柔和手一放，老太太一屁股坐在地上，"呜呜"地哭起来。张柔和恶狠狠地对她说："不要哭，我会对你好的。"老太太说："我是高兴得哭起来的，汪多根终于找到一个压得住他的人了。我没想到像你这样文静和善的人，也这么厉害。"张柔和对老太太说："娘，我活了三十年，照着人家心里的那个样子活，从今往后，我是什么样子就什么样子，你多多包涵。"

张柔和这天没有回家里去，住在男人家里。第二天上午，两个人各自到自己的单位递了结婚申请，单位上给他们打出结婚证明。两个人拿了结婚证明到区民政局，区民政局对他们说要做一番调查，调查政治面貌和婚姻状况，没有问题的话才会批准他们结婚。

张柔和这头耽搁了一些时间，她的父亲坐过牢。有关部门花了一个月时间调查她父亲的一切，还有他的各种社会关系。这一调查，查出张家父亲好些乱七八糟的事，连张家姐弟也不知道。譬如他嫖过娼，和一个小寡妇保持过半年的姘居关系。还有他狱中的表现，说过什么反党言论，和什么人吵过，在狱中藏匿过一枚来历不明的大头钉。最后，张柔和的婚姻调查档案里塞满了她父亲的资料，这些都是她结婚的障碍。好在汪多根那一头的家史充满光辉，祖宗八代都是城市贫民，他父亲是人力车夫，生了病，不肯看，也不肯多吃东西，死在了街上。最后，区革命委员会民政科还是批准了他俩的结婚申请，出具了结婚证书。结婚证书男女各一张，楣头上一大段毛主席语录：

> 最高指示
>
> 领导我们事业的核心力量是中国共产党。
>
> 指导我们思想的理论基础是马克思列宁主义。

然后是双方名字。男方的那张写道：

汪多根　男　三十三岁

张柔和　女　三十岁

自愿结婚，经审查合于中华人民共和国婚姻法关于结婚的规定，发给此证。

一九六八年七月十五日

张柔和的那张和汪多根一样，只换了女方的名字在前。结婚证书的背后有两行小字：

七月十五日结婚布票三十尺

糖四斤

购物券五十张

汪多根那张背后写着三行小字：

七月十五日结婚布票三十尺

糖四斤

香烟一条

肉四斤

汪多根苦着脸看他的结婚证书，和看讣告差不多。张柔和也不理会他，带上他，拿了喜糖到双方的单位和亲朋好友那里去发放。汪多根跟在她后面，对她说："你对我这么凶，良心会不会不安？"张柔和说："不会。你只配我这么对待你。"又补充一句："我以后会对你好的。"

张柔和的父亲对新女婿挺满意，他说："比那假洋鬼子强多了，政治上也可靠。"

汪多根对老丈人不客气地说："你一个反革命分子，讲什么政治可靠？笑话。"

几天后，张柔和到"廿八斋"来，给我们发了喜糖，也没坐下，马上就走了。我跟着她走到大门外，她把坐在墙角的汪多根叫到我面前，对我说："叫姐夫。"我叫了姐夫，心里一阵酸涩。她慢慢地走近我，给我擦了擦眼角，说："不许难过。"

张柔和在前面走，汪多根跟在后面，摇着头说："媒人说你以前的相好是孔朝山，吴郭第一美男子。我心里总是没有数，今天有数了。你看那孔家闺女，美得像天仙似的，你那个相好大概就是这样的。不过我告诉你，你和你相好弄不到一块，你们差别太大。你配我还差不多，想配上他，休想！"过一会儿，他再次引导她："你哭吧。我说这种话你怎么不哭？女人听到这种话多多少少都要哭一阵的，不哭肯定不对的。"张柔和转过脸，汪多根看到了一双可怕的眼睛，这眼睛黑色的瞳仁已被心火烧化，黑乎乎的潮水变成两潭黑色深渊，似乎要弥漫开来。汪多根偏偏上前和她并排而行，指着边上的河说："你为啥不跳河？

你死了我就干净了。”张柔和眼睛都没眨，就跳了下去。她不会游泳，一下去就朝水底沉，一会儿又浮上来，脸朝下一动不动。汪多根这才害怕起来，跳进河里把她捞上来，对她说：“我怕了你了。以后不说什么孔朝山了。”张柔和吐掉一大口水，定睛看着汪多根，伸出手，摸摸他的脸，摘掉一条挂在他额头上的青苔，说：“你懂得怕就好。我们好好过日子，把日子过得红红火火的，不要提往事，不要欺负我，我会把你侍候得像神仙。”

听说张柔和结婚了，我父亲即刻赶回吴郭，他想见张柔和一面，但见了干什么，他也不知道。他们约在工人文化宫见了一次，我父亲问她：“到人家家里去，过得怎么样？”张柔和心情看来很不错，笑着说：“肉包子打狗，有去无回。”我父亲一愣，不知道她说的是什么意思。他发现张柔和的语言系统都和他不一样了，好一会儿他才明白过来，张柔和的意思是对方家庭完全接纳了她。他心里生出一丝复杂的情绪，他不能接纳她，但也不想看到她完全离开。虽说她不是背叛，不是负情，但我父亲的心里，就像被谁扔了一样。张柔和对他很重要，这是他现在刚知道的事。他能后悔吗？不能。他不后悔，他不能违背自己。把时间倒回去，他还是会对张柔和说：请你再等等我。

我父亲回来就一直呆坐在军医院的宿舍里，手里捏了一包张柔和的喜糖。他的魂出了窍，到处漫游。他感到他一无所有，凄凉寂寞。但他害怕的不是这些，他最害怕的事就是失去了生命的滋养，活着就是一个巨大的虚无，他朝虚无里投掷自己的生命。莫名其妙的虚无，莫名其妙的生命，在这强大的虚无里，一切都无济于事。

我第二天看到我父亲，惊愕地发现他的外形变化了。他英气勃勃的样子不见了，光彩消失殆尽，他的美正在黯淡，身体周围笼罩着一层灰暗的东西，这东西摸不到看不见，无法用语言确切表述，但能感觉得到。这预示着衰老和平庸吗？我让他好好看着镜子里的自己，正视自己的变化。他没有多一条皱纹，没有多一根白发，却变老了。他向我保证，他不会这样下去，他要尽全力创造新的生活。

我父亲这次回来，还有一件事，要妇联给他提供一份本地妇女精神保健的档案材料。没想到仲代表来找他了，拉着我父亲去了他家，桌子上全是饭店里买来的美味佳肴，我父亲维持着体面，吃得艰难。我妈妈和仲代表这么大的两个人，嘻嘻哈哈，打情骂俏，没个正经。

但愿她们都幸福。我父亲想。

也许是受到我父亲情绪的影响，今夜我做梦了，梦见的是张风毅，和他一起去桃花涧里看桃花水母。我从没与他一起去看过这种脆弱的小生物，我自己也从不去桃花涧看它们。燕兵小时候捉来一瓶桃花水母，它们游得很妖艳，很诡异，我不知道吴郭人为什么那么喜欢它们。它们是一种腔肠动物，在进化史上，它级别低等原始，无脊椎，直径零点一到一点零厘米，在吴郭城生存了上亿年。爱它的人说，它美丽得无声无息，顽强坚韧，美得奢华，它美丽的物质形象渗透到人的精神里，化成挥之不去的烙印。它是这个城市的象征。每年夏初它一群一群从河里游出，粉色透明，开合起扬，像极了桃花的花瓣。

我和张风毅坐在一棵柳树下面，看水里的桃花水母悠然自得。我对张风毅说："只有这样的低等的动物，才不会为食物、配偶争斗吧?"张风毅说："你笑了。你笑得真好看。我们为什么坐在这里看这种东西？我们应该去那些向往已久的地方，你看过《芦笙恋歌》和《五朵金花》吧？那里面的澜沧江、蝴蝶泉……我想开一个'爱之大会'，汇集起全中国相爱的人，追求爱的人，探讨爱情中的所有问题，这个大会的暗语不妨叫'克里木'，当作纪念我那干娘。前来开会的人，只要说一声'克里木'就可以放进来参加会议。"我对他说："暗号可以分为两个，来开会的男士用'克里木'，女士用'白玉兰'。"张风毅说："你不是不喜欢白玉兰吗?"我被他问得愣住，一下子醒来。做了这个梦，我明白我想念张风毅。我无力给他承诺。

那天我送我父亲上车，信步而去。走着走着，走到了一条小街上，突然从一棵树下冲出一位老妇女，指着我说："毛主席叫你下地狱。"

我认出她来了，十年前我在香炉山上见过她，那时她咒我下地狱。十年没见，她还是那怨气难平的样子，只是换了一个让我下地狱的人。

我心中又涌出那种熟悉的忧伤，这种忧伤让我一瞬间想起许多东西：白玉兰、河水、防空洞、黄酒、散发出蜜味的胡萝卜花、油灯、血的味道……眼前只要还晃动着这些东西，闻到它们的味道，甚至不需要想起具体的事，我就知道，在时间的长河里，我从没有离开过方寸之地。

夜里，我给张风毅写信，我告诉他，白天碰到那位咒骂我的妇女。告诉他，在梦里我们一起看桃花水母。其实我想说的是那件事，我含糊地说，今年初夏，有一个夜里，我碰到一位陌生的年轻人，也许我是被他的不屈的理想所感动，也许我内心太孤独、太虚弱……总之我想要温暖，也想给别人温暖。于是发生了不该发生的事，就像十年前那样，那一次是你带我去的，你想让我忘掉所受的伤害。但是这一次，我没有受到伤害，也许是我自己在伤害自己。

我最后毫不含糊地写道：我不忠于自己，也不忠于他人。且不后悔。我该如何评价我做的这件事？

我收到张风毅的回信，他信里只有一句话：

你是自由的——任何时候。

落款是：爱你的张风毅。

我从此没有滥用过自由。

九

谢燕兵说过，她是无理想、无思想的人，她只想过小日子。我对她开玩笑地说过，应该再加上“无羞耻”，凑成一个“三无”牌的女人。

她听了也不反对，只管小声地笑。

我说她“没羞耻”，源于一件事。那时候我们军医院家属大院的屋子还没有交还给医院，妈妈刚搬出去，我在军医院培训，父亲也不常回来。他们二位恰好在这个阶段如胶似漆。有一回我下午回家，居然撞见他俩就在客厅的椅子上亲热。我妹妹搂着高亿红的腰，两条腿悬在椅子两边的扶手上，跟椅子一起经受高亿红的猛攻。椅子经不住高亿红的冲击，咯噔咯噔地一路退走，一直退到墙边，依靠着墙壁忍受高亿红的蛮力。我妹妹看到我突然开门，赶紧推开高亿红，埋怨我："你怎么突然回来？想吓死我们啊？……家里的擦脸油没有了，你拿上空盒子到杂货店去打来，一毛钱就行了啊。"我马上就离开了。刚给他们带上大门，门里又传出惊天动地的声音。

妈妈走后，家里的一切都是妹妹做主，我们的生活质量就一落千丈，原装的"雅霜"雪花膏或者"友谊"霜再也不见踪影，取而代之的是杂货店用竹片打来的一小盒一毛钱的零售霜。吃的食物也很差，而且经常不回来烧饭。我父亲的工资曾经都交给我妹妹，他要去食堂改善伙食，得问我要钱。

那次碰到他们在屋里寻欢作乐，我出去没有走远，就在大院里一棵树下坐着，想来他们一会儿就完了。我有事情要与他们交代。没想到他们愈战愈勇，半个小时后，他们才完事。我听见门响了，高亿红走了出来，见到我，头一低走了。我回到屋里，我妹妹散乱着头发在厨房里烧水洗浴，她"窃窃"地笑着，说："高亿红刚才讲，电影《寂静山林》里，国民党特务在墙上挂了一幅地图，平时不用地图的话，就用一幅画盖起来。那幅画是一位裸女，身体像珍珠一样闪着光，就和我的身体一样。……你怎么这么早就回来了？"

她洗完澡披着头发走进客厅问我："今晚你想吃什么？我去买了烧给你吃。"我说："红烧排骨，清蒸带鱼。"她张着嘴思考，说："你太狠了，让你捉住一次，就要这么多的东西。你不如吃我身上的肉吧。"

我不由得感慨："你和高亿红两个人的工资，足够你们生活了。况且爸爸的工资也给了你，你要是不够用的话，我再补贴给你们。"

她说："你在钱上是糊涂虫，一向不会算账。搞不清钱也有好处。譬如你那次自杀，要是我的话，会把油灯吹灭了再死。偏是你浪费惯了，点着油灯也不顾，这才让人看见一地的血，才把一条命捡回来……言归正传，我告诉你，高家是个大家庭，高亿红下面有两位弟弟，我婆婆掌控家庭经济，我和高亿红在婆家吃饭，每个月都要交钱。两位弟弟都没结婚，婆婆收钱也挺狠。如果将来我们要搬出去住，那要花更大的一笔钱。还有生孩子的事，我们想生三到四个孩子，再多一些也没关系。碰到年头不好，饿死一两个，还有活下来的一两个。只生一两个，那就等着绝种吧。"

她左也"一两个"，右也"一两个"，说得我啼笑皆非。我说："吴郭和你家乡不一样。你家乡没有好山好水，又是盐碱地，盐蒿子长得好。碰到年头不好，政策不好，就得饿死人。我们吴郭，山好、地肥、水美，哪怕碰到天灾人祸，青黄不接，也饿不死人。"

她说："嗯，我们那边，到了荒年，有盐蒿子吃就不错了。"

我妹妹是个死脑筋，我有理有节地说了一通，她还是担忧饿死人的前景，逼着我给了她不少钱才作罢。

今天她愁眉苦脸地跑到"廿八斋"来找我，我以为她又是来要钱的。林纳德和温德好出去了，她自作主张地到处看了一遍，回来从林纳德的房间里拿出一支烟，吸起来。我问她：“你看了一圈，有什么感想?”她说：“这两个人跟柳爷爷一样是神经病，有那么多的钱，花在莫名其妙的地方。亭台、楼阁、假山、河水，修理它们要烧掉多少钱。再说了，院子里还住着几户人家，修得这么好，还不是让人家一块享受？那些破烂古董、旧书，我是真的看不上眼，当不得吃，当不得喝。”

她在我屋子里踱来踱去，突然蹲下来，抱头哭了。

她哭得突然，我没有任何防备。我拿开她的香烟，扶她坐在床边上。她擦掉眼泪，闷头不吭气。我说：“你说了这么多丧气的话，我没有怪你，你倒哭了起来。告诉我，你碰到什么困难了？要钱?”她没好气地回答我：“我不要钱了，要钱也没有什么用。”

盘问下来，原来高亿红单位领导给他做了思想工作，让他报名去云南“插队落户”。领导说，这是响应毛主席的号召。毛主席说，我们也有两只手，不在城里吃闲饭。高亿红一听要他离开家里去那么偏远的地区，顿时傻了。他清洁的床榻、油亮的皮鞋、尼龙丝袜、“英纳格”手表、“永久”牌自行车，“凤凰”牌缝纫机，还有他的美丽婚姻、和谐的夫妻生活、计划中的一群儿女……这一切统统显得无足轻重了。大难临头，他的笛子和扬琴还能不能再发出《梅花三弄》和《二泉映月》的旋律?

昨天，我妹妹去找我妈妈。我妈妈对她说：“高亿红的事，我已知道。我做主，你与高亿红一起去云南。人家的孩子去得云南，我的孩子为什么去不得云南？这是一件光荣的事。”

我听到这里笑起来，对我妹妹说：“你不能跟她说，你不是她的孩子？”

我妹妹瞪了我一眼说：“你这么说是什么意思？我就是她的孩子。”

我问她：“没有挽回的余地？”

她反问我：“你有没有听说过谁逃掉不去的？那要一家子都倒霉的。”

我问她：“那你来找我干什么？”

她不说话，我去拿了温德好喝的“洋河”白酒，倒了两杯，和我妹妹一人一杯喝起来。

喝了几口，我妹妹说：“我也不知道找你干什么。让我想想……我脑子里乱得很。”

然后她开始说，她说她最近连续看了五遍《秘密图纸》，看了五遍《前哨》。高亿红的妈妈在红旗电影院当查票员，她就经常到电影院去看不花钱的电影，站在最后面或者拿个小凳子坐在边上。这两部电影我也看过，有那么好看吗？值得连续看五遍？

她便沉默不语。我宁愿她哭哭骂骂，脏话连篇。她沉默地喝完碗里的白酒，推开碗，说：“你为了我，去看看这两部电影吧。”

她话里有话，欲言又止，肯定有不能说的阴谋，谜底就在这两部电影里。这两部电影我都看过，是学校在操场上放映的。为了揣摩我妹妹的意图，我决定再去看一遍《秘密图纸》和《前哨》。

这天我一个人上了街，街上场面很大，在游行庆祝毛主席发出的“上山下乡”指示，游行队伍载歌载舞，快乐的舞者不时像蚱蜢一样从我面前跳跃而过。我到红旗电影院一问，电影院已经不放这两部电影了。高亿红的妈妈出来悄悄告诉我，电影公司有个内部电影的放映点，专门给一部分幸运者放映外面不能放的参考电影，像《早春二月》《青春之歌》什么的。蓝雪飘的嫂子是里面的负责人。我离开电影院去一家老字号店铺，店铺里收银员是我一个学生的父亲，学生的父亲带我到店铺后面的办公室里，请店领导批了条子，拿了条子到作坊间，买了一盒虾子鲞鱼。这才去找蓝雪飘，她在家里写诗，猛听得我在后面叫她，吓得跳起来说：“我正在写关于战争的诗，你猛一叫，我以为是敌人来了。”她的嫂子也在家里，收了虾子鲞鱼，眉开眼笑地答应去找我要看的两部电影拷贝，让我过两天就去看，她两部电影一齐放映。

于是在某一天我再看了《前哨》和《秘密图纸》，男女主人公除了冷笑，几乎不笑，自始至终都在和敌人殊死斗争。《前哨》一开始，有特务从台湾那边偷渡到我边防渔村，然后我公安人员和广大人民一道打击妄想搞破坏的敌人。《秘密图纸》讲特务怎样在内地搞破坏，阴谋败露，骗取了公安机关发放的“边防通行证”，进入边防渔村准备偷渡，最后被我公安战士击毙。

看完两部电影，我想来想去，想不出我妹妹和电影之间的联系。忽然我想到一件事，前些天她曾说过，高亿红的远房表哥生活在一个边防渔村里，有一次表哥搭便车千里迢迢过来走亲戚，表哥酒喝多了说漏嘴，说每年都有许多人从他们的渔村偷渡到“那边”去，“那边”就是万恶的资本主义的香港。有些人也偷渡成功了，过了一些时候就托人给家中带回财物，都是我们想都想不到的好东西。

虽说我内心十分吃惊，但我不奇怪。我妹妹为了捍卫她与高亿红的幸福生活，凭她那认死理的性子，什么都干得出来。她让我去看这两部电影，目的是告诉我，如果她有了“边防通行证”，就有机会偷渡到香港去。她对于香港的向往，也许是从温德好带来的那架香港产折叠自行车开始的。既然无法改变现状，她就孤注一掷了。

我把她约到公园里，天热，蝉声大噪，幸好柳树成荫，我俩坐在柳荫下的石凳子上，流着汗，喝着汽水，讨论一件天方夜谭的事。

现在已经确认我妹妹坚决不去云南，坚决想搞到边防通行证，再偷渡到香港。事实上，她已经去市公安局治安科里问过这件事，治安科的公安人员很警惕，反问她：你是什么人？你在什么单位工作？你的政治面貌？你想干什么？等等。她回答自己出身贫农，祖祖辈辈都是贫雇农，从小被吴郭的革命干部家庭收养。她有一位阶级姐妹住在边境小村子里，写信让她去玩。就是这样。那人再问她，你是怎么认识那位阶级姐妹的？她住在什么村子里，叫什么名字？她把对方的姓名和住址告诉了他们，交代了她俩认识的过程，并且拿出那位寄来让她去玩的信。她坐在那里，足足两个多小时，两地的公安局才由电话核实，她的话准确无误。

那位公安人员告诉她，进入边境管理区，必须由单位审查批准，然后再到治安科申领边境通行证。没有这张通行证，你根本进不了边境的小村子。他劝她不要多事了，因为即使单位能打出同意的证明，现在形势严峻，公安这头也不会放她走。

我妹妹还说，她要去的小村子就在蛇口，从蛇口步行到红树林那边，再游过深圳湾到香港去。从深圳湾到香港，游一个多小时就能游到。高亿红的水性比她还好，游过去不成问题。如果被边防军捉住，一般会以非法探亲罪在收容所里关个把月，押送回家。

她要我给她做一件事，就是给她和高亿红搞到两张边境通行证，家里只有我认识公安局的人。有了边境通行证，他俩才能去那个边境小渔村探望朋友。她和高亿红的婚假还没有用。

看着她愁眉苦脸的样子，我当即给余科长打了电话，对他说了原委。他约我明天晚上去他办公室。

我的衣服大部分都寄存在林纳德这里，我翻开我的箱子，找到一双白色皮鞋和一条蓝色连衣裙，把短发的边际用夹煤球的火夹烫得卷曲了，再用烧过的火柴头染了眉毛，嘴唇上沾一点猪油。这些伎俩都是在高中里学到的，唐娜那时候始终是我老师。想到她，我加深了帮助燕兵的决心，生命如此脆弱，一定要成全追求幸福的愿望，哪怕机会不大。街上到处都是乘凉的人，不出所料，我所经之处，引起暗流涌动。这些曾经繁华的街道上，走过无数穿着闪亮丝绸旗袍的女子，她们踩了高跟鞋来来往往，不会引起一丝诧异，现在一条普通的连衣裙都能引起轰动。人们驻足观望，我看到的眼睛里全是惊讶和艳羡，人们交头接耳地议论着我的连衣裙。终于有一位中年妇女拉住我，大声问我："同志，你是拍电影的吧？你扮什么？是不是女特务？"

我不回答，镇定自若地走进市公安局的政保科，微笑着站在余科长面前。他还在写着什么，抬起头看了我一眼说："我手上的事马上就好。请你先出去，到十一路汽车终点站那里等我。"

十一路汽车是吴郭市内唯一一辆开到夜里十点钟的公共汽车。终点站离公安局不远，在人民广场东侧一条小巷子边上。这时候的人民广场，灯火通明，广场里正在演出话剧《南京路上好八连》。我坐在终点站边上的花坛上，这里闹中取静，地上散落着一张张厚厚的可爱的票根。一会儿，余科长过来了，我们一起坐在花坛上。他说："天空里的星星很漂亮，我不知有多久没有看到如此漂亮的星星了。”

我对他说：“我不是约你来看星星的。”

余科长说：“我知道，你是来约我做交易的。”

我大吃一惊，说：“我没有这个意思……”

他斜睨我一眼说：“你今晚打扮成这样，意图很明显。”

我回忆起打扮时候的心思了，好像并没有明显的意图。于是我对他说：“我没有多想，觉得我这样子你会喜欢的。”

他说：“对，只要我喜欢。我们就是在做交易了。不管你为了谁，动机是什么，我们都是在做交易。你想把一位老公安人员拖下水吗？”

我如雷轰顶。

余科长说：“每年全市发放的边境通行证不过十几份，申请人也不多，大约只有六十几人申请。一般人不敢申请这张证明，一申请就得调查祖宗十八代。公安局一般也不向社会发放这张通行证。你妹妹妹夫为什么一定要这两张通行证？”

我艰难地对他说：“人有时候会有不切实际的梦想，为了梦想就会做一些奇怪的事。”

他点点头，说：“你这句话能打动人，但打动不了我。”

我说：“那你为什么来赴约？你有什么企图？”

他说：“感谢你精心打扮来见我。我以前也碰到过像你这样心思的人，把我骗到她家里，也是像今天这种气温，穿着拖鞋和大短裤，上来就对我动手动脚。我那时候年轻，一个擒拿手就把她撂倒了。”

我低头笑了。

他说：“我来见你有两件事，第一件事，是给你带过来两张边防通行证，让你妹妹妹夫的工作单位敲个章。请你妹妹妹夫看了朋友以后尽早回来，不要想别的事，免得受到惩罚。第二件事，我要对你提出忠告，你是个喜欢做危险事情的人。切记，以后要平平稳稳地过生活，不然的话，心里一辈子不会安宁。”

他的话很神奇，我简直不能相信会碰到这样的好人。我上前拉住他的手说：“你的话我记在心里。谢谢你，给了条路，也给了忠告。”

他说：“今年春天，吴郭混乱的那几天，你记得不记得？你把一位老太太背到一家人家去，让人家送她回家。那是我妈……”

原来这样。凡事都有因才有果，各人的因果各人负。边境通行证上写：……兹有谢燕兵经由吴郭市前往深圳×地，希边防检查站验证放行是荷……

两张通行证我给了她，她有什么样的因果，她自己承担吧。

她和高亿红在一个下着雨的天气里走了，灰白的雨线从又高又远的天空上直直地垂下来，仿佛暗示着他们遥远的没有尽头的远方。我妹妹，这个我开玩笑地称她“三无牌”的年轻女子，她才十八岁，也许她真的无理想、无思想、无羞耻，但她对幸福的执着追求，是我不能做到的。我能帮她的到此为止。我没有送他们。他们好久没有回来，一年、两年、三年……我打听不到关于他们的任何消息。我去派出所报了案，派出所的同志对我说，每年这样失踪的人，光他们辖区就有二十几人。况且他俩到了边境管理区内探亲访友，那里又穷又乱，还不知发生了什么情况呢。被人谋财害命的可能性也非常大，像高亿红那样的人，戴着手表，就是带着危险。

我想他们都到了香港了吧？他们在那里过着太平富裕的日子吗？在那里生儿育女吗？在那里努力工作吗？谢燕兵如愿以偿地和高亿红天天在一起了，在大街上骑着可折叠的自行车。高亿红不用再担心“上山下乡”，他的脚上不会和穷苦农民一样穿着“毛窝子”，不用天天喝着米粒不多的稀粥。他穿着光亮皮鞋，喝香槟酒，吃牛排，高高兴兴吹他的笛子，《梅花三弄》响彻维多利亚湾。

事实上，我十年后又见到了他们。他们没有偷渡到香港，高亿红胆小，死活不肯偷渡。但他们又不肯回来，回来要去云南。最后，他们就在某个渔村里落了脚，打算暂时避一避风头，没想到一住就住了十年。到一九七八年十一月，他们知道安徽那里的村子开始“分田到户”，云南的知青都闹着要回原来的地方，高考也恢复了。社会上都风传中央的政策会有天翻地覆的改变，这个时代令人激动。我妹妹和高亿红一商量，就带着一男一女两个孩子回来了。我妹妹回来可不是想吃一口安稳饭，她回吴郭是想找发财的机会。在她看来，遍地都是钱，只是还没有政策允许她去抓钱。

十

我快要回学校了。学校离开学还早，但我惦记着乡里的那些病号，阿圆也写了信催我回去给他提亲，所以我决定提早回学校。前途茫茫，问不明东南西北，但生活要继续下去。

起了一个大早，我收拾好东西，准备出发到城外的公路上搭顺风车。刚出门，林纳德就把我叫住了，说："你忘带了两样东西。"温德好在他身后露出头，说："就是我们这两个大活人。"

他们想跟着我一起去走走，走到哪里是哪里。如果搭得上顺风车的话，他们想去香炉山住几天。当然，如果有比香炉山更好的地方，可以不去香炉山。

走一阵，出城到了公路，路上空无一人，两边都是水沟和长满新稻子的农田，处处远山，远山边，处处村庄。我们一路慢慢地走，忽然看到有人远远地跟着我们，还躲躲藏藏的。我和林纳德、温德好一商量，回过身就去追。那人看见我们来追他，发力朝后猛跑。我们看他跑远，又继续朝前走。一会儿，那个人又跟上来了，我们不再捉弄他，坐着等他上来，看他有什么话。

这人走上来就叫道："等等我，你们为啥不等我?"他背着一只黄书包，书包上系一只掉漆的搪瓷水杯。

我认得他，原来是那位茶馆中见到的疯老头。我明白了，前些天我总觉得身后有人跟踪我，敢情是他。

我们三人互相看了一眼，一齐发力，又朝前猛跑。我们喘着笑着，跑到两座山的豁口停下来，这次看不见那老头了。于是我们倚着山坡休息。温德好唱英语歌给我们听，他边唱边装模作样地瞧着我，很有艺术家的派头。我有些听懂他在唱什么，心里叹了一口气，这样的歌，他应该唱给张柔和听。

休息结束，出了山口，赫然见那疯老头坐在一块石头上，看见我们，他站起来鞠了一个躬，客气地问："刚才我跟着三个人，一转眼就不见了，你们见到他们了吗?"

林纳德不忍心了，说："老人家，我们就是刚才那三个人。"

疯老头仔细地打量我们一番，说："不是，你们不是那三个人。"

我说："你们不要去香炉山了，把他送回家吧。你叫什么名字？住哪里？”

疯老头说：“我住仓米巷三十四号，路翎家隔壁。我不要回去，这里不错，我就在这里当隐士。长沮、桀溺、伯夷、叔齐、陶渊明……还有我。我跟在你们后面，不说话。我要是说话，你们就批斗我，戴高帽子游街，让我跪钉板，用皮带抽我，‘坐飞机’，踢断我的肋骨，让我学乌龟爬，撒尿在我的头上。”

我们三人互瞧一眼，沉默不语。

他忽然倒地，把我们吓了一跳。原来他睡着了。我们只好等着他醒来。

他睡得突兀，醒得也快。醒来后，他好像恢复了理智，神情有些羞愧，到边上的河里洗了一下脸，回来站在我们面前，打起手势。我对他说：“我们都不懂哑语。你刚才不是还在说话吗？”

他掏出纸和笔，写了一张纸给我们看。我们这才搞清楚，他神志时好时坏。神志坏的时候，话滔滔不绝，乱讲一气。只要睡上半个小时，甚至几分钟，他的神志又会清醒。他清醒的时候，绝不说话，只用手势比画。他认为，人的语言是美而有意义的，但现在却失去了美，失去了意义，除了用来撒谎骗人、阿谀奉承、文过饰非外，没有多大的用途。日常交流，手势足够。

我说：“你的话明显没道理，如果手势够用的话，你何必再用纸笔？但我们尊重你的选择。你不想说话就不说吧。”

他收起纸笔，就不再说话。我们问他名字，他也不说。林纳德说：“等他不清醒的时候，再问他的名字吧。”

我说：“我们给他起个名字，也好称呼他。就叫他老隐吧，他不是想当隐士吗？老隐，老隐。”我叫他，他点点头，算是答应了。我念了一句屈原的诗：“矫兹媚以私处兮，愿曾思而远身。”这句话说的是：保持美德离群索居吧，反复想过隐身远藏。

老隐跳着脚朝远处一片山洼里指，引着我们过去。那里有一户人家，听得鹅一声一声地叫。进了山，一大片一大片的油菜花，田头地埂上，放着十几只蜂箱，一个人戴着帽子、手套、口罩，穿得密密实实地在蜂箱边上忙活，取下巢框摇蜜。我们离得远远地看他。片刻，他脱下身上的装备，走到一株结满果实的橘子树下站定，是个十七八岁的年轻人，眉眼清秀，妩媚里透着刚毅。好个少年，我们眼前一亮。他走过我们面前，朝他家里去了。我们亦步亦趋地跟在后面。他进了一个竹篱笆围起来的大院子，院子里一溜三间黑色瓦房。他进了当中一间。我们站在竹篱笆外面朝里张望。这农家院子也好，桃树斜斜地伸出篱笆，向日葵开着极旺的亮丽花朵。院子中间，干干净净的地上，摆着一张木桌和四条长凳，桌子上放着手提大水壶，几只碗。桌子边上，一株碗口粗的大广玉兰树，树荫浓密。片刻，少年出来了，换了一身衣服，他拉开篱笆门对我们说：“你们进来吧。”我们四个人，每人坐了桌子一边。我把少年拉在我身边坐下，摇摇水壶里还有水，给他倒了一碗。我反客为主，他倒不好意思了，喝了一口水，羞涩地说："我父母亲到省城去看我的哥嫂了，家里就我一个人。"温德好问他："养蜂好玩吗?"少年落落大方地说："花期的时候，很辛苦的，早起晚睡。我们这里今年春上天冷，花开得晚，还要去买糖，化成水喂它们。"我问："你叫什么名字?"他说："你们叫我耿耿吧。"我说："耿耿，快中午了。我们肚子饿了，你能不能给我们弄点午饭?"他答应着就出去了。他为人并不热情主动，却有着真实的沉静，不卑不亢，是我欣赏的模样。

既然他是这么朴实无华，我们也不客气了，四个人进了厨房，厨房边上还连着一小间灶房，支着一口锅台，正是专门炒茶用的。林纳德把炒茶的大铁锅端下来，他说："明年春天，我要带着我的小银锅来炒茶。"温德好说："你的小银锅太小，对不上火膛口，来也白来。"正说着，耿耿拿了菜和猪肉进来，说了一番话，教我们用多大的火，如何用手炒茶青，如何"杀青"，炒到怎样的卷曲度，起出怎样的细绒毛为最好。

他说完就开始烧火，做饭，老隐打下手。后来他就扔下老隐一个人做菜烧饭，跑到我们中间看热闹，林纳德和温德好两个人兴致勃勃，追着那头大鹅大呼小叫。耿耿看看热闹得不像样，他有点嫌吵，走到院子外面，拿了绑杆葫芦瓢到小河里舀水浇地。我凑过去一看，见是一片扦插的小香椿树，小叶子一片片地冒出了头。我满心想讨他的好，拿过他手里的长杆葫芦瓢，舀了一大瓢水，"哗"地洒了出去，原来这一瓢水也如此压手。正回味着这瓢水的沉重，耿耿推了我一把，说："你把蜘蛛网冲破了。"原来树苗之间真的有一面蜘蛛网，被我浇出去的水冲断了半面丝网，整个网垮下来，一只有鸽子蛋那么大的绿蜘蛛惊恐地从破网上吐丝逃下来。他说："这只绿蜘蛛是我的老朋友，是母的，它在这里四年了，生儿育女。我有时候也喂它吃点蜜。它很喜欢吃。"

耿耿责怪我以后，看我不生气，心中自是高兴，便给我说树的"性格"。他说树也有不同的"个性"，有些树是害怕孤独的，要几棵树在一起，或者在有人的地方才长得快长得好。有些树"性格"强悍，没有人关注，没有别的树陪伴也能长得无比旺盛。就像这香椿树，有人的地方它就会长得特别强壮，还有香樟也是这样。像合欢树，几棵同样的树聚拢在一起才长得漂亮。柳树、楝树、泡桐、广玉兰这些树不怕孤单，只要土壤合适，有人没人、有伴没伴，一样长得高高兴兴。

他说得不一定有道理，但我把他的话当成童话来听。草木有情，这是他说的意思，我是听懂的。

中午，老隐把饭菜端上桌子，我们一扫而光。吃完午饭，耿耿说，午后太阳太热，不如大家休息一会儿再走。

于是大家各自找地方休息。这一觉好睡，醒来太阳已经偏西，我们自作主张地说不走不走了，今晚就住在这里。耿耿听了，面有喜色地看了我一眼，我心中一动。

耿耿说捉一只母鸡大家烧汤喝吧。他说着就去后院里捉一只大母鸡，那母鸡健壮漂亮，绕圈子躲闪，为自己挣命。公鸡目不转睛地盯着母鸡，嘴里着急地嘀嘀咕咕。我们一齐叫道："不吃它，不吃它。"耿耿站起身喘了一大口气，看出他也是不忍心的。这回轮到我去厨房忙活，碗柜里有好东西：吃剩的半块豆腐和两只咸鸭蛋。耿耿带着老隐去地里割韭菜，拔青菜、菠菜。两个人回来时，还带了野地里找来的一大把香菜、几棵野蒜和野葱。耿耿家里有鸡蛋和鸭蛋，吊在屋子中间的竹篮里放着梅干菜，这些足够了，善良的人们在一起，不需要鱼和肉，素菜恰好配得上平和的心情。

林纳德和温德好两个人坐在院子里，还在讨论耿耿说的种种炒茶的手段。

厨房里，耿耿烧火，我炒菜，忙得热火朝天。我看看耿耿红扑扑的脸，想想远在天边的张风毅，大声吟出屈原的一句诗：

"悲莫悲兮生别离，乐莫乐兮新相知。"

耿耿像是听得懂这句诗，微微点头，朝我飞过一个水汪汪的眼神。他的心思我懂，这年轻人是个情种，我对他轻轻地摇摇头，想必他也懂。

老隐来来回回地端菜端饭拿筷子，他听见我吟诗，朝我竖起大拇指。

我烧的菜摆满一桌子，烧梅干菜、韭菜炒鸡蛋、麻油拌菠菜、野蒜叶炒鸭蛋、红烧豆腐上面洒着野香菜末。每人一大碗咸鸭蛋炒饭，野葱花切得细细的，放在里面一起炒，炒出满屋子葱花香。这是一桌朴素的菜肴。耿耿去他家的地窖里搬来一瓮黄酒，开了封口，扑鼻一阵酒香。男人们喝了酒，一齐到屋外撒野，四个人一字排开，双手背在后面，看谁的尿滋得远。

温德好在外面感慨道："耿耿家的房子、院子、荷塘、树木花草、周围的田园山水，组合在一起，就像一幅会说话的画。世上的建筑风格变化无穷，一个潮流接着一个，照我看来，吴郭的农家自然朴素的风格，就是人类未来住宅的归宿。西方的高楼大厦将来都要过时。"

我在里面说："说来说去，就是你回家乡是正确的。"

从下午到晚上，又是茶又是酒，到半夜，我醒了，起床到外面。天地空澈无尘，恍若无物，只有月亮在。我到屋后草丛边去了一下，回来进屋，见耿耿坐在我床上。他毫不迟疑地一把搂住了我。他身上散发着香喷喷的蜂蜜的味道，手臂热情有力，在这一刻他具备了成年男人才有的成熟和果断。我从他的力量中感受到自我。他搂着我时，我忘了他还那么年少。我内心发出一个熟悉的声音，我渴望温暖，渴望在激情中得到释放，在放纵中得到片刻自由。

但是且慢，我一生的自由到底会有多少？自由是不是像韭菜一样割掉还长？上天不会给人们无休无止的自由。当我行使自由的时候，一直畅行无阻，会不会在某一个特定的时候，自由之门突然关闭？我的回答是，会的。物极必反，天道轮回。我宁愿做一个拥有自由的人，也不愿成为失去自由的人。当我老了，回首往事，我也不会陷入无边的虚空之中。

我把耿耿的手从我身上剥离，他的力量和温暖一刹那从我身上消失。这是别人的力量和温暖，不是我自己的。哪怕与他肉身交融，我也不可能让他的成为我的。

耿耿悄无声息地离开我的房间。我站在窗前看他，月光下，他站在桃树下面眺望，怅然若失。

老隐在屋子里惨叫，把林纳德和温德好都吵醒了，我们一起去他屋里，原来他是做梦。灯光下，他脱掉上衣的身体上，伤痕累累。我从老隐的屋子里出来，耿耿不在桃树下了。

一夜很安静，村里没有干部来检查我们这些人的来路。

早上，我们动身出发，耿耿不在家里。我在他睡的小床上放了十块钱，把我的水壶也放在他枕边。林纳德起了一个大早，在田野里采集了野花野草编了一只花冠，给我戴在头上，覆盖式的花冠，花朵直垂到我的两边脸颊。林纳德说，唐代的妇女流行戴这种覆盖式花冠。

耿耿站在公路上，远远地眺望我们。我们朝他挥手告别，他朝树后一晃就消失了。

我们拦下一辆"红旗牌"轿车，也是巧了，里面坐着归国华侨联合会的黄拉林，她和驾驶员去香炉山接一位华侨摄影家。我们一商量，就挤进了轿车。黄拉林不认识林纳德，但她认识温德好，也认识老隐。她告诉我们，老隐的名字叫王仁平。老隐突然说起话："我还是喜欢叫老隐。"他开口说话，把我们都吓了一大跳，以为他又神志不清了。

到香炉山，黄拉林接了人就走了。我带着他们到寺里去看了一遍，如一和明心还是下落不明，也许就像走江湖的说唱艺人唱的，归隐在西湖某处。寺中僧尼们走的走，散的散，大部分还了俗。一座香火旺盛的寺院落得冷冷清清，凄凄惨惨。好在素斋馆还开着，卖着木耳香菇素油面。我指给林纳德他们看，这座被炸药炸断的桥是“温柔桥”，那座栏杆倒塌的桥叫“多情桥”。“多情桥”边本来也有一棵“孩儿莲”，现在你看，齐根砍掉了。林纳德啧啧称赞：“真是好桥名。有朝一日，只要给我机会，我就要重修这座寺院，给它漫山遍野全都种上孩儿莲。”

老隐说道：“我也有个愿望，要是有机会，我就想重结鹦鹉社，吃喝玩乐，不谈思想。”

我听柳爷爷说过鹦鹉社，这是吴郭民间自组的一个玩乐社团。我举手表示同意，如果重结鹦鹉社，我算一个。温德好一听是玩乐的组织，马上也举起了手。林纳德说他要打听一下这鹦鹉社到底是怎么回事，然后才能决定是否加入。

我们吃的一样，我们穿的一样，我们住的一样。我们喊着一样的口号，我们使用同一种表情，我们是思想的复制品。我们不谈思想，就是一种思想。

下了山，老隐说，他无家可归，想跟着林纳德和温德好，给他们烧饭烧菜，照顾他们，帮他们打下手，把所有的物件分门别类地造成册子。空闲的时候，他可以教教温德好中文和吴郭历史知识。林纳德听了，一口答应下来。我们在公路上说话的当口，我看见一辆去浙江嘉兴的长途汽车，嘉兴到海宁四十公里不到。我想也没想，追上去，把车拦下来。上了车，一看，林纳德、温德好、老隐，都上车了。我问他们："你们跟着我干什么？"三个人摆出一副懵懂的样子。我又问他们："知道这车子开到哪里？"林纳德说："没看清楚。"

就这样，我们四个人去了嘉兴，在嘉兴一家小客栈里住了一夜。那小客栈居然也没跟我们要住夜的介绍信。这一夜过得十分疲累，我身在一座葱茏的山下，这座山，仿佛有点认得，像香炉山的样子，却没有香炉山的平和，山上有一些地方冒出不祥的白烟。山下大喇叭里唱着歌剧《白毛女》，高亢的歌曲明明白白地传来：

我要活，向前走，不回头。我要活……

我忐忑不安，仿佛也面临生死关头一样，不回头地走上山顶，看见一座小寺，仿佛也认得。四下寂静无人，正踌躇着，寺门一开，出来一个形销骨立的老和尚，顾自下山。这个人我认得，十年前，我和张风毅他们到香炉山的香客房里投宿，夜里似梦非梦中看到的正是这个和尚。我对他说："老师，我今天午后刚从香炉山上下来，怎么没见到你？"他也不理会我，跑到山崖前看一株盛开的绿菊花。我诧异起来，这是夏天，哪来的秋菊？我跟过去问他："您看的是什么？"他说："我看露水呀。"

我仔细一瞧，菊花上真的沾着露水，被我一瞧，好像受了惊吓，朝下纷纷滴落。老和尚拿起一水壶朝花上浇，那水是烫的，浇上去花朵“吱吱”地响，冒出腾腾热气，却愈加鲜艳夺目。我赞了一声。和尚说：“你不是要去坟地里吗？那里有更好看的花，还不赶紧去。”

我想了一想，好像是打算去坟地的。

然后我就置身于一座陌生的坟地，一字排开着十几座坟，坟前都有石碑，写着一些我熟悉的名字。现成有一堆纸钱，孤零零放在空地上，显得阴阳怪气，等着人来烧化，又像设陷阱的样子。烧就烧，怕什么。养时脐带，死时裤带。生生死死，看穿了一钱不值。我把纸钱点着了烧，灰烬从火堆里浮游到空气里。寺院里传出古琴声，和尚们苍劲的诵歌声和古琴声一起传过来，唱来唱去只有一句：月落乌啼霜满天啊……

忽然身前身后传来细小声音，乍听以为是千百只蚱蜢在草丛上起落。我一看之下大惊失色，成千上万的芽从土里冒出来，见风就长，长至五六十厘米，茎上就长出花球，这些花球在古琴声里竞相开放，血红的颜色，五六个花朵排成小伞长在一支长茎上。我正惊慌，老和尚手提着水壶，站在崖上，远远地指着我说：“这些花本来是谢了，种子落地，秋天才发，没想到这时候又长出来。你不要慌忙，这花叫蟑螂花，就是长在坟地里的。它还有一个名字，叫彼岸花。”我用批评的口气说：“它如果叫彼岸花，我倒要看它怎样引渡我。”老和尚尖厉的声音就如十年前一般响起来："你们在劫难逃啊。"我问："你呢？你为什么就能置身事外？"他忽然语塞，后来说："没有事内没有事外。事内即是事外，事外即是事内。"大家沉默片刻，老和尚说了一句话，好像是从什么梦里来。我听不懂他的话，问："你从什么梦里来？"他说："我从梦里来，到梦里去。"我不懈地问："你到底是谁？"他说："你问你姑姑去。"我问："姑姑不见了。"我说完这句话，他已朝山下逃去。我抬脚追上去，不耐烦地大声责问："你到底是谁？告诉我。不要装神弄鬼。"他回头说："我就是你，你就是我。"我上前一把抓住他的衣襟，说："你不要吊花腔，把话说个明白。"他脸上现出无助之色，说："我只是一个弱者。"我手一放，把他放走了。他回头朝我一笑，诡异地说："弱者不检讨。"

醒来后虽然疲累，但内心释然，我清晰地感到，一瞬间挣脱了许多束缚和重负，我明白这种状况叫作"解放"。每个人的"解放"都一样，意味着从迷信和迷茫中得救。柳爷爷生前最看重思维正确，但他老人家没有说，思维解放了以后，才有正确的思维。"解放"的过程艰难困苦，到来的那一刻微妙难言，超乎我想象。

第二天早上五点半，我们搭上去海宁的汽车。到了海宁，雇了四辆自行车朝张风毅的住地出发。这里凉爽宜人，闻得到钱塘江的味道了。老隐兴致很高，看来他很久没有这么高兴过了。为了表明他是一位整理归档的高手，他说他曾经把中国的所有成语按照内在的情绪重新编排了一遍，譬如传达消极情绪的：各人自扫门前雪，哪管他人瓦上霜；人为刀俎，我为鱼肉；人心惟危；万念俱灰；枪打出头鸟；木秀于林，风必摧之；先下手为强，后下手遭殃；同病相怜；英雄无用武之地……

见到张风毅时，他端着饭碗正在扒饭，惊得把饭碗都扔到了地上。他写诗的麻朋友赶紧张罗我们吃午饭，张风毅坐在旁边看我，脱口吟了一句：

我是你的羔羊，身披爱的阳光。

我问他："你又开始写诗了？"

他摇摇头。麻诗人闻言说："我写诗，我吟一首我写的诗给你们听。"

他吟道：

我不属于这个时代，
我也拒绝属于未来。
人类的未来令我害怕，
愚昧和贪欲毁坏现在和将来。
……

老隐听了，嚼了一嘴的米饭，来不及咽下，就哭了。

我们吃完午饭，张风毅不知从哪里开来一辆拖拉机，招呼我们坐上去，去盐官古镇的老盐仓看钱塘江大潮。我、林纳德、温德好、老隐、麻诗人带着他六岁的宝贝女儿小胖妞，挤满一车。马达轰鸣，我们轰隆隆地出发了。车子上说话听不清楚，麻诗人大声喊着说："今天是阴历七月十七，下午一到两点。潮水也很好看。今年还有闰七月，天会很热的。"

两点钟不到，我们到达目的地。潮水在天际聚成一字形白浪，由南而北，渐渐过来，如万马奔腾，还没到江边，潮水卷起的风已经扑面而来，空气里布满细小水珠，洒了我们一身。水声比天上的雷霆还要震耳，拖拉机的轰鸣声立刻消失。我没有见过钱塘大潮，乍见之下，惊喜不已。第一拨潮水开始冲击大坝，后面的潮水挤挤挨挨，推着第一拨潮水。第一拨潮水精神十足，挟着风声，形成一个尖塔状的"小分队"，一路朝上爬，眼看着要爬到大坝顶上，我们急忙后退，它却后退了。后退的力量更是惊人，让我们的心悬到了半空。正没有头绪时，后退回去的潮水流星赶月一般，冲到一个地方，与大坝死命一撞，撞成一个二三十米的冲天潮。潮水浩荡，周而复始，我们渐渐地平静下来。

张风毅指着潮水，靠近我的耳朵喊："你，也要像它一样勇敢。你喊一声——我是自由的！……喊吧！"

我说："我不敢喊，我没有得到重生之前，不敢喊这句话。"

张风毅说："你已经重生了，只是你不知道罢了。"

我对着汹涌潮水拼力大喊："我是自由的！"

喊了这一声，心念一动，如有神灵驱使，我又大喊道："你也是自由的！"

这一声是对张风毅喊的，是我对他的承诺。他承诺过我，现在我也承诺他了。

我认真地对他大喊："你是自由的！"

张风毅对我微微而笑，目光深情而赞赏。

潮水拍击，狂风旋起，卷千重雪，挟满天雨。

给予别人自由多么幸福，喊出承诺的一刹那，我如在天堂，心中充满平静，我追逐情欲、爱、思想，也许这一切都是为了找到属于我的平静。

写于2011年春—2012年春

第一稿修改于2012年夏

第二稿修改于2014年3月

第三稿修改于2018年春—2018年初夏

后记

这部小说，写得艰难。

2008年初春，我搬去了一个临近太湖的乡镇结合处。说到底，是自我较量。那时候诸多不满，对自己尤为不满，觉得自身浮躁，身体也欠健康，无来由的失眠。生活上没有目标，写作也找不到动力。搬家那天，夜里无电，我点亮蜡烛，收拾乱摊子，从城里带来的三只猫在新家里忙成一团，小母猫小黑妹一直在怂恿小公猫老虎出门探险，鼓励、安抚、威胁、责骂……十八般手段全用上，老虎就是不出去。后来我便从地上捡起一书，席地而坐，看了一阵，心渐渐地定，听到外面四处有声，便开门出去。外面漆黑一片，黑暗中，盛会开始，各种自然之声陆续撞入耳鼓，蛙声、虫声；夜游的蛇、黄鼠狼、狐、刺猬……。偶尔一阵莫名的风卷起尘土，不知是哪路神鬼路过。

退回自己，是为找回素朴初心。

整理院子，种菜种花种树，几乎与世隔绝，朋友们嫌我住的太偏，交通不便，难得来一次。几年住下来，我倒把身体养好了，不头痛、不胃痛、不失眠。外面刮台风，地动山摇，我也是沾枕就睡着。也不做乱七八糟的梦了。脸色红润，皮肉粗糙。

于是第二年，即2009年开始写《风流图卷》，打算写四卷。随意在过往的时间里取了四个小说时间段：1958年、1968年、1978年、1988年，各一卷。每卷十几万字，整个小说四十多万字。

什么时间段并不重要，另选四个时间段，譬如1951年、1961年、1971年、1981年……也一样，时间是小说的背景，只限于时间的价值。对于我小说中那些奋斗者来说，时间只是水，混浊的清澈的、湍急的平缓的，都挡不住他们追求幸福的船舟。

2009年春，我开始写第一卷。因为身体欠安的原因，也因为若干家务事的缘故，加上其间写了一批短篇小说，如《香炉山》《桃花渡》《蔡东的狩猎》《拈花桥》《另类报告》《端午诗篇》等。其中《香炉山》获得第六届鲁迅文学奖短篇小说奖。……所以这个长篇写得缓慢，到2011年春天，才写好第一卷。十三万字左右。

2011年春，开始写第二卷。2012年春，写好第二卷，十二万字。其间写了短篇小说《你的世界之外》《到客船》《局部》《五彩缤纷》等。

2013年，因为特别想写短篇小说，于是又写了一些，《亲人》《逃票》《独自升起》《幸存记》《有一种人生叫与世隔绝》等。

2014年5月，《风流图卷》第一、二卷发表在《收获》杂志上。由衷感谢责编叶开先生。但因为当时与叶开先生缺少沟通，他不知道我已计划第三、四卷的写作，发表时给我的第一、二卷改成了上、下卷。

2015 年，我着手写《风流图卷》的第三、四卷。准备在两年内完成它。

但是，越写越觉得不对劲，好像什么地方出现了大的问题。写到六万多字的时候，再也写不下去。觉得文字无力、无趣。

于是停下来找原因。

回过头去看《风流图卷》第一、二卷，一看看出了一身冷汗。曾经以为自己写得不错的小说，其实毛病很多。

这个要谈到我写小说的习惯和我对小说的理解。

我写小说不爱预先构思，如果构思好，一定会放弃写它，觉得再写就没有意思。我写小说的习惯是：心里一无所有地坐下去，从无到有，享受人物和故事发展的过程。这个写作习惯令我很是享受，但也带来许多不确定的因素，小说全凭写作时的灵感驱动，而灵感又受当时的身体健康、环境、心情和小说题材所限，有时候会写得好，有时候又会写得很不好。短篇小说可以用此法，中篇小说也可以偶尔为之，长篇小说一定不能靠灵感写作，要靠全盘的构思。

那么，构思什么呢？

构思长篇小说的思想，也就是灵魂。

构思的过程，也就是寻找思想的过程。每一部小说里面，都包含着它本身具有的内在的思想。就看写作者是否找得到。

问题是，我从写作开始，就把写作的“有趣”放在第一位。写作长篇小说时，把写作的重心放在“有趣”上，必定会变得无趣。

我暂时放下长篇的写作，写了一些短篇小说，用以探索一下不同的写作方法和理念。《雪花禅》《文家的帽子》《致音乐》《公民的兵法》……都是在这一期间完成的。

写完这批短篇小说，我明白了一些东西。

然后开始寻找我这个长篇小说里具有的思想性，并明确它。到了 2017 年下半年，我想通了诸多问题，我也很幸运地找到了这部长篇小说应该具有的灵魂。长篇小说的灵魂，就是人物的灵魂。

这时候真的也很疲惫了。不说为了什么写作的理想而奋斗，光说住到乡间九年，收留了无数没有生存能力的猫狗等小动物，我给予它们重生，它们也助我“养性”，我深信它们还替我消前世之业和今生之罪。与它们打交道久了，会明白什么才是最自然的生活态度。但也真的十分累人，每天的卫生工作、喂养、治病、驱虫、绝育、调解它们的纷争……直到现在，我住的地方还没有宠物医院，治病需进城。以前坐公交车，来回一趟在路上就需要三个小时左右。我花在它们身上的时间和精力无法估算。

虽然已疲惫了，但我知道，已在《收获》上发表的《风流图卷》第一、二卷一定要做修改，不修改的话，我无法写第三、四卷。

打起精神，开始修改，心无旁骛，足不出户，不再参加任何活动，连得罪朋友们也顾不上了。多年不失眠的我，为着小说里的一些事整夜难安，独自在房中踱来踱去，睡着时又开始做凌乱的梦。这段煎熬的日子，它的意义在于：我在不断自我怀疑中最终建立了一个最简朴的信心，极端的认真本身就有强大的价值体现，这种价值体现冲淡了某些虚荣，填补我人生里虚空的那一块，使我更具有“土性”。与飞扬脱跳的灵感相比，与轻灵横溢的才华相比，我现在更喜欢顽固的、稳定的“土性”，它让我对自己有着随遇而安的自由。

2018 年 6 月初，《风流图卷》第一、二卷就在十几米外的建筑工地日夜建造高楼大厦的打桩声、绞绊水泥声、十几辆运土大车的轰鸣声、加油门声、轮胎刺耳的打滑声、络绎不绝的倒车拐弯的提示声里……修改完最后一稿。删掉了七八万字，增补了五六万字，成为现在这个模样。修改完的那一天，我感受到了真正的解脱，无关文字，而是解脱了人生里许多妄念。这是幸福的一刻，从 1994 年正式开始写作时，我等的就是这一刻。

修改《风流图卷》的那几个月，我耽搁了给小母猫胖妞治病，她能吃能喝，却总是喘气不匀，我没有时间带她去城里的医院。修改完这部小说的第二天，我带着一岁不到的小胖妞去医院，没想到她一口气没顺过来，死在了我的车里。我还耽误了给小黑妹治病，胖妞去世的第二天，我带着十二岁的母猫小黑妹去医院，查出了晚期乳腺肿瘤……觉得很对不起她们。

至此，第一卷分别修改于 2011 年夏、2014 年 3 月、2017 年秋至 2018 年春。

第二卷分别修改于2012年夏、2014年3月、2018年春至2018年初夏。

修改结束后，鉴于《风流图卷》第一、二卷已完整地表达了某种思想，主要人物也经过种种磨难开始走向开阔。它具备应有的思想容量，故事走向清晰，人物性格的塑造亦已完成，作为一部独立的小说，它是成立的。

所以我决定把《风流图卷》第一、二卷作为一部独立而完整的小说出版，把《风流图卷》第三、四卷作为另一部小说出版，暂名《爱·扶摇直上》。它是独立的，又是《风流图卷》的延续。是《风流图卷》里的人物在1978年和1988年的生活史和心灵史。

2018年6月8日那天下午，我把《风流图卷》交给北京十月文艺出版社的张引墨女士。交完稿子，我喝了点酒，在自家院子里采了一些绿植，给自己插了一瓶花。搬到这里十年，感谢这块土地。

时间让我对人生和社会有了新的认识，这也是这部小说给我带来的意义，我感觉到是它引领着我成长，成长的全部内容就是识得“命运”二字。不识这两个字，奋斗无意义。

为了寻找到更好的思维方式，一切的付出都是值得的。

2018年8月12日于浦庄

图书在版编目 (CIP) 数据

风流图卷 / 叶弥著. — 北京 ：北京十月文艺出版社，2018.11

ISBN 978-7-5302-1880-8

Ⅰ. ①风… Ⅱ. ①叶… Ⅲ. ①长篇小说—中国—当代 Ⅳ. ①I247.5

中国版本图书馆 CIP 数据核字 (2018) 第 218315 号

风流图卷

FENGLIU TUJUAN

叶　弥　著

出　版　北京出版集团公司

　　　　北京十月文艺出版社

地　址　北京北三环中路 6 号

邮　编　100120

网　址　www.bph.com.cn

发　行　新经典发行有限公司

　　　　电话（010）68423599

经　销　新华书店

印　刷　北京盛通印刷股份有限公司

版　次　2018 年 11 月第 1 版

　　　　2018 年 11 月第 1 次印刷

开　本　880 毫米 ×1230 毫米　1/32

印　张　13.875

字　数　264 千字

书　号　ISBN 978-7-5302-1880-8

定　价　49.9 元

质量监督电话　010-58572393

如有印装质量问题，由本社负责调换。